中国少数民族文学发展工程·翻译出版扶持专项﹙民译汉﹚

# 柯 勒 什 拜

（哈萨克族）夏侃·沃阿勒拜 / 著

（哈萨克族）丽娜·夏侃 / 译

作家出版社

# 目 录

# 第一章

西阿勒泰各部落首领齐聚乌斯潘托列①的阿吾勒②。

这个富庶的阿吾勒不久前才转场到这片水草丰茂的夏牧场。宽广的草原无边无际地铺展着，四畜在青草中星星点点，像一颗颗珠宝撒在了绿色的绒毯上；一顶顶洁白的毡房犹如雨后的白蘑菇，洁净而鲜亮。这一切显得那么和谐，那么美好，构成一幅美妙而恢弘的动人画卷，在人们面前缓缓展开。

整个上午，托列一直站在大帐外，亲自迎接来自远方的宾客们。阿吾勒里身手敏捷、机灵勤快的年轻人个个眼疾手快，见有人来，立刻迎上前去接过来宾的缰绳，搀扶他们下马，并将他们引到大帐的方向，随后，把他们的马拴到不远处的拴马桩上去。无论是年长者还是年轻人，所有的来宾无一例外地都将右手放到胸前，毕恭毕敬地向托列行礼请安，在托列微笑着还礼之后，他们再与其他的长者行拥抱礼，以示崇敬之情。从阿勒哈别克河和布列孜克河（哈巴河的两条分支）到布尔津河流域，每个部落的首领都已先后到达。还有一些因路途遥远而无法到达的首领们，也派人捎来消息，说他们会服从大家的安排。这个时候，以喀拉乌斯潘③和布尔沙赫拜乌库

---

① 托列：贵族，管辖部落首领的人。

② 阿吾勒：牧村。

③ 喀拉：原意为黑色，此处是相对于"托列（贵族）"而言的"平民"的意思。

尔代①为首的几位首领，带着一群随从也从布尔津河流域风尘仆仆地赶到了。哈巴河两岸所有部落中职位高于赞格②的首领，全都已经齐聚一堂。

这场前所未有的盛大集会仿佛预示着一个重大事件的发生。大家只是接到了乌斯潘托列的通知，说要召开一个大会，却并不清楚此次大会的目的是什么。因为，就连托列本人也无法预见接下来的事情将如何发展。他只知道要来一位官员，他们必须为迎接此人的到来做好准备，他所知道的也仅此而已。具体情况只能在那位神秘人物到来之后才能弄清楚。

时间过得很快，眼看就要到中午了，可是那位大人物还没有到来，每个人都在焦急地等待着，一些人耐不住性子了，他们心中充满好奇，此时此刻已经在交头接耳，议论开了。

"那个大人物究竟什么时候来啊？有谁知道他到底是什么来头？"有人发问了。

"谁知道，只听说这位大官儿是到这里来管理咱们的！"

"应该是大清皇帝派来的人，他们肯定会派可信的人来咱们这样的地方吧？"

"也许他会带一群随从来的。"

"那就是说他们来头不小啊！只要不要像从前'红绑腿'那样袭击我们，或者像恰罕克根③那样横行霸道就行了。"

"应该不会的，如果是朝廷派来的人，是会公平行事吧？"

正当人们的议论愈演愈烈时，从毡房外传来了大人物们到来的消息。所有人都立刻起身来到了大帐外，这时果真看见远处有四五

---

① 乌库尔代：千户长。

② 赞格：二百五十户长。

③ 恰罕克根：人名，清政府驻阿勒泰地区的长官。

个骑马的人已经靠近了阿吾勒，其中两个人好像还背着长枪。首领们见状突然变得有点紧张，这个时候乌斯潘托列已经迎上前去。

来者并不是他们在等待的那位大人物，而是他的几个手下，因此，他们并没有摆出太大的谱，而是看着每一位部落首领微微点着头，脸上还挂着一丝不易察觉的微笑。就在人们不知所然的时候，来人中的一个开始用流利的哈萨克语说道：

"我叫托赫孜拜，来自萨乌尔山的那一边，那个叫做塔尔巴哈台的地方，我是柯尔克孜人，是这位长官的翻译。这位是，"他指着站在自己身边一个黑皮肤的人说，"说得具体点，他是我们的长官，也就是噶赍达①的助手。他这次过来，是为了确定将来军队到达之后，将要驻扎的地方，还要再做一些与之相关的准备工作。"他把话转给了那位助手，助手说的话和托赫孜拜刚才的话没有什么不同。从他嘴里说出来的每一句话，都被这个托赫孜拜及时而准确地翻译成了哈萨克语，告知了所有在场的首领：

"遵照皇上的圣旨，噶赍达长官将到这里来管辖整个阿勒泰地区，他的首要任务是维持中俄边境地区的安定。军队将进驻这里，到时候，士兵们的吃住等都将由当地民众来承担，也就是说，各位需要为此做好准备，盖起二三十间营房，噶赍达及其家人所要住的房子，还有他的办公场所，以及粮仓、厕所等都要一应俱全。而且，还得在外围修筑一道很长的围墙。这些工程肯定需要耗费一定的财力，各位都要合理分摊所有的开销，包括人力、物力、财力等等，当务之急是各位要尽快行动起来。今天来，首先就是为了传达长官的指令，其次，我们还会留下来监督工程的进展情况。"

尽管从这个噶赍达助手的话语中，大家并没有听到太多严酷的言辞，但是，话里话外全都是不可改变、不容置疑的霸气。显而易

① 噶赍（jī）达：满语，官名，是区长之意，这里指阿勒泰地区西部边境边防长官。

见，为了完成那些事情，人们肯定要花费大量的财力和物力，所有的事情都得依靠在场这些部落首领的力量完成，而工程的施工由谁来承担，这实在是一个棘手的问题。修个围墙盖个畜圈的活儿他们自己还是能干的，但是，要让他们来建造能让长官满意的房子，那可不是随便哪个哈萨克人都能做得到的事情。为此，他们需要找熟练的泥瓦匠、木匠和技术精湛的手工艺人，这些事情可是难住了每一位部落首领，他们感觉仿佛被逼进了一个死胡同中，没有了退路。为了搞清楚事情的原委，乌斯潘托列首先开口问道：

"那么，请问长官本人什么时候来？知不知道他具体要到哪个地方？请将这一点讲清楚一些。"

"噶赉达来的时间，要根据这边工程进展的情况而定，但是，时间不能拖得太长，最好不要超过三四个月。"说完，那个助手扫了在场的所有人一眼。尽管他很清楚这么大的工程量要在这么短的时间里完成，是一件非常困难的事情，但是，为了让眼前这些野蛮人听从指挥，为了工程顺利完工，他是故意这样说的。停顿片刻，他又接着说道："我们先到处走一走看一看，把各方面的具体情况考虑周全之后，再确定准确的施工地点。最后的决定权还是在噶赉达大人那里，我们暂时先按照自己的想法给出一个初步的计划。"

"可是，这时间也太紧了，不知道我们能不能按时完成啊！"

"这么大的工程量，至少给半年时间吧，再长一些更好！"

"各位首领的意见，我会转达给长官大人的。但是，时间还是不能拖得太长。"噶赉达的助手提高嗓门说道，语气也比先前加重了许多，他的最后一句中充满了浓浓的寒意。

"那么，只有地点定下来了才能开始工程的施工吗？"有人问道。

"不，不，你们从现在就要开始准备了，人员、材料、工具等等都要准备。等我们将具体情况汇报给噶赉达之后，各位就要按照大人的指示开始施工了。"

这件事情如此紧急，让在场的首领们都感到措手不及，无所适从。圣旨是不能违抗的，绝不可能不执行或者有异议，他们只能点头称是。而工程将如何开始，从哪儿开始，如何系统而顺利地进行下去，这一切都将给人们带来巨大的困难。首先，他们需要搞清楚完成如此庞大的工程量究竟需要花费多少人力、物力和财力，又将如何将它们摊派给民众，每个人肯定都想着减轻自己的负担，这样一来可能会引来无尽的争执和分歧。可是，又有什么办法呢？他们是不可能承担所有的负担的，只能从自己管辖的民众那里去索取。这个工程不但需要花费大量的财力，他们还要提前为工匠们解决食宿等现实问题。建筑物所需的门窗和大梁等都需要耗费大量的木材，尤其是柱子必须要用笔直的木材，而这样的材料，也得到山上伐树再运下来，谁有胆量用这条河边长着的那些曲里拐弯的树来做建筑材料啊？如果惹恼了上面的人，那可是要掉脑袋的啊！

首领们个个默不作声，每个人的心都被这些问题填满了，他们深知已经没有了退路。这时，大家开始交头接耳，说着一些无关紧要的话题。这一切都被噶赍达的助手看在眼里，他缓缓站起了身，走向门外，那意思就是让在座的部落首领们自己去解决剩下的事情。他的一举一动首领们也都看在眼里，见他走向门外，也想站起来，但是，长官转过身来，用手示意了一下，这个动作将所有的人压得无法活动。翻译托赫孜拜扫了一眼在场的首领们，他声音缓和地说道：

"长官大人想骑马到附近走走看看，各位就不用跟着他了，都忙自己的事情吧！"说完，他尾随主子走出门去。

他们走了，但是，他们留下的寒意却久久没有散去，让大家感到身上一阵阵的发冷，过了好长一段时间之后，乌斯潘托列才开口：

"长官说的话大家都听见了，我们谁都没有办法违抗命令，剩下的就是要做具体的安排了，工程所需要的东西都要分摊到每个部落，为此，我们首先要搞清楚谁将承担多少。那么现在咱们就来商量一下吧！"

"托列，您说得对！"某一位来自布尔津的首领说道，"没有人能逃得过这场灾难，我们除了认命之外别无选择。来，大家都说一说吧，该怎么办？"

话题就此展开，每个人都在表达着自己的想法，你一句我一句的争论开始了：

"我的民众太穷了！"

"我的部落人口太少啊！"

"我们离这儿路途遥远啊！"

……

所有人都在努力将自己的难处堆到大家面前，每个人都在力争将自己的负担降到最低。有一些脾气不好、性子急的首领，此时已经变得面红耳赤、青筋暴出了。总的来说，情况不算太糟糕，暂时还没有人反目离去，也没有人拒绝执行。这样的争论场面对他们来说早已司空见惯，特别是在摊派苛捐杂税的时候。有的时候，由于意见不合，甚至都会有人大打出手。这一次还算好，并没有到场面失控的程度，原因很简单，这些全都是跟那个将要来管辖他们的长官有关的事情，没有人愿意得罪这位即将到来的大人物。人们说了很多话，也提出许多意见，渐渐地大家开始安静下来，开始寻找解决问题的办法。这个时候，就需要将大家最后做出的决定落到纸面上，然后再将它交到长官的手里。起初，他们并没有把这太当回事儿，但是，首领们很快发现，他们中间竟然没有一个人能胜任这项工作，这里大多数人都是睁眼瞎，尽管每天把胸挺得老高，可是他们的手却从来都没有握过笔。就算有那么几个人能勉强读出一些东西来，但是，说到拿笔写字，他们就一筹莫展了。这下该怎么办呢？唯一的办法就是得找一个能写字的人来才行，否则，刚才大家所说的话，还有最后做出的决定，第二天也就会变成一场空话。

首领们再次被难住了，在这紧急关头，到哪儿去找那样一个有能耐的人啊？如果叫来的人什么都不会那可怎么办？人们提出了几个人的名字，但是，这些人并没有得到大家的认可，也就不了了之了。就在这个时候，一位一直都在保持沉默的长者突然清了清嗓子，然后，慢条斯理地发了言：

"你们一会儿说这个，一会儿又说那个，我看这些人都不行。据我所知，蒙阿勒部落图尔德拜的儿子柯勒什拜是个识文断字的小伙子，大家看看是不是应该考虑一下他呢？"

"哎，老人家，您这么一说我还真想起来了，我也听说那个孩子是识字的。"

"据说，他好像偶尔还同诺盖商人做一些小买卖，就有人看见他的口袋里总是装着纸和笔。"

"大家说得对，我也听说他曾经帮别人写过状子，看来是应该把那个孩子叫来。"另外一位首领接话道。

"那就派人带两匹马过去请他吧，无论如何也要将他找来。"乌斯潘托列命令手下人。

"听人说那个孩子现在在赛尔克桑山脚下种庄稼呢，他会扔下手里的农活儿过来吗？"

"那就告诉他，以乌斯潘托列为首的部落首领们急需他的帮助，他应该会答应的，他看上去是一个明事理的小伙子。"一位首领很确定地说道。

这个时候，刚才出去的长官们也已经回来了。

"怎么样各位，决定了吗?"

"最初的方案算是出来了，现在得派人去请一个会写字的人来，也许他们很快就会到的。"

此时的长官们和首领们都已经感到腹中空空，因为自那场茶点之后，他们就什么都没有吃过。当煮得滑软飘香的马驹肉被端上来的时候，大家蜂拥而上。

在一顿狼吞虎咽之后，人们的肚子稍稍感到舒服了些，此时，他们不想就这么望眼欲穿地在毡房里等待那个会写字的人，于是，纷纷走出了门，到附近的小沙包那边转了一圈，很快又返了回来，应该是去解手了。进门坐定之后，人们开始三三两两地聊起天来。有的人说自己很担心，不知道那位将要来的长官是个什么样的人，不知道他将来会不会让大家过暗无天日的生活。还有一些人则在说，此时会不会有人趁机收买长官，以此来报复自己的对手，以此来得到别人的支持。还有一些没有心机的人则在想，谁来都无所谓，反正这是要和大家一起面对的事情，于是，他们也就不想为此多费脑筋了。只有很少的几个睿智的人，正在思索那个最现实的问题，就是如何减轻百姓的负担，怎么才能顺利地渡过这个难关。

噶赍达的助手和翻译正站在离众人稍远一点的地方，用审视的目光注视着在场的每一个人。

傍晚时分，两个骑马的年轻人朝着阿吾勒的方向飞奔而来，一到就飞身下马，直接朝着首领们的方向快步走来。

其中一位中等个头蓝眼睛白皮肤的小伙子毫不迟疑地将右手放到胸口，向大家行礼请安，首领们也回应了他，一看这情景他就知道，大家正在焦急地等待着自己的到来。

"你就是图尔德拜的儿子柯勒什拜吧?"当乌斯潘托列这样问他时，小伙子也毫不迟疑地回答道:

"是的，我就是图尔德拜的儿子柯勒什拜，听说各位长辈在叫我，都没有来得及完成父亲托付的事情，没有给庄稼浇完水，我就赶过来了。"

"好孩子，你来得正是时候，各部落的首领们哪儿都没去，都在等着你的到来呢！赶紧先进去喝点东西，然后完成任务吧。对了，你倒是说说，你真的会写字吗？"

"我，算是认识字会写吧，只要首领们看得上信得过，那我就试着写一写。"

这个年轻人的眼中闪耀着青春的火焰，脸上洋溢着自信的光芒，看到他，在场的所有长辈都露出了欣慰的微笑。他们每个人都在默默地观察着这个孩子，在心里给出评价，仿佛大家都在预测着他的未来。

"你发现了吗，他那双眼睛就像猛虎的眼睛一样充满了火焰，看他那副天不怕地不怕的样子，我想他一定能担此重任！"一位首领这样说道。

"这孩子简直就是阿尔泰山的雄鹰，如果给他机会，别说兔子了，他连狐狸都能抓住。"

"他的名字也很霸气，'柯勒什'（宝剑），太符合他的性格了。"

"说不定在将来的某一天，我们还得服从他的调遣呢！"

"哎，咱们就不要预测未来，当什么预言家了。只要他现在能帮咱们尽快解决眼前的问题，才是最重要的。"

关于这个年轻人的话题还在继续，这时，托列突然提高了嗓音，带着命令的语气对所有的首领说道：

"各位首领，请尽快进毡房，把刚才大家商议的事情告诉这个年轻人吧！"在听到了托列的话之后，大家纷纷走进了大帐，各自找到合适的位置落了座，整座白色大帐被挤得满满当当。

这个时候，两个小伙子喝了碗酸马奶，在解了路途的焦渴之后，他们也在靠近门边的地方坐了下来。

"我的孩子柯勒什拜，你坐到这边来！"乌斯潘托列指了指离自己近一些的一个位子说。

在柯勒什拜落座之后，大家一上午都在商议的内容被依次分配到了每一个部落头上。托列早就准备好了纸笔，柯勒什拜的任务是将首领们所说的内容记录下来。起初，首领们还对他的能力有所怀疑，此时他们皱起的眉头终于渐渐地舒展，大家脸上都露出了满意的表情。柯勒什拜努力不让别人看出自己内心的紧张，在尽量掩饰着，但是，在他握笔的手开始熟悉书写之后，他的字迹也渐渐变得整齐漂亮起来。他很快进入了忘我的工作状态，头也不抬地做着记录。

在记下了所有内容之后，首领们要求他念一遍，他就大声地把自己所写的都念给了大家，念完之后，他抬起头来看着长辈们，仿佛是在征求大家的意见。

"看来你都记全了，没有落下什么内容，好样的小伙子！"一位首领称赞道。

"这些都是我们大家商议之后做出的决定，所有内容都已经白纸黑字地记了下来，如今我们已经没有退路，只能全力以赴了。"

"是的，是的，所有人都有自己的任务，不知道那位长官还会不会提出什么别的要求呢，他们最好能跟我们说说工程的具体地点。"乌斯潘托列说道。

托赫孜拜将大家的意见转达给了长官，当他提醒说哈萨克首领们正在等待答复的时候，长官露出一副胸有成竹的样子，开口说道：

"我已经听了各位首领的决定和意见，看来，各位正确地领会了上面的意思，并且大家的态度也非常端正，关于这一点，我会转达给长官大人的。我想大人一定也会满意的。下面要做的事情，就是尽快着手投入到工程中，我相信各位一定能保质保量地完成任务。至于施工地点吗，我们刚才也到处走了走看了看，觉得这沿河的芦苇滩挺适合的，大家怎么看呢？"他提出了问题，却没有等答复，继续说道，"我认为这个地方可以，就准备向上面推荐了。只要大人一点头，各位就可以开始运送所需物资了。请各位抓紧时间招募工人，工头和工匠我们将从其他地方请来，这里的工人做一般的事情就行了。"他一口气说了这么一大堆话，让在座的首领们立刻感到毫无退路了，看来，已经没有任何回旋余地了。毡房里的空气仿佛一下子凝固了，四周被一种可怕的安静笼罩着。

每一个部落首领都感到自己的肩头压上了沉重的包袱，在太阳就要落山的时候，他们纷纷上了马。上面来的人，缓缓地走向托列大帐旁边特意为他们扎起的崭新漂亮的毡房。

首领们散去后，柯勒什拜一直都在为自己返程的交通工具担着心，就在这个时候，乌斯潘托列把他叫到了自己身边：

"孩子，不要为回去的事担心，你今天就不要走了，我觉得那个大人是看上你了。如果等将来噶赍达来了，他们要是再请你的话，你怎么办呢？"托列看着柯勒什拜，见他没有说话，于是，继续说，"依我看，如果有那样的机会，你一定不要拒绝，谁敢说哪一天你就不会变成吃官饭的人呢？"

"他们要我干什么啊？他们自己的人肯定足够了。对我们来说，最好的出路还是好好种地，好好赡养父母家人！"柯勒什拜说。

"我的意思是说，如果他们叫你了，你一定不要逃避，我只是想提醒你一下。你的喀拉乌斯潘大哥也很喜欢你，但是，由于天色不早了，他得赶紧回去，没有能跟你说上话就走了。我想，他也会支持我的想法的。如果大人那边没有什么表示，我相信你也不会自己跑过来找他们的。我看出来了，你是个有志气的好孩子！"托列说道。

"谢谢托列大人的关心，您是长辈，我怎么敢不听您的话呢？但是，我们家里很穷，情况不太好，也没有多少牲畜，一直都靠黑土地过活呢。如今父亲年纪大了，身体也不好，我又是长子，家里的农活儿大多都在我的肩上，弟弟们还小不懂事，所以，恐怕我没有办法丢下他们走啊！"柯勒什拜沉思着说道。

"好，我明白你的意思了。我想说的是，不要光看到眼前的事情，眼光要放得远一些。"托列语重心长地说。

那一天，柯勒什拜就成了托列家的客人，留宿在了他家。第二天一早他就回去了。

柯勒什拜到家时，看见父亲正在焦急地等待着他的到来：

"你怎么才回来啊？难道那些首领会把自己的官位分你一半吗？究竟有什么重要的事情让你整整在那里待了一天一夜？"

"首领们没有给我分一半的官位，但是，却给了我相当的信任，让我做了一件很重要的事情，我完成了他们交付的任务，让他们放心以后，就回来了。"

"这也好。但是，如果他们以后再叫你过去，不要不管不顾地跑了，天越来越热了，我们不能错过灌溉的时节，必须按时给庄稼浇水，你自己也知道最近我的腰非常不好，浇水的事只能由你来干了。"

"您放心，我哪儿也不去了，您给我指路就行了，剩下的事情就交给我吧！"

父子间那场谈话之后，柯勒什拜说到做到，每天就在自家那一小块庄稼地里忙活，父亲每周都要回家一趟带一些食物过来。他们家每年都会上萨热哈莫尔草原，由于去那里的路途非常遥远，他们决定今年就和几家穷朋友一起在达干跌勒草原过夏天。这样的话，也不用动不动请别人帮忙，而且，他还能常常回家，带一些奶酪过来，家里要是有什么事情，也能尽快地赶回去。

一个多月以后的一个早晨，乌斯潘托列派人到了柯勒什拜的家，那个人还牵来了一匹马：

"托列让你快点过去一趟，说是有急事，我怕你这儿没有现成的马，就给你牵来了一匹。"

那天早晨，父亲早早就回家去了，只有柯勒什拜一个人在地里，他不能在这个时候丢下地里的活儿自己悄悄地走掉。尽管，他们家所在的达干跌勒草原跟萨热哈莫尔草原比起来要近一些，但是，那段路并不好走，要沿着崎岖的山路，在翻过赛尔克桑山梁之后，直直地往下走，蹚过一条小河，再顺着山谷上山，才能到他的家。到家之后，准备食物也需要不少时间，所以，今天父亲不一定能很早赶回来。柯勒什拜将这些情况都告诉了那个信使，但是，来人却说，必须今天就把他带过去。就这样周旋了一段时间后，那个信使最终还是明白自己没法将人带走，说要把那匹辔马留下来，让柯勒什拜必须在父亲回来之后，赶紧过去。柯勒什拜只好将马留了下来，好不容易让那个人走了。

傍晚时分，父亲终于回来了。柯勒什拜就将发生的事情告诉了父亲，但是，老人好像并不很赞同：

"那天叫你，你也过去了，把该写的写完给他们了，现在还想干什么，我们又不欠他们的？孩子，记住，别忘了那句话：跟着托列的人是要背马鞍的，这句话不是没有道理啊。你自己也知道，从前那位阿志托列派阿尔哈勒克去找那匹被蒙古人抢走的马，当时托列还曾许诺他说：如果遇上什么紧急情况，就算让自己的独子过去，也不会让他过去的。结果怎么样？他不还是把阿尔哈勒克交出去了吗？孩子，你要听我一句劝，就离那些托列首领远一点吧，总有一天他们会让你吃大亏的。"

柯勒什拜陷入了沉思，父亲那些发自肺腑的话是有道理的，他知道，在这个世界上只有父亲才是真正关心自己的人，一旦遇上紧急事情，只有这个老父亲会替自己着急，替自己担心啊！谁能代替这个可爱的老人呢？别人最多就会在嘴上轻飘飘地说两句，还能做什么？可是，现在已经不是阿尔哈勒克的时代了，那个时候谁强大就是谁说了算，是混乱的弱肉强食的时代，现在情况已经不同了，不是所有的首领都是黑心肠吧？再说，他们这次可能也是再让自己帮忙写东西吧，等办完了事情，他会尽快赶回来的。当他把这些想法告诉父亲时，尽管他看上去仿佛有点动心了，可还是没有马上答应。

"现在不光是种地这一件事情，还有那些从诺盖商人那里拿来的布料和茶你不是得赶紧卖掉吗？还得还人家的钱呢。商人唯利是图，他们是不会听你解释，让你找理由的，要是时间拖长了，他肯定会要求你赔偿的。"

最近一段时间，柯勒什拜一直在考虑这件事情，后来，他就想如果首领们真叫自己过去，还要在那边待一段时间的话，他就把货的事情交代给堆森拜，让他来卖，如果他说干不了，那自己就把货退回去。他也把这个想法告诉了父亲。现在托列已经派专人还备了马来请了，自己最好赶紧过去，不要像摆架子一样，听听这次他们又是为什么事情在叫自己。在柯勒什拜的耐心解释下，老人终于还是同意他去了：

"看来还是你自己特别想去啊，唉，好吧，那你就去吧！"老人只好点点头说。

柯勒什拜从父亲的话中听出了无奈，心中不免生出一丝愧疚之情，可怜天下父母心，哪有父亲不希望孩子好呢？而且，老人也是担心自己出去会被人欺负。他心里暗暗地想，必须要让老人家心里踏实才行。

"父亲，没有什么可担心的，您的儿子知道分寸，等把事情都办完了，我一刻也不耽搁，会马上回来的。"

就这样，第二天柯勒什拜很早就出发赶到了工地。他看到工程已经开始了，有几个年轻小伙子正在河边挖坑，再用挖出来的干净土壤做砖头。这里曾经是一片茂密的芦苇丛，现在芦苇已经全部被砍掉了。人们将那块空出来的地铲平，准备在那里盖房子。一道过膝深的沟映入柯勒什拜的眼帘，那是房子外墙地基的位置，沟里铺满了鹅卵石。盖房子所需的木材也准备得差不多了，现在只差盖噶赉达长官的住宅和办公室所需的松木还没有运到。噶赉达的助手是监工，监督工程的进度和质量。柯勒什拜想，一定是这个助手回去给噶赉达报告了具体情况，得到了指示，所以工程很快就开始了。那位长官对柯勒什拜的态度非常友善，他和颜悦色地说：

"今天找你来，是因为我们这里非常需要像你这样既天资聪明又识文断字的年轻人。我把你的情况报告给了噶赉达大人，尽管大人并没有见过你，但是，他在听了我对你的介绍以后，就说先让你过来开始工作，剩下的事情，等他自己来了之后再视情况而定。这件事情我跟托列也说了，托列也非常赞同。我现在想说的是，你必须要格外注意工程的进度，而且还要记录所有建筑材料的来源和数量等内容，与此同时，你还有另一个任务，就是要详细地记录每个工程的进展情况，要搞清楚每一位首领的工作到底进行得怎么样，你的这些记录，就是将来实行奖惩措施的依据。年轻人怎么样，这些你都能做到吗？"

"因为是托列叫我，我才来的，本来并没有打算要在这里待很长时间。可是，我怎么可能违抗长官的命令呢？那就待一段时间，我会尽力完成您所交代的任务的。不过，我并不想参与到惩罚别人的事情当中去。"

"惩罚也就是那么一说，我也不喜欢无端地去为难别人。"噶赉达的助手口气平缓地说道。

就这样，柯勒什拜留了下来，没有回家。

这个季节天气已经转暖，民众早就转场到了夏牧场，河边蚊蝇漫天，干活儿实在非常困难。但是，又不能以此为借口拖延工程。如果你违抗了上苍的指令，到了那个世界才会去接受惩罚，那就不是迫在眉睫的事情。而你要是敢违抗长官的命令，那你就等着被关进监牢吧！柯勒什拜暗下决心，自己要和这些年轻人一样，哪怕被风吹日晒，蚊虫叮咬，也要坚持下去，一定要干出一点成绩来才行。于是，他在心里暗暗下定了决心：

"难道我的生命比他们的生命金贵吗？他们能干的我一样也能干！"他想办法将这边的情况都告诉了家里，父亲得到他的消息，心里自然就踏实了，于是，柯勒什拜安心地待了下来。他的工作就是要将所有的事情都详细地记录下来，所以，他每天都要跑遍每个工地的每一个角落，将所有的细节无一遗漏地记录下来。

尽管所有人都非常想尽快完成工程，然而，还是没能在上面规定的时间期限内完成任务。哈萨克人并不熟悉这样的事情，他们的工作效率也不高。由于生活习惯的不同，他们没有办法跟内地来的汉族工人吃一样的饭，所以，工人随意离开工地的现象时有发生。不过，大部分人还是坚持到了秋天，那个时候房子的外部工程都已经基本完成。剩下的就是内部修缮等精细的工作，哈萨克族工人基本上都被放了回去，汉族的能工巧匠们留下来继续施工。从工程开始以后，乌斯潘托列和附近的一些首领来看过几次，他们并不想让上面派来的人不高兴，想努力让长官们满意。他们心里知道这是提高自己在上面心目中地位的一个极好的机会。

那段时间发生的事情柯勒什拜全都看在眼里，事无巨细地记录下来，他认真完成了工作，渐渐地在噶赉达助手面前树立了威信。他原先打算在工程结束之后就回去的，但是又一想，他要是在噶赉达到达之前就私自离开，恐怕不合适，于是就留下等待长官的到来。

在金色的秋天来临之际，工程也基本完工了，长官噶赉达到了，带着家人和四十几个全副武装的手下。那些人个个都骑着高头大马，大人和他老婆孩子则坐着漂亮的四轮马车风风光光地到了。他们一到，等候已久的远近各部落的大小首领们纷纷迎上前去，人们前呼后拥地将车队接了过来。等下了马车之后，噶赉达去看了自己的新家，他的表情很淡定，根本看不出他是满意还是不满意，在他老婆孩子下车之后，手下人七手八脚地卸了行李，然后往新房子里运。在这整个过程中，大人站在原地始终没有开口说一句话。他是最后一个朝着那扇崭新的大门走去的人。噶赉达是个个子不高、体形稍胖、脸色黝黑的人，他的夫人跟他自己差不多高，皮肤白皙，看上去还颇有几分姿色。她牵着女儿的手，这个十几岁的小姑娘脚上穿着一双布鞋，跟着母亲慢慢地朝前走着。噶赉达的表现让所有的首领乱了方寸，他们无法预料这个长官在未来的日子里还会闹出什么事端来。大人就这样无声地走进了房间，大家站在原地，都没有缓过神来。稍后，一个个默默地去找自己的马，默默地骑上去，再默默地离去了。

这位长官如此无礼，如此傲慢，如此无视前来迎接的众人，这让所有的部落首领都心存不满，走出一段距离后，大家才开始你一句我一句地议论起来：

"这位大人'来者不善'啊，我真担心他将来会给我们好看！"

"这还真不好说，一直期待这位长官能替我们伸张正义，如果他是如此冷酷的人，那我们今后可有的受了！"

"大家先别瞎猜，自己吓唬自己了，人家这不才来嘛，也得维护一点尊严吧，说不定他这是在考验我们呢，大家还是拭目以待吧！"

"既来之，则安之，顺其自然吧！我们也没法赶他们走，慢慢走着看吧。"

"是啊，老天自有安排。"

首领们就这样各怀心事地回去了。

自从噶赉达到来之后，一切都变得跟以前不一样了。这里的哈萨克人从来没有见过这么多拿枪的人，如今每天都生活在担忧与惊恐之中，那些荷枪实弹的士兵，并没有给他们带来安全感，反而让人们感到更加不安。从前，柯勒什拜曾跟随拉伊斯去过麦加，在那里他见过很多穿军装的士兵，跟那些人比起来，眼前这点儿人简直什么都算不上了。然而，对生活在这片草原上的人们来说，这无疑是一件大事儿。他不愿意跟任何人讲自己的想法，他担心祸从口出，万一哪一天再传到那些人的耳朵里，自己就变成藐视朝廷的人了，所以，他想还是管住自己的嘴比较好。于是，他就和大家一起，默默地过着那些平凡而无趣的日子。噶赉达到来的第二天，这里就有了一个新的名字——军方。哈萨克人搞不懂这是什么意思，在私底下做着各种猜测，后来也不管它是什么意思了，就按照自己的发音习惯，给这个名字赋予了新的念法——居木庞（军方）。噶赉达以及噶赉达的手下没有追究这个称呼的来历。尽管跟噶赉达一起来的人大多数是军人，其中也有几个人长着哈萨克式的脸。柯勒什拜打听到其中有一个懂汉语的名叫鄂德热什的人，他跟自己一样也是——佳德克①部落的人。在得知对方是同根同源的兄弟之后，两个人很快就亲近起来。尤其是他又懂汉语，可以直接跟噶赉达大人交流，他

① 柯勒什拜的部落分支按照从上到下的顺序分别为：三大玉兹——中玉兹——克烈——佳德克——佳纳特——蒙阿勒。

的这个异于他人的能力更让柯勒什拜对他心生敬意。他在心里暗暗地下定了决心，一定要跟这个兄弟一样，掌握这个民族的语言，要做到能和他们自由地交流，这样就能了解他们的精神世界。他将这个愿望深深地埋进了自己心里。他从前非常欣赏翻译托赫孜拜，现在又加上这位，就更加激励他去寻找一条新的途径，这也成了他重新找到未来方向的一个重要因素。从那以后，他不再一心想着回家了，反而开始盘算着，如果他们让自己留下来，那他就要这样继续干下去。他的这个想法，很快就得到了实现，噶赉达在听了助手的介绍之后，就将托列叫到了自己身边，跟他说自己需要一个了解当地情况的人，问他要柯勒什拜，托列表示同意，他说道：

"但是，"他说，"'佳纳特'部落有一位名望很高的部落首领，名字也叫乌斯潘，我们应该首先得到他的应允才行，如果他不同意的话，柯勒什拜恐怕也不会听我的话的。"

"那我亲自去跟乌斯潘谈这件事情！"噶赉达回答道。

几天之后，两位乌斯潘都同意的消息传到了柯勒什拜这里，乌斯潘托列把他叫到身边，对他说：

"你就留下来在噶赉达身边工作吧！这不是我一个人的意见，你喀拉乌斯潘大哥也是这个意思，你要多了解大人的想法，随时跟我们保持联系。"

其实小伙子自己也不太想走，听了这话，他心中还是挺高兴的，他回答道：

"好的，既然大人这么说，托列您也同意了，我能有什么话说呢，那我就试试看吧！"

噶赉达大人姓钟，他是个军人，所以看上去是个很严肃很严谨的人，但是，他对老百姓还算客气，不是那么严苛。他让柯勒什拜参与处理民间的各种事务，尤其是跟部落首领们保持联络等事情，他几乎都交给了他，仿佛是通过这种方式在考验这个年轻人的能力和智慧。柯勒什拜并没有跟他计较，只是认真按时地完成所有交给自己的任务，在官方和民众之间起到了联络和桥梁的作用。突然有一天，不知道出于什么原因，他一直视为兄长的鄂德热什要离开了，这让他感到非常难过，那天早上，他匆匆告了别就走了。至于他为什么要走，要去哪儿，他都没有说，柯勒什拜感到自己仿佛失去了一位导师，这件事对他的影响很大。

尽管钟噶赍达在哈巴河沿岸只部署了很少的人马，他的管辖范围其实是很大的。阿勒泰西部的广大地区，都在他的监管之下。所以，每天要找他办事的人的脚步总是络绎不绝。作为大人的助手，柯勒什拜会告诉他们如何与大人见面，他总是会尽自己所能，帮助他们达成心愿。俗话说：石头坠落，大地承受。这句俗话说得一点儿都没错。尽管噶赍达每天要处理的事务很多，但是，他的日常工作都要依靠当地的百姓来完成。这就需要柯勒什拜参与到这些事情当中。这些工作都是在大人的眼皮子底下完成的，这对年轻人威望的提升和大人对他为人与能力的肯定都起到了积极的影响。

在柯勒什拜的内心深处，想要掌握汉语的愿望变得日益强烈，托赫孜拜发现了这个年轻人的机智和聪慧，就经常把他叫到自己身边，询问一些情况，柯勒什拜也不隐瞒，尽己所能将所了解的情况告诉对方，他也尽可能地问一些自己感兴趣的话题，包括朝廷里的事情。在一次聊天中托赫孜拜说：

"柯勒什拜兄弟，我听别人说你是个穷人家的孩子，又是家中的长子，家庭负担重，我就好奇你是怎么上的学，又是怎么掌握了这些知识的呢，你能跟我说说吗？"

"这有什么不能说的呢？"柯勒什拜微笑着说道，"我的父亲的确是个贫穷的哈萨克牧民，我并不会因此感到羞耻，既然您问了，我就跟您说说吧。"柯勒什拜稍微停顿了一下，目光投向了远处，他们两人肩并肩坐在哈巴河岸边一处不高的台地上。没有波澜的河水在缓缓地静静地流淌，河边那片由桦树和杨树混杂的树林生长得那么茂盛，一阵风吹过，树叶发出哗哗的响声，仿佛一群姑娘在嬉笑歌唱，不禁让人感慨大自然将所有的美丽都赋予了这片土地。柯勒什拜如痴如醉地看着眼前的景象，由衷地继续着自己的话题，"我们是克烈部佳德克部落的佳纳特的后人，在佳纳特英年早逝之后，他的弟弟蒙阿勒娶了他的妻子，他还在襁褓中的儿子巴依斯就以蒙阿勒之子的身份逐渐长大成人。我就是巴依斯的儿子塔布勒德的后人。我的父亲图尔德拜是个穷人，我们家有兄弟三人，我是家中的长子，老二叫堆森拜，老三叫俄尔格拜。父亲肯定是希望我们能过富足美满的生活，给我们取的名字后面都加上了拜①。我们的舅舅家也是兄弟三人，据父亲所说，我们三人都随了那三个舅舅，大舅舅是个很能干的人，我想我应该是像他了吧，老二是个性格倔强的人，也许堆森拜就随了他了，老三看上去很老实，然而是个伶牙俐齿的人，大家都说俄尔格拜简直就和三舅舅一个模子出来的。尽管我们性格各异，三个人都很听父亲的话，而且我们非常团结。"

"哦，是这样啊。我还是想问问，你到底是在哪儿，跟谁学习读书写字的？你们这里没有学校，却出了你这样一个读书人，这让我非常好奇。"

"您说得对，我小的时候这里没有学校，由于我是家中的老大，很早就开始帮父亲干农活儿了，我在山脚下帮家里种小麦和塔尔米。那是人们春秋两个季节居住的地方，那里的土地肥沃，种什么都能长得很好，我们春天播种，秋天收获，每年都能收不少粮食呢。夏天家里人会跟着大家一起上草原，而我则要守在地头，照顾庄稼，

---

① "拜"与"巴依"同义，是富足的意思。

等到了秋天，人们从夏牧场下山的时候，我还要小心地看护着，以免就要收获的庄稼被牲畜踩坏了。有一年春天，我偶然听说我们附近阿吾勒那个巴依（富裕人家）沃恩拜要给自己的孩子请一个教师，我当时也特别想学习，于是，我匆匆忙忙地给庄稼浇了水，然后就骑上我的大牛跑去了那个阿吾勒。这件事情我并没有告诉父亲，因为我怕他不同意。沃恩拜的阿吾勒当时正好在胡朱尔特草原。那天傍晚时分，我到了那里，当我将自己此行的目的告诉主人以后，他盯着我的脸看了一会儿，然后说：'孩子，你想上学这是好事。但是，你父亲同意吗？毕竟你是他的帮手啊。'我说：'我知道父亲不会同意的，所以，我没有告诉他，求您了，请您不要赶我走，您家里的活儿我都可以干，看护牲畜，挑水捡柴，什么都行，您就让我留下来和您的孩子们一起上课吧！'见我如此诚恳的样子，他没有再继续坚持，只说了一句：'如果你父亲非要带你走，你就得回去了，到时候就不要怪我了。'就这样，我留了下来，和沃恩拜的几个孩子阿木列、哈讷别特、博扎海一起从字母开始学了起来。父亲得知了这件事情之后，还是非常生气，尽管这样，在看到我如此坚定、如此痴迷的样子时，也就没有硬将我带走。

"那个夏天，我都待在那个阿吾勒学习。我们的老师是个博学多才、见多识广的人，他非常认真地教我们读书识字。等到了秋天，我已经认了一些字，再往后就没有学习的机会了。回到家以后，我又开始干我的老本行。我和父亲一起收了庄稼，秋末天气渐渐转凉，我们就迁徙回到了冬牧场。就算每天要干好多农活，我依旧没有停止学习，为了能熟读阿拉伯文，我无数次地翻阅手上仅有的一本书，书中的警句我都能倒背如流，我开始到处搜集各种书籍来读，再后来我就可以帮亲戚朋友写信、读信了。就这样我学会了读书、写字，连我自己都没有感觉到在不知不觉中我就变成了一个识文断字的人了。这就是我的学习经历。那您能跟我说说您自己的经历吗?"托赫孜拜听了他的讲述之后,并没有马上回答,他若有所思地盯着柯勒什拜那张充满了青春朝气的脸看了一会儿,然后说道:

"你知道我来自塔尔巴哈台,我也说过自己是柯尔克孜人,然而,我不是穆斯林柯尔克孜族,而是信仰佛教的柯尔克孜人,所以哈萨克人都叫我们异教徒柯尔克孜人,把我们和蒙古族的土尔扈特部看作是一类,从某一方面来看,这好像也并没有错。我是在与汉人的交往中逐渐学会的汉语,就因为我懂了汉语,现在就成了长官大人的翻译。"

为了了解外面的世界,为了能读更多的书,还为了能了解大人的所思所想,柯勒什拜心想自己应该跟这位大哥学习汉语言,于是他说:

"您给我当老师吧,如果我们想将自己的愿望转达给上面的人,就要跟您一样学会这门语言才行,我想请您教我,好吗?"

托赫孜拜看出了年轻人有着远大的抱负,他的脸上露出微笑,欣慰地说:

"好的,我会将自己的所学都毫不吝啬地教给你。我想,有你这样的一个年轻人,是生活在这片草原上所有哈萨克人的福气!"

一听这话,柯勒什拜非常高兴,他紧紧地握着对方的手激动地说:

"太谢谢您了,太谢谢您了,那一言为定!我至少要学会能讨口饭吃的本事才行,否则,我是绝不会放弃的。"

托赫孜拜在努力履行着自己的诺言,而柯勒什拜从那以后每天都坚持背汉语词汇,他从最简单的日常用语开始学起,竭尽全力把能记住的内容都记在心里,而且还做大量的笔记,小本子不离身,每天只要有空闲时间就要拿出本子来背诵。他几乎把所有的精力都用在这件事情上。他小的时候总是跟邻居蒙古人家的孩子们一起玩儿，渐渐地学会了蒙古语，这个经历对他今天学习汉语起了很大的作用。从那以后，他就知道学习一门语言是需要一定的技巧和经验的。一段时间以后，他能用汉语跟那些士兵说上几句话，也能慢慢听懂一些简单的句子，还能回答一些问题了，这让他感到非常高兴。就这样，他感到又有一扇生命之窗在为自己打开，仿佛眼界也随之开阔起来，在那些日子里，他的心被快乐幸福填满了。

柯勒什拜的结发妻子古丽加米拉不幸死于难产。他在沉痛的丧妻之痛中度过了很长一段时间，然而，生活还要继续，家里始终还是需要一个女人的照顾，在亲戚朋友们的一再要求下，后来他就娶了其巴尔阿依格尔部落的哈勒皮叶部落卓尔别克拜家的女儿巴赫特巴拉为妻，续弦对于一个为公家干事儿的人来说，的确是一件挺困难的事情，对于一个没有满圈羊群和满坡马群的穷人家孩子来说，要送巨额的彩礼并不是一件容易的事情，后来，在亲戚朋友的帮助下，他们终于让姑娘的家人感到满意了，才将新娘娶进了家门，家里也算了了一桩心事。然而，新的问题又来了。既然成了家，就要承担起家庭的责任，可是，柯勒什拜能将家庭和工作的担子一起扛起来吗？如果他做不到，他能将年轻的妻子关进家里，让她一个人来承担照顾家中老人的重任吗？

这些都要柯勒什拜去面对和解决，尽管他暂时找不到办法来彻底解决这样复杂的问题，他还是在将家里的事情稍稍安顿了之后，匆匆返回到工作中。他回来不久，突然接到通知，说噶赉达大人在找他，他有点紧张，怎么自己一回来他就找呢，是不是自己的工作出了问题，或者发生了什么突发事件？他心里充满了疑惑和不安，小心翼翼地敲响了长官办公室的门，听到从屋里传出了请进的声音，于是，他轻手轻脚地走进了屋子，他从噶赉达大人的脸上没有看到不满的表情，只是他好像在考虑什么问题，见柯勒什拜来了，他轻声地沉稳地对柯勒什拜说：

"我打算交给你一个任务。"他稍稍停顿了一下，看着柯勒什拜的脸然后继续说道，"最近，我们要在这里召开一次大会，非常大的会议，按照朝廷的旨意，我们必须做好充分的准备，这件事情我想交给你去做，怎么样，你想去吗？"他看着柯勒什拜用试探的口吻问道。

"噶赉达大人让我去，我肯定会去的，您只要告诉我该去哪儿，该怎么做就行。"柯勒什拜果断地回答道。

"这并不是一件简单的事情，这里的老百姓都将承受沉重的负担，需要我们进行合理的管理和协调，来完成这项工作。你的任务是去哈巴河对岸，做通他们的思想工作，你要去找加尔博勒德部落的毕官杜孜本别特，"他停顿了一下，柯勒什拜已经猜出了长官的用意，因为，他早就听说清朝政府和俄罗斯政府的代表将在这里会面，他猜长官说的肯定是与此有关的事情，现在看来，果然如此。这时噶赉达继续说道，"我们必须准备五十顶毡房，用来接待参加会议的长官们，那些毡房大小必须一致，要漂亮整齐才行。同时要准备大量的牲畜和柴草，还需要很多勤快的年轻人来接待来访的宾客，这些事情都要由杜孜本别特那边的民众来承担，为此，你要专门过去一趟，帮他解决一下问题。"

柯勒什拜听了这话，感到有些惊讶，以前长官只给他派一些类似传个信、带个话、牵个马、接个人之类的小事情，这还是第一次给他布置这么重要的工作，这种事情应该交给说话有一定分量的人啊，作为一个小人物的自己将如何完成如此重大的任务呢？然而，长官既然要派自己去，就只能奉命行事，无处可逃必须面对了。他想到这儿，就果断地回答道：

"好的，大人，那我要什么时候过去？"

　　"你别着急，先等一等。"噶赉达说，也许是他自己也还不知道具体该怎么做吧，过了一会儿长官继续说道，"有一点你要搞清楚，这不是我们自己民间的小型集会，这是两个国家代表之间的会面，到时候双方很多的大人物都会过来。因为，中国和俄国之间的边境问题还没有得到彻底解决，尽管这个事情被提出来已经有好几年了，但是，至今为止，还是没有在国境线上做出准确的标志，为了最后敲定国境线，就必须安排这个关系重大的会面。现在还存在不少争议，其中最主要的争议，就出在杜孜本别特的民众所居住的阿勒哈别克河和哈巴河之间的地区了，杜孜本别特的人说自己要归顺清朝政府，如果是这样，他们所居住的地方也应该划归清朝政府的国境内。所以说，在这件事情里，杜孜本别特的部落就显得非常特殊。中央政府针对这件事情还下了诏书，我们必须要执行，就像我刚才说的那样，杜孜本别特有没有能力完成那么多的事情，他的民众有没有能力承担那些重任，他们还有什么具体的困难，你的任务就是去了解这些情况，并且你要尽自己所能，给予他们帮助。然后，你要将所见所闻原原本本地汇报给我。"

　　噶赉达讲完之后，盯着柯勒什拜的脸，看他的样子就知道这是在等待着对方的答复，仿佛是在猜测这个年轻人究竟有没有能力完成此项任务，还是会退缩。

　　柯勒什拜并没有退缩，他将坚毅而锐利的目光投向了大人，大人脸上露出了满意的表情，坚定地点了点头，说：

　　"那你就去吧，只是不能独自前往，你带一个伙伴跟你一起过去，两个人总比一个人强，遇到什么事情可以商量着办，如果碰上什么困难，他还可以帮你的忙。"

　　柯勒什拜接到了新的任务，知道自己不能再拖延了，与大人告辞之后就转身朝门口走去，这时，他突然感到有一团浓重的迷雾笼罩在了自己的头上。噶赉达以前从来没有给自己交付过如此重要的工作，今天怎么突然这样做了，难道这有什么秘密吗？这是他的信任，还是考验？也许他是在想，如果自己能干就干，干不了就把位子让给别人？这些问题一直困扰着他，看来做大事的人果然是城府很深，心机很重啊，无论他是出于好心还是恶意，他都不会轻易地让外人看出来。要是什么事情都写在了脸上，他的权威又将如何维护？也许这两种情况都存在吧，无论怎么样都行，既然大人这么说了，那就去吧，尽自己的能力来完成工作，想到这儿，他走出了门，发现这一天的太阳就要落山了，现在动身恐怕有点晚了，天黑过河也不安全，过了河再到布列孜克河还有很远的一段路程要走，所以，他决定第二天一大早动身。大人不是还交代他再带上一个人嘛，那就带上最近来帮忙的小伙子加热阿斯吧，他看上去是个手脚麻利又头脑清楚的孩子，应该能帮上自己的忙。

除非出现什么紧急情况，噶赉达一般不会催促手下人，所以，柯勒什拜也就没有向大人汇报，直接回去休息了。随着第二天第一缕曙光的到来，他和加热阿斯骑上马出发了。哈巴河的河水还没有涨起来，这条美丽的母亲河一如既往，只是在平静地向前流淌着。尽管河水流速平缓，他们也不能随便从什么地方就过河，因为一不小心就可能掉进深水里去，所以，他们往上游走了一段路，走到平常人们常走的相对更加平缓的地方过了河，之后，他们没有做过多的停留继续赶路了。他并没有将他们此行的真正目的透露给身边的伙伴，只说长官派他们两人到那边去办事，等到了地方了再视情况行事。两个人的马慢慢地跑着，刚过了中午，就到达了布列孜克河河边。加热阿斯第一次到这个地方来，他如痴如醉地看着面前静静流淌的河水，沿岸被郁郁葱葱的树林所覆盖，不同种类的果树掺杂其中，摇曳着优美的身姿，散发着阵阵诱人的清香，让人感觉自己仿佛置身于天堂的一角。遗憾的是，现在不是果实成熟的秋季，他们没有福气享受上苍赐予的这份美味礼物。他们到的地方在河的下游，问过之后才知道杜孜本别特的阿吾勒在河的上游，于是，他们没有在这个地方做过多的停留，就朝着那个阿吾勒的方向飞奔而去。

首先映入他们眼帘的是十几顶洁白的毡房，这就是毕官的阿吾勒。距离这里不远的地方，还有两个阿吾勒。马桩上拴着很多马，可见已经来了不少人，看来这里正有聚会，毡房门外也有很多人在忙碌。有两个年轻人专门负责在门口迎接来宾，将他们的马拴到拴马绳上去。主人也许只把这两个小伙子当成了过客，并没有人过来牵他们的马。可他们没有因此而不高兴，就直接来到了最大的那顶大帐的门口，向迎面见到的一位长者行了礼，对方只是冷淡地回了礼，他并没有请他们进毡房，开口问道：

"你们是哪里来的孩子，到这儿来有什么事情吗？"听到他的问话，柯勒什拜只是平静地做出了回答：

"我们是从哈巴河对岸来的，想见见毕官大人。"听了他的话，长者有点迟疑，又问道：

"你们来有什么事情吗？毕官现在很忙，没有时间见你们！"明摆着就是在说不想让他们进去。

"请您原谅大哥，我们并不是来玩儿的，是奉了噶赉达大人之命来见毕官大人的。"柯勒什拜说。在听到噶赉达的名字以后，长者的态度有了变化，他把门让开了。在两个小伙子一边大声地请安，一边走进毡房的时候，在场的每个人的脸上都浮现出了困惑的表情，就在这个时候，杜孜本别特马上就认出了柯勒什拜，他说：

"原来你就是噶赉达身边的那个小助手啊，来孩子，到这儿来坐！"说着，就指着毡房右侧的位置，两人就座之后，他继续说道，"看样子，你们并不是闲来无事跑来的，那就赶紧说说你们此行的目的吧！"

"您说得对，大人，是噶赍达派我们过来的。"

"好的，那你们先休息一下，喝点东西解解渴，然后咱们再详细地聊。"说完他朝门口的一个小伙子示意了一下，小伙子马上领会了他的意思，将两人带出了毡房。他们被带进了大帐旁边一顶精致的白色毡房中，被请到了上座。两个年轻人这才发现，这里是毕官家的客房，毡房里没有太多的物品，正对着门靠着围栅整齐地叠放着一摞被子，毡房正中央摆着一张大圆桌子。那位侍者小伙子端来了满满一盆酸马奶，小心翼翼地倒进干净美丽的碗中，端到了客人们面前。他们靠着圆桌开始大口地喝了起来。在喝了两三碗酿得恰到好处的酸马奶之后，两个人的额头都沁出了汗珠，人也轻松了不少。柯勒什拜向侍者小伙子询问了一些事情，可是不知道他是真的不清楚呢，还是不想回答，总之，没有能给出什么像样的答复：

"谁知道，他们只说要在哈巴河对岸搭建一些毡房，也没有说别的。"听了他这个回复，柯勒什拜也没有再追问下去，他想应该可以从毕官那里了解其他的情况。当他将目光转向毡房内部装饰时发现，这个毡房无论是围栅还是穹顶都被漆成了深红色，围栅外围是被红色和绿色毛线缠绕出美丽牛角花纹包裹着的芨芨草秆，看上去格外好看，从中间对开的金色的门小巧而精致，毡房里其他所有的绑带和绳索，都尽显能工巧匠们的高超手艺。柯勒什拜以前从来没有见过如此精美雅致的毡房，这位杜孜本别特毕官的家果然非常排场大气，胜过他见过的任何人的。没过多久，毕官将柯勒什拜叫到了自己身边，他说：

"我的孩子，柯勒什拜，你大概也知道一些情况了吧？我们哈萨克人的生存空间，历来就在两大帝国之间。从前，我们的领地很宽广，那时天下太平，我们一直都自由自在地生活在这片土地上，他们偶尔会派遣使者过来巡视一下，生活从来都没有什么压力。不知道是时代变了，还是上苍降罪于我们，总之，现在我们的土地不再宽广。其实，不是土地变小了，而是人心变窄了。沙皇俄国的手也伸向了哈萨克草原，以斋桑湖流域广大草原为栖息地的篾儿乞人也搬到了萨乌尔一带。我们也是为了躲避那种压力，才迁徙到了这个地方，现在看来，俄罗斯人的目光也转向了这片土地。我们不想让他们将头箍戴到自己头上，后来，我们意识到必须要投靠一个强大政权才能得到安宁的时候，就自愿接受了清朝政府的管辖。但是，我们并不想抛下自己赖以生存的这块土地，我们连人带地都会归属清朝政府，为了守住家园，我们甘愿赴汤蹈火。就是因为这个，清政府就打算在这里召开两国代表的会议，从而根本解决边境问题。他们给我们——加尔博勒德部落的人压上了担子，说要在我们这里召开大会。这件事情说起来容易，然而，做起来可不是那么简单的事情，我们要准备五十顶洁白的毡房，还要准备招待来访客人所需的费用，这对我们来说可是个大问题。谁知道那个会谈会持续多长时间，如果拖得时间太长了，那我们的负担就会更重，民众能承担得了吗？一想到这些，我感到如坐针毡，夜不能寐啊！我想噶赏达大人也知道完成这件事情的难度，他派你来就是为了让你来看看这里的情况，来征求意见的吧？这里所有的人一大早就到齐了，大家一直都在讨论将如何进行分配，如何才能顺利完成这个任务，最终我们还是没有能拿出一个理想的方案，大家现在都很头疼。情况就是这样的。"杜孜本别特毕官的脸上堆满了愁云，低着头无声地坐着。

柯勒什拜看到毕官为难的样子，心里非常难受，他并不是为个人的事情而担心，而是在考虑将如何保护民众，怎么才能让大家平安地渡过难关。他感到自己的心被浓雾包裹住了，非常难过。管理民众，成为人民的靠山，这是一件多么难的事情啊！如果换了是我，我该怎么办呢？我能找到出路吗？我能做到既保护民众的利益，又能保住家园吗？

敏感的毕官看出面前这个年轻人也陷入了深思，老人挺直了腰身，用右手捋了捋花白的胡须，再次开口道：

"助手孩子，你也看到了，情况就是这样的。不过，如果我们下定了决心，就没有什么事情是办不成的。整个加尔博勒德部落的民众意见是一致的，大家都说一定要完成这个任务。毡房应该也是能找到，就算我们用手里一半的牲畜来招待客人，也是能承受的。只希望我们所依顺的政府能替民众撑腰才好。除此之外，其他事情应该都能得到解决。"

毕官仿佛甩开了一直压得自己喘不上气的沉重包袱一般，一下子变得精神起来，此刻的他在柯勒什拜眼里就像一只展开双翼准备高飞的雄鹰那样威武勇敢。

"毕官大人，您的话我都听明白了，噶赉达就是派我来协助您的，您有什么事情要我去做的吗？"

"谢谢噶赉达大人的好意，不过，这里暂时还没有什么事情要你来做的，只要你能准确掌握这边的情况，就足够了。"毕官的话仿佛是在催促柯勒什拜，要让他竭力完成这个任务似的。如果回去以后，跟噶赉达大人汇报的时候，只说自己去过了，人也见了，也谈过了，那他的任务就等于没有彻底完成啊！这里目前的确没有什么事情是他可以去做的，准确了解当地的民情，然后原原本本地转达给噶赉达大人，也算帮他们的忙了。他这样想着，来到了在附近闲聊的几个人身边，想听听他们的谈话内容，结果他发现，人们觉得最困难的事情就是如何按时制作完成那么多精美的毡房，除此之外，那是个春季，草还没长好，要准备那么多头可以用来招待客人的肉质肥美的牲畜谈何容易。这是他和很多人接触谈话之后，最后得出的答案。柯勒什拜久久回味着杜孜本别特毕官所说的那句话：希望我们所依顺的政府能替我们撑腰才好。他陷入了沉思：

"说实在的，如果管辖你的政权不够强大，那就是上苍最大的惩罚了。如果我们不能抵抗对方的压力，一味地后退，那就会失去所有的一切。看来篦儿乞人抛下家园，从斋桑迁徙到了萨乌尔地区，也是政权不够强大的原因啊！否则，老实憨厚的民众怎么会举家迁徙呢？这样的危机如今也降临到了加尔博勒德部落民众的头上，谁知道这件事情最终的结果将是什么样的。据说，有为数不少的俄罗斯人已经在哈巴河在额尔齐斯河汇入口撑起帐篷，安营扎寨了。他们这是想霸占这块土地啊！从前也听说双方政府已经达成协议，划清了国境线，不知道那只是一句流言，还是由于什么其他的原因，这件事情就被搁置下来了。看样子，所有的希望都将寄托在不久以后将要召开的那次大会上了。到时候，我们才能知道自己将由哪个政权管辖吧。所以，我必须尽快将在这里的所见所闻转达给噶赉达大人，之后的事情，再看如何安排。"柯勒什拜整个人都在这些想法的控制下过了一夜，第二天一早就回去了。

柯勒什拜将这两天所发生一切都告诉了噶赉达大人，他还详细地讲述杜孜本别特毕官那边安排民众的详情，他们已经准备好承担起这个沉重的包袱了。大人听完了他的话，脸上露出一丝难以察觉的表情，但是，柯勒什拜看出他是满意的。接着，大人又给他布置了新的任务。他说必须尽快派人把乌斯潘托列和附近其他部落的首领请来。柯勒什拜接到命令之后，自己并没有过去，而是让同伴加热阿斯去请托列大人。随着时间的推移，柯勒什拜已经渐渐了解了噶赉达的表达方式，除了他一再强调要自己去办的之外，其他的事情他就会交给别人去做了。没过多久，托列带着几个随从匆匆赶到了。噶赉达与他们的谈话持续时间并不长。他跟托列讲了加尔博勒德部落的民众如今深陷困境，但是他们孤注一掷，正准备尽最大的努力完成任务，其他部落的民众也必须分担一部分负担，所以，今天需要所有的首领一起商量出解决的办法才行。乌斯潘托列表示，他会将噶赍达的意见传达给其他的首领，并且将尽力协助完成任务。

柯勒什拜没有料到的是，这次噶赍达并没有事先跟自己通气，而是直接跟乌斯潘托列讲了一个决定，说他要委任自己担任秘书一职，还说要让自己处理所有与哈萨克人有关的事务。还强调说，以后要是这个孩子过去找托列，那他就是长官的代表，要给予他足够的重视和尊重。

噶赍达有好几个秘书，其中有一个是他最贴身的，那个秘书负责管理大人所有的公文，所有噶赍达签署的文件都是经他的手写成的；还有一个是生活秘书，负责长官的生活起居等事务；还有一个是负责蒙古文文件的处理等工作。今天，他将跟哈萨克人有关的工作交给了柯勒什拜。起初，小伙子还不敢相信自己的耳朵，将信将疑地看了看大人的脸，结果，他从那张脸上看到的是肯定的答案。他现在才明白长官的用意，为什么噶赍达最近一段时间总是委派自己处理一些重要的工作了。他在为此高兴的同时，也感到一丝危险的存在。他为大人对自己的信任感到高兴，也因肩上的担子加重而担心。如果自己能将所有的工作完成好，那肯定是再好不过的事情，如果万一做的不如他的意，大人说不定会毫不留情地处罚自己。真可谓伴君如伴虎，从今以后，一定要小心迈步，谨慎行事了。然而，这个工作还是有很多便利之处的，他能看到所有从中央政府或者钦差大臣那边来的文件，有机会最早了解一些国家大事。为了达到这个目的，他想必须与大人的贴身秘书搞好关系，以便能看到一些跟清政府历史有关的资料。他是想尽量地了解自己为之效力的这个政府及其掌权者的情况，他不想成为一只无头苍蝇，成天空跑，他想尽快增加自己的知识量。虽然他的水平还没有到能独立阅读汉文和满文文件的程度，但是他懂蒙古文，于是，他就想从负责蒙古文文件的秘书入手。就这样，他知道了当今皇上的姓名、登基时间等内容，并且用蒙古文记录了下来。对于这个如饥似渴求知欲极强的年轻人来说，他的面前仿佛闪现出一道耀眼而绚丽的霞光，那道霞光会指引他走向一个崭新的世界。他的世界曾经一片昏暗，他身边的人都是目不识丁的文盲，他却通过自己的努力脱颖而出，仿佛抓住了一根希望的绳索，能有机会将自己仅有的一点知识展现在所有首领面前，并且，他能帮助很多人，当他发现这一点的时候，他不知道这是不是命运的安排，或者这标志着好运即将降临到自己头上，总之，他有一种强烈的预感，他感到所有跟自己有关的事情正在走上正轨。然而，他想生活不会总是这么如意的，噶赉达不会总是这么看好自己，总是派自己去办一些方便的事情，未知的前方也许还会遇上很多意想不到的困难，也许有自己无法预见的暗礁，所以，自己一定不能放过这个好机会，一定要好好学习语言，要多读书，要把所有的知识牢记于心。人不可能事事如愿，他目前的工作非常繁重，他没有时间按照自己的设想去做。尤其是为即将到来的洽谈会做准备，就变成了压倒一切的重负。由于这次大会将要在哈巴河流域召开，若将所有的重担都压到加尔博勒德部落的民众身上，这将是一件非常可耻的事情，于是，所有部落都投入到了紧张的准备工作当中。每个阿吾勒都着手准备制作精良的毡房、漂亮的花毡、质地优良的餐具，以及缝制干净崭新的被褥等工作当中，还有将要为招待来宾而宰杀牲畜。在这个季节寻找膘肥体壮的牲畜，并不是一件简单的事情。

就这样，所有的人都陷入了紧张中，事情也仿佛渐渐地有了些眉目。

1883年4月底到5月初的那些日子里，在哈巴河东岸那个名叫齐巴尔的地方，一顶顶崭新的洁白的毡房犹如雨后的白蘑菇一般，出现在了绿油油的草原上。其中有一顶外形非常特殊的毡房，那是将两顶连接起来，变成一个套间的毡房，用来接待最尊贵的客人。其他毡房也都整齐地排列着，毡房的地上还铺了地板。这一带所有的能工巧匠全都被请来参与到这项工程当中。不久之后，以加尔博勒德部落的民众为主，整个哈巴河流域的人们全体参与的这项巨大工程终于完成了，一排排洁白整齐的毡房犹如一只只游弋水中的白天鹅，沿河而建。

为招待客人扎了五十顶毡房，工作人员的五顶毡房也都是全新的，谁不喜欢好的事物，当所有人看到自己的劳动成果时，心情变得非常愉快。

准备工作基本完成以后，部落首领们的心算是稍稍落了地，现在就剩等待客人们的到来了。在这个过程中，噶赉达亲自来巡视过好几次，在没有发现什么问题以后，他就夸奖大家，说毡房建得很不错，表现出了满意之情。说实在的，这不仅对每个部落首领来说是一个很大的考验，对噶赉达本人来说也是一件不容易完成的工作，这么大的工程量，这里的人以前从来没有做过。所以，当地哈萨克首领们都想利用这个机会，好好在噶赉达面前表现一下，而噶赉达无疑也想在自己的上司面前展示一下能力。这件事没有人挑明，可是大家都心知肚明。

在准备工作结束一周以后，上面的人就要来临的消息，犹如巨石落地一般掷地有声地传来。1883年5月12日，伊犁将军金顺和他的助手叶尔青格带着手下人来了，这是他第二次参加中俄两国之间的边境会谈。他们以前曾参加过在霍布达和塔尔巴哈台举行的两国之间的边境会谈。

　　5月24日，威风凛凛的俄罗斯代表巴布科夫带着一群随从也到了。两国的代表都在显示着自己的雄风，他们就像一峰峰雄驼，在收到威胁信息之后，不断地昂起高傲的头颅触碰驼峰一般，以显示自己的力量和气势。双方见面之后，先是行了碰胸礼，以试探虚实，仿佛在试图遏制住对方的气势和威风。第一次会晤持续的时间并不长，他们商定正式会谈将于6月初举行。在这段很短的时间里，双方都投入到了紧张的会晤准备工作当中。于1869年霍布达协议中写明的本属清政府管辖的不少地方，由于没有及时安装界标，那些地方后来都被俄罗斯人占领了。首先需要弄清楚的重要问题之一就是，要了解生活在国境线上或者国境线附近部落民众的意愿，要搞清楚他们究竟想归属哪个国家的管辖。哈萨克牧民的生产生活方式就是逐水草而居的游牧生活，他们会随着季节变化，视草场的情况而迁徙，有的时候在东部草原放牧，有的时候又会在西边草场生活。所以，首先就要征求各部落的意见，再按照他们的居住地而确定边境线。在这种情况下，各部落的首领都被邀请到了。尽管他们不能直接参会，却有权就自己的归属国发表意见。在会场之外的他们，因为不清楚会议的进行情况，就只好焦急地在外面等待消息。每个人都希望事情的结局能对自己有利，这些人中亲俄的人较少，大多数人都希望能归属清政府管辖。部落首领们会时不时地聚到一起来进行交流。可是，他们又有什么办法呢，那顶大帐被持枪的卫兵守卫着，任何消息他们都听不到。这对于习惯了自由自在的哈萨克人来说，简直就是煎熬。俗话说：就算是死亡，也要快点来。时间越久，他们的心抽得就越紧。这时有一个人开始发言：

　　"谁能猜到这场会晤的结局将是怎么样的？"

　　"鬼才知道呢，这就像是两只公羊的较量呗！"第二个人说。

"我觉得还是沙俄厉害，恐怕他们要占上风。"还有一位发表了意见。

"不要这么说，清政府的人也不一般，不会那么容易就服输的。"另外一个人反驳道。

"听说俄罗斯人要以哈巴河为国界，也许，最终可能就是这样的结局！"还有一个人忧心道。

"要是那样就完了，我们的人归属了清政府，而土地却被俄罗斯人占了，那太可怕了！"最后加尔博勒德部落的一个毕官担忧地说道。

这样的讨论每天都在进行，然而，谁都不敢说自己的预测就是对的，最后大家都只能悻悻而回。那个时候，会谈正在紧张地进行中，情况非常复杂，双方的代表自会谈第一天起就进入了白热化的状态中，他们之间的分歧非常大。俄罗斯代表说俄方的居民已经在哈巴河汇入额尔齐斯河的克孜勒永克地区扎了根，在那里开始了各自的生产生活，他们希望在阿勒泰地区能以哈巴河为国界划分，而中方代表立刻提出了反对意见，中方代表说：

"在1869年中俄双方签订的霍布达协议中，划定是以阿尔泰山山脊为国界的，到了布禾特尔玛河的时候，再拐向南边，一直到斋桑湖湖边。"中方代表认为，俄方违反了当时协议的规定，非法霸占了很多中国领土，而且，现在又提出将国界一直推到哈巴河来，那是更过分的要求，中方完全不可能同意。俄方代表立即反驳道：

"我们的人不是自己跑到哈巴河去的，是你们当地政府的人请他们过来的。"在听了这话以后，中方代表给出了这样的答复：

"我方政府并没有给过这样的许可，这都是那些不懂国际法，根本不知道什么是国界的无知部落首领们所为。你方必须尽快归还我们的土地，将你们的人都带走！"

　　当俄方代表看出自己再怎么强词夺理，也不可能让中方代表让步时，他们就做出了一些退让，提出以布列孜克河为国界，中方代表马上就否决了这个提议。双方各持己见，互不相让，结果谈判陷入了僵局。中方代表为了削弱对方的气势，提出要重新查阅当年签订的霍布达协议，要看当时定的国境线，在万般无奈的情况下，俄罗斯人最终不得不同意将阿勒哈别克河定为国界。加尔博勒德部落首领一直坚持要归属清朝政府，他们的意见也起了非常重要的作用。双方在达成一致之后，还明确了生活在从萨乌尔山山脊到阿尔泰山山脊边境地区部落居民的所属权，要尊重当地居民的意见来做最终决定。经过艰苦的谈判过程，双方最终达成了上述协议。其实，本次签订的协议是霍布达协议和塔尔巴哈台协议的延续和补充，也就是说，在以上两个协议中没有明确的内容，在这份协议中找到了最终的答案。根据这个协议，生活在距离边境线较远地区的人们，如果要求归属对方国家管辖的话，他们要在一年时间内搬迁过去。而距离边境线较近居民的居住地，就按照当地居民的要求属于那个归属国。两国在萨乌尔山和阿尔泰山之间的边境问题，最终得到了解决。

　　就这样，于1883年6月初开始的这场会谈，在持续了一个多月时间以后结束了。尽管哈萨克部落首领们非常想参与其中，但是最终没有能目睹如火如荼紧张激烈的角逐，只有双方国家的代表出席了这场两个大国之间的复杂谈判，外围的人们只能做一些分析和猜测，只是在征求意见的时候，他们才有机会见到那些大人物，才有可能表达自己的选择。直到谈判结束以后，他们才知道最终的结果。在划分边境线的时候，双方并没有提前派人员去当地进行考察，只按照地形图做出了标识。在总体原则定出之后，安放边界标志的工作，将由双方派代表经过共同协商做出最后的决定。除了以河流为界的地方以外，在划分山岭和平原的时候，也出现了一些分歧和争议，这些都为最终协议的产生起到了铺垫作用。

柯勒什拜并没有听到双方最核心的谈判和协议内容，然而，跟其他部落首领比起来，他所接触到的消息就要多得多。他每天都将自己的所见所闻记录下来，这些资料在他后来写随笔的时候起到了至关重要的作用。由于他了解本次谈判的过程，同时心中产生了许多疑问，等待得到解答。接下来他的目标就是去寻找那些问题的答案，以及预测即将可能发生的问题。这些问题中最大的是双方之间以前也签订过协议，为什么至今为止，这件事情还没有找到正确的出路。这里究竟有什么秘密，这又是谁的过失？大清皇帝很久以前就承认阿布赉汗为哈萨克的汗王，并与其建立了友好关系，接见了克烈部落的首领阔克阿代，并且授予他"宫"的称谓。那么，现在阿布赉和阔克阿代的民众搬迁至东方的时候，他们为什么又表现得如此冷淡？为什么将这些民众的一半归属权划给了霍布达，一半划给了塔尔巴哈台呢？在阿尔泰山阳面的蒙古人数量很少，他们中大多数人都在山沟峡谷中生活，那么，这里的蒙古人又凭什么对哈萨克人要威风，说这块地方是他们的呢？难道说，这广阔的土地只属于蒙古人吗？他被这些疑问久久地困扰着，查阅了大量所能找到的资料，尽已所能做了调查研究。他阅读最多的是一些用蒙古文写的资料，后来，他终于找到了事实的真相。直到这个时候，大多数人都认为哈萨克人是从锡尔河流域来的，这之前的历史就没有人知道了。柯勒什拜从来都不是很相信这些传闻，他总觉得，哈萨克人不可能从久远的古代就生活在锡尔河流域，后来，问题的答案他找到了。事实上，作为哈萨克族族员的克烈、乃蛮、弘吉剌惕、篾儿乞、札剌亦尔等部落与东部的蒙古各部共同生活在这里，阿勒泰地区当时就是哈萨克人的家乡。后来一部分哈萨克人随成吉思汗的军队西征，他们才来到了锡尔河流域，在那里一直繁衍生息。归根结底，阿勒泰不仅仅是蒙古人的地方，也是哈萨克人的故乡。在准格尔统治时期，曾经生活在阿尔泰山和天山之间的哈萨克人很长时间没有能回到故乡。那些不懂历史的人，就认为阿勒泰地区是蒙古人的地方，就连一些中央政府官员也这样看，所以，对哈萨克人的回归表现冷淡。

在查阅大量资料的过程中，柯勒什拜了解到，历史上哈萨克人曾经是一个独立的汗国，阿布赉汗王统一了哈萨克各部，建立了独立的国家，不从属任何其他政权，自由自在地生活在自己广袤的土地上。阿布赉汗王为了守护主权，与准格尔侵略者进行了艰苦卓绝的斗争，最终捍卫了国家的独立、民族的完整。1771 年，哈萨克三大玉兹的首领齐聚突厥斯坦的霍贾·艾哈迈德·亚萨维陵墓前，请阿布赉坐到一块崭新的白色毡毯之上，一致推举他为哈萨克各部的首位汗王。他是一位有着远见卓识的伟大的领导者，他与东方的清政府和西方的俄罗斯政府都保持了良好的关系，尤其和清政府之间更是非常亲密，他表示愿意在外围归属清政府的管辖，并且让自己的一个孩子去了北京。所以，中国政府认定阿布赉为哈萨克汗国的汗王，并且给予了他崇高的敬意。而俄罗斯政府则只将他看成是中玉兹的汗王，因为他们有自己的算盘，企图霸占哈萨克人生活的西部和南部的广大地区，然后将生活在那边的哈萨克人从阿布赉汗的手下隔离出去。直至 1781 年逝世，他始终都在这个尊贵的位子上。他逝世以后，遗体也葬在了那里。遗憾的是，在阿布赉汗之后，哈萨克汗国解体，各个部落分崩离析，变成了许多不同的小汗国。

俄罗斯一直都在窥伺等待着这样的机会，他们迅速地做出了反应，首先从西部的阿布乐哈伊尔汗着手，没过很长时间，就降服了他所辖的小玉兹的哈萨克人。然后，逐渐将自己的魔爪伸向了东部。

当时正值中国清政府统治时期，君主昏庸，政府腐败，国家已经渐渐走向衰落。1840年的鸦片战争之后，清政府变得更加不堪一击，不断地向入侵的各国列强低头，签订了多个丧权辱国的不平等条约，国家的命运危在旦夕。这样的清政府已经没有能力再守住自己西部边境一带的国土，逐渐失去了很多的土地。霍布达协议和塔尔巴哈台协议的内容没能及时地落实，也是由于这个原因。

管辖俄罗斯杰特苏地区的长官霍夫曼于1871年7月4日带领军队占领了伊犁地区。清政府命左宗棠为督办，派他来到伊犁负责新疆地区的军事事务。1878年，左宗棠在平定了发生在塔尔巴哈台的回民起义之后，与俄罗斯政府进行了谈判，签订了《里瓦几亚条约》，于1881年收复了伊犁。在那个协议中，规定伊犁河为水路交通通道，光绪八年（1882年），由于拥有的土地面积小，柯再部落就宣布接受中国政府的管辖，他们首先从塔尔巴哈台迁徙到了博尔塔拉，之后，又迁徙到了伊犁地区，在那里安定下来。由于了解了这些历史，柯勒什拜知道这些复杂情况的发生，归根结底还是由于俄罗斯政府的霸道，以及清政府的无能造成的。哈萨克人为了寻找更广阔的草场，同时为了躲避俄罗斯政府的强权，从而迁徙到了这里。然而，他们的到来却没有得到清政府足够的重视和欢迎。柯勒什拜了解到造成这些结果的根源还是在于清政府的昏庸无能。

那个时候，有三个部门负责管理西部边境地区，分别设在伊犁、塔尔巴哈台和霍布达三地，阿勒泰地区当时还不是一个独立的行政单位，一半属于塔尔巴哈台地区，一半属于霍布达地区。这两个地区以额尔齐斯河为界。沿着额尔齐斯河搬迁到此的哈萨克人，就不得不向两个地区同时缴纳赋税。由于清政府认定阿尔泰山和萨乌尔山之间的土地归蒙古人所有，所以，这一带所有管理制度都按照蒙古人的方式在进行，他们认为哈萨克人属于塔尔巴哈台地区管辖，然而，塔尔巴哈台的行政长官认为，如果哈萨克人搬迁到塔尔巴哈台一带，那里土地将不够用，就与霍布达方进行了交涉，将沿着额尔齐斯河搬迁来的哈萨克人安顿到了哈巴河流域，这块地方曾是蒙古的一个分支乌梁海部落放牧的草场。这里地广人稀，草原宽广，起初一切风平浪静，并没有发生任何问题，哈萨克人逐步向阿尔泰山纵深发展，在这片广阔的土地上放牧生活，并将这里变为自己的家园。除了哈萨克人，这里还有蒙古的四个部落——乌拉特、多尔布特、霍硕特、土尔扈特也在这里游牧，由于人口增加，土地开始不够用，争夺草场和领地的纷争也时有发生。为此，霍布达的长官向塔尔巴哈台长官要求将搬迁来的哈萨克人带走，然而，塔尔巴哈台的长官并不买他的账，尽管霍布达方就此问题向中央政府提出了抗议，但是，并没有得到满意的答复，情况没有发生任何改变。

额尔齐斯河北岸和南岸比起来土地广阔，草场肥沃，水草丰满，非常适合放牧生活，所以，大多数哈萨克人都生活在阿尔泰山下额尔齐斯河流域美丽富饶的广阔地区，尽管在理论上他们属于塔尔巴哈台地区管辖，事实上所有的事务都是由霍布达地区来进行。中央下达的文件全都是用蒙古文写成的，当朝皇帝的年号、登基时间和姓氏等资料，柯勒什拜都是在那个时候得到的。他苦思冥想，终于明白这个世界的复杂性和多样性，他也了解了自己为什么属于清政府。尽管生活在这个国家的大多数人是汉族人，然而，他们收到的所有公文是用蒙古文下达的，其中的原因他也弄清楚了。

乾隆二十年（1755 年），在平定西域之后，这里就被改称为新疆，那个时候阿勒泰地区还不属于新疆的领地。乾隆二十八年（1763年），清政府指派原来只管辖阿勒泰地区蒙古人的霍布达参赞大臣，让他来管辖从塔尔巴哈台地区搬迁至阿勒泰地区的蒙古人，那个时候，霍布达地区的面积非常大，西至塔尔巴哈台，南至迪化区，北至唐努乌梁海，东至哈勒哈蒙古部落。霍布达地区地域宽广，却人烟稀少，这里牧草茂盛，森林稠密，对牧民来说就是不可多得的理想居所，哈萨克人很快就适应了这里的生活。

　　柯勒什拜除了了解这些历史知识之外，还知道了自己所生活的阿勒泰地区发生的很多新鲜的事情。清政府为了表彰空噶·扎勒森在平定西域地区中做出的贡献，于1882年给这位大喇嘛修了一座寺庙，一座外墙被涂成了黄色的寺庙，于是，后来人们就称这里为萨尔苏别①了，还在寺庙周围建了很多房子。这就是萨尔苏别（今阿勒泰市）最初基石建立起来的过程。那个时候，清政府已经非常衰败，时局变了，跟阔克阿代到北京从乾隆皇帝那里领取"公"位的时候完全不能同日而语了。尽管如此，阿勒泰地区的克烈人，还是认定"公"是仅次于皇帝的大官。在阔克阿代的继承者阿志、哈斯木汗、杰恩斯汗等在位时，人们的观念始终没有改变，依旧臣服于他们。公位依旧存在，1841年，阿勒泰地区各部选出四大毕官来做"公"的助手。

　　噶赍达挑选柯勒什拜做自己的秘书，真是非常正确的决定，在争执分歧众多的哈萨克人中间，他能够依靠柯勒什拜的帮助远离复杂的纷争，减轻了工作压力。为了显示自己作为长官的权威，他把某些小事情都托付给秘书来做，目的是让哈萨克人自己管理自己，他认为这是一个非常正确的办法。有人的地方就有矛盾存在，为了草场和领地产生的纷争时有发生，如果有人搬迁到了另外一个人多年都在放牧的草场，那么，他们之间轻则会争得面红耳赤，严重的时候，甚至会发生打架斗殴事件。如果某个人家的牲畜跑到别人家的草场吃草，也会变成引发争执的原因，婚丧嫁娶欢庆宴请也可能会引出矛盾分歧。如果这不仅是个人矛盾，而是发生在两个家族或

--------

① 萨尔苏别：意为黄色的寺庙。

者是两个部落之间的话，事情的结局很可能就会演变成流血事件，如果出了人命，就会付出最沉重的代价——偿命。柯勒什拜按照噶赍达的安排，总会尽己所能，对事件进行详细的调查研究，尽量做到公平公正地来处理问题。由于事情很多，工作量也非常大，他一个人根本就忙不过来，就提出再派个助手给他，了解情况的噶赍达就同意了他的请求。从那以后，其巴尔阿依格尔部落里哈勒皮叶部落的精明小伙子泰哈拉就做了柯勒什拜的助手。小伙子没有辜负他的信任，在工作中表现突出，很快就成了他可靠的得力助手。每天都有事件发生，一件接一件，层出不穷，柯勒什拜就将一部分工作交给助手来处理，从而减轻工作压力。除了这样的纷争之外，有一些部落中还会产生官位之争，柯勒什拜也按照噶赍达的吩咐参与其中，协调解决问题，帮助他们选出合适的首领。柯勒什拜曾参与处理过这样的一件事情：生活在阿勒泰地区南部，以布尔津和哈巴河一带为居住地的加纳特部落里霍思泰部落的赞格英年早逝，而他的儿子还年少无知，无法继承父亲的官位，由谁来填补这个空缺就成了一个引起广泛争议的问题，霍思泰部落的四位后人都想得到这个位置，这场纷争之火越烧越旺，最后，一直闹到了噶赍达那里，噶赍达就将这件事情交给了柯勒什拜来处理，这也是部落里长者的要求。柯勒什拜在听了事情的原委之后，给出了这样的答复：

"俗话说：兄弟是手足，打断了骨头还连着筋。无论你们之间有多大的分歧，也不应该撕破脸皮，反目成仇。纷争引来恶狼吃，分裂遭受敌人灭，如果你不能尊重自己的兄弟手足，在遇到困难的时候就会后悔的。如果大家愿意听我的意见让我当和事佬，把我当成亲人，那么就选出一个大家都认为合适的人来当这个赞格，不用管他的父辈是不是曾经掌过权，因为现在的世界不是那些去世的亡灵说了算，而是由活着的人来管辖的，最重要的是要考虑这个人是不是能替人民当家做主。"此话一出，人们开始议论：

"老辈人说过：不要小瞧羊髀石，只要机遇合适，就能成你的主牌！"

"如果我们选出能为民做主的男子汉，我看就可以！"这个人表现得非常满意。

"这怎么行？我们怎么可以轻易地将缰绳交到随便一个人的手里，万一哪天他把民众带上了歧路，我们可怎么办啊？"

"能干优秀的年轻人还是不少呢，要是当着大家的面随便挑选一个，其他人会愿意吗？"一个人说道。

"当然不愿意了，这挺难的。"另外一个人说。

事情本来刚刚有了一点转机，结果突然又起了变化，分歧越来越大，人们议论纷纷，私心是一种多么强大的情绪。谈话开始变得不再和气，现场的气氛变得非常僵硬。

为了寻找新的办法，柯勒什拜在清楚了大家的想法之后，说道：

"在附近很多部落间发生纷争的时候，人们就用过抓阄的方法来解决问题，这样东拉西扯是没有用的，只会浪费时间。在我看来，我们也可以抓阄吧，我们这样：先准备一些相同大小的纸片，在其中一张纸上写上'赞格'的字样，然后将所有的纸片叠成一样的形状，放一个容器中，再让参与者一人抓一个出来，谁拿到那个写了字的纸片，我们就认定这个职位是上苍赐予他的，就由那个人当这个赞格，大家怎么看？如果多数人同意，我们就这么做。"很多人仿佛都同意了他的话，因为除此之外，他们也找不到什么办法来了。这时柯勒什拜又说道，"多数人同意的话，明天咱们就来抓阄定胜负，所有人都要服从结果。如果大家想和平地解决问题，除此之外，别无他法了。今天，大家都好好休息，最后的决定权就交给上苍吧！"

众人纷纷散去，柯勒什拜准备了十几张纸片，在其中的一张纸上写了"赞格"的字样。第二天早晨，当所有候选人到齐之后，柯勒什拜清点了人数，让每个人都保证要服从抓阄的结果，事后不能找麻烦，保证他们会维护霍思泰部落英雄巴克叶民众的荣誉与团结。之后，柯勒什拜小心地打开了那个盒子，当着所有人的面，用手将里面的纸片都搅动了一下，然后，他让大家一人拿一张纸片，为了防止作弊，还让另外两个人站在旁边监督，最后在所有人都拿到纸片之后，柯勒什拜当着众人的面将纸片一一打开，打开一张给大家展示一次，前面几张都是空白的，当他打开克叶斯克什手上的纸片时，看见上面写着"赞格"的字样。这个时候，大家都安静下来，谁都没能开口说一句话，每个人脸上的表情各不相同：有的人开心，有的人愤怒，有的人遗憾。但是，没有一个人敢违背起先的保证，所有人都只好默默地接受了这个结果。柯勒什拜就用这个万全的办法为霍思泰部落解决了问题，给他们选出了赞格，还避免了无谓的争执。

柯勒什拜有的时候可以解决这样的问题，然而有的时候他也会遇到难题。这种情况下，就需要噶赉达大人亲自出面了，而这些往往都不会是简单的问题，一般都是部落之间的纷争。然而，要是碰上两个民族之间产生了矛盾，比如在蒙古族和哈萨克族之间发生土地纠纷等大事的时候，连噶赉达大人也没有勇气出面了，只能向霍布达地区长官提出申请来解决问题，如果再不行，就要向中央政府提出申诉。这样做最大的一个原因是哈萨克人从阔克阿代统治时期至今，每年都要给塔尔巴哈台和霍布达地区政府上供，要献出宝马良驹一百匹。遵照皇帝的诏书，哈萨克人属于塔尔巴哈台地区，而蒙古人则归霍布达地区管辖，这样的话，发生了问题也很难坐在一起解决，渐渐地当地统治者和中央政府都看清了问题的严重性，明白了继续让这个被称作"阿勒泰"的广大地区属于塔尔巴哈台管辖对他们来说是非常不利的，所以，在光绪二十八年（1902 年）伊犁将军马亮亲自到这里来巡视，然后提出要将霍布达和阿勒泰地区分开。1904 年清政府派遣钦差大臣进驻霍布达，来阿勒泰开展工作，在巡视了整个阿勒泰地区之后，他决定，必须将霍布达和阿勒泰分开，并且很快将意见禀告了中央政府。就这样，经过反复的调查研究，1906 年中央政府在阿勒泰建立了独立的军事机构，1907 年，霍布达和阿勒泰正式分成了两个地区。

1911 年，清政府土崩瓦解，取而代之的是新政府中华民国，尽管旧的体制被推翻了，整个国家依旧没有步入正轨，1912 年，外蒙古利用当时社会的动荡，宣布了独立。就在这个时候，中国民主革命的伟大先驱孙中山先生被架空，袁世凯夺取了权力，他不顾国家的统一和领土的完整，只想着如何稳固自己的统治，结果，最终让外蒙古的独立变成了现实。中国国土原来的形状像一枚树叶，就这样，树叶的上方缺了一大块。外蒙古宣布独立的时候，霍布达地区依旧在中国政府的管辖范围之内，后来，蒙古人侵占了这块地方，将它变成了自己的领地。

柯勒什拜在噶赍达手下担任秘书的那些年，还有后来的一段时间，阿勒泰地区就发生了这样的大事情。噶赍达在这里工作了很多年之后，接到上级的命令要调走了。这个时候，他开始考虑曾经为自己工作过的人的前途命运，这些人中就有柯勒什拜。他干了十几年的时间，做了很多事情，他早已看出这个人的办事能力和为人处世的方式。这一天，噶赍达就将柯勒什拜叫到身边，对他说：

"你为我工作这么多年来，一直勤勤恳恳，帮我解决了很多问题，我对你非常满意，也很高兴跟你共事。我很快要被调走了，今天就想跟你商量一件事情。"

"噶赉达大人，您想商量什么，直接说吧，我洗耳恭听！"柯勒什拜说道。噶赉达回答说：

"这并不是命令，而是想跟你商量一下，征求你的意见。我走以后，你是想继续留在这个位置上呢，还是想再到其他地方去工作？"

"我能有什么好说的呢？就听您的安排了！"

"那么这样吧，你已经可以参与政务工作了，这方面你是有才华的，这一点大家都很清楚。如果你自己同意的话，我想任命你为蒙阿勒部落的赞格。以前，你们的部落没有赞格，你要做第一位赞格，你要给人民起到表率作用啊。"柯勒什拜从来没有想过噶赉达会这样说，这让他一时不知道该如何答复了，"那就这样吧，从明天起你就要开始新的工作了。"噶赉达当场作出了决定。柯勒什拜看出噶赉达的心情很好，就赶紧开口说道：

"依照您的指示，泰哈拉给我当助手也很多年了，您看能不能也替他考虑一下呢？"

"是，这个我心中有数，他也是一个能干的小伙子，我打算给他一个百户长的职务。"说完，噶赉达吩咐站在自己身边的汉族秘书，让他将这两道命令记录下来。从这以后，柯勒什拜人生的第二个阶段，那个充满矛盾与斗争的复杂的人生篇章就此翻开了。

# 第二章

柯勒什拜很多年以来一直在噶赍达身边担任秘书职务，现在他离开了那个位置，被任命为民间的赞格，他将手里的工作都交给了其他人，早早离开了位于哈巴河岸边的"军方"，晌午时分就回到了自己位于胡朱尔特的家乡，所有的亲人都早已齐聚一堂，大家都在迎接他的到来。现场的气氛非常热烈，人们七嘴八舌地说着：

"听说你不再是大人的秘书了，是真的吗？"

"都说噶赍达派你来当蒙阿勒部落的赞格，此话当真？"

"何必要让哈巴河的蚊虫叮咬你，不如待在这里好啊！"

"听说噶赍达要走了，是真的吗？"

大家都在不停地提着问题，不过，人们也没有刻意等答案，很快又开始谈论其他的事情去了。这时，大女儿嘉玛勒紧紧地抱着父亲的脖子撒娇道：

"爸爸，您再也不走了吧？您老是不在家，我们都很想您，别的孩子的爸爸总是跟他们玩儿，会带他们骑马，背着他们做游戏，每次看到这些，我们心里都很难受。爸爸，您以后别再走了，也像那些孩子的爸爸那样跟我们在一起，好吗？"女儿闪着一双乌黑的大眼睛恳求道。她的话深深地触动了父亲的心，柯勒什拜动情地回答道：

"不走了，孩子，我再也不走了，以后，我们都在一起，我和所有的亲戚都待在一起。"

"你爸爸以后哪儿也不去，你不用再担心了！"堆森拜说。

"回来了就好，他家的庄稼总是让我来管的，以后就不用我管了。"弟弟俄尔格拜平时就爱开玩笑，而且他说话总是非常刻薄，现在，他也不会放过这个机会。他有的时候就倚小撒娇，对哥哥说话比较直接，加上柯勒什拜总是顾不上管家里的事情，很多时候，都要俄尔格拜来帮忙照管，浇水收割这类农活儿总是他来干。有一天，弟弟准备去地里干活儿时，正好柯勒什拜家里没有其他干粮了，他就让弟弟带一些炒大麦过去，这让俄尔格拜非常不满，柯勒什拜见状就说了他：大麦也是粮食，上苍的使者也吃过，难道你比使者还尊贵吗？这时，弟弟回答说那位吃了芦苇头的人有什么了不起的，就不要拿他打比方了。柯勒什拜就说不要冒犯使者，会遭报应的。弟弟毫不示弱：使者要是想让我们顺从他，尊重他，那就拿出好的一面给我们，不要尽拿这些不好的事情来说了。最后，柯勒什拜也没有办法了，只能给了他想要的东西，才送他上了路。

就因为俄尔格拜的嘴不饶人，所以，大家总是会躲着他走。他刚才说让他们自己来干农活儿，意思就是在提醒哥哥，让他提前准备好自己所需的东西。

柯勒什拜打心眼里喜欢弟弟这样跟自己撒娇，他觉得只有这样，亲戚之间才不会客气见外了，他认为必要的时候，就直言不讳，这样的习惯挺好的。所以，他并没有觉得弟弟那句话有什么不对，他完全能正确理解。他知道这个总在替自己干重活累活的弟弟，是需要支持和理解的。

在离开政府工作回到家乡之后，柯勒什拜一方面感到心情愉快，非常舒心，而另一方面，就因为他曾参与政府的管理工作，养成了遵守纪律和规则的习惯，总感觉家乡有很多不规范、不严谨的地方。的确，柯勒什拜不可能永远在噶赍达身边工作，在他离开原来的环境，回到家乡后，他的身份也随之发生了转变，起初还真的让他感到不太舒服，总觉得一副很重的担子压在了肩上，感到仿佛一个新的考验在等着自己似的。说句实话，赞格也不是什么大官，然而，管理近二百户人家的琐碎事务，还要保证他们的安全，的确也不轻松。

以前，蒙阿勒部落没有赞格这个职位，原因是这个部落的人口太少，一直就没有能得到推举赞格的资格，而如今，这个缺憾终于得到了弥补，再加上噶赍达也想给柯勒什拜一个合适的位置，于是，特意做了这样的安排。就这样，蒙阿勒部落被认定是一个赞格的民众，成为了独立的有管理者的民众。

在柯勒什拜心里，这个不大的官位也是一份责任，他总是在考虑要好好做事情。他想首先要抓的是稳定民心，团结民众，培养年轻人的求知欲；为了提高人民的生活水平，要改变人们世世代代随牲畜而奔波的命运，就要从事农业生产，要做到让人们一年四季都不为吃饭而发愁。这些事情一直在他心里酝酿着，只是没有能抽出时间来实施，现在看来机会终于到了。

事态的发展总会带着人往前走，很多新任务会出现，来考验那些肩负重担的人。中途放弃还是直面困难，是摆在柯勒什拜面前的一大考验。

柯勒什拜的身边都是自己的亲人，所有人都很熟悉，他也非常了解大家的脾气性格，遇到问题时，说服他们并不会太困难。况且，他们内部并没有发生过大的矛盾，兄弟之间偶尔发生一些小分歧，但是并没有到反目成仇的地步，这也是一个有利的条件。然而，并不是所有的事情都只存在于自己人之间，自古以来，部落之间就存在着各种各样的纷争，这样的纷争完全有可能会降临到这个人数并不多的蒙阿勒部落头上，遇到这种情况时，人多力量就大，所以，在这个纷繁复杂的时代，必须想办法把远走他乡的本部落兄弟都召集起来。柯勒什拜考虑到这些之后，就开始着手委派专人去寻找那些离开的部众，去了解他们的近况。这件事情说起来容易，做起来却并不简单，让他们马上离开过惯了的地方，并不是一件轻松的事情，所以，他们的思想工作要慢慢来做才行。他认为还有一件事情应该抓紧时间去做，让民众行动起来从事农业生产，种庄稼来解决吃饭的问题，这是一件非常重要的工作。但是，目前看来并不可能马上就着手，因为这时已经过了耕地播种的时节，人们都上了夏牧场，再让他们下来不现实，所以耕地种植的事情只能留到来年再做了。要在铁列克特村安顿几户人家，这件事情却刻不容缓。除此之外，还要修整通往草原的迁徙路，修桥的事情也必须着手了。

这个夏天，首先要干的就是开始教孩子们读书识字了，让他们学习掌握知识的技能。要激发人们对学习的积极性也不是一件简单的事情。如今，蒙阿勒部落中识文断字的人本来就很少，这个空缺最终是要填补的，否则，他们还会和从前一样，一无所知地虚度时光，就很难摆脱睁眼瞎的命运。

柯勒什拜反复地考虑着这些事情，在自己感觉想法成熟了的时候，就将各个阿吾勒的有识之士和贤能之人请到了家里，来开一个碰头会。他首先从眼前最迫切的事情开始说起：

"大家都知道，不认字的人都被称作是文盲，就是指那些长着一双明亮的眼睛，心灵却是一片黑暗的人。我们世世代代都是那样生活着的，仿佛看不清眼前的事情，只能用双手触摸才能搞清楚似的。今后，我们不能再这样下去了，必须清醒过来。为此，就要让我们的孩子们都去接受教育，都要去学习，必须要让他们认识这个世界才行。"柯勒什拜敞开心扉，畅所欲言，"大家都知道，我是在怎样的环境下读书学习的，这些我就不细说了，我只想说一件事情，如果我当时没有下定决心学习，没有克服那些面临的困难，我也就顶多会成为父亲那样的一个普通农民。在人生的关键时刻，我那个时候学会的一点点知识都派上了用场。那些口若悬河、能说会道的毕官在面对长官的时候，就因为不识字没学问，吃了文盲的亏。就在那个时候，就凭那一点能力将我拉到了众人面前，这个小小的例子就已经证明了学习的重要性。经过认真的思考，我得出结论：就是首先必须要让我们的孩子都去学习读书。大家对这件事情怎么看？"

"您的话完全正确，对这一点我们都非常赞同。"一位长者说，"我那个小孙子也整天闹着要读书学习呢，可是，到哪儿去找能教孩子的毛拉呢？"

"这个事情就交给我来想办法吧，在找到毛拉之前，应该能找到一个有一般学识的人！如果在每个阿吾勒都能有人教孩子们就再好不过了。如果今年我们暂时做不到的话，那就将邻近几个阿吾勒的孩子们都召集起来一起上课，这应该是可以做到的！"柯勒什拜说道。

"如果在座的人都有听得见的耳朵和想得通的脑子，该说的您已经都说清楚了。"在场的某一位说道，"您这就像是给瞎子递了一根拐杖一样啊，都替我们考虑周全了！"

"您说得对，我们除了支持没什么可说的了。"另外一位附和着。

"如果能找到毛拉，这就不是多困难的事情。"

"但愿能快点找到。"

人们坐在那里，个个脸上露出无助而又无奈的表情，大家都明白知识就是力量这个道理，都在心里开始考虑解决问题的方法。

柯勒什拜清楚，仅靠在草原上那一个月的学习是解决不了什么问题的，他依然坚信，这件事情一旦开始着手干了，继续下去就不难了。然而，他一向喜欢低调做事，而且对自己不确定的事情，他不喜欢提前大肆宣扬，所以，他并没有当着众人的面说出自己准备去找的那个毛拉的名字。他还提醒大家，应该要让先开始学习的孩子，养成带动后面的孩子学习的好习惯。

很快，大家都开始纷纷发表意见，都表示要让自己的孩子来上学。

柯勒什拜想，自己的民众人口不多，然而都会听自己的话，如果能正确地引导，他们会朝着好的方向走的，这让他的心情好了许多。

当柯勒什拜想到在不久的将来，人们会送孩子们去上学，而且，自己说起族谱的事情，也得到了大家的认可，如果将来，所有人家的箱子里都能收藏一本族谱的话，该有多好啊！想到这儿，柯勒什拜的心情一下子轻松起来。这位智慧的人，坚定了信念，决定坚持按照自己选择的方向前进，无论遇到什么困难，都绝不改变初衷。

看来，这就是众望所归。第一年的夏天，好几个在萨尔哈莫斯草原阿吾勒的孩子都来上学了。人们总能听到孩子们朗朗的读书声，这让他们的心里非常高兴，也备感欣慰。这是孩子们走向未来、踏上求学之路的起点。

刚长出来的植物总是很脆弱的，但是，只要悉心地呵护，将来它肯定能成为栋梁之材。无论是庄稼还是树木需要的就是栽培，一个人的成长也是一样的。接受了好的教育，将来就能成为有用之才。然而，人是智慧的动物，随着年龄的增长，每个人的人生之路也很可能会完全不同。这些孩子不一定都能成为知识分子，那些最初充满信心的家长和孩子，也许过不了多久就会退出学习的行列。然而，只要这些孩子中的十分之一能坚持下来，就已经算是成功了。

人们能在草原上生活的时间不过就是短短的一个月，也就是说，舒适而美好的时光是如此短暂。由于柯勒什拜他们这里的山很高，秋天来得就早，真可谓一场秋雨一场寒，有的时候，雨下着下着会变成冰雹，甚至会转成雪。所以，必须早一点行动迁移下山。搬离草原就意味着要中断学习。阿吾勒之间的距离会发生变化，时而被拉近，时而又会变远，小孩子很难自己走到毛拉的家去上学，学习也会无奈地停止。然而，这个开始，还是为以后开辟了一条新路。

柯勒什拜下一步的打算就是带领人们面向土地，学会向大地要食物，必须让大家都明白这是一件非常好的事情。阿勒泰地区水草丰满，土壤肥沃，所以，他们必须好好利用这个优势。尽管在重峦叠嶂的大山里种庄稼并不是一件简单的事，但是，从赛尔克桑山阳坡流下的小溪小河却并不少，这一带还有很多泉水，大多数的泉都在蒙阿勒部落的夏牧场，还有一部分是跟其他部落的人共享的。所以，他们要利用好这些泉水来做些事情。春天，人们会来到山谷，在这里接羔，休养很短的时间，在夏天的炎热来临之前，就会搬到草原上去；到了秋天，他们再回来住上一段时间，这里就是一个非常舒适的秋牧场。而在中间的两三个月时间里，这里没有人家，那清澈的泉水就白白地流走了，这正好就是他们可以充分利用的一段时间。当然，也有个别人偶尔会在泉边播撒塔尔米的种子，等到了秋天就过来收获，但是，并不是每年都会这样做，没有养成习惯。柯勒什拜想：我们的民众很穷，以后不能再这样下去了，一定要想办法改变现状。

柯勒什拜一直都在考虑这个问题，在第二次碰头的时候，他说了耕种庄稼开始新的生产方式的必要性。刚听到这个话题时，大家都没有说话，可是没过多久，就开始讨论，这一次，大家的积极性降低了一些，好像每个人都不想给自己找麻烦似的。

"天一旦热起来，泉水的量就会减少，如果指望靠那一点水来浇灌庄稼，入秋收获恐怕就不是那么容易的事情啊！"

"夏天天气炎热，谁会愿意去照看那些庄稼呢？成群的蚊子牛虻会吸干人血的。"

"要是这样，我们牧场会不会就变小了呢？"

人们还在议论纷纷，大多数人强调的都是困难，柯勒什拜静静地听完了所有人的发言之后，他说出了自己的想法：

"每个人说的都是在山里种庄稼的难处，我不能说这些想法都不对，然而，我们还是应该想一想，在克服了那样的困难之后，会有怎样的好处在等着我们。泉水的确不够浇灌庄稼，为了增加水量，我们需要在合适的地方多挖一些泉眼，再修建一些水坝，将细流拦起来就能汇成不少水，那样就可以浇灌很多庄稼地了。而说到庄稼看护的问题，照我说不需要整个夏天一直都守在地头，根据土地的情况，浇水的时候每家每户出个人待几天，浇了庄稼就能回去了。只要能忍受几天蚊子和牛虻的叮咬，等到了秋天，就能收获成袋的粮食，冬天就不愁没有粮食吃了。大家都知道，我自打记事起就一直跟着父亲看护托格孜拜家的那些庄稼地，你们看，我不是还活得好好的吗？那些吸血鬼也没有能把我怎么样啊！对每个人来说都是一样的，属于咱们部落的山谷能给予我们所有的需要。等各位回去以后，再商量一下，这是第一件事情；第二件事，就是通往铁列克特村的路上有一块不可多得的好地，我们必须要将它利用起来，在那里种一些大麦、小麦。只要年景好，旱地的庄稼是会自己生长的。实在不行的话，我们可以从塔勒德赛山谷和塔尔沙特山谷拉一条河，把水引过来。兄弟们，只有这样，我们才能合理利用上苍赐予的福祉啊。我们必须明白，现在是该行动起来的时候了。如果你们把我看成是自己的亲人，是为大家操心的赞格的话，就要听从我的安排尽快行动起来！"柯勒什拜的口气变得异常严厉，这让在场的人，没有一个敢说一个"不"字，每个人都陷入了沉思中。大家仿佛也明白了这位见多识广、经历丰富的人并不是心血来潮随便说说的，看来是已经到了必须这样靠两条腿走路的时候了。

当柯勒什拜再一次亲眼看到自己民众的顺从时，心中不免产生了深深的感激之情，他一直在反复思考着这个问题，将如何带领自己这支民众走向一条光明的道路。此时他感到眼前有了希望，更加坚定了信心。

他总觉得，所有人都应该在自己居住过的地方留下一些足迹，这不光对自己是非常有意义的，而且对后人来说也会是值得记住的事情，应该给后人留下点印记，好让他们将来能对父辈的生活说出点什么来，所以，今天的我们要为将来的他们打一个基础。最重要的一个地方是铁列克特河流域，我们必须要将这片土地利用起来，所以，每个阿吾勒至少要有一到两户人家，在那里盖房建棚，定居下来。他们要先在阿赫扎孜克平原种庄稼，之后，再渐渐地让其他人也到那里去。他以前曾多次跟别人讲过自己的这个想法，为了起带头作用，他也在那里盖了两间松木房。他们自己没有过去住，只是将那两间房子变成了存放杂物的仓库。那里的冬天雪下得很厚，所以，人们大多不会在那里过冬。柯勒什拜的目的就是要先占上这块地方，渐渐地人们也就习惯了，成为传统延续下来。

在人们向草原迁徙的路上，河流的水量几天内突然增加，这对小牲畜的行走造成了一定的困难。尤其是铁列克特河的流量较大，河水流速也快，如果遇到洪水来临，那过河就根本没有可能了，湍急的河水连驮着重物的骆驼都能卷走。所以，修桥就成了摆在人们面前最重要的一项工作。于是，柯勒什拜迅速地发动了群众，紧急投入到劳动中。尽管那座桥修得不是太好，也不太美观，但至少给人们的生活带来了很大的便利。

这些都是在柯勒什拜当了赞格之后这两年里做的事情，随着时间的推移，这些工作所带来的好处也渐渐显现出来。还有一件事情，久久藏在他心里，让他无法释怀，那就是他得尽快将远走他乡的亲人们唤回家乡。

在柯勒什拜的不懈努力下，这件事情也取得了一定的成效，几户在其他部落或者县城的人家陆续都搬回来了。可是，将生活在他乡的沃阿勒拜的后代带回来，就成了令他头疼的事情。因为他们生活的地方相隔很远，在遥远的叶然喀布尔哈（今乌鲁木齐的南山）。沃阿勒拜去世得又早，十几年前，阿扎尔夫人就带着自己的五个孩子搬到那边去了。柯勒什拜经过考虑再三，最后决定派专人到叶然喀布尔哈去一趟。在派谁过去这个问题上，他决定让能代表大家说话，而且还是沃阿勒拜家亲戚的达吾列特过去，他是沃阿勒拜的哥哥诺海拜的大儿子。遵照柯勒什拜以及其他长辈的吩咐，达吾列特走了整整半个月的路程，一路打听，没有费太大的力气就找到了自己的亲人们。他们在叶然喀布尔哈和大户人家朱苏甫是邻居，在那里替他家放养牲畜，过着安定的生活。一见到达吾列特他们都非常高兴。到达两天之后，达吾列特将自己的来意告诉了他们，并且转告了柯勒什拜等人想让他们搬回家乡的意图，这时，以哈力沃拉为首的沃阿勒拜的几位后人表达了自己的思乡之情，但是，阿扎尔夫人却说出了不同的意见。她的语气非常果断：

"如果柯勒什拜真心想请我们回去，那就让他自己过来，否则，我是不可能听你的一面之词就回去的！"达吾列特看出自己无法说服阿扎尔夫人，她既是嫂子又是前辈，小住了几日之后，他按原路回去了。当柯勒什拜听到这个消息以后，在冬天来临下了头一场雪之后，他带着达吾列特和另外一个小伙子，备足了干粮穿过准噶尔盆地，用了一个星期时间到了地方。这一次，柯勒什拜在那里住了一段不短的时间，在多次交流和商谈之后，他终于得到了嫂子的首肯，她答应在第二年春天来临的时候就搬回家乡，这让他悬着的心终于放了下来，高兴地回去了。

*　　*　　*

这一天，柯勒什拜在不慌不忙地喝着早茶，脑子在不停地运转着，一直在考虑自己做过的和将要做的事情。这时，他听见毡房后面传来拴马的声音，他想应该是附近的哪位兄弟来了，也就没有太上心。就在这个时候，一个很年轻的小伙子一边推门进来，一边向他请安，柯勒什拜觉得来人看上去有点眼熟，就是想不起他的名字来，小伙子仿佛看出了他的意思，就开口讲明了自己的来意：

"是加讷斯老人家派我来找您的，他想请您过去一趟。"

"我听说老人家最近要出远门，是不是他要出门的时间快到了？"

"时间好像还没有到，具体什么事情，他也没有跟我说。"

柯勒什拜心想，老人家不会无缘无故叫自己的，今天还派专人过来，肯定是有什么特别的事情，因为自己以前去过麦加，所以，他可能是想打听一些相关情况吧。于是，他随着那个小伙子出了门飞身上马出发了。

加讷斯老人的阿吾勒在胡朱尔特草原西边的台地上。阿吾勒附近满是成群吃草的四畜，完全不像柯勒什拜他们那只有少量牲畜和一小群马的阿吾勒。牲畜的数量很多，撑在一边近二十米长的拴马绳上拴满了马驹，成群的羊正朝着山坡移动，但是，除了仅有的几个牧人之外，柯勒什拜就没有看见什么人。正当柯勒什拜准备将自己的马拴到白色大帐旁边的拴马桩上去的时候，随同而来的小伙子从他手里接过了缰绳。另外一个年轻人从毡房里跑了出来，推开了毡房门，将他请进了大帐。

留着齐胸的白胡子、身材魁梧的加讷斯巴依正侧躺在一张矮床上。在接受了来客的行礼之后，他让柯勒什拜坐到了离自己不远的地方，他用手指指自己的耳朵，示意对方说话声音小了自己听不清。

"柯勒什拜，孩子，"加讷斯老人这样开始了自己的话，"你恐怕不知道我今天为什么请你过来，甚至可能连想都没有想过，对吗？"

"是的，老人家，我不知道您叫我来有什么事情，那个年轻人什么都没有告诉我。我猜想可能是您在听说我从前去过一次麦加，就想听我说说那边的风土人情和路上的注意事项吧？"

"你的估计也差不多，的确是于此有关的事情，只是，我想说的跟你想的还是不太一样。"加讷斯老人停顿了一下，轻轻地咳嗽了两声，他的肺部发出了破风箱一般的嗞嗞声，老人费劲地喘了一会儿气，之后才缓缓地继续说道，"上苍赐予了我很多财富，毛拉们说有条件的穆斯林都有一个义务，就是去麦加朝觐，我也曾想过去履行这个义务，可是，自去年起，只要一走路我就感到头晕眼花，左边的肋骨下方总有一股刺痛感，过段时间就会发作一次，也请大夫来号过脉，他说是我的心脏出了点问题，要是出远门会有危险的。我就和家里人商量了一下，想找一位心地善良、为人正直的人替我去远征。就这个问题我还问了哈孜①，他说是可以请人替我去的，那个人回来以后就会成为'名誉哈吉'，出钱的人才是真正的哈吉。教义里是赞同这么做的。经过考虑再三之后，我们最终挑选了你，想请你替我去，大家都觉得你是那个最合适的人选。今天我请你来，就是想问问你的意见，看你是不是同意。"

事情来得太突然，这让柯勒什拜一时陷入了沉思中，他并没有马上给出答复，而是思考了一会儿，才说道：

"您的意思我明白了，首先感谢您对我的信任，而且我非常高兴，也非常感谢您的好意，为您工作对我来说是很大的荣幸。不过，我还有一些事情需要再考虑一下。您可能也听说了，上面让我当了

①　哈孜：裁决者、裁判者。

蒙阿勒部落的赞格，迄今为止，我还没有为民众做什么事情，我想尽快完成自己的职责，加上还有家里的一些事儿，因为这样的旅途需要少说几个月多则近一年的时间。所以，我想问问，您能给我一点时间，容我考虑一下吗？我明天给您答复，您看行吗？"

"你说得对，我也不是想让你马上给我答复，离出发还有近一个月的时间，只要最近几天我们能做出决定，无论对留下来的我，还是对出远门的你来说都好啊。"

"好的，老人家，我明天给您答复！"

柯勒什拜没有让老人等太长时间，第二天早晨就履行了诺言，当他将自己决定要替老人家去远征的消息告诉对方时，老人家非常高兴。说句实话，并不是加讷斯老人找不到替自己去的人，只是，他不相信其他人，有的人看上去非常能干，他却觉得那个人很难走完这段遥远的旅程，顺利而圆满地完成使命；还有一些人，他不相信他能合理使用钱财，忠诚地履行自己的职责……想来想去，他觉得除了柯勒什拜没有别人是可以信任的。这里最首要的一个原因就是，他从前曾经以工作人员的身份去过一次，当时，他就以优秀的表现，顺利而圆满地完成了任务。然后，他又多年在噶赉达身边担任秘书，他总是站在公平公正的角度上工作，为人们做了很多好事，得到了大家的认可和喜爱。这些事情老人都是亲耳听说的。所以，他认为，只有这个年轻人是这一带最合适的人选。更幸运的是，他现在也从噶赉达那里回到了家乡，不用再跟上面的人请假了。当加讷斯老人知道了这些情况之后，就打算将此重担交给柯勒什拜。然后，老人就开始为此次旅途的花费做准备，包括筹备黄金白银。他说自己跟去过的人打听了所需的费用。但是，老人准备的比人家说的要多一些。当说到旅途所需的食物时，他考虑到那边气候炎热，不能带酥油上路，就特意熏制了羊胸骨肉。

　　柯勒什拜估计加讷斯老人准备的东西足够此次旅途往返了，只
要不出意外，应该绰绰有余。就算这样，他觉得自己还是应该再准
备一些费用。

　　"我们还不知道今年的情况将会是怎样的，不过，我想您准备的
东西肯定够用了。"柯勒什拜说。

　　"太好了，我能将这样神圣的使命委托给你这样的男子汉，心中
感到万分高兴。要是我的身体状况允许，我们两个人能一起去，那
该多好啊。可惜啊，我没有这个机会了。就算这样，我确信你一
定能顺利地完成使命，衣锦还乡的。愿你的前路洒满阳光，我的孩
子!"说着说着老人的眼里噙满了泪水。看到老人家对自己如此寄予
厚望，柯勒什拜也被深深地打动了。

　　回到家后，柯勒什拜立刻就进入了紧张的准备工作中。他不仅
要筹备费用，还有他担任赞格不久，刚准备开始工作的时候，又要
踏上这次远征了，这让他内心充满了担忧。不过，现在是太平盛世，
不会出什么大事的。就算这样，也还是会出现要上缴各种苛捐杂税或
者缴纳额外支出的情况，所以，必须要有一个专人来临时顶替自己，
可是谁又能担起这个担子呢? 他想到的第一个人就是哈讷别特，他
认为这是最合适的人选。他看上去是个老实人，平时少言寡语，然
而他说每一句话都很有分量，很有思想，他为人正直没有杂念，做
事认真，是个非常专注的人。加上他还识文断字，如果有必要，他
随时还能拿起笔来。因为想到了他，柯勒什拜暗自欣喜。他想，在
蒙阿勒部落里自己不是孤单的，只要身边有哈讷别特，他就不会让
自己的部族过得比别人差。

　　思想会把人带到宽广的草原，也会引向阴暗的角落。问题的关
键恐怕就是思想的中心是什么吧。如果一个人只想自己的事情，只
想着为自己捞钱财，或者算计怎么才能站到别人的上头，这些念头

带来的痛苦很可能会远远大于得到的好处。如果把众人的利益看得高于一切，而寻求为人们服务的途径，那他一定会成为品德高尚、心灵纯洁、眼前充满光明的人。柯勒什拜的心里首先想到的总是民众的前途未来，哪怕遇到再多的困难，他也从没有停下前进的脚步。就在即将踏上远征之际，他的心里装的还是这些事情，此时此刻他好像找到了心灵的依托。

依柯勒什拜的性格，他一旦做出决定，不达目的是绝不罢休的。于是，他马上就派人把哈讷别特找来了。当哈讷别特听说柯勒什拜将替人出远门的时候，就急于知道自己被叫到这里来的原因。

"我支持你，可是，你叫我来到底想说什么呢？"哈讷别特急切地问道。

"我叫你来，是有任务要委托给你，要你在我不在的时候，来管好咱们的民众，就算你不是被人推选出来的，你也要把自己当成是柯勒什拜，当成赞格，你要替我来做事情。你一定要尽全力维护民众的利益，避免他们遭受压迫，缴纳过重的苛捐杂税。"

"这样行吗？我们自己的民众可能不会有什么想法，可是上面的人会买我的账吗？他们不会过来找我的茬儿吗？"

"咱们的民众支持你就可以了，有他们，你是不会被欺负的。"柯勒什拜稍微停顿了一下，然后继续说道，"那一年，在喀拉哈什找马的时候，我在一块大岩石下面看到一头熊正在吃一匹马，熊一看见我，就在离我一丈多远的地方抬起了两条前腿站了起来，当时可把我吓坏了，但是，我又不能马上掉头就跑，我骑的是一匹瘦弱的三岁马，只要我一转身，熊肯定就会扑向我。无奈之下，我就盯着它的眼睛看，这时我发现，它好像害怕我的眼睛，不敢直视我，它只看一眼，然后赶紧把目光移开，就这样我们俩对峙了近煮熟牛奶的工夫，还好，这时山坡上出现了一位牧马人，看见我他大喊了一声：'你看到我的马了吗？'听他这么一叫，熊掉过头去朝山下逃走了。就这样，我躲过了一劫。从那以后，我就信奉一条规则，如果碰上比自己强大的对手时，就必须跟他对着干来反抗才行。"

"这个故事听起来很可怕，但是，也很有教育意义。我会记在心里的，也会尽力完成你所嘱托的，你就放心地去吧，愿你顺利而圆满地完成使命！"哈讷别特说道。

他们俩是从小一起长大的发小，后来又师从同一位老师，尽管他们始终都在一起生活，但是，就在今天，他们仿佛才真正认识了彼此，真的理解了对方，两个心灵相通、惺惺相惜的男人拥抱到了一起。他们嘴上并没有说出来，但是，内心深处已经达成了一致，他们会手牵手战胜将面临的困难，共同走向明天，这就是两个男人之间的誓言。

出发的日子如期而至，柯勒什拜事先准备好所需的一切物品，在喝足了奶茶之后，他走出家门到了外面，今天的天看上去特别好，令人心情愉快，天气不冷也不热，这是凉爽舒适的秋天。他环顾四周，胡朱尔特草原的每一道山谷中都可见阿吾勒的炊烟在袅袅升起，台地上成群的牲畜在悠闲地吃草，远处那个山峰看上去就像一个盘腿而坐的人傲视着周围的一切，那就是属于这片草原的萨热哈莫尔山峰。再往东边看去，那个酷似侧卧的长者的博乐巴代山映入了柯勒什拜的眼帘，这时，一个有趣的想法出现在他的脑海中，他感觉自己就像萨热哈莫尔山那样盘腿而坐，而加讷斯就像博乐巴代山一样侧卧在那里。山，是永恒的，人的生命却非常短暂。尽管这两个人很快将身处异地，他们的心灵却是相通的，就像这片广袤富饶的土地那样，手拉手，肩并肩，他们会共同走完这段人生的旅程。

柯勒什拜深陷沉思中，都没有发觉有五六个骑马的人已经到了近旁，他赶紧迎接。来者正是加讷斯老人，以及他的孩子还有一些亲近的人，他们是专门来为他送行的。两个年轻人搀扶着老人下了马，然后，将老人引进了毡房。坐定之后，加讷斯老人品了一口奶茶，然后，慢慢地开口道：

"柯勒什拜，我的孩子，你马上就要上路了，尽管我走不了太远，但是，我必须要来送你一程，我想说的是：上苍赐予我牲畜和人丁，当然，我应该去尽义务的。现在我又将这个义务压到了你的肩上，这将是一段非常遥远而艰辛的旅程，你肯定会遇上许多意想不到的困难。今天你不畏艰险，不负嘱托，担起了这个任务，我发自肺腑地感谢你。在此次旅途中，你就把自己当成是加讷斯，要花钱的时候千万不要吝惜，如果需要宰牲，也不要犹豫，而我在这里也就把自己想成是柯勒什拜，尽管我们是两个人，但是我认定我们的灵魂已经连在了一起。我想，如果上苍赐福，此次远征的善举善念，应该属于我们两个人，我替你祈祷，我的孩子！"

说完这些话之后，老人将双手举到面前，做了很长时间的巴塔①，祝福他一路平安！毡房里所有的人都在心中默默地祈祷着，纷纷附和着老人的祷告。

两个年轻人将老人搀扶着站起了身，柯勒什拜也站了起来，然后向老人伸出了双手，老人也同时展开了双臂，将柯勒什拜拉进了怀中，在他的额头亲吻着，从那双早已失去了光华的眼眸中滚下了两滴浑浊的泪水。在场的每个人都陷入了沉思。也许有的人在想，老人因不能亲自走过这段旅程，为此感到遗憾，从而掉下了眼泪吧；还有人可能在想，老人因为找到了像柯勒什拜这样可以信赖的人去完成这个使命，来完成自己的心愿，因此而流下感动的泪水吧。也许是不想占用柯勒什拜太多的时间，想让他好好跟家人告别吧，老人摇晃着缓缓地朝门口走去。柯勒什拜搀扶着老人出了门，直到上

---

① 巴塔：祈祷、祈福、祷告等。

了马。

　　阿勒泰地区所有要去的人明天晚上将齐聚吉木乃口岸，然后，准备通过俄罗斯领土朝西去。当天中午一过，柯勒什拜就带上了堆森拜、施迭尔拜和温别特出发了。没人能预料这将是一段怎样的征程，他们心中对家乡、对亲人依旧充满了不舍和依恋，没有人知道他们将要面临怎样的困难和不测，内心充满了惆怅。他们一行四人骑着马缓缓地走着，晌午时分走过了哈布尔哈塔勒，靠近了额尔齐斯河，天黑前，他们到了河边，这一天他们要在这里过夜。下马之后，他们点起了篝火，拿出了干粮，在喝过茶、吃过东西之后，各自枕了马鞍准备睡觉了。他们只给柯勒什拜一个人铺了褥子。第二天，搭上渡船过了河，傍晚时分他们到了吉木乃口岸，好几个将要一同出发的人也已经到了，和大家会合之后，柯勒什拜就让送自己来的人回去了。

　　蒙阿勒部落新当选的赞格，刚准备开始工作的时候，就这样踏上了西去的旅途。部落里的日常事务就交给了哈讷别特，倒是没有发生重大的事情，就是上面来的苛捐杂税在困扰着他。哈讷别特也在按照柯勒什拜教给自己的方法，努力减轻人们的负担。日子就这样一天天地过去，寒冷的冬天到了，人们的生活如常，勉强地度过了这个冬天，柯勒什拜他们始终没有任何消息。随着时间的推移，大家的疑问也多了起来，人们除了祈祷他们能平安回来之外，什么都做不了。他们的祈求并没有落空，当民众准备搬迁到草原的时候，喜讯终于传来了：这一次从阿勒泰地区过去的人都平安回来了，所有的人都平安，他们正在回来的路上。听到这个消息之后，马上有人组织了马匹，前去迎接他们的归来。几天之后，柯勒什拜就以名誉哈吉的身份荣归故里。

　　柯勒什拜为了汇报自己的工作情况，当天就去了加讷斯老人的阿吾勒。老人当时在家，这近一年时间，老人的身体虚弱了不少，然而，他的神志依旧清醒，说的话也很到位。他见柯勒什拜平安回来了，现在就坐到了自己面前，老人那双昏花的老眼再次被泪水填满。柯勒什拜见到老人心里非常激动，充满了感慨，他提高嗓门，详细地讲述了自己此行的所见所闻。

说完之后，他将此次旅途中剩余的黄金白银郑重地放到了老人家的手里。老人没有想到柯勒什拜能将剩下的钱财还回来，他非常惊讶，也非常感动，他为自己身边有如此诚实的人而感到欣慰，他想，将民众的命运交到这样的小伙子手里是多么明智的决定啊，愿上苍赐予他平安和健康！

柯勒什拜仔细回忆着自己在此次旅途中的所见所闻，开始认真地考虑下一步的计划。前面的事情是履行义务，而后面是从今往后要做的事情。他明白，这些必须认真考虑清楚才行。

就这样，柯勒什拜圆满地完成了使命。

\* \* \*

1841年，在阿勒泰地区选举四位毕官时，加纳特部落中的柏森布·多南拜也成为了其中一位毕官。部落中的八部加纳特民众都非常支持他的工作，在柏森布去世以后，他的儿子乌斯潘（喀拉乌斯潘）继承了他的毕官职务，那个时候，加纳特部落的所有人非常团结，大家在一起生活得和睦平静。当清政府派遣噶赍达来哈巴河掌管事务时，尽管当时乌斯潘毕官年事已高，还是亲自来参会了。后来，当他看到加纳特部落出了一个有学问的后人——柯勒什拜，出来管事了，心里非常高兴，他想一定要支持他的工作，让他做一番大事业。后来，在某次与噶赍达召集的会议上，他进一步认识了这个年轻人。

柯勒什拜在得到赞格官位的过程中，乌斯潘毕官给了他很大的支持。在最初的那几年，柯勒什拜为了了解新工作的性质和特点，没有离开民众，他认真学习努力掌握手头的工作。等到了第二年的夏天，他替加讷斯远征回来之后，为了得到这位名震广大阿勒泰和塔城地区的英雄大哥的祝福和巴塔，他只带了一个随从就向着萨热哈莫尔草原出发了，直奔在乌什塔斯草原的乌斯潘的阿吾勒。草原的景色总是那么迷人，深深地吸引着这个旅人的心。漫山遍野吃草的牲畜，就像一朵朵艳丽的花儿绣在那片绿色的绒毯上。这个阿吾勒的毡房非常多，他们两个人估计那顶最大的毡房应该就是毕官家的大帐，就径直朝着那个方向走去。这个阿吾勒的访客总是很多，这里的狗好像也见怪不怪了，竟然没有一条狗朝他们扑来，只是偶尔抬起头眯着眼睛看一眼，低鸣一声便又继续躺了下去。在靠近大帐的地方有一根撑绳，他们两个人正准备将马缰绳拴过去时，一个年轻人从大帐方向迎了过来，接走缰绳，将两匹马一起拴了起来。小伙子也看出他们是有来头的，就直接带他们朝毕官的大帐方向走去。

柯勒什拜他们一进门就向毕官行了礼。这个时候，乌斯潘毕官正斜躺在上首的那张黑色熊皮上，见来了客人，他坐起身子还了礼之后，开口问道：

"哦，你不是那个柯勒什拜吗？"

"是的，大人，在下正是那个名叫柯勒什拜的小弟。一直忙于一些琐碎的事情，没有能来跟您老人家请安，今天我就是来请罪的，任您发落！"乌斯潘毕官直视着柯勒什拜的脸，微笑着说道：

"我又不是疯子，怎么会无故怪罪你，难道我要说你没有来请安吗？你能来，就证明你有男子汉的气概，就算你没有亲自过来，我一直都知道这两年你在干什么，你为了带领自己人口不多又很贫穷的民众过上好日子，在不懈地努力着。这一点不光是我，所有的人都看在眼里。"

"大哥，您这是在鼓励我啊，我一直都在试图找点办法，可是，却一点儿头绪都没有。"

"万事开头难啊，肯定会遇到很多困难和挫折的。不知道你有没有听说，最近托布赫特阿吾勒的胡南拜的儿子阿拜说了一些话，在我看来他说得对，我觉得那些话跟你比较符合。他是这样说的：一个人的为人从他一开始做事就能看出来，而不是看他做事的过程。我看你大有希望，就算你现在做的事情不大，但是，你的目标却不小。只要天时地利人和，你一定能做好做大。"

"谢谢您的鼓励，但愿如此，有像您这样长辈的支持，我定会不遗余力的。我会尽力为民众谋福利，就算我不能完成前辈们开创的所有事情，但我一定会努力做好的。"

"你应该想，最可怕的是无所思考。如果你是个普通人，你思维的深度并不能影响别人，然而，既然你已经开始管人了，首先就要考虑人民的利益，个人利益也会在人民利益之中。不考虑民众利益的首领，会成为人民的负担，最终会自断前途。"

毕官的一席话，给了柯勒什拜很大的触动，他感觉自己仿佛浑身充满了力量，他想借此机会解开一直存在心中的一个结。于是，他大胆地直视着老人的脸，然后问道：

"毕官大哥，很多年前，那个塔城的玛铁恩安布①曾给您头上戴了高帽子拉您去游了街，让您受了不少苦。就算受了那么多苦，您还是没有改口，还是坚决不交人，难道您当时就不怕会有危险吗？究竟是什么力量在支持着您这样做的呢？"

乌斯潘稍稍想了一会儿，然后，试探地反问道：

――――――――

① 安布：音译，清政府封的某种官职。

"你知道当时玛铁恩为什么把我叫过去，又是为什么羞辱我的吗？"

"我就知道个大概，细节不是太清楚。"

"事情是这样的，我就简单地跟你讲讲吧：这个世界就像翻滚的洪流一样充满了危险。曾几何时，一群回族人在占领了迪化市之后，就直奔塔城而来，据说当时位于塔城的清朝官员所在地城门是紧闭的，结果，回族人击破了城门，攻入城里，烧杀抢掠。他们一进城，当官的都跑了。如果我没有搞错的话，那应该是1861年的事情。当时的清朝皇帝得知这件事情之后非常气愤，就派遣左宗棠过来把回族人打跑重新建了城。而回族人则跑到了俄属塔什干和卡拉酷勒等地。那个时候有个安布叫玛铁恩，他招兵买马准备重建城市，刚开始听说他要我出人的时候，由于我并没有搞清楚他的想法，就立刻提出了反对意见，我就说其他的要求都好说，就是不能给人。他没法说服我，就开始使用武力了。我当时是这样说的：城墙是回族人搞坏的，有本事就把他们叫回来，让他们给你修！再说没有城墙又能怎样？我们哈萨克人的首领，是绝对不会住在城墙里的，我们的大帐会扎在人民中，我们和大家一起生活，这样做绝不会降低他们的威信，反而会让人们更加尊敬他们，威信会更高。你们这些从皇帝身边来的首领不是更应该亲民吗？自己的人民有什么可怕的？听了我的话，他没有办法回答，就又开始跟我要人，我还是不改口。于是，就发生了那样的强制的事情：我的身体被他们抽打，他们还侮辱我们，还说要将我们赶尽杀绝。总之，那时他们为所欲为，什么坏事都做了。最后，实在没有办法了，他们只好把我放了。"毕官稍微停顿了一下，然后缓缓地继续说道，"玛铁恩的侮辱深深地伤害了我，但是，这并没有让我屈服，因为，我身后是亲爱的民众，男子汉的后盾就是他的民众，没有人民的支持，一个人是什么都做不了的。如果当时玛铁恩杀了我，我的人民也不会坐视不管的，我确信他们一定会为我报仇的。就是这个信念支撑着我忍受住了所有的苦难，坚持到了最后。如果我没有信任我的人民，如果我在那张派五百人参加工程的纸上签了字，我就再也不是受人尊敬的长者乌斯潘，而会变成一个出卖人民尊严的窝囊废了。蒙受那样的耻辱还不如死了！我的孩子柯勒什拜，对一个男人来说，尤其对一个掌管人民命运的男人来说，肯定会遇上许许多多的坎坷，只有不畏艰险地战胜那些困难，才能成为受人尊敬的人。不是所有人都会承受玛铁恩那样的羞辱，然而，你的心里一定要有所准备。"

柯勒什拜默默地看着大哥严肃的脸，将他说的每一句话都记在了心里。柯勒什拜从他那双炯炯有神的眼睛里看到的是坚毅和勇敢。他暗下决心，一定要做像大哥这样的人。在短暂的停顿之后，乌斯潘继续自己的话：

"柯勒什拜，我的孩子，你这样年轻就敢站在众多毕官的面前，出色地完成了他们都没有办法做到的事情，当时，我就看出你将来一定能成为出色的人。在得知噶赉达请你去工作的时候，我就想那个噶赉达是个有一双慧眼的人，他识才。现在你又是蒙阿勒部落的赞格了，祝贺你啊，孩子！加纳特部落里没有谁能超过你，然而，你出生于一个非常小的部落，我们哈萨克人往往首先要看财富的多少和部落的大小，再考虑给不给官位。你要想进一步发展，恐怕其他大部落的人是不会愿意的，不过，我还是坚信你肯定会做大事的。愿你一切都顺利。"

乌斯潘的话变成了祈福，说得柯勒什拜心潮澎湃。

柯勒什拜从前也见过乌斯潘大哥几次，他也曾去拜见过老人，然而，那个时候没机会好好交流，他也没有直接跑过去找他，今天两个人独处聊天的时候，他才发现这位威严的大哥是那么谦和，那么智慧，那么有远见，他是个真正的人民英雄。他为自己能亲耳听到老人的教诲而高兴，他想以后还要经常来拜访老人家，这将成为自己的首要任务。

柯勒什拜从喀拉乌斯潘大哥那里出来时心情变得非常好，与此同时，好像感到肩上的担子变得更沉重了，他面前出现了很多关口，而自己也必须顺利地通过那些关口。乌斯潘大哥说得对，到今天为止，哈萨克的毕官都是从大的部落中选出来的。在选毕官时，除了考虑那个人的智慧、善说、勇敢等特质之外，还要看他出身部落人口的多少，牲畜数量的多少，部落名声的大小等外部条件。否则，从十二个阿巴赫克烈部落选两个毕官时，不可能两个都是从姜特刻衣部落或者都是从佳德克部落中选出来的，今后的选举，肯定也会遵循这个规则的。乌斯潘大哥说了一点，人民的兴盛很可能就是产生毕官的决定性因素，那些人也是逃不出这个规矩的。事实上，像柯勒什拜这样的人，完全不适合去考虑那样的事情，对他来说就不要去想走到高位，只想怎么做好自己现在的工作，完成所想的事情就足够了。如今蒙阿勒部落第一个赞格的官位很幸运地落到了他的头上，今后，要能维护好这个职位就很不错了。为了不被其他大部落和身居高位的毕官们压制，就需要有足够的学识和智慧，既然他能接触这种写写画画的工作，就不能失去这个好机会。俗话说：胳膊粗的能战胜一人，学识高的能征服千人。这句话说得不无道理。他第二次去远征的时候，带回来几本书，最近也开始阅读，他决心今后要好好地研读这些书籍，他要将自己的所闻所想都记录下来。以前的智者们说过很多智慧的话，然而，那些话大多都像被风带走的云朵那样，随着大家口口相传，话是保留了下来，人们却渐渐地遗忘了出处，而且，那些话也并不能被完整地记录下来，总会缺胳膊少腿。柯勒什拜就想为了不让这些知识失传，就要将它们都记在纸上，要让自己养成记录的好习惯。

从乌什泰草原出发，柯勒什拜就陷入了沉思中，一直没有开口，这让他身边的伙伴温别特感到非常意外，他想问个究竟，但是，又觉得不合适，于是就没有开口。等他们快到自己的草原萨热哈莫尔的时候，柯勒什拜仿佛如梦初醒一般回过神来，他突然环顾四周，终于开口说话了。他简短地说了刚才一路上自己在思考的事情，他的声音很洪亮，就像一个发现了新草场的牧人一般兴奋。温别特一直自认为了解他，但是，柯勒什拜今天的表现却让他感到很意外。他想，柯勒什拜平时不太喜欢说心里话，最多也只是对自己信任的人才透露一点，他突然这样敞开心扉跟自己说了这么多话，这让他感到非常高兴，因为他知道，这是他对自己的信任。

柯勒什拜从不娇惯自己的孩子们，最多轻轻地摸一下他们的头，或者就是抱一抱，他不会轻易地表达自己内心的情感。然而今天他却一反常态，从乌斯潘毕官那里回来后，一见到孩子们就牵着他们的手进了家门，然后，将两个孩子抱到自己膝盖上，亲昵地吻着他们的额头。年幼的巴黑扎也朝柯勒什拜伸着手，她想爸爸了。餐巾铺开，茶点布上来时，孩子们就都出门玩儿去了，毡房里只留下柯勒什拜和温别特两个人喝着巴赫特巴拉烧的喷香奶茶。这个时候，柯勒什拜的弟弟堆森拜进来了，他比柯勒什拜小几岁，在哥哥面前表现得很随意，就好像他们是同龄人一样，今天他依旧是那个样子：

"你说要去四处转转，去见大人物，就扔下家里的一堆事情不管。昨天，杰特萨拉草原上的羊群遭到了熊的袭击，一只羊被抓走了。今年这个野兽的胃口很大，看来，我们必须要好好对付它了。"

"这件事你们没有跟巴特纳森说吗？他一定会有办法的。"

"我们跟他讲了，他说：如果熊再敢来的话，就布陷阱抓，好好收拾它！"

"对！但是，要谨防人或者家畜掉进陷阱里啊，一定要特别当心才行。"

他们正说着，那个长着稀疏胡须的中年蒙古人推门进来了，就好像他一直在门口听着毡房里的对话似的，一进门他就请安道：

"大人，您好！您身体还硬朗吗？"

"我们哈萨克人常说：如果说到一个人，那个人就出现了，就说明世界末日临近了。难道世界末日真的要来了？我们刚刚正在说你呢，你就来了。巴特纳森，你怎么样？家里都好吗？"

"谢谢您，我情况不错，成天待在山里的蒙古人是不会饿死的。我们蒙古人也没有多少牲畜，冬天雪大，牲畜多了饲料也难找啊！所以，我们很少有富有的人。"

柯勒什拜见他开始了长篇大论，就赶紧打断了他的话，问了他的来意。

"现在我没有什么要说的，没有什么。就是这个堆森拜昨天说，山里有熊出没，说我们蒙古人了解熊的习性，还说熊在威胁他们的生活，让我尽快来想个办法。我就是来商量这件事情的。知道您回来了，就过来跟您请个安。"

"你要是来请安的，那就谢谢你了！熊这种畜生，这些年本来已经远离我们了，今年，它好像又长本事了，就像你说的，你能想出办法对付它。具体怎么做，你就和堆森拜去商量吧！总之，我们需要平静的生活。"

柯勒什拜深知这个他们来往多年的蒙古人巴特纳森很能干，而且能说会道，就让他去和堆森拜商量捕熊的事情。

熊爱吃草根、野果，偶尔也会吃肉，是杂食动物，蒙古猎人跟熊打的交道多，有很多关于熊的有趣而且吓人的故事。从柯勒什拜那里出来后，堆森拜为了探个究竟，就问道：

"大哥，听说你们蒙古人一见到熊就会兴奋起来，那就跟我说说，你们究竟是怎么捉熊的？"

巴特纳森好像也很想说自己的心里话，听他这么一问，并没有迟疑，马上就开始回答了：

"堆森拜，既然你问了，我就跟你说说。熊啊，就跟人一样，见什么吃什么。它会吃山里的野果子，还会扒开泥土，挖出草根和草茎来吃。要是能找到，它也吃肉。有些吃惯了肉的熊是非常可怕的，那些进攻人类家畜的就是吃惯了肉的熊，有的时候饿极了，它们连人都吃，所以一定得多加小心。"

"那就是说，熊和你们谁厉害，谁就会吃了对方啊？"堆森拜开玩笑道。

"的确，哈萨克人是不吃熊肉的，而蒙古人吃。不过，熊是不会管你是蒙古人还是哈萨克人的，抓到哪个就会吃掉哪个啊。"巴特纳森笑道。

"你这话倒是说对了，我们听说过很多次熊挖出坟墓中的哈萨克人尸体吃掉的事情。"

"熊害怕人呢，它是不会随便攻击人的，一般只会在突然遇上的时候，出于恐惧和自卫才进攻呢，否则，它们会远远地跑掉。然而，熊也有非常危险的时候，那就是发情期的母熊非常可怕，它是会进攻人的。如果不幸碰上一头发情的母熊就糟了，它是非吃了人不可的。所以，我们捕熊的时候，首先要打死母熊，公熊就会哭叫着不离母熊左右，这样，我们就可以轻松地把它也打下来了。"

"隔着老远，你们又怎么能分辨出哪个是公熊还是母熊呢？"

"公熊的毛色一般呈棕色，母熊的毛色偏浅。我们就是看毛色来区分的。"

"是不是也会有打不到的时候，让它逃掉呢？"

"这种情况时有发生，有时候子弹还可能射不出去。因为，子弹也是我们自己做的，如果火药放少了，子弹的威力就比较弱，就可能射不出去。还有的时候，就算子弹射中了熊，却没有射死，结果它还会反过来袭击人。"

"那你们不就会变成熊的美餐了吗？"

"这也不是不可能的，我不会隔着老远射击，而是凑近了打，一下子命中要害。要是熊受了伤就会袭击人，我们要及时补射。"

"你们要是离它近了，又没打死它，不就会被熊伤了吗？"

"熊有一个最大的特点，它就算跑来也不会立刻扑上来，等它跑到人的面前时，就先直起身子站起来，然后再进攻，这个时候，你就可以准备好子弹，对准它心脏的位置射击了。"

"天哪，这也太需要胆量了！"

"刚才不是你说人和熊之间不是它吃了人，就是人杀了它，总有一方会死。为了不被吃掉，只能勇敢。如果做不到，最好还是放弃打熊的念头，老老实实过日子吧。"

"独自打猎的时候，万一天黑了怎么办？你们就不怕天黑的时候被熊吃了吗？"

"哪有不怕的？可是，又有什么办法呢？我们也只能在那里过夜。我们会跑到树林深处去睡，因为熊怕黑，它不会进树林的，熊喜欢开阔的地方。如果你要是睡在开阔的地方，那可就死定了。黑暗和密林会保护我们的。等天一亮，我们自然就能找到办法了。"

"那你刚才所说的阿特合①，又是怎么回事呢？"

"吃了家畜的熊夜里会返回来找吃剩的食物，我们就会在它的必经之路上拉一根绳，将绳子的一头系在枪栓上，如果熊来了，就会

---

① 阿特合：意为"射击器"。

碰上绳子，枪就开火把熊射死了。这也是射死熊的一种方法。区别就在于不用人抓着枪等着熊，而是熊自己会被枪击中。"

"你说的巴斯帕②又是什么？"

"我们所说的巴斯帕，就是先做一个小棚子，棚子上面预先准备两根粗大的木头，棚子下面支上一根柱子，柱子上绑一块腐肉，等熊闻到肉的气味后，就会进棚子里去吃，这个时候棚子中间那根柱子就会被熊碰上倒下来，上面压着的两根大木头就会砸到熊的身上，把它砸死。"

"你们蒙古人真的知道好多抓熊的办法啊！"

"除此之外，还有下毒、设陷阱等好多办法呢。熊是不能用狼夹夹的，它会甩掉夹子的，熊夹上是有齿的，设夹子的时候要埋得深一点，否则，夹子就会夹空的。表面上看，熊是非常笨拙的动物，其实不然，这种时候它却变得非常灵敏，要是夹子埋浅了，就夹不住脚踝，而是只夹住脚趾，熊夹必须要很重而且很大才行，否则就算夹住了，它也会跑，除非是夹子在丛林中被什么东西挂住，要不它肯定会跑掉的。万一谁不小心撞上了这头熊，它会袭击人的。所以，捕熊最好的办法就是射死它。"

"你刚才说的都是夏天捕熊的办法。那你们冬天抓熊吗？"

"熊会冬眠的，冬天很少能捕到熊。不过，偶尔也会有人在冬天抓熊的。你也知道，我们冬天的交通工具是雪橇，当我们坐上雪橇飞驰在雪原上时，偶尔也会遇上熊窝。阿尔泰山里山洞很多，不过不是每个洞里都有熊。有熊的洞口会冒一些雾气，结一些霜。抓熊可不容易啊，如果你直接进洞里去了，肯定就会变成熊的美餐，要是不进去，就没法抓熊，所以，就需要猎人具备极为高超的技术。

---

② 巴斯帕：意为"压住器"。

我们会准备一些短小的木棍塞进洞口，尽管熊在冬眠，但是，它能感觉洞口的光，如果木棍挡住了光，它就会把棍子取出来扔进洞内，过一会儿，山洞里就会堆满木棍，它自己就被推到洞口，而猎人会利用这个机会把熊射死了。当然，这也是非常危险的方法。你见过那个名叫朱得拜的老头吗？就是满脸伤痕住在喀同哈拉盖的那个人。他本来就想用这个办法抓熊，结果，熊没有按常规把木棍扔进洞里去，当猎人发现情况不对，非常惊讶准备离开时，朱得拜却呆站在原地没有动，结果不幸的是，那个熊洞还有另外一个洞口，愤怒的熊从那个洞口出来，一把抓住了他，他的同伴在听到他的喊声之后，赶紧跑回来杀死了熊，他还算命大，尽管受了很多苦，在吃了很多阿勒泰的草药之后，最终奇迹般地痊愈了。可惜被毁掉的容貌没能恢复，不过，遭此一劫，能捡回一条命来就算幸运的了。你知道了吧，跟熊斗可不是一件容易的事情，它可开不起玩笑。为了抓熊，你就要把命系到腰上跟它拼。这次还不是柯勒什拜大人吩咐了，我才打算跟吃了你们牲畜的熊决一死战，否则，我也不会插手的。"

等他们两个人出去以后，柯勒什拜看着温别特说道：

"咱们离开家也三天时间了，现在你把我交回了老婆手里，你也累了，就回去休息吧，以后要是有什么事情，我再叫你！"

正在等柯勒什拜这个指令的温别特一听这话就站起了身，行礼告别之后，他就转身朝门口走去。柯勒什拜目送着他，回想着自己带着这个亲戚去见喀拉乌斯潘大哥的经过，他知道所有的事情的处理都和这个同伴的忠诚不无关系，心中对他充满了感恩之情。

柯勒什拜开始考虑将来了，他在想今后的路将怎么走，该怎么做才行。他想起昨天乌斯潘大哥提醒自己的那些事情，还是应该将这两年来在做的事情继续进行下去，不能半途而废，而且应该将民众都团结起来。

自柯勒什拜成为赞格以来，蒙阿勒部落里也发生了一些改变，务农的人逐年增加，山坡上有水的地方都长满了让人喜爱的塔尔米，这是为了填饱肚子种的庄稼。除此之外，民间的氛围也变得和谐而平静了，从前时有发生的兄弟争执和分歧也明显减少了。柯勒什拜鼓励人们要加强团结，不要因为一些小事情就闹分歧，不能从内部搞分裂。他说：脑袋破了在帽子里，胳膊断了在袖子里，如果意见发生了分歧也要自己解决，要远离争吵和反目。渐渐地柯勒什拜赞格的威信越来越高，一传十，十传百，其他部落的人们中间发生一些分歧也会来找他做评判。在遇上这种情况时，他会让人们先去找本部落的毕官，听从他们的评判。

"我们有毕官，但是，这件事情我们还是想听您的。"他时不时地会碰上这样的情况，这时他才会以提建议的态度提出自己的意见。柯勒什拜的裁决总能得到大家的认同，人们不再认为他只是蒙阿勒部落的赞格，而是把他看成是这片草原上最公正的毕官。

哈萨克人民是热爱和平和自由的，心胸就像他们赖以生存的草原一样宽广，他们对任何人都没有坏心，所以，无论走到哪儿，他们总能与别人和谐共处。不过，有的时候除了外来的打击外，哈萨克人中也会在大部落之间发生草原纷争、寡妇纷争、人命官司等情况，打破他们平静的生活。如果那里的首领们能明智公正地处理问题的话，就能避免情况的恶化。然而，还有一种名叫"偷盗"的疾病，这种疾病会破坏平静，破坏和谐，造成很坏的社会影响，却很难治愈。这种行为又是多么让人感到耻辱啊！

控制和治愈这种疾病的确很难，他突然想起最近听人讲过的一个故事。玛米贝司①向那位从哈巴河出去的著名的盗贼霍什铁肯带话过去，说他年纪已经不小了，让他别再偷盗，应该洗心革面重新做

———————————
① 贝司：草原上最高的官职。

人，好好生活。而霍什铁肯只说了一句话：

"如果肉不再那么香甜，那我就不再偷盗了！"听到他的这个答复，玛米贝司非常生气：

"十二个克烈部落的人都会听我的话，难道就这个捣蛋鬼不听吗？如果他再这样一意孤行下去，我会让所有人都来声讨他，让他吃不了兜着走！"霍什铁肯果然还是一意孤行，初心不改，他漫不经心地撂出这么一句话来：

"啊，布铁乌俄尔格的狗吠声，怎么会传到哈巴河呢？"就这样，没有给予理睬。尽管玛米贝司见他这个态度非常生气，但是，可能出于对他过人胆识和勇气的一份尊重吧，没有继续追究，也没有处罚他。也许是他想到这种事情，并不能单纯地通过惩罚一个人就能得到改善，而是要让民众看清偷盗这种行为的害处，才可以彻底遏制。

这个让整个阿勒泰民众都言听计从的玛米贝司都管不了他的话，那么他柯勒什拜只是一个小阿吾勒的赞格，他又有什么能耐管住他呢？在饥荒年代迫于生计做了盗贼倒是可以理解的，可是现在并不是那种情况，人们的生活也没有到那么悲惨的境地，再出这种事情，这实在是令人非常惋惜。这时，柯勒什拜脑海中突然出现了自己阿吾勒的加克拜做过的那些事情，他神不知鬼不觉地就把事情办了，根本不会让人看见，大家后来听到的就都成了关于他的故事。在额尔齐斯河沿岸过冬的人们总是将冬营地盖在离水源比较近的地方。在寒冬季节挑水的确不是一件容易的事情。然而，加克拜却将自己的冬营地盖在了离河水较远的沙梁那一边。在他看来，渡口边的植物会很快用完的，他可不想整个冬天都招待那些在额尔齐斯河流域运货的客商，所以特地将自己的营地盖得远了一些，这也无可厚非，事实上，那些沿途阿吾勒的人家里整个冬天都有迎来送往的客人，到冬末就会出现牲畜没有粮草的情况。大家都觉得加克拜这么做是为了掩人耳目，为了掩藏自己偷来的东西才找的借口，可是，又没有被人抓住现行，也就不能当面说他就是个贼。柯勒什拜几次将加克拜叫来，跟他谈过话，柯勒什拜说：

"你要是真的做过那样的事情，那就赶紧停下来，你胯下有马，碗里有粮，你自己也知道人们都在怀疑你偷了他们的牲畜，俗话说：汤勺千日不破，终有一日会碎。如果你真的做过那样的事情，总有一天会被人发现的，一旦到了那个时候就不好收场了。要是那样，对你自己，对你的阿吾勒民众都不好，你还是应该好好想一想。"听了这话，加克拜矢口否认，说自己没有伤害过任何人，什么坏事都没有做过。然而，他的行为举止总是让柯勒什拜心中起疑。

这个秋天，柯勒什拜的阿吾勒驻扎在了霍尔金吐别克下方的阔克特勒。因为这里的草长得茂盛，为了让牲畜能多吃一些新鲜的秋草，他决定在人们割了冬储牧草入冬之前那段时间，暂时就住在这里。

柯勒什拜习惯了在日出之前就起床。今天他也醒得很早，当他走出门时，看到天上的星星还没有完全消失，东边的天空刚蒙蒙亮，地面依旧昏暗，秋天的额尔齐斯河在不远处静静地流淌。这时，他突然看到河心处有一条乔尔泰钻出了水面，然后又"咚"的一声跳回水中，此时的水鸟还没有从梦中醒来，河面上看不见它们的身影。柯勒什拜每天都会这样站在河边环顾四周，观察河水的变化。很久以来，他一直都在思考这个问题，想如何才能带领好自己的民众，怎么才能让大家过上安定富足的生活，今天突然意识到，自己很久没有认真欣赏过周围的景色了。于是，他看得格外投入。

正在这个时候，他的思绪被远处水面的一个黑影打断了，依稀看见那个黑影正在朝这边游过来，柯勒什拜定睛一看，清楚地看见真的有一个东西在游过来。

这究竟是什么东西？看上去不像船，他想会不会是一个骑马过河的人，好像也不是。就这样等那个东西靠近岸边的时候，他终于看清楚那不是船也不是骑在马上的人，而是一个游过河的人，那个人将两只羊拴在一起，自己用嘴咬住中间的绳子，正朝岸边游过来。由于河水流速很快，他连人带羊被水流冲着，在离柯勒什拜有一段距离的地方上了岸，而这个人不是别人，正是加克拜。但是，加克拜并没有注意到站在不远处的柯勒什拜，拽着两只羊径直朝林子里走去，柯勒什拜本想喊住他，可是他并没有这样做，他心想：你这个家伙啊，你吃也吃的有所值啊，这个念头在他心里一闪而过。事实上，此时已是深秋季节，咬着拴了两只羊的绳子游过冰冷而水流湍急的额尔齐斯河，而且还不让岸边的人们发现，实在不是一件容易的事情，这都需要极大的勇气和胆识。然而，偷窃毕竟是偷窃，这两只羊是他偷了别人的，怎么说都是罪过，吃进肚子里也会变成肮脏的食物，就算在这一世不受惩罚，等到了那个世界他也是要遭到报应的，我看到了还没有去制止他，那我不也成了同犯吗？在家人起床之前，他又和衣侧卧到了床上想小憩一会儿，却毫无睡意，刚才的情景一直在他眼前出现，挥之不去。尽管柯勒什拜曾多次听别人说过加克拜部落的人有这种行径，可是亲眼目睹却是第一次，身强体壮的年轻人做了这样的事情，是完全不能让人接受的。如果他能诚实地劳动，就有足够的精力和能力做好所有的事情，他也会在众人面前树立起威信，究竟是什么鬼让他走上了这样的道路啊？今天，我必须趁热打铁探个究竟，让他远离这样的肮脏行为。柯勒什拜的睡意都被思绪赶跑了，就干脆起身来到外面。此时，温暖明媚的阳光已经扫向大地，阿吾勒还没有完全醒来，只有少数几户人家的烟囱里升起了炊烟。

柯勒什拜的妻子非常了解他的脾气，从丈夫今天的行为举止看出，他和平时不太一样，就赶紧起了床，开始忙碌每天日常的琐碎家务。柯勒什拜只喝了两碗茶，用手盖了一下碗口就走出了门，然后吩咐一个年轻人赶紧将加克拜叫来。没过多久，随着加克拜洪亮的问安声，人也走进了门。柯勒什拜看着这个高大魁梧的人，他面庞白皙，有一双青筋暴出、粗大的手，他仔细打量着就好像今天是第一次见到他似的。柯勒什拜稍稍迟疑了一下，然后回了礼，顺手示意来人坐到餐桌边上来。一早就被叫来，让加克拜感到有点紧张，他不停地打量着赞格的脸，可他并没有看出什么异样，心想大人叫自己来究竟有什么事，于是，他赶忙说道：

"听说您叫我，我一刻都不敢耽误就跑过来了。"

"你能这么快赶来太好了，我是有点事情想问问你。"

"您问，您尽管问赞格大人。"

"我听说你最近的行为有点不太正常，这里面是不是有什么秘密啊？"

"赞格大人，这人啊什么话都敢说的，那些无聊的人就爱胡说八道，您可千万别相信。"

"人无聊起来也许会说一些闲话，我就问你一件事情，你要如实地告诉我，你昨天去了哪里？"

"我昨天去阔克铁列克渡口那边办事了，但是后来发现天色太晚，就住下了，今天一大早赶回来的。"

"你此话当真？"柯勒什拜直视着他的脸问道，加克拜看见大人那双犹如虎眼一般的蓝色眼睛正喷射着锐利的光芒，他一下子慌了，他知道赞格的眼睛里容不得沙子，就赶紧将目光躲开，不知道该怎么回答。柯勒什拜见状继续说道：

"你不是一个围着锅台转的窝囊废，是一个能扛起一座大山的强壮男人，如果别人没有看见，也不会无缘无故地传那些闲话。你既然做了，就要敢于承担。你今天到底去了哪里，拿了什么回来的，这次不是别人，而是我亲眼所见。我不想让你成为别人的笑柄，就把你叫到家里来跟你谈，我想你这样做也并不是迫于生计，而是另有原因吧？你就说说是什么原因！你今天牵回来的那两只羊，也必须找机会还给人家。"

听了赞格的这些话，加克拜默默地坐了好长一段时间，他在试图掩饰内心的挣扎，但是，都没有能瞒过柯勒什拜那双犹如猎鹰一般敏锐的眼睛。

"赞格大人，您让我羞愧得无地自容了，想否认都没有办法了。今天的事情您说亲眼看见了，我还哪有办法说没有啊？"

"好，既然你承认了自己的所作所为，那还要说说你究竟是出于什么原因才开始做这样的事情的。"

加克拜再次沉默了。他深知在赞格面前说假话逃脱是不可能的，但是，说到为什么要偷东西，他好像也一时很难找出一个合适的理由。他考虑了一会儿，然后开口道：

"正如您说的那样，我并不是因为家里揭不开锅了才这样做的，仔细想想，偷东西对于我来说并不是为了维持生计。内心深处总有个东西会逼着我，让我感到烦躁不安，我就总想做一些别人做不了的事情。后来，我就想到底能做什么呢？圈里就那么多牲畜，都有人在放养着，家里也没有什么复杂的事情让我来做，所以，就觉得自己总得做点什么事情，否则我的日子也过不安宁。于是，我就想不能侵犯老实的百姓，要偷就去偷那些戒备森严的部落，那才是一件了不起的事情，那才是一个勇敢者该做的，只有完成了那些困难的任务，我心里才会感到舒服一些。我的这个理由也许您不会相信，但是，我想这就是我去偷盗的真实原因。半夜三更冒着严寒，游过冰冷的河水，牵来两只公羊也是出于这个原因，这就是事实。您想怎么惩罚我，我都听您的，要打要骂要报官都可以，我都认！"加克拜说完低下了头。

柯勒什拜相信加克拜说的是实情，尽管他很生气，但是在心里暗暗佩服他的英勇，不得不宽恕他了。然而，他并不想让对方看出自己的决定，于是紧皱双眉，满脸愤怒地开口说道：

"如果你说的这些都是事实，那么我现在就先不惩罚你了。但是，从今往后，不要让我再听到你的骂名。我一旦听到了，那你就不要怪我手下无情了，如果我到时候让你在众人面前丢尽脸面，流离失所的话，你可不能怪我！"

"赞格大人，男子汉大丈夫，一言既出，驷马难追，偷盗这个罪名，从今往后，永远不会出现在我身上！"加克拜将右手放在胸口说道。

*　　*　　*

草原上的孩子所能享受的美好是非常有限的，别说孩子们，成年人的快乐也非常少。在短暂的夏天，除了婚礼嫁娶等庆典活动之外，人们都只能过着平淡如水的日子。对于生活状况窘迫的穷人家来说，能让自己的孩子们不受冻挨饿地长大成人，就是最大的考验了。他们的生活中仿佛总是充满了沟沟坎坎，需要他们去克服。而对于富足的人家来说，每家也都自有难念的经：圈里的牲畜该怎么养，如何能平安度过即将来临的寒冬季节，如何抵御野兽的侵犯，如何躲过苛捐杂税，等等。

每个男人都要考虑这些问题，女人们则要承担家里家外所有的杂事，不到年龄她们的脸上就会爬满皱纹，迅速地老去。相对于大人来说，孩子们的情况要稍稍好一些，因为，食物和衣服都由大人给他们准备，他们是不用操这个心的。

孩子们唯一要做的就是玩耍。他们游戏的种类很多，但是，找到一个有趣的游戏，并且在恰当的时候去玩，也不是一件简单的事情。年纪稍大点的男孩子会一边帮大人的忙，一边玩自己喜欢的游戏。他们会在草原上驯马驹，或者玩骑小牛的游戏，或者打水枪仗，在河里捞鱼，往仓鼠的洞口设陷阱，抓住它们，让小东西吱哇乱叫，还有打球，打髀石。小点儿的孩子会抓蝴蝶，玩飞鹰游戏，然后往牛虻的屁股里插木棍，在木棍上系上线，再把它放飞。孩子们将一种牙齿非常锋利的蟋蟀称为"怪物蟋蟀"，他们抓住这种蟋蟀，让它和一般的蟋蟀打架，看着那个可怜的家伙的脑袋如何被咬掉。

女孩子们喜欢的游戏就优雅多了：搭小帐篷，老鹰抓小鸡，做玩偶，等等。

好景不长，一年之中，只有夏天那段短暂的温暖日子才能玩这些游戏。天凉下来之后，那些美好也就没有了，大人们会让孩子们干一些力所能及的工作，那都是指令，一旦违抗了肯定会受到惩罚的，甚至有可能会挨一顿毒打，草原上孩子们的乐趣就仅此而已了。游戏的种类不多，能享受的时间又短，这就仿佛是从祖辈那里传下来的法律那样，不可更改。

冬天的阿尔泰山非常寒冷，雪也下得很厚，从这一年的十月底到来年的三月，一切都笼罩在一片雪白之中，万里江山变成了银装素裹的世界。脚踩在地上，时不时发出"咯吱""咯吱"的声音，身后总会留下一串美丽的脚印。风轻轻地吹过，停留在树枝上的白雪便"簌簌"地往下落，玉屑似的雪末儿在风中舞蹈，整个世界会变成一片洁白的天地，就像一个美丽的童话世界。可是，天气的寒冷却挡不住男孩子们寻找乐趣的一颗心，他们还是能想出很多游戏，比如滑冰，追兔子，抓鹌鹑，等等。然而，这样的机会也是不可多得的。于是，听大人们讲故事，就成了孩子们最大的乐趣。然而，不是所有的父母都会讲故事的。有的时候，也许因为累了，他们不想讲，也许就根本没有什么可讲的，大人就不能满足孩子们的要求。每当这时候，他们就盼着家里能来客人，有客人来了，孩子们一定会请求客人讲故事听的。如果能讲神话故事就更好了，就算他讲一个晚上，孩子们都不会嫌烦的。这样的情况，在柯勒什拜家也会经常发生。

到这个大帐来请安的客人很多，其中有不少人还会留宿，这些人中间有很多是他们家的远近亲戚，当然也会有一些陌生的客人，他们都是来找赞格谈事的。要是陌生人，孩子们就不好要求人家讲故事，但是，如果是熟悉的人肯定会被要求讲几个故事的，否则绝不放过他们。然而，不能让赞格本人参与到这样的话题中，不能浪费他的时间，所以，这样的故事会，就会在其他毡房里进行。晚餐之后，孩子们就会聚到一个毡房里，将讲故事的人也带到那里。这样的事情在整个冬天周而复始地进行着。就算这样，孩子们，还有一些年轻人也会不厌其烦地听他们讲故事，哪怕是重复同样的讲述。

有一天，阿吾勒迎来了一位陌生的客人，此人看上去年纪不太大，嘴唇上蓄着胡子，看上去很面善，说话也非常爽快。除了柯勒什拜赞格，这里的其他人都不认识他，这个名为萨帕尔的小伙子是从上阿勒泰地区来到哈巴河的，到了这里就特意调转马头来跟赞格大人请安。哈萨克人常说：面善之人总会给人希望。年轻人一直等长辈们说了很多事情之后，就表示想听客人讲故事，柯勒什拜见状就看着年轻的客人说道：

"你看，孩子们好像想听你讲故事了。"一听赞格这话，在场的年轻人一下子兴奋起来，纷纷接话道：

"远道而来的客人，肯定给我们带来了不少故事。"

"您就讲几个好故事吧！"他们的请求声此起彼伏。

于是，这个年轻的客人被带进了另外一顶毡房中，所有的年轻人都聚到这里，大家竖起了耳朵，等待着。当时时间已经很晚了，年纪小的孩子们都睡了。客人坐在大家中间，他环顾了一下四周，稍微停顿了一下，然后开口道：

"从前有一个英雄名叫叶尔托斯特克，"他刚说一句，就被人打断了，大家都说这个故事听过了，能不能讲别的故事。

"啊，那讲什么故事呢？"客人表现得稍微有点犹豫，很快，他就找到了办法，"那我不讲神话故事，给你们讲个别的，一个能让你们思考的故事吧。"

"那更好，我们不要光听，也得思考。"

"好的，那大家就听着，这个故事的名字叫《谁大方》。"

"故事的名字真有意思，那就听听看吧！"

"故事是这样的，"客人慢条斯理地开始了自己的讲述，"从前有一个很聪明的年轻人，成年之后，他和一个美丽可爱的姑娘定了亲，他和姑娘的家人约定的日子到来那天，就去她家请安。他和姑娘从来没有见过面，是通过媒人介绍定的亲事，可是，后来他听说这个姑娘已经有了心上人，而且两人早就约定要在这一天见面。然而，未婚夫已经来了，姑娘又不能丢下他不管，这让她非常为难，她也听别人说这个小伙子是一位善良懂事的年轻人，所以，也不想伤害无辜的他，但是，她也知道不履行诺言是罪过。她想来想去，最后决定跟未婚夫说出实情。

"小伙子在听了未婚妻的讲述之后，没有迟疑，他立刻回答道：'一个人的品格如何，就要看他是不是能信守诺言，你今天跟我说了实话，这是你为人正直的表现，如果你不履行诺言，那么，那个小伙子就会认为你是个骗子。我今天是以你未婚夫的身份来的，但是，你要是不能履行诺言，那就是我的罪过了。所以，你去找他吧，去履行你的承诺！'

"准新娘装扮一新，穿上了美丽的新衣，佩戴了精致的饰品，此时的她趁着月黑风高悄悄地跑出了门。在她匆忙地翻过两座山梁的时候，不幸遇上了拦路抢劫的盗贼，强盗试图抢走她身上的贵重物品，这时，姑娘将自己的经历告诉了对方，请求他放过自己，没想到那个强盗也是一个心存善良的人，什么都没有拿就把她放走了。姑娘继续往前走，她的面前出现了一大片丛林，在那里一只狼挡住了她的去路，正当那只凶恶的野兽张开血盆大口的时候，姑娘向狼讲述了自己的故事，并且请求它放过自己，狼竟然听懂了她的话，奇迹般地将姑娘放走了。就这样，姑娘终于来到约定地点见到了心上人，并且将自己这两天的经历告诉了小伙子。小伙子在认真地听了她的讲述后说：

'那个准新郎是一个真正的男子汉，我不能侵犯他的尊严，他竟然让你信守承诺来见了我，这让我非常感动，咱们面也见了，我谢谢你的心意，你现在就赶紧回去吧！'说完，他就让姑娘走了。故事的经过就是这样的，大家说说，这个故事里出现的几个人物，究竟哪一个更大方呢，大家给出自己的评判吧！"客人讲完了他的故事，微笑着环视着每个人说道。

"我看是那个准新郎更大方。"有一个人说道。

"我觉得是那个盗贼大方，他本来是以强盗为生的，却放过了姑娘，也没有动她身上的贵重饰品，对他来说容易吗？做出那样的取舍，能不说是一种大方的行为吗？"另一个人说道。

"我觉得还是那只放过了送到嘴边食物的狼更大方。"

"唉，依我看还是那个姑娘的心上人大方，准新郎让姑娘去找心上人，那是因为他相信她一定会回来的，而这个心上人却没有留姑娘过一夜就让她走了，尽管他很清楚这一别一定就是一辈子，这难道不是非常大方的行为吗？"

就这样，毡房里的每一个人都发表着自己的观点，这个时候客人开口道：

"大家不要争了，我们每个人都应该好好想一想，然后再做出决定，如果我们自己遇上这样的事情，会怎么做？"

起初这些年轻人还是出于兴趣在听故事，到了这个时候，一个个都陷入了沉思中。

"您讲的这个故事不像其他神话故事那样虚构多于真实，除了那个关于狼的部分稍微有点离奇之外，这个故事真的很值得我们认真思考。如果我们能多听这样的故事该多好啊！"一个年纪稍长的小伙子说道。这个时候，一个年轻人接话道：

"您再讲一个故事吧，我们还没听够呢。"

客人这次也没有客气，他微微笑了一下，然后就自己接下来要讲的故事做了一个小提示：

"我下面要讲的跟刚才那个不太一样，这只是一个小故事的梗概，这是三位评论家对自己的所见所闻给出的评论。"

"好的，好的，您说吧，评论家们都说了些啥？"

"长辈们说：很久以前，民间有很多评论家，他们从一些很小的事情就能预见未来。话说就有这么三个人一同踏上了一段旅途。那是一个冬天，刚刚下过一场大雪。经过一天的长途跋涉，他们来到一个富庶的阿吾勒，三个人停下脚步下了马，这时才知道原来这是这一方草原汗王的宅邸。来都来了，他们又不能立刻转身离开，只好留下来做客了。晚餐之后，他们被安顿在客房里休息，汗王私下交代佣人，让他们多留意来者之间的谈话内容，看看他们究竟都会说些什么。果然在熄灯之后，他们三人之间就自己的所见所闻进行了交流。其中一位说道：

'今天走在咱们前面的那个人骑的是一峰只有一只眼睛的骆驼。'第二个人说：

'而且，跟在他身边的是一条黑白花狗。'过了一会儿，第三个人说道：

'这家汗王有维吾尔人或者乌孜别克人血统。'这些话都被佣人听到了，他赶忙跑去跟汗王作了汇报。

第二天喝早茶的时候，汗王就跟几位客人说了自己听到了他们之间的对话，并且问他们那样说究竟是出于什么原因。汗王刚问完，第一位就开口说道：

'走在我们前面的旅客骑着的那峰骆驼，一路上只吃了自己身体一侧的草，如果它的两只眼睛都健全，就会轮流吃路两边的草的，因此我判断它是一峰独眼驼。'这时，第二人说道：

'旅客的狗会跟着马跑，狗是一种调皮的动物，它们总是跑着跑着就会在雪地上打滚玩耍，我发现雪地上留了几根乳白色的毛还有几根黑色的毛，我就因此估计他带着一条黑白花的狗。'汗王听了他们的回答，又转过头问第三个人：

'你说这里的汗王有维吾尔人或者乌孜别克人血统，你又是凭什么这样说的？'这时，尽管第三位评论家担心自己会激怒汗王，惹来灾祸，但是，他转念又一想：哪怕杀头也不会割人舌头，就算死也要说出实情。于是，他鼓足勇气回答道：

'昨天喝晚茶的时候，我发现您一直盯着餐布上的馕，由此，我就判断出您应该是跟从事农耕生活以小麦为食的族群有关联，因此我是那样猜测的。'

听了他的话，汗王本来阴沉的脸渐渐恢复了血色，他说：

'那个骑着骆驼的人来过这里，而且，他的骆驼的确只有一只眼睛，他还带着一条花狗。还有一点你们也说对了，我的母亲是乌孜别克人，我的确从小就喜欢吃馕。谢谢你们诚实地回答了我的问题。你们三个都非常厉害，是真正的评判家，个个都是好样的！'汗王非常高兴，给了这三个人足够的奖赏，送他们上路了。"客人的故事讲完了。

"这些人可真厉害啊，那些小细节一般人都是很难察觉的，他们居然就能看出那么多秘密来。"

"是的，都是咱们平时不会留意的小事。其实，咱们哈萨克人中有很多才智过人、先知先觉的人。现在也有，只是我们看不出来，也不善于去发现，总喜欢从别人身上找毛病，结果就让有天赋的人也变成了平庸之辈。这就是我们哈萨克人总也不能进步的一个重要原因。"说到这里，客人脸上的笑容一下子消失了，也不再说话，仿佛陷入了深思中。

客人讲的这些故事都很精彩，而且让在场的所有人也开始思考。他们以前听过的很多故事，要么就是关于一个力大无穷能移动大山的英雄，要么就是凶狠丑陋的巫婆变成吃人的吸血鬼，或者就是关于天上仙女的传说，故事听完后，听众的确觉得挺开心的，然而时间一长，不会在人们的心里留下什么印记。而他们今天听到的故事则完全不一样：第一个故事鼓励人们要做诚实善良的人，后一个故事则引导人们要做一个善于观察生活细节、成为聪慧机智的人。这些都是值得人们永远铭记在心的优秀品质。

从那以后，阿吾勒要是来了要留宿的客人，年轻人还是会请求客人讲故事，然而，他们再也不想听不切实际的神话故事，而是要听一些能给他们教育意义，能开发他们心智的有趣故事，渐渐地，这就成了他们的一个习惯。

尽管柯勒什拜没有跟孩子们一起听过故事，他却总是会留意。后来，他发现不能再让孩子们成天沉迷于空想幻想中，而是应该着力培养他们适应现实生活的好习惯，应该拓展孩子们的视野，引导他们打开思路，要思考自己的前途未来。

# 第三章

　　加纳特部落在哈巴河东岸和布尔津河西岸之间的广大地区繁衍生息，加纳特有八个儿子，故此，他的后人就被称作八个加纳特。按照当时草原的规矩，只有人数超过一千户的部落中，才能有管理部落的乌库尔代产生。随着时间的推移，八个加纳特的人数逐渐增加超过了一千户，为了提高部落的地位，选出一个乌库尔代就成了迫在眉睫的事情。后来，加纳特部落就有了自己的乌库尔代，这个官职给了布尔津一带的加纳特部落。加纳特的长子阿赫斯的儿子柏哈赞是管辖阿巴赫克烈部落的四个毕官之一，如今的阿巴赫克烈部落四分之一管辖权仍然由当年的柏哈赞后人柏森布继承，在柏森布之后，这个权力传给他的儿子乌斯潘。草原法则中，这种权力是世袭的，加纳特部落的乌库尔代官位就一直留在了阿赫斯（柏哈赞）的后代手里，民众也认可这件事情。

　　八个加纳特部落随着人口的增长，牲畜数量的逐年增加，根据夏牧场和冬营盘的情况，加纳特部落的三个分支特列凯、赫德尔、柏哈赞部落在布尔津河流域安顿下来，被称作上加纳特。而生活在哈巴河流域的五个分支博海、霍思泰、托海、麦玛、蒙阿勒则被称作下加纳特。

　　按照政府的指令，加纳特部落的地位提升了，在从前的乌库尔代官位上又得到了一个台吉官职，按照草原世袭制度的规定，这个职务给了柏森布毕官的后人卡肯。历来属于当地人的乌库尔代职务自然就转给了下加纳特部落的人。如果拿人数和牲畜的数量来做考量的话，这个职位应该给下加纳特部落五个分支中的霍思泰或者博海部落，由于其他三个分支没有足够的能力和稳固的靠山，所以，就只能听从大家的意见和政府的安排了。

民间盛传各种传闻，只要有几个人碰头就会讨论这件事情，人们众说纷纭，每个人都希望这份肥差能落到自己部落的头上。大家讨论的话题大多都围绕着博海和霍思泰部落，然而，因为没有正式的选举，最终的结果迟迟没有出来。谁能当这个乌库尔代，谁能更好地为加纳特各部落工作，这是人们最关心的问题，上面也派人下来在民间征求民意。人们在焦急的等待中，事情终于明朗了。这一天，萨尔苏别政府来了人，开了一个群众大会，当场宣布了最终的决定，柯勒什拜将担任下加纳特部落的乌库尔代职务。

一听到这个结果，人们都愕然了，没有人预料到是这样的一个结局。尽管很多人都相信柯勒什拜有能力也有才华，然而，他出身贫寒，没有名分，大家都担心他不能服众，如果是那样，他将如何开展工作、行使权力呢？有人说：千匹骏马走过时，湿地都会颤起来；马上摔跤玩游戏，秃头就会慌起来；角逐争斗进行时，帮手少的怕起来。柯勒什拜肯定不能服众。

官方的这个决定对柯勒什拜本人来说，更是出乎意料，管理这么大的一个部落，对于自己这样一个出身贫寒、没有靠山的人来说，太困难了，这样的事情在他们这一带从来都没有发生过，他也没有想过会得到比赞格更高的职位。记得去年他去拜访喀拉乌斯潘的时候，老人曾说过一句话："你的其他条件都很成熟，只是你的部落人口少，恐怕很难参与大事啊！"如今，那个官职自己找上门来了，这本来应该是一件让人高兴的事情，可是，他将来要承担的责任之重大，也是显而易见的。尽管官府已经任命了，民众会支持自己吗？目前还没有听到有不同意见，可想而知，肯定到处都有人在传各种闲话，有善意的，也有恶意的。可是，这些又是必须面对的，自己有足够的精力和能力承受这一切吗？是不是应该直言说不当这个官了？然而，朝廷的命令会因为自己的一句话而更改吗？要不，就硬着头皮上，最后让大家评判吧！他一直被这些问题折磨着，最后，他下了决心要承担一切，必须面对将来的所有事情。

他对前来祝贺的亲朋好友说的都是同一句话：

"朝廷的指令是不能违抗的。既然让我做，我就尽力去做好了。大家也不要太高兴了，我的这个官位不会给你们带来任何好处，反而，我要承担的责任肯定会增加。"他一直在提醒大家。他叫来哈讷别特，想跟他分享自己的想法，尽管哈讷别特比自己小几岁，但是，他们一起上过学，脾气相投，而且他还是一个聪慧的人，做事情非常稳重冷静，这一点深得柯勒什拜的喜爱。有的时候，他会跟他分享自己心中的想法，在他代别人去朝觐的时候，也将工作委托给了他。这个从天而降的官职，给柯勒什拜带来的忧虑远远超过了喜悦。这一天，他特意叫来了哈讷别特。

哈讷别特笑着迈进了房门，看了一眼坐在上首的柯勒什拜，稍稍迟疑了一下，心想：今天这样的日子，他本应是高兴的，可是他看上去并不开心，是谁惹他生气了？哈讷别特心里没有底，稍微停顿了一下，然而他很快又恢复了常态，像往常一样，开始敞开心扉地说话：

"我以为能看到你的笑脸，可你的脸色怎么这么难看？是因为我来晚了，你在生气吗？我最近去了一趟萨乌尔草原，刚回来。"

"我怎么会生你的气啊？"柯勒什拜的脸上浮现出了一丝微笑，他继续说道，"我没有生任何人的气，也没有发生任何让我难受的事情。如今我得到了更高的官职，这本应该是值得高兴的事情，然而，伤心压倒了开心，我的心被压得沉沉的。我叫你过来，是想让你跟我一起撑起这个担子，想让你成为我的依靠。"

哈讷别特对柯勒什拜的信任深信不疑，自他担任赞格一职以来，总是把自己叫到身边，遇到什么事情总会商量，听自己的建议。蒙阿勒部落里一旦有什么新鲜事，那一定有哈讷别特的份儿：引来山泉水浇灌庄稼，修筑驿队迁徙的路，修建桥梁，在铁列克特河岸边安顿几户人家，开垦阿赫扎孜克平原，在那里种植荞麦等作物。要说部落里的领头人是柯勒什拜的话，那他的积极支持者和参与者一定是哈讷别特。柯勒什拜没有将他看成是普通意义上的帮手，而是将他视作智囊，能让自己绝处逢生的最可信赖的亲人。柯勒什拜的心里一直都在想怎么才能让百姓过上好日子，今天叫他来，也是想跟他商量这件事情。现在他就问了这个问题，问哈讷别特如何才能得到百姓的信任，怎么才能让百姓过上好日子。

"唉，上苍啊，这有啥可担心的，如果大家不信任你，怎么可能让你到这个位置呢？你从普通人变成赞格的时候，也曾面临各种困难，这么多年以来，你不是也做得好好的吗？现在你是乌库尔代了，也可以按照当时的路走，不会有错的。"

兄弟真诚的话语给了柯勒什拜力量和勇气，让他仿佛从忧虑中看到了一线光明。就这样，他们俩之间进行了一场很长时间的交谈，他们说到古往今来世事变迁，回顾人民生活的改变，就像哈萨克的那句谚语说的那样：时代是狐狸，你就当猎犬。他们对未来的草原治理工作制定了初步的计划，话说到最后的时候，柯勒什拜说出了自己的决定：

"既然我现在坐到了乌库尔代的位置上，我就没有办法将两项工作都干好了，蒙阿勒部落赞格一职我就要交给你了。"哈讷别特一听这话有点着急了：

"这恐怕不行吧？这件事首先要得到政府的许可，其次，还需要得到民众的认可，我还是想放自己的羊，养自己的家。我就不想当官，还是想远离那些麻烦的事情，只要你需要，我随时都会在你身边的。这是我的心里话。"

柯勒什拜听了他的话，也没有再坚持。谈话到了最后他说道：

"不管怎么样，你心里要有个数，如果一旦需要，你不许逃避，你要相信这是我作为兄长，也是作为朋友的忠告。"

就这样，柯勒什拜说的事情成为了现实，没过多久，一张盖着公章的文件就到了，那上面的内容正是任命哈讷别特为蒙阿勒部落赞格的事。就这样，他们两人的思想和看法交织在一起，他们相互帮助、相互支持做了很多事情。所以，外人在说到关于明智毕官的话题时，就会同时提起柯勒什拜和哈讷别特的名字，有些来找柯勒什拜的人，也会在哈讷别特那里就解决问题，最终会满意而归，这也成为了一种常态。

这段时间，下加纳特部落除了得到一个乌库尔代职务之外，还有两个扎冷①和几个赞格的职务。一个扎冷职务给了博海部落的胡吉拜，另外一个给了霍思泰部落的克叶斯克什，克叶斯克什去世之后，职务又传给了他的孩子沙赫巴克。根据麦玛和蒙阿勒部落的户数，每个部落给了一个赞格职务，柯勒什拜原先的职务给了哈讷别特，他成为了蒙阿勒部落的赞格。

柯勒什拜到了乌库尔代的职位上后，为了更好地开展工作，他来到民众中间，深入地了解情况，跟各个部落的首领们交流沟通，他将这看作是自己最重要的一个任务。他将麦玛部落的扎马拜带到

---

① 扎冷：五百户长。哈萨克草原官职中，一个乌库尔代管辖两个扎冷（一千户）民众，一个扎冷管辖两个赞格（五百户）民众。

身边，做了助手。这是一个非常精明能干的年轻人，深得柯勒什拜的信任，他觉得这孩子将来肯定能成为自己的好帮手。

这是一个秋天，牧民们搬回了山下，家境不好的人家已经搬进了冬营盘。柯勒什拜的入户走访先是从麦玛部落开始的，尽管蒙阿勒和麦玛部落是八个加纳特部落的两个分支，和其他分支的地位是相同的，然而，因为这两个部落分支的户数较少，一直以来就将这两个部落合并起来缴纳捐税。

新任命的乌库尔代并没有像从前的毕官那样带领一群手下到处走访，只是带着几个随从到民间拜访。由于麦玛部落的状况跟蒙阿勒部落并没有太大的不同，这一点柯勒什拜以前也是知道的。在那里，通过这次和肯吉巴扎尔赞格聊天之后，他更加了解了百姓的情况，知道这里并没有非常富有的人家，这里的人们大多过着比较简单、相对贫寒的生活，他感觉到所有人都希望自己能带领大家走上一条富裕宽松的生活道路。

在走访了麦玛部落之后，他去了基本每年都在喀拉沃伊过冬的霍思泰部落。在那里他和沙合巴赫扎冷还有另外两个赞格进行了沟通，了解了他们的想法。他了解到大家都希望自己能成为一个为民造福的好官，这一点让他备感欣慰。因为多年以前，柯勒什拜曾出面解决了霍斯沙特部落中的纷争，通过这件事大家知道如果让柯勒什拜来当这个官，他肯定能成为一个公正廉洁的好官的，他得到了众人的信任。

这之后，当他准备去走访在哈巴河沿岸过冬的博海和托海部落的时候，他意识到自己将面临不小的障碍。他听说，在博海部落有支持自己的人，也有反对者。得到支持肯定是让人高兴的事情，而与反对者之间找到共同点并不会是一件容易的事情。然而，他决不能逃避，不能视而不见。总之，需要他面对面去沟通，了解他们的凤愿和想法，最终还是要让民众和谐团结。他知道这肯定需要有足够的耐心才能办到，因为，他早就听说这位既富有又能言善辩的诺瑞为自己成为了新的乌库尔代而咬牙切齿。柯勒什拜知道他的脾气很坏，性情暴躁，是不会思前想后就直接行动的人。所以，柯勒什拜决定先直接到他家去拜访。去之前他就想好，无论主人怎么对待自己，他都打算耐着性子好好地谈，就算他发脾气，也要听了他的话之后转身离去，什么都不说。他将自己的这些想法，提前告诉了手下朱马拜。

朱马拜有点迟疑，他说是不是应该先去拜访胡吉拜扎冷或者其他人，结果遭到了柯勒什拜的拒绝。朱马拜的担忧不是没有道理的，他听人说诺瑞非常生气，说他非要整倒柯勒什拜不可，他还提醒柯勒什拜，说那个人一旦生气了就会什么都不管不顾，会像一峰发情的雄驼那样乱咬人的。然而，这些话朱马拜一直也不敢直接说，当他听说现在要去面见诺瑞的时候，发现不得不说了，但是，柯勒什拜边走边听，却没有调转马头。他们两个人随着马的轻跑，很快就到了诺瑞家的毡房前，富人家的阿吾勒准备过段时间再搬到冬营盘，暂时没有急着离开金秋时节的秋牧场，就一直在这里住着。他们附近还有其他的阿吾勒。客人们径直来到诺瑞家的白色大帐前下了马，将坐骑拴在了拴马桩上。

直到这个时候，毡房里也没有传出什么动静，他们两人走进大帐时，毡房里的人才开了口，那声音就好比是射出的冰冷的语言之剑。他们进门看见诺瑞正斜躺在上首铺着的厚被子上，见有人进来，他迅速地坐正了身子，就仿佛是一条要咬人的蛇一般厉声道：

"你怎么就这么闯进来了？你以为今天自己当了官儿，就来显摆了吗？你的这个官儿，在我眼里什么都不是，不许你跨进我家那个门槛！"他就仿佛要将柯勒什拜吞进肚子里似的怒视着，然后对毡房门边站着的小伙子命令道，"赶紧给我把人铐起来，我倒要看看他究竟有什么本事！"看来，他是早有准备的，柯勒什拜的脚上被铐上了铐马蹄的脚镣，他根本没有料到这个人会这么做，本来想反抗，但是，转念一想，看看他究竟能干出点什么事，就轻轻地坐到了左手边靠门的地方，什么话也没有说，他知道此时此刻说任何话都是多余的。

朱马拜被这一幕吓坏了，他生怕诺瑞会打大人，不过，尽管诺瑞非常无礼，也没有那么做。见柯勒什拜什么都没有说，朱马拜本来想说点什么，还没等他开口，诺瑞就先呵斥道：

"如果你还想活命的话，你就安静地待着，你这个狗腿子！"

几双怒目对视着，毡房里陷入一片沉寂中。诺瑞并不是不知道，这个乌库尔代的官职不是靠这样的手段就能抢回来的职务，不光需要官府的一纸文书，还需要长辈们的一致推举才行。他用这样的方法只是想告知对方自己位高权贵，不会轻易让掌权的人支配自己的意志。柯勒什拜也看出了他的这个想法，他什么也没有说，只想看看对方究竟能干出点什么，究竟能走多远。

就在这个时候，门外传来了马蹄声，随后一个身材高大、留着灰白胡须的人走了进来，来人是深得整个加纳特部落和博海部落尊重的胡吉拜扎冷，他一走进毡房就看着诺瑞开口道：

"哎，这个傻瓜，你这是在干什么，赶紧把乌库尔代脚上的去掉！"诺瑞也不想示弱，还想反抗：

"我就不去，他到底是什么人，他凭什么想欺负我们？加纳特的乌库尔代怎么就给了犹如山鸡族群那样小的蒙阿勒部落了呢？我们这里有人数众多的博海部落呢，管辖百姓的人的部落肯定要人数众多、民众富足才行啊，他凭啥管理人民呢？我这样做也是为了维护民众的威信啊！如果把我惹急了，我还能杀人呢！我可以拿一年的新生牲畜抵他的命。"

胡吉拜实在受不了了，他本来想和气理智地跟他说，结果，这匹大青马却不听劝，万般无奈的情况下，他对站在门边的小伙子大声呵斥道：

"你在看什么呢？赶紧打开脚镣！"然后，转脸对诺瑞，"你以为自己富有，牲畜多，人数多，就很了不起吗？难道你不知道财富是一场大风就能刮跑的吗？如果来一场天灾，你就会失去所有的牲畜，那还不是轻而易举的事情？你还夸口说敢杀人，难道你不知道任何人的生命都会引起一场怎样的风波，如果你敢对这个被百姓拥戴、得到官方支持的人动手，那简直就是自取灭亡！毫无疑问，你就等着蹲进大牢，失去所有的牲畜，家破人亡吧！你想过这些吗？这个时代跟以前不一样了，官府只要派一些官兵过来，就能让你的家瞬间散掉，你别忘了这个人是我们的英雄！"

诺瑞一下子就无语了，起初他没能想清楚自己这个行为会有怎样严重的后果，这一刻他仿佛变成了一个被倒空了牛奶的皮囊，瘪掉了。胡吉拜下面的话就说给了柯勒什拜和朱马拜：

"赶紧走吧，你们又不是傻子，要守着这个疯子的门？"说完就直接往外面走去。胡吉拜带来的几个随从已经在门外备好了马，他们很快就骑上马走了。这一天，柯勒什拜乌库尔代没有能离开胡吉拜家，成了他的座上宾。

*　　*　　*

柯勒什拜的阿吾勒驻扎到了山崖下。这时正是中午时分，突然来了一群人，带头的是胡吉拜老人，身边的都是博海部落有头有脸的人，问候之后胡吉拜最先开了口：

"柯勒什拜兄弟，那个没脑子的做了非常丢人的事情，简直不可原谅，所以今天，我带了博海部落的几个人过来见你，跟你赔不是。"话说到这儿，另一个人接着话题：

"您和我们都是同宗同源的兄弟，所有的一切我们将共同面对，无论是苦的还是甜的。所以，我们必须团结一致，如果谁想破坏团结，我会坚决起来反对他，不能让一颗羊屎蛋坏了一包酥油。现在诺瑞就成了那颗羊屎蛋，我们要把他带到您面前，请您做出裁决。"

"这个年轻人说得对，"胡吉拜接着说，"诺瑞是我们的兄弟，同样也是你的兄弟，纠正他的错误，让他改正缺点是我们大家的事情。所以，今天提前过来跟你商量这个事情。兄弟之间再闹矛盾，也是离不开彼此的，就像我们！我得出了这样的结论：将诺瑞带到你面前来，让他认罪，他必须受到惩罚，请求你的宽恕才行！"胡吉拜看了看身边的人，仿佛在问还有什么需要补充的，谁也没有再说什么。

柯勒什拜就知道他们不会无缘无故就跑过来的，肯定是为前几天的事情而来。然而，他没有想到他们会是这样的想法。毕竟还是要礼尚往来的，他就想应该好好地答复他们才对：

"胡吉拜大哥，您带着兄弟们屈尊来到寒舍，这是对我最大的尊重。正如您所说的那样，百姓的团结与平安比什么都珍贵，所有掌权的人都明白这个道理。我从来没有想过要当乌库尔代，不知道这是官府的旨意，还是时代所需，总之，这个担子落到了我的肩上。这个担子很重，但我不得不承担起来，我已经为此做好了准备。让所有的百姓都对自己满意很难，我们以前也没有见过百姓把官员的话都当成金玉良言的情况。我不敢说自己一定会成为一个让所有人都满意的乌库尔代，也不敢说能完成所有人的托付，我可能没有那么大的能力。所以，如果什么时候民众觉得我不行了，干不了了，就可以立刻罢免我，我一定会毫无怨言地接受。现在，我的工作还什么都没有做就遭到了诺瑞这么大的反弹，这的确不太合适，他可能以为我跟过去推举的毕官一样，要看对方的势力大不大，有多少牲畜，多少财富，多少民众。然而现在时代不同了，他可能没有看清楚这一点，不过这也没有关系。不是说不打不相识吗？看来以后我们应该会相处融洽的吧？而我本人并不赞同采用惩罚的手段解决问题，就像我上面说的那样，各位今天来就是对我最大的尊重。如果让一个骄傲的男子汉来我面前屈膝行礼的话，那不就等于伤了他的心吗？这不是会破坏我们今后的和谐团结吗？所以，再也不要说让诺瑞来服软这样的话了，这是我的心里话。我认为，一个部落里有一个这样的人并不是什么坏事，这是好事。不是有句话说：'好好先生'还在考虑，'调皮捣蛋'已办完事吗？没有必要总是打'调皮'的脸，只要时常提醒一下他，不要做出格的事情就可以了。"

客人们仿佛也没有其他话要说了。新任的乌库尔代把众人的团结和睦当成头等大事，这是大智慧，他们就想将管理百姓的大权交给这样的人，这应该是人民的福祉吧？柯勒什拜没有想过，来人中最年轻的小伙子——诺瑞过继给父亲的大儿子胡腾别克会将这一天的所见所闻都原原本本地转告给了父亲。

尽管柯勒什拜原谅了诺瑞的恶行，但是蒙阿勒部落一些骄傲的年轻人却没有办法原谅他，在他们看来，这是他在欺负自己这个人数少的部落，是对他们最大的侮辱，于是，正想方设法地准备还击。他们打算不让任何人发现，秘密地把事情做完，尤其不能让乌库尔代大人知道这件事情，如果让他知道了，他肯定会制止的。这个报仇的时机正在到来，诺瑞每年冬天都会将成群的牲畜赶到萨乌尔冬牧场去过冬，他要在额尔齐斯河结冰之前将牲畜从阔克铁列克赶过河去，在河对岸逗留一段时间以后，再赶进冬营地。他习惯了每年在这个时候亲自去看看冬营地的情况，这时的河面刚刚结了一层冰，报仇的最佳时机到了，得让他好好地受受苦，让他认清形势。一般情况下，诺瑞身边不会带什么人的，这一点大家都知道。蒙阿勒部落年轻人等待的就是这个，于是，他们往刚结了冰的河面上洒了水，然后再撒上沙子做了一条小路，以防行人滑倒。由于河中心的水流速度快，所以，那里的水也是最晚结冰，他们就将小路正好铺在了那个地方，诺瑞往年也都会从这里过河，所以，今天他也没有想过会有什么危险。这次他带着两个人一起走的，身边的一个年轻人告诉他现在冰面太薄，最好不要骑马，牵着马会比较安全，诺瑞听了觉得有理，就下了马。一个身材瘦小的小伙子在前面带路，诺瑞紧跟其后，走在最后的是一个身材高大的黑皮肤小伙子。正当诺瑞大摇大摆地往前走的时候，突然听到冰面发出了"嚓"的一声，紧接着就开始裂开，他想退回去，可惜已经来不及了。因为走在最前面的孩子身材瘦小，就平安过去了，可是刚刚结了一层薄冰的河面却没能承受住身穿厚重冬衣的成年人。诺瑞"咚"的一声掉进水里，幸好跟在身后的小伙子手里的长棍上有个钩子，一下子就钩住了他，将他拽上了岸才幸免于难。他们将诺瑞扶上马，带到了最近的白霍孜拜家的毡房。

这个时候柯勒什拜才从家里人的口中得知那几个冒失鬼干的事情，担心他们会惹出麻烦来，于是骑上马来到了河边，这才看到浑身湿透瑟瑟发抖的诺瑞。事情已经发生了，没有回旋的余地，他感到一时有点迷茫。进了毡房就开始训斥那几个年轻人：

"你们这是什么行为？刚结冰的河面承受不了一个人的重量，你们不知道吗？还在河中心铺了路，惹出这么大的事情，万一出了人命，首先是你白霍孜拜，其次是我不就都成罪人了吗？"

"昨天他们过河的时候冰面并没有破，我还以为冻结实了呢！"白霍孜拜嘟囔着。

那个时候，诺瑞正一边在烧得旺旺的炉火边烤着衣服，一边喝着热茶，看上去他的情绪稍微平复了一些。他一反平时的习惯，非常平和地说了话：

"是我自己疏忽了，老天保佑逃过一死，这也算是一件幸事，白霍孜拜和这几个孩子一直都在赔礼道歉，这不，您也亲自过来了，我们就别再追究这件事情了！"

这个一向傲慢的人并没有抱怨刁难，这让柯勒什拜非常欣慰：

"你是个真正的男子汉，原谅了这几位小兄弟干的傻事，我由衷地谢谢你！"

此时的柯勒什拜心绪难平，民间有句话叫：愿你的朋友和敌人都是男子汉，诺瑞并不是敌人，他是亲戚，是朋友。自己应该想办法让这样的男子汉多为人民做有意义的事情，这应该就是我们这些掌权者的责任吧！民众就像羊群一样温顺，他们任何时候都需要领头羊，柯勒什拜心想。

\*　　　\*　　　\*

牧场的草往年都不太好，今年的景象却是令人吃惊的，去年冬天的雪下得很厚，春天的雨水也很丰沛，这使草原变得非常美丽，就连石头也都变成了绿色。大自然仿佛充满了爱心，将所有的大方和宽容都洒向了大地。家家户户的门前都支着晒架，那上面晒满了酸奶疙瘩和奶酪，人们已经开始为来年的冬天做起了准备。孩子们在高过他们个子的蒿草丛里玩耍着，尽情享受着属于他们的乐趣。萨热哈莫尔草原最大的特点是这里没有蛇，所以，在这样美好的季节孩子们喜欢光着脚在草丛里玩儿。大人们也只是远远地看着他们游戏，不会干涉。

这个阿吾勒拥有很多毡房，阿吾勒边的草地上撑起了拴马绳。现在正好到了拴母马、酿马奶的好季节，小伙子们也都在忙着做这件事情。此时，牧马人铁木尔正赶着马群朝这边来了。

柯勒什拜来到阿吾勒边上，站上西边高处的那块巨石，环视着这片自己民众休养生息的草原。

当马儿靠近拴马绳的时候，小伙子们就会趁机着手抓住那些已经开始长大的马驹。这些马驹自出生以来就没有见过这种情景，个个桀骜不驯，才不肯轻易就范呢，它们会拼命奔跑试图逃脱。然而，机敏的男子汉们是不会让它们得逞的，他们一只手抓住马驹的耳朵，另外一只手抓住大腿内侧，很快就将它们降服了，然后一匹匹地给它们戴上马嚼头。这时，一位站在一边观战的老人开口提建议道：

"上了嚼头的马驹是不会轻易就范的，一开始最好在不勒坏它们的前提下，先拴住它们的脖子，脖子一疼，它们自然就老实了。"精明能干的小伙子们很快就将二十几匹马驹全部拴住了。就在这个时候，几位头戴白色包头巾的妇女，抱着包满包尔萨克、奶疙瘩、馕的餐布来到拴马绳边上，她们是来庆祝今年第一次拴母马仪式的。柯勒什拜也来到人们中间，他展开双手，为大家做了巴塔，然后坐到了餐巾边上开始品尝美食。可是，没有坐多长时间，柯勒什拜就提高嗓门说了一句：

"大家慢慢吃！"说完，起身朝自家毡房走去。没有人知道他是为什么急着离开的，事实上他满怀心事，离开大家是为了想明白一些事情。他从拴马桩上解下缰绳，然后骑上自己的坐骑，沿着转场的路，来到了位于霍阳德霍者尔和布枣索依干山梁之间那个被称作喀拉克叶曾的山梁。从这里可以清楚地看到萨热哈莫尔草原的全貌，他站在这里回忆着自己在这片美丽的草原上度过的幸福的童年时光和意气风发的少年时光，这个只能得到一些酸奶的贫穷阿吾勒在夏天最热的时候来到这里，住上不到一个月的时间，再搬回山脚下。冬天，孩子们也会骑上小马驹组织赛马比赛，开心极了。然而，跟其他的孩子们比起来，柯勒什拜的幸福时光却是非常少的。当他的父亲来到小溪边种一点庄稼的时候，父亲总会让柯勒什拜骑上拉犁的马给庄稼浇水，等为塔尔米浇了第一次水之后，他才能去草原上。而当其他人准备搬回来的时候，他们家已经早于别人搬回山脚下了，所以，对于柯勒什拜来说，草原上的幸福美好时光就像是一场甜蜜的梦一般不真实。过去这么多年，他经历了很多快乐也经历很多不快，他一边做着别人家的事情，一边到毛拉那里去学习，也曾经瞒着父亲做过小买卖。就是因为识文断字了，他陪有钱人去过麦加。见得多了，认识就广了，凭着自己的勤奋努力，他受到了大家的尊重，后来，他在噶赏达的府上工作，做了"翻译"，然后又得到了老辈人从来没有做过的赞格职务，他成为了从这个因人数太少而被别人歧视的蒙阿勒中走出来的第一个为官府工作的人。再后来，他又代替另外一位长辈，再次去了麦加，得到了"名誉哈吉"的称号。柯勒什拜就这样看着眼前的萨热哈莫尔山，再次端详这座山的容貌。它非常有特点，酷似一个盘腿坐在上座的人，它的身体由红色和青色的石头组成，左边的肩膀是由白色的石头堆砌而成，这两种颜色之间有一条笔直的界限，看上去非常神奇。如果把它看成是一个人的话，那就仿佛是被一个心灵手巧的女子为了让他看起来更好看，专门给他做了一只白色袖子似的。山的阳面涌出好多汩汩的泉水，汇成了一条名叫哈图的小河，顺着山势朝西边流去，就这样勇往直前，流过许许多多深涧，最后汇入哈巴河。山梁向西边延伸部分的哈图河沿岸，还有柯勒什拜现在正站着的这个山梁下被称作霍斯生根的不大平原的两翼草场，以及附近的山梁，就是蒙阿勒部落的夏牧场。多年来这座被称作萨热哈莫尔的神奇的山的每一道沟壑都是蒙阿勒部落的家园。草原上的夏天总是非常短暂，可是那短短的一个月，却是人们一年中所能享受的最美好、最幸福的时光。

柯勒什拜面朝大山陷入了沉思，有那么一刻，连他自己都没有意识到那个念头是怎么跳入脑海中的。当年在他代替加讷斯去远征的时候，他就曾经有过这个想法，现在他再次想起来，感觉自己就像这座雄伟的萨热哈莫尔山，如果自己能带领部落的百姓过上平安幸福的生活该多好啊，恰如人们在这片草原上度过的美好时光那样。他不确定自己是不是真的能做到。然而，他马上转念又想：我怎么把自己比作这座雄伟的大山了呢，这不是一件非常不自量的事情吗？请上苍一定宽恕我，他心里想着。

柯勒什拜就这样久久地陷入沉思中，都没有意识到时间已经到了中午时分。阿吾勒拴马绳边的那些仪式也已经结束了，他隐约感觉有点腹中空了，他从山包上站起来骑上了马，朝阿吾勒的方向走去。此时此刻，他的心情非常复杂，他能感到自己肩上正压着一个沉重的担子，然而他却清晰地预感到这个担子也一定能给他带来快乐。等他到阿吾勒边的时候，发现拴马桩上拴了一匹陌生的马，他一看那个简陋的马鞍子就知道这是他认识已久的蒙古朋友巴特纳森的马。

他们是朋友，每次见面总会深入地交谈。柯勒什拜喜欢问他关于打猎方面的事情，喜欢听他讲捕熊捉狼的故事，还会询问生活在阿尔泰山深处的蒙古部落阔克蒙沙克、索阳部落的近况。巴特纳森还曾给柯勒什拜送过狼皮和熊胆。总的来说，生活在哈巴河上游和喀纳斯上游的蒙古人，都不会太富有，基本上过得比较贫寒，甚至是贫穷的生活。巴特纳森是个勤劳能干的人，相对而言，他的生活还算比较宽裕。可是，他偶尔也会有吃了上顿愁下顿的情况。他的阿吾勒只有三四户人家，生活在萨热哈莫尔草原的松林深处，他偶尔会下山到柯勒什拜家做客，跟他聊天交谈。他做什么事都喜欢征求柯勒什拜的意见，大人也给过他一些弹药，让他打猎。今天巴特纳森突然来访，让柯勒什拜感觉他肯定是有什么重要的事情来找自己的。客人刚到门外，一个小伙子就迎了过去，将他扶下马，再将马拴到毡房前的拴马桩上。当巴特纳森走进毡房时，看见大人正坐在毡房的右手边，一见他进门，柯勒什拜就立刻起身问好，两人很久没有见面了，热情地拥抱。等坐定之后，客人清了清嗓子，就开始讲述自己的来意，柯勒什拜正视着他的脸，等待他开口，巴特纳森稍稍迟疑了一下，然后开口道：

"大人，您是见多识广的人，也曾帮助过很多人，您的恩情不光惠及附近的哈萨克人，就连我们蒙古人也是看在眼里的，今天我来找您，其实也非常为难，非常不好意思，万般无奈之下才来到您面前的。"巴特纳森用手指在地上画着，再次沉默了。

"到底出了什么事让你这么难为情呢？"柯勒什拜说，"你没有杀人放火吧？无论什么情况你都明说，只要我能做到的，肯定会不遗余力地帮助你。"巴特纳森等的正是这句话，这才说出了实情：

"大人，我没有杀人放火，我没有做任何坏事。只是我的家里出了一些不愉快的事情，现在我感到非常为难。"

"好，你说吧！"

"事情是这样的，大概三年以前，我去萨乌尔办事，当时认识了一个和我一样的土尔扈特部落的人，他还请我去家里做了客。我们可以说是一见如故，有着共同的爱好，有很多共同语言，我看到他有个儿子，就非常喜欢，谈话间，我说自己有一个跟这个孩子差不多大的女儿，那个土尔扈特人就说要跟我结亲家，这话非常中我的意，我二话没说就同意了。就这样，我们就以未来亲家的身份握手定了这门亲事。现在我的那个亲家传话过来，说如果我家的情况允许，今年夏天他就要来迎娶新媳妇过去。"

"嫁女儿娶媳妇是多好的事情啊，恭喜你啊！"

"问题就出在这儿，没法恭喜了。唉，去年我家女儿找了一个心上人，可是这件事我们并不知情，等女儿的肚子一天天大起来我们才知道出事儿了。后来得知那个家伙有老婆孩子，他欺骗了我的女儿！女儿知道这件事以后，悲痛欲绝，要投河自尽，我们百般相求好说歹说，才算劝住了她。可是现在萨乌尔的亲家又在等，女儿的身体也一天天重了，日子也快到了，现在她这个情况，根本没有办法嫁人啊！我实在是不知道该怎么办，不知道该找谁商量，今天就厚着脸皮来找您了，毕竟您是大家的领头羊，是我们的靠山啊，您就帮我想想办法吧，大人！"

"事情既然已经这样了，又不能让女儿去死，亲家咱也不能失去。要不，你看这样行不行，就把你的女儿接到我这儿来，我来安顿她，等她恢复了，你再来接她回去。你就让你的亲家过两个月再来，就目前的情况来看，没有比这个更合适的办法了。"

"大人，太谢谢您了，我就知道您一定能给我指一条明路！看来我的感觉没有欺骗我。尽管我们两个人信仰不同，但是，我们心里都相信有一个造物主，愿长生天赐予您健康的身体，高远的福祉啊！"说完，他将双手放在额头，深深地鞠了一躬。

这天傍晚时分，巴特纳森就把女儿送进了柯勒什拜的阿吾勒边上的一顶毡房里。尽管也有人在私下里议论，可是，没人敢违抗柯勒什拜的决定，没过几天，姑娘顺利地生下一个小女孩，等大家准备搬离夏牧场的时候，巴特纳森来领走了女儿，却将那个未满月的婴儿留了下来。

柯勒什拜的阿吾勒和往年一样，在杰达勒住了很短一段时间以后，过了铁列克特村，来到了胡朱尔特牧场。由于巴特纳森家要在萨热哈莫尔山阴面的松树林里过冬，所以，他们没有搬离草原留了下来。他们自己养着那个新生儿不太合适，就没有提出要把孩子留下来的事。没过几天，一无所知的亲家带着儿子从萨乌尔过来，将新娘子娶回了家。来年的夏天，柯勒什拜的阿吾勒刚搬到夏牧场的时候，巴特纳森就来问安了。当他走进大帐的时候，看见一个肤色偏黑的小姑娘正坐在上堂玩玩具呢，一看到她巴特纳森的心就颤了一下。猎人的眼睛非常敏锐，他没有看错，一眼就认出了这个小姑娘正是自己的外孙女，他的目光仿佛钉在了孩子身上，这一幕没有逃过一家之主的眼睛。就在这时，听门外有人叫道：古丽佳乌尔，你来！一听这话，那个聪明的孩子立刻起身走出了毡房。孩子已经能走得很稳了，两个脸蛋红扑扑的，非常结实可爱，看到她，巴特纳森更是坐不住了。

"巴特纳森，今年冬天山里的雪厚吗？你的事情怎么样？打着熊了吗？"柯勒什拜问道。

"秋天打过一只，熊冬眠之后就没有合适的机会了。春天的熊还没有换毛，皮不好，所以就没有打。去年冬天的雪很厚，因为我家里有雪橇，所以，没有遇上太多的困难。"

柯勒什拜从巴特纳森简短的回答中看出，他心里在想别的事情，于是，决定直截了当，他开口说道：

"我们交往也有很多年了，尤其是最近我们之间的关系更亲密了，这个小家伙在和我们一起生活着，在我眼里，她就是我两个女儿的妹妹，是我家的三女儿，关于这一点你怎么看？"

"大人，这正是我难以启齿的事情，您倒是先说了。说实话，这个孩子这一年来一直生活在您身边，现在我想让她回到我们的生活中，当然，如果您同意的话。"巴特纳森低着头为难地回答道。

这个时候，一直在门口玩耍的留着漂亮刘海的小姑娘跑进了毡房，看见家里的陌生人，就怯怯地看了一眼，然后跑过去抱住了母亲的脖子，妈妈也疼爱地亲着她红扑扑的小脸。巴特纳森看到眼前这个长着一张小圆脸、一双明亮的黑眼睛的小姑娘实在太可爱了。

"巴特纳森，从你一张口我就知道你想说什么了，我估计你会有这样的想法，我不会为此责怪你的，然而，她是你和我之间共同的孩子，我们都是同住穹顶毡房，同在草原放牧，同吃肉喝奶的牧民的子孙，据说我们的祖先都是从阿尔泰山发源的，历史上，我们之间也曾有过征战，当然也有过友谊，有过共同对敌的经历，这一路走来，有多少哈萨克人融入了蒙古人中，而又有多少蒙古人变成了哈萨克人啊！宗教是人的信仰，无论是信仰什么宗教，我们都相信有一个造物主，而选择哪条路到造物主那儿是正确的，这不是你和我说了算的，最后的裁决权还是在上苍的手里，所以，如果我们以宗教信仰来限制这个纯洁小生命的命运恐怕不合适吧。你也看到了，我的妻子有多么喜欢她，孩子就是最好的证明，现在强行将这对母女分开，这在造物主面前是不是罪过啊？你想一想这个，老朋友。"

巴特纳森不知道该如何作答了。柯勒什拜说的话，让他感到无所适从，他仿佛被这些话压得抬不起头喘不过气来。柯勒什拜看出他的窘态，就继续说道：

"我们给孩子起了个好听的名字，叫古丽佳乌尔，你知道在哈萨克语中是什么意思吧？'古丽'是'花儿'的意思，象征着美好的事物，'佳乌尔'则是非常珍贵的宝石，那可是一般人难得一见的宝物啊。这个女儿是生长在我们两个民族中间最美丽的花，而且我希望她能成为不是随便什么人就能得到的珍贵宝石。那你怎么看呢？"

巴特纳森听出了大人的意思，而且他也非常清楚自己的境况，最终决定不再继续自己的话，打算服从大人的安排了，最后他说：

"大人，您都这么说了，我还有什么话可讲呢？我知道要不是您和您全家，也许这个小家伙就不会来到这个世界上，您把她养得那么好，我非常感谢您和您的全家。因为她是我们的血脉，是我的骨肉，所以才来找她的。看到她长得这么好，您全家又这么爱他，我怎么忍心把她从您身边抢走呢？"

"这才像话，巴特纳森，就让孩子待在自己喜欢的这个家里吧，古丽佳乌尔这个名字也别改了，每年夏天我们还能一起待在夏牧场，如果你想她了，随时可以来见她，如果我亏待了孩子，让她受了委屈，到时候你再找我来理论嘛。就让她继续成为我们友谊的见证吧！"柯勒什拜说道。

当巴特纳森走出毡房时，看到拴马桩边拴着一匹大青马，柯勒什拜一边送他，一边说道：

"这匹马是我送给你的礼物，还有这杆枪，我也送给你了！"就这样，柯勒什拜送走了心满意足的巴特纳森。

＊　　＊　　＊

这是阿吾勒准备从山脚下搬迁到额尔齐斯河岸边的时候，人们开始预备驮畜，召集分散在各处的牲畜，着手拆解毡房。柯勒什拜喜欢站在阿吾勒上方的山坡上环视这里的全貌，今天也不例外，他刚刚来到山坡上看着大家正在紧张地准备着，突然看见一个骑马的人从阿吾勒下方飞快地朝着柯勒什拜的方向跑来。起初大人还没能马上认出来。来人很快到了近旁，当他飞身下马拉长了声调向柯勒什拜请安时，大人这才认出来人是麦玛部落肯吉巴扎尔那边的一个年轻人，柯勒什拜还没有问，对方就急忙说出了自己的来意：

"大人，我是奉哈布尔哈塔勒民众之命来的。哈布尔哈塔勒一直以来是麦玛和霍思泰两个部落的民众共同居住的地方，霍思泰部落在上方，麦玛部落在下方过冬。多年以来，两个部落的民众在那片草场放牧生活，过得平静而祥和。然而最近几年，两个部落之间却因为争抢草场而频繁发生摩擦，之前您也许有所耳闻。这种情况今年越来越严重了，前不久，两边竟然都打起来了。我们这边有两个小伙儿还挨了打，霍思泰那边也有一个人的头被打破了。所以，肯吉巴扎尔赞格就派我过来找您，说如果大人您要不出面调解的话，后面可能会出大事的。如果可以，他希望大人您能亲自过去给我们双方分出草场的界限来。"

柯勒什拜没有马上就答应，他这样回答道：

"你可能也看出来了，我们正准备转场，哈布尔哈塔勒正好在我们转场的路上，到时候我应该能见到双方的人。你先回去吧，告诉你们那边的人，不要让事情越来越严重，不能为了一丁点小事，坏了兄弟间的和气。"就这样，他让那个小伙子走了。

正如柯勒什拜所说，尽管到达哈布尔哈塔勒的路途并不远，平时他们的阿吾勒是不会专门停下来的，但是今天，他们却破例停了下来，让整个阿吾勒扎起毡房，安顿下来，附近的人们一听说柯勒什拜的阿吾勒来了，纷纷过来见面请安。柯勒什拜接受着人们的问候，平静地与众人问好见面，对所有人都一视同仁。过了一会儿，他用平缓的声音问道：

"听说这儿有人受伤了，他们现在怎么样了？"

当得知那几个人伤得并不重，都回家包扎伤口，没有大碍的时候，柯勒什拜的心算是放了下来。

往年柯勒什拜的阿吾勒只会在哈布尔哈塔勒稍事停留就离开的，看来这次要多住两天了。柯勒什拜乌库尔代很早就听说这两个部落的人每年都会为了那么一小块地上的那点牧草而争执不下，今年这样的争执演变成了武力争斗，如果再这样下去，今后还不一定会闹出什么大事呢。所以，今天必须把他们叫到一起好好谈谈，要为了以后不再发生这样的事情而做点什么。

他立刻派人通知双方，让他们的首领们第二天来面见自己。按照说好的时间，霍思泰部落的沙赫巴克扎冷带领一队人马和麦玛部落的肯吉巴扎尔带领的一队人马先后来到了柯勒什拜的大帐外。尽管他们之间出现了一些问题，然而双方首领并没有表现出很强的敌意。他们正常地问候聊天，然后等着大人的裁决，都准备听从他的安排。等所有人都坐定品尝了面前的食物之后，柯勒什拜这样开始了自己的话：

"兄弟们，你们都知道我是为什么叫大家过来的，看来是在这块地的所属权问题上大家的意见不一致，双方发生了一些争执，最后导致兄弟之间反目了，这一点大家都很清楚。我也曾偶尔听说过，这次却发生了伤人事件，万一打到谁的要命的地方，那不就出大事了吗？不过就是那么点的草场的事儿，这跟兄弟间的和睦比起来，又算得了什么啊？大家都想一想。在座的各位都是双方部落首领和长辈，是受众人尊重的人，大家就说说自己的想法吧！"

刚来的时候，每个人各怀心事，各有各的想法，他们的意见都不统一。然而，双方都希望能和谐地解决问题，其中也有个别人想把事情搞大。在听了柯勒什拜兄长所说的这番话之后，谁也没能再反对。有那么一刻，大家都陷入了沉思中，每个人各有心事，仿佛在心里重新清理总结着似的。稍后，肯吉巴扎尔赞格开口了：

"大人这话说得真好，简短的言语中包含着很多的内容，为了巴掌大的草场反目成仇，那是一件非常有失尊严的事情，请大人自己来做出裁决，我觉得其他人应该听从大人的安排。"沙赫巴克扎冷无论是年龄还是地位都仅次于柯勒什拜，他一直都在默默地听着大家的话，此时，他将了将胡子，然后开口说道：

"大人的话说得极是，我没有什么要补充的了。民众和谐，兄弟团结比什么都重要。我们都不得不承认，肯吉巴扎尔说的也是这个。我现在突然有一个想法，看我们能不能将这长度不过四公里的草场送给大人，如果您觉得合适，我看您就在这里过冬，如果大家也不想离开额尔齐斯河，暂时可以在这里扎起小帐。"

这话一说出口，大家再次陷入了沉思，因为这是谁都没有想到的。最后还是肯吉巴扎尔先打破了沉默：

"扎冷，您说得真好，说出了所有人心里的话，我完全同意，如果霍思泰部落那边没有意见，我们麦玛这边完全赞同扎冷的意见。"他这样一说，别人的话匣子也一下子被打开了：

"这是个好主意。"

"我们为了一小块草场发生争执，早知道就这样解决问题了。"

"首领在我们中间，这是多好的事啊！"

"是啊，这样我们就可以随时征求大人的意见，聆听大人的教诲了。"支持者越来越多了：

"将草场送给大人，这个主意的确不错，"霍思泰部落中一位中等个头大眼睛黑皮肤的人说道，"但是，我的冬牧场就在这里，如果是那样，我的割草场就变小了，放养牲畜的草原也不够了。"

"你的牲畜多得连这片草原都盛不下了吗？"沙赫巴克扎冷瞪着他继续说道，"如果你的牲畜实在没地方放了，就到喀拉沃依我那儿去分一块草场。民众之间的和睦比你那几只牲畜贵重得多，这一点你应该清楚。"

柯勒什拜从没有想过要在这里分出一块私人草场，看到双方的首领和长辈们如此尊重自己，他既高兴又有点难为情。

"各位，这件事我从来都没有想过，太突然了，我都不知道该说什么好了。大家的信任更加重了压在我肩上担子的分量。如果我真能要了这块草场，就算你们不说什么，别人会怎么说呢？谁敢保证就没有人说我柯勒什拜仗着自己是乌库尔代，就把这块草场占为己有了。如果真的传出这样的话来，那不是一件非常有损声誉的事情？

对民众的团结也没有好处啊。大家好好想一想，我们应该怎样更公平地来分配草场。"

"请大人就不要拒绝了，"沙赫巴克扎冷说道，"我和肯吉巴扎尔是经过慎重地考虑才提了这个建议的，您现在不单单是蒙阿勒部落的乌库尔代，而是整个加纳特部落的乌库尔代，您不能再住到额尔齐斯河岸边的那块小小的霍尔真托别克了，您应该和广大民众待在一起，跟额尔齐斯河岸边那点地方比起来，这哈布尔哈塔勒就要方便得多了，大家不仅需要您公平公正的裁决，更需要您的智慧和指引。我知道您一直在考虑盖学校的事情，这里也是最适合的地方。"

"扎冷说得很对，"肯吉巴扎尔接着他的话说道，"为了民众的团结，首领必须到人民中去，您可能自己还没有意识到，只要一提起您的名字，加纳特部落的所有人都会肃然起敬，大家都以自己是您的亲戚而感到光荣，整个阿勒泰地区，没有谁不知道您啊。"

"这话说得太对了！"

"我们完全同意，支持！"

"大人到我们这儿来过冬，那将是一件多么令人高兴的事情！"大家又开始七嘴八舌起来。

一想到民众的心愿和自己的想法正好相符，这让柯勒什拜感到非常欣慰，尤其是他们说要开办学校的想法更让他高兴，再加上住在这里的确比住在额尔齐斯河岸边更有利于加强民众的团结，更利于为大家做事。经过再三考虑，柯勒什拜最终的想法，就是在哈布尔哈塔勒准备一个冬营盘的确不是一个坏主意。想到这些，柯勒什拜说道：

"我不得不承认，你们说的这些话都非常有道理，在这片草原过冬的种种好处的确是显而易见的，如果一切顺利，明年我们就搬到这里来，和大家待在一起，我们可以一起生活，一起商议，一起决定，为把我们民众的生活搞得更好而共同努力。我还在考虑一些事情，希望一切顺利，我们能如愿所偿。"

第二天，柯勒什拜的阿吾勒就搬到额尔齐斯河岸边的秋牧场去了，这一年的冬天，他们还是准备在往年的冬营盘昆都孜德过冬。柯勒什拜身边的人不赞同将冬牧场迁徙到哈布尔哈塔勒的决定，他们还是喜欢住在早已习惯的地方，而且，这里还很舒适、很方便。柯勒什拜非常严肃地跟大家讲了白天的那场集会的经过，还说了自己不仅仅是蒙阿勒部落的乌库尔代，而是整个加纳特部落的乌库尔代，所以自己应该和民众生活在一起，家人们知道再多说也改变不了柯勒什拜的决定，也就没有再提出别的意见了。这一年冬天开始，他们就着手为来年在哈布尔哈塔勒盖新的冬营盘做起了准备，他派弟弟堆森拜来负责这件事情。他自己则处理日常事务，解决偶尔发生的纷争，调解并做出评判。此后，他先后两次走访了自己辖区内的民众，与扎冷、赞格们聊天沟通，让他们好好工作，嘱咐他们一切都要从民众团结和谐的角度出发。

这个冬天过得很平和，民间没有出现牲畜损失的情况，也没有发生其他不如意的事情，柯勒什拜的大部分时间都是在家里度过的。从前，由于他工作繁忙，很多事情都来不及处理，于是，他就抓紧这段时间看书学习，写字练字做笔记。除了阅读上回买回来的《沙赫马兰》《玉苏甫与孜丽哈》《一千零一夜》《四十个宰相》等书籍之外，为了提高自己的学识，他还阅读了许多阿拉伯文、波斯文书籍。在阅读中，很多内容给他留下了深刻的印象，然而，他发现这些故事跟现实生活并不相符，都是神话传说，却让他产生了很多联想，他想也许很多美好的事情暂时不能实现，但是，他相信总有一天，这些都会变成现实的。柯勒什拜很喜欢那些故事，却并不想写这样的故事，因为，他也没有多少时间来做这些。所以，他还是想将自己的注意力放到眼前发生的事情上，并且决定全都记录下来。他的注意力集中到了迁徙到阿勒泰地区克烈部落民众的生活，还有他们与原住民之间发生的各种纠纷，以及和解的过程，最后怎么找到合适的居所安定下来，但是后来为了生存又与其他部落之间发生了各种各样的矛盾冲突，还有在管理群众的过程中发生的事情等等。柯勒什拜详尽地描述了后来成为克烈部落偶像的英雄加尼别克的事迹，他特意注明这方面的资料非常缺乏，除此之外，他还没有忘记书写哈萨克民族的根源，三大玉兹，还有这三个玉兹内部细分等内容。

在他的记录中，还包括发生在哈巴河流域的中俄两大国家之间的边境谈判，尽管他没有亲自参与谈判的过程，他还是做了比较详尽的记录，其中包括哪个部落愿意归顺哪个国家，如何根据他们的意愿如何封了领地等细节都有提到，尽管这部分文字并不是很多。他表达了自己对这些事情的观点。他在为噶赉达工作的那段时间，曾搜集过一些资料，加上自己的所见所闻，他记录了清朝每个皇帝的登基年份和统治时间，他还将每位皇帝的名字用蒙古文记了下来。

当柯勒什拜写累了，就走出门去休息。他环顾四周，放眼望去，那条并不太宽的昆都孜德河在不远的地方静静地流淌着，岸边生长着茂密的树林，一阵风吹过，树叶发出沙沙声，就仿佛是一群美丽的姑娘在轻轻吟唱，这里真的是一处非常好的居所。阿吾勒里除了几匹马之外，其他的牲畜全都上了草原。远处的沙地中间是一块块肥美的草场。柯勒什拜将目光转向南方，他专注地望着那一个个如小山般金色的沙丘，突然，一股股细沙从沙丘的顶端呈薄雾状飞起，就像一颗颗的金子在阳光下闪闪发亮，粒粒可见，那里一定是吹过了一阵风，而那风撩起了不安分的沙粒。那些沙丘中间时不时会闪出一峰骆驼的身影，它们就是在那一片片的宽广草地上吃草放养的。

只要不是突然出现不速之客，这里一般不会有什么其他的危险，而且，这个时候盗贼也少了。

柯勒什拜感觉自己精神恢复了些，就回了家。此时，妻子已经准备好了茶点，正在等着他回来。柯勒什拜坐到了自己的位置上，他侧身在高大的枕头上靠了一会儿，很快又坐直了身体。

正在这时，几个孩子跑了进来，跑在最前面的是柯勒什拜的长子赫木加普，他一看父亲在家，一边喘着粗气一边说：

"刚才我们在外面玩儿的时候，下面那个阿吾勒的几个大孩子也跑过来玩滑冰，他们中间有一个就问我，这个地方为什么被称作昆都孜德①，我就说我不知道，然后他告诉我说，因为这里就像皮袄领子上的水獭皮那样美，河边那片树林就像水獭的毛一样茂密。可是，另外一个孩子却说因为这里的水里有水獭，所以才叫那个名字的。父亲，您说他们哪一个说得对啊？"

父亲稍稍思考了一下回答道：

"这两种说法都没有错。那些长在岸边的树林的确茂密得就像水獭的皮毛一样好看，而且，这个悬崖之下的深水里，以前也的确有过水獭，然而，由于人们过度地捕猎，现在已经基本上看不见了。以后如果你们见到了这种可爱的动物，可千万不要碰它啊！"

孩子们听完大人的话，懵懵懂懂地点了点头，然后又跑出去玩了，尽管柯勒什拜刚才是那样跟孩子们说的，可是，他却让自己再次陷入了沉思中。额尔齐斯河流到这里就分了汊，两条河流之间就会出现一个小岛，小岛非常迷人，肥美的土壤和充沛的水流滋养了一大片树林，郁郁葱葱，着实好看。以前，昆都孜德这边的水流要大一些，渐渐地那边的水流变大，这边的水流却变小了。从前，这里的河水特别深，水中的鱼也很多，岸边的树更是长得茂盛无比。

---

① 昆都孜德：昆都孜，是水獭之意，昆都孜德意为有水獭的地方。

那个时候，这里也的确有水獭，年轻时的柯勒什拜就曾经见过。遗憾的是，当时的人们并不懂得珍惜这种珍贵的动物，肆意猎杀，随着时间的推移，这种可爱的动物的数量逐渐减少，后来再也看不到了。如果人们没有侵犯那些可爱的动物该多好啊！可是，人们却用它的皮做了衣服，又能怎么样呢？唉，无知啊！这个问题一直都萦绕在他的心里，纠缠了他很长时间。

这是他在昆都孜德过的最后一个冬天。

\*　　　\*　　　\*

第二年的秋天，初雪还没有下，冬天的脚步却是越来越近了，天气也开始多变起来，天上的云一团一团的，有白色的，有灰色的，还有黑色的，寒风一阵紧过一阵打在牧人的身上，让他不由得缩起了脖子。这个时候，柯勒什拜已经搬到哈布尔哈塔勒的新的冬营盘，并且在新盖的房子前扎起了大毡房。他决定，这里从今往后将是自家的冬牧场。

柯勒什拜是一个大部落的乌库尔代，他的脑海中装的都是关乎民生的大事情，如今他做出的这个决定，却并不被家里的女人和孩子认同，大家都不喜欢这个地方。哈布尔哈塔勒这个名字就不怎么样，尽管这条沿着沙地自西向东流淌的小河，最后会汇入哈巴河，但是，它流到这里的时候，就已经变得非常细小。这条小河根本不能与水流清澈、流域宽广的额尔齐斯河相提并论。在额尔齐斯河流域的广大的土地上生长着茂密的白杨树，高大而挺拔，树杈上有很多灵鹊的家，那里是小鸟的乐园，浓密的树林撑起的树冠遮蔽着林中的一切。在这块丰饶的土地上，不仅生长着白杨树，同样是红柳和灌木的天堂，诸如沙枣、山楂树、沙棘、柽柳等。而眼前的景色对于早已习惯了在美丽的额尔齐斯河流域生活的人们来说，就略显萧瑟。不过，每个地方都有其特色，这儿也有它自己的特点，这里的土壤潮湿，牧草长得异常茂盛，这对于哈萨克人来说是非常重要的，秋天储备了足够多的牧草，整个冬天牲畜都不愁吃的了。一些手脚勤快的人，总是很早就着手准备，将割好的草料堆成一垛一垛，像极了一座座的小山包，于是，这一家的羊整个冬天就都有的吃了。

柯勒什拜他们的准备工作是从年初就开始做了的，然而，为这么大一个阿吾勒准备过冬的驻地可不是一件简单的事情。乌库尔代自己住的木头房子和房子对面用红柳条编织而成的红柳房①，还有马棚都准备好了，还剩下库房、骆驼棚和牛棚没有来得及建好。所以，这一年冬天他们只能带一些生活必需品过来了。

由于准备工作没能完成，其他的亲戚今年暂时还没法搬过来，他们就搬回了额尔齐斯河岸边的旧营盘，只有与柯勒什拜日常生活息息相关的几户人家搬过来，住进了那几间匆匆盖起的房子里，准备在这里过第一个冬天。

得知柯勒什拜大人他们搬过来的消息，附近阿吾勒年长的女性们纷纷捧着包有各种食物的餐布登门拜访，为新邻居送乔迁礼是哈萨克人的传统，象征着亲善、友爱与和睦，这是对饱受搬迁劳顿之苦的人们给予的尊重和安慰。柯勒什拜的家人都非常懂礼节，尽管巴赫特巴拉夫人感觉身心疲惫，但是，她却深知不能让来人空手而回，更不能让大家喝不上一口热茶就离开，而且，还得给客人回礼才行。男人们一般不会太在意这些事情，然而，这却是考验这一家主妇的时候，一不小心，就会让人们挑出刺来。以前，因为他们住得比较远，夫人和这些女人并不是很熟悉，但是，她们的丈夫和柯勒什拜都是常来常往的熟人，所以，必须给予她们足够的尊重。这

---

① 红柳房：用柳条编织成一大一小两个毡房形状的网架，将它们套起来，中间填满泥土，以起到保温作用，用于储藏食物，春秋转场回来时也可暂住等。

就是让巴赫特巴拉夫人颇感压力的原因。尤其让她感到疲惫的是，除了几个年轻小媳妇，她身边没有能给自己提供意见和帮助的姆娌，这让她感到很孤单。俗话说物以类聚，人以群分，这会儿，她深深地体会到，每个人都需要有志同道合的同龄人在身边。

　　柯勒什拜总是睡得很晚，但是，第二天还是会很早起床，他会在外面长时间地散步。此时的地面被一层薄雪覆盖，他的身体没有感觉到寒冷，心里却有一丝莫名的惆怅，奔放的夏天和馥郁的秋天渐渐走远，寒冷的冬天来了，这一年就要这样过去了。河岸边的小树和灌木都失去了树叶，枝杈光秃秃的，看上去有点突兀。正当柯勒什拜黯然神伤时，门前的空地突然飞来一群早起的鸟儿，开始争抢散落在地上的食物。而喜鹊没有忘记自己的使命，它们在叽叽喳喳地叫着，一会儿飞起来，一会儿又落到树枝上，不知道它们想告诉柯勒什拜什么消息。一定不会是坏消息的，柯勒什拜心想。他抬起头来，看见一群鸟儿正朝着东方飞去。大地开始苏醒，清晨的阿吾勒也将迎来崭新的一天。柯勒什拜习惯每天去看看圈里的羊，今天也不例外，他信步走进羊圈看了一圈。此时，他家屋顶的烟囱里冒出一缕缕青烟，他知道这是妻子和家里人已经起床，大家都开始了一天的劳作。年轻的马倌嘴里哼着一支不知名的小曲儿，将那匹饮好的马牵回了马棚。由于时间还早，阿吾勒的日常还没有真正开始，周围很安静，也看不见多少人影。柯勒什拜一家已经安顿下来了，然而，由于大部分亲戚都没有和他们一起搬过来，他家的房子在这个初冬的凉风中，显得萧瑟而孤单。往日总是被朋友和兄弟围着的他，很少留意生活中这些琐事，而今天，眼前的一切让他感觉到一丝丝伤感，心中不免升起一抹孤独。

　　他思绪万千，缓步走进了家门，一抬头看见妻子已经准备好了茶点，正在等着丈夫回来。柯勒什拜不想把自己的情绪带进家里，就强打精神表现出非常高兴的样子，他温存地对妻子说了几句感谢的话。

没过多久，孩子们也起了床，在匆匆喝了早茶之后，他们争先恐后地朝着门外跑去，就好像外面的世界里有什么在召唤着他们似的。此时的赫木扎普已经七岁多了，他走出家门，若有所思地在门口站了一会儿，然后朝不远处静静流淌着的小河的方向跑去。这时，他的妹妹巴黑扎和弟弟纳赛恩也跟着他去了。这两个小家伙不能陪自己玩，所以，赫木扎普心里也不是很情愿带着他们，可是，又不想让他们不高兴，就没有阻止。往日的玩伴都不在身边，他心里难免有点难过，眼前总会浮现出和伙伴们在一起尽情玩耍的情景，他低着头深深地叹了一口气。尤其是和同伴们在刚结了冰的额尔齐斯河面上滑冰的情景，更让年少的他第一次品尝了思念之情，他的心也跟着去了遥远的地方。新结的冰不是很厚，但是非常结实，跑在上面的时候，能感觉到咝咝声，仿佛冰面被压弯了似的。不过，它是不会轻易破掉的，就像一块光亮的镜子，铺在地上闪闪发光。孩子们总能找到乐趣，他们尤其喜欢追逐薄冰下成群的白色阿克海兰鱼，这是一件非常好玩儿的事情，这种可爱的小生灵在受到惊吓之后，就会将脑袋藏进茂密的水草下面，它们的身体发着银白色的光，看上去就像一串串美丽的珍珠项链一般，非常好看。但是，由于孩子们没有捕鱼的工具，所以没办法抓住那些精灵，他们也只能在冰面上追着玩玩，也就罢了。有的时候，他们还会遇上背鳍是青灰花斑的乔尔泰鱼，不过，这种鱼喜欢独处，不会像阿克海兰鱼那样成群结队地活动，总是形单影只的，所以，孩子们看到它的机会不多，就算见到了，也会很快就丢掉它们的行踪。只有那些经验丰富的成年人才会用鱼叉叉住藏得很深的乔尔泰鱼。每当这种时候，那些捕到大鱼的长辈在孩子们眼里的形象会瞬间变得高大起来。

可是这里什么都没有，哈布尔哈塔勒的这条小河，没有宽广而晶莹剔透的冰，也没有河冰下成群嬉戏的鱼儿。孩子的天性就是玩耍，只要吃饱了肚子，穿暖了衣服，他们所有的兴趣就在做游戏上。赫木扎普还小，不会明白父亲为什么要把他们的家搬到这里来，不会明白这是父亲以大局为重，为了能更多地为民办事，才从额尔齐斯河沿岸美丽富饶的冬营盘搬到这个只有一条小河的哈布尔哈塔勒的。孩子眼中的世界总是那些美好的事情，赫木扎普在外面转了一圈，没有找到什么好玩儿的，只好怏怏地回了家。等他到家时，看见巴黑扎和纳赛恩已经在了。孩子的一举一动逃不出父亲的眼睛，柯勒什拜马上就知道他们为什么这么快回了家。他觉得应该跟孩子们说几句话，来开导一下他们，于是，他说道：

"赫木扎普，你脸色不太好啊，是不是想念额尔齐斯的家了？"

"这里什么都没有，根本没有原来的家好玩，我们就不应该搬到这里来的。"

"嗯，孩子，这是暂时的，等到了明年整个阿吾勒都会搬到这里，到时候，有你玩儿的。赫木扎普，你已经长大了，应该懂这个道理，你是长子，可不能忘了你要支持父亲啊！"

赫木扎普在听到"你是长子"的时候，突然感觉父亲给了自己好大的压力，心中升出一种感觉，他觉得父亲对自己是寄予了很大希望的。他没有回答父亲，但是他幼小的心里却在想，一定要做让父亲满意的事情。

这段时间，来家里拜访的人渐渐少了。这一天，家里却突然来了几个骑马的客人。他们中的三位是长者，还有一个是跟赫木扎普年纪差不多大的孩子。

来人是胡吉拜扎冷，柯勒什拜一听说扎冷来了，赶紧走出门迎接，他快步走到长者面前，行礼请安。两人都很高兴，就像第一次见面时一样，行了碰胸礼，这是因为胡吉拜一直非常支持柯勒什拜乌库尔代，他觉得柯勒什拜能搬到这里来跟民众生活在一起是非常明智的决定，今天亲眼见到，他非常高兴。扎冷是特意带着随从和小儿子哈列勒来拜访的，还牵来一匹健硕的年轻母马来做乔迁礼。柯勒什拜见到老人专程从哈巴河源头赶来看望自己，他高兴极了，但是，当他看到扎冷还牵来了一匹母马的时候，心里略感不安。机敏的胡吉拜迅速地察觉了这一点，一进门就首先开口说道：

"柯勒什拜兄弟，你为了能顺应民意，了解民众的情况，放弃了位于额尔齐斯河岸边富饶的冬营盘搬到了这里，这让我感到非常欣慰。为民着想的首领必须跟百姓生活在一起，你这个决定非常正确。我牵来了一匹母马来作为乔迁礼，请你一定要接受。为了让孩子早点认识你这位令人尊敬的乌库尔代，今天还专门把儿子哈列勒也带来了。俗话说孩子会长大，穷人会富有，我希望孩子将来也能成为像你这样的人。"长者说到这儿稍稍停顿了一下，将儿子带到柯勒什拜面前，这个孩子非常漂亮，洁白的皮肤，清澈的眼睛，非常令人喜爱，见到陌生的长辈，孩子显得有点羞涩，然而他并没有躲闪，而是面对着柯勒什拜站得直直的，仿佛是在问：

"您觉得我合格吗?"这是个能成器的孩子，愿上苍护佑他平安健康，柯勒什拜心想。正在这个时候，从门外进来两个麦玛部落的年轻人，行礼请安之后，他们坐到了下席。

两位长者之间的谈话持续了很长时间，他们就百姓的状况、草场的情况，今年牧草的长情，以及苛捐杂税等情况进行了交流，之后，胡吉拜开口道：

"乌库尔代，我一直都在考虑一件事情，今天就想问问你，你能不能跟我讲讲关于哈萨克的起源，咱们的祖辈是什么人，有人说咱们是穆罕默德使者身边的安那斯萨哈巴的后代，所以，我们的民族起源于锡尔河流域，对此你怎么看？"

柯勒什拜并没有马上回答这个问题，他仿佛是在考虑该怎么说，也许他是为了说出事实真相，在找一条合适的途径吧。当他理清了头绪之后，开口提问道：

"那您自己相信这个说法吗？"

"这个说法听上去并不十分可信，所以我才问你的。"

"您说得对，是不太可信。因为我们的祖辈从前生活在阿尔泰山阳面的广阔草原上，也就是今天蒙古人居住的地方。然而在历史上，大多都是哈萨克人和蒙古人混居生活的，后来，成吉思汗向西进军的时候，那里的哈萨克人也随军去了锡尔河流域，后来就定居在了那里。说哈萨克人是从锡尔河搬迁过来的这个说法，也是说的那以后的事情。"柯勒什拜就将当时以及之后发生的争战历史做了一些介绍。

这段历史胡吉拜以前也听说过一些，今天他只是想从知识渊博的柯勒什拜的嘴里再听一遍。

"乌库尔代，我想让这个孩子学点知识，去年就把他送到了一位毛拉那里，当时那位毛拉跟他说我们的祖辈是安那斯萨哈巴，所以，我们是穆斯林，孩子回家就告诉我了，今天刚好是个机会，我想让孩子亲耳听你说出答案，所以，就问了这个问题。"胡吉拜说道。

"我说您怎么突然问起这个了，就是想让孩子听啊。"

"是的，我们要是不知道自己是谁，从何而来，将去向何方，那真的太可怕了。那个逐水草而居、随意游走迁徙的时代早已一去不复返了。让后来者懂得历史、了解历史是我们做长辈的义务啊。你是握着笔杆子的人，别忘了一定要将自己的所见所闻都记录下来，这也是给后人的一个交代。"胡吉拜的话以建议而告终。

"您这个话说得很对，我的确将自己在噶赍达身边读到的史料和后来的见闻都记录了下来，我想今后要将这些东西都整理出书。"

　　尽管哈列勒年纪尚小，可长辈间的谈话却深深地吸引了他，他就像大人一样一动不动地坐在那里静静地听着，似乎想将所有内容都记在心里。之前一直坐在父亲身后的赫木扎普，悄悄地在跟和自己年纪相仿的小客人示意着，想和他一起到外面去玩儿，然而，对方并没有注意到他的小动作，小客人正全神贯注地倾听长辈们讲话呢。这一幕也没能逃过柯勒什拜大人那双敏锐的眼睛。他微笑着开口道：

　　"胡吉拜大哥，雄鹰在雏鸟的翅膀稍稍变硬的时候，就开始激励和鞭策孩子，好让它迅速成长，在雏鸟第一次试图飞出鸟巢的时候，肯定会胆怯，父亲就用翅膀推动雏鸟，让它有勇气努力向更高的天空展翅飞翔，这些都是我从驯鹰人那里听说的。我发现您啊，就像那个雄鹰爸爸一样，在培养孩子勇敢飞翔呢，是不是？"

　　胡吉拜微笑着点了点头，回答道：

　　"你知道我年纪也不小了，我家这个未来穹顶的主人还这么点大，不过，教育孩子要趁早，我想还是应该让他多认识、多接触有智慧的人，多听长辈们的教诲，要开阔眼界。谁先离开这个世界，这都掌握在上苍的手里，万一我先于你离去，请你一定要多多关照他。"

　　说到这儿，胡吉拜脸上的笑容消失了，表情变得凝重起来，柯勒什拜试图安慰他，说道：

　　"正如您说的那样，每个人的命数都掌握在上苍的手里，我的孩子们也还小，您刚才说的话，也同样是我想跟您说的。咱们都希望孩子们将来能成为对社会、对民众有用的人，所以，要让孩子们从小就为此而努力。孩子是希望，是我们的继承人。"

　　晚餐之后，主宾二人在毡房外聊天，这时看着就要落山的太阳，胡吉拜表示要回去了，尽管柯勒什拜劝他留宿一天，明天再走，但是，他没有同意：

"来送乔迁礼的人是不会留宿的，喝一碗茶就会离开，这是哈萨克的礼节，可是我今天坐得时间太长了，破坏了这个风俗啦，哈哈哈……"他一边笑着一边上了马，然后，转过身来对柯勒什拜发出了邀请，"方便的时候，你自己也要去我那里啊，尝尝你嫂子的手艺。"说完，双脚一蹬马肚子，出发了。

主人目送着远去的几个人影渐渐融化在夕阳中。

＊　　＊　　＊

近中午的时候，柯勒什拜骑上马去看了看圈里的牲畜，回来的路上还碰到了几个人，跟他们聊天又耽搁了一些时间，回家晚了，他脱去外衣正准备坐到上席的时候，一个孩子给他递过来一张纸条：

"这是什么，哪儿来的纸条？"他觉得有点奇怪。夫人回答道：

"刚才热阿克什毛拉来了，他是从阿赫齐出发要到额尔齐斯河营盘去的路上，拐进咱家吃了个饭，坐了好一会儿，您一直没有回来，他眼看着天色变了，怕路上下雨，就走了。"

"哦，原来是我那个阿肯外甥来了啊，太不巧了，真可惜我们没能见上一面。"

"以后会有机会再见面的，他让我将这张纸条交给您，就是这张。"夫人从孩子的手里拿过一张折成四折的纸片交到了丈夫手里。

"我看看，不会是他写了一首玩笑诗吧？"说着大人拿过纸条读了起来。那上面果然写了两段诗歌。他这是对柯勒什拜离开故居搬迁至此表示祝贺，另一方面还代表大家表达了衷心的祝福。诗歌最前面，他写了一句：献给大人。后面的内容如下：

衷心祝贺大人您乔迁之喜，

愿您的牧场更加宽广美丽。
您如今大权在握手持钢印，
愿您能为弱小者遮风挡雨。


您就像及时雨露浇灌大地，
您的功德永记在人民心里。
谁能料世间没有不测风云，
愿您能伸出援手将我来庇。


　　柯勒什拜读了这段诗歌之后，陷入了沉思，他这是希望自己能够成为大众的依靠，让自己不要忘了百姓的心愿啊。那我现在真的做到了吗？以后我能做到吗？如果我能不辜负民众的期望，那是自己心中最大的愿望。这个热阿克什说得很自然，然而，他说得很有道理。其实，阿肯才是人民真正的朋友，他们是一面能反映人民心声的明镜！我们理解他们吗？给了他们正确的评价吗？人们常常会因为他们说出了我们的一些不足和欠缺之处，就不喜欢他们，还怨恨他们。就这个热阿克什把某些朋友的吝啬编成诗歌，将其广而告之之后，不就惹毛了很多人吗？有的时候，我们甚至还想对他们发威，吓唬他们，说实在的，他们说的这些都是对的，都很在理。诗人是能照出我们面容的镜子，如果没有镜子，我们怎么会知道脸上有没有脏东西啊？就连修剪胡须不是也需要照镜子吗？理解他们，并且替他们说话，应该就是我们这些人的责任啊！
　　一个想法会引出另一个想法，一个思绪可以指引另一个思绪。这时，他突然想起自己最近读过的阿拜的几首诗，他最初拿到这本书的时候还挺好奇的，拜读之后才知道书中自有黄金屋啊，那书里藏着很深的哲理。柯勒什拜尤其喜欢阿拜先生对哈萨克生活中的陋习作的分析，他当时特别渴望能读到阿拜更多的诗歌。

> 步调不一致，更不讲真诚与团结，
> 马群正在失散，财富一天天枯竭。
> 互相猜忌，为鸡头牲畜恣意挑衅，
> 可怜的民族正在混乱中沉沦。①

　　这首诗写得多好啊，我们这里的哈萨克人不是也经常为了一些微不足道的事情而吵得鸡犬不宁，结果反目成仇吗？刚刚才补上一个漏洞，另外一个地方又戳破了，吹出风来了，这些都是无知和愚蠢的结果，最后变成了毒液入侵了人的身体，控制了人的精神，让人变得无知和贪婪。因此，就会出现不团结、不和睦的习气。阿拜不是因为讨厌哈萨克人才写那些诗的，他是在努力寻找拯救民众于水火的办法，才将自己看到的民族陋习写出来的。像咱们的热阿克什这样的诗人，也许没有那么大的能力，可他也能将发生在咱们周围的丑陋的事情说出来。我们应该爱惜这些正直的阿肯，今后应该多给他们一些说话的空间和自由才对。

　　刚搬到哈布尔哈塔勒的时候，他们身边没有长者，只有一两个新婚家庭，这让他们感到有点孤单，住在额尔齐斯河沿岸的亲戚们就会常常来看望他们。在下了雪，可以滑雪橇之后，来拜访的人也渐渐多了起来。巴赫特巴拉的几位同龄妯娌也来拜访过几次。许多部落首领和长辈的脚步也是络绎不绝，都纷纷来跟大人见面请安。

　　就在这样的一天里，在额尔齐斯河沿岸过冬的一个名叫喀帕斯·巴拉赫桑的小伙子突然来访。他家境贫寒，以捕鱼为生，他冬

---

① 节选自哈拜先生翻译的阿拜诗歌《我的哈萨克民族》一诗。

天的食物就是这样解决的。他带来了一条一仞长的大鳇鱼。

"这是我今年捕到的头鱼，大人您刚搬到这个地方，我就把这条出自您旧营盘额尔齐斯河的鱼带来给您了。"喀帕斯说。

那几年，经常会有人带来各种礼物，这些东西大人都不会太关注，一般是夫人按照礼节收下再还礼的。今天喀帕斯带来的礼物，却引起了大人的注意。

尽管长辈们了解这种冷水鱼，可是孩子们大多不知道这种鳇鱼，令人吃惊的是，它的背部从头到尾还有两侧腹部都长满了犹如锯齿般的组织，而它的嘴不在头的前部，是在靠近脖子的部位，而且那里还有很多褶皱。赫木扎普对眼前的这条大鱼充满了好奇，他看着喀帕斯不停地问着各种问题：

"这条鱼怎么跟别的鱼不一样啊？这种鱼您是怎么抓到的啊？它的嘴长在了脖子上，它能咬住鱼钩吗？它是怎么吃东西的？"

喀帕斯对小孩子的好奇心充满了耐心，他解答着问题，开始解释鳇鱼的特点：

"鳇鱼是和别的鱼不一样，首先是它的外表就不同，就像你说的，它的嘴巴长在脖子上，捕这种鱼不能用捕乔尔泰、捕红鱼的方法，不能下鱼钩，因为它是不会去咬鱼饵的，它喜欢吃比较大的东西，一般爱吃水下藏在沙子里的生物，所以，它不会在下面有石头的河水里待着，因为那里的小生物是不会待在石头缝里，它一定要在水深、有沙子的河水里，它就靠吸那些沙子，吃沙子里的生物来生存。"

"它不咬鱼钩，还在深水里待着，那您是怎么捕到它呢？"

"刚才不是说了嘛，它不会在哈巴河、布尔津河那种河底是石头、水流急的河水里，而是在水流缓和、下面是沙子的河里生活，也不会在随便一条河里生活，它要待在觉得适合的河里。"

"那您是怎么捕到它的？"赫木扎普睁大着眼睛问道。

"要想捕它，就得寻找它的痕迹，我所说的痕迹是指它吸过沙子的地方会留下深沟，我就循着那条沟去找，很容易就能找到鱼了。但是，不是看到鱼了，就能抓住哦，要是被它发现了，它肯定会迅速地游走，它游得特别快。这种鱼最大的一个特点就是，它们常常是成群地在一起，有的时候，它们会将头逆着水流方向在水底待着，那被称作乌由玛①，如果发现鱼了，我们就要在下游将河面的冰挖破，悄悄地一钩，就能钩住最后一条鱼，然后将它往外拉，它就会毫无反抗之力地被抓住了，所有的鱼头在沙子里埋着，就不会留意，所以这种时候，往往可以一下子就抓住好几条鱼呢！不过，它们也非常敏感，只要有一丝血迹，它们就会立刻消失。除此之外，还可以在它常出现的地方，撒排钩来抓。"

"排钩又是什么？您刚不是说它不会咬钩的吗？"

"排钩不是普通那种捕鱼的鱼钩，是另外一种钩。我们先将冰面凿两个洞，两处洞眼之间相隔大概五十米，再将两根木桩从冰洞里插进河底的沙土里，再在两根桩子水下几米处拴一根绳子，在绳子上再纵向系几根绳，绳上再系上鱼钩，鱼钩上再绑一块小木片，小木片会随着水流而摇动，鳇鱼是一种非常顽皮的动物，看到水中摇曳的木片就会被吸引过来，用尾巴来碰小木片玩耍，这时，它们身体的某一个部位就会被早已安置在那里的鱼钩钩住，它们非常惜命，怕疼，就会安静地待着不动了，只要看见它们被钩住了，你就可以慢慢地拉那根绳子，它们就会被一下拉出来了，等它想逃开挣扎的时候，已经来不及了，你会紧紧地拉住它们。"他做了一个抓的动作，"我就是这样抓的这条大鱼啊！"说完，他脸上露出了得意的

———————————

① 乌由玛：意为成群游弋的鱼，形成漩涡或者网状。

表情。

小赫木扎普深深地呼了一口气，仿佛他亲眼看见了捕鱼的全过程似的，尽管是他在仔细地询问捕鱼的过程，屋子里所有人都在认真地听着，这时，大家也都长吁短叹起来，说简直太神奇了。这个对话是在放着鳇鱼的红柳房里进行的。当时，柯勒什拜大人正在温暖的家里看书呢，当他发现屋子里除了自己没有别人的时候，他也好奇地来到红柳房，可是此时，故事也正好讲完了。

因为天色已晚，加上喀帕斯的马也不太好，这天他留宿在了大人家里。掌灯之后，大人将喀帕斯叫到自己身边，询问了住在额尔齐斯河冬营盘阿吾勒民众入冬以后的情况。尽管大人的弟弟堆森拜和俄尔格拜他们过来的时候也会讲那边的事情，但是，他还是问了喀帕斯，因为他始终相信，从不同的人嘴里可以听到不同的意见。

第二天清晨喀帕斯临走之前，大人这样说道：

"谢谢你将自己捕到的头一条鳇鱼送给了我，并且让我祝福你，给你做巴塔，这让我非常感动，愿上苍能赐予你顺利平安！等开春了，你就过来牵走一匹两岁母马当坐骑吧，这件事我会交代给铁木尔的。"

"我并不是来要东西的，我只是想让您尝尝这种珍贵的大鱼鲜美的肉。"

"你说得没错，我非常感激你，这也算是我的一点心意，你就不要拒绝了，收下吧！"

喀帕斯怀着满意之情踏上了返回额尔齐斯河岸冬营盘的路途。

\* \* \*

尽管夏天的颜色渐渐地褪去，棕色和灰色占据了主场，然而，地面上的青草还没有完全衰败，深色的秋天还依旧保持着自己的风采。这是蒙阿勒阿吾勒刚从山上迁徙到山脚下安顿下来的时候，从每个阿吾勒出来的人，都在往位于阿克托别的柯勒什拜阿吾勒聚集。大家都不知道乌库尔代今天为什么把大家都叫来了，谁也不知道答案。每个人都接到通知，说让他们过来一趟，除此之外，他们什么都不知道。大家都能感觉到肯定是出了重要的事情，自己才会被请来的。为了不引起不必要的麻烦，大人就没有让传话的人再多说什么，大家在心里做着各种猜测。很快，柯勒什拜的大帐里已经聚了将近二十个人，所有人围成一圈坐定之后，餐巾展开，酸马奶也端了上来，大人看着大家都喝了几碗酸马奶解了渴之后，开口说话了：

"各位一定很惊奇，今天怎么突然把大家叫过来了，其他的话先不说，咱们先上马，然后边走边说。"大人的话音刚落，哈讷别特、乌斯肯、玛哈太、胡阿特拜、玛米等人先后起身跟着大人出了门。柯勒什拜带着大家朝着南边走了一段，来到一个稍微高一点儿的小台地上，然后，他拉住了马缰绳停了下来。当所有人都集中到自己身边来的时候，大人不紧不慢地开始说话了：

"你们看，这片平原多么开阔，多么平整，大家知道这里有什么吗？"说着他开始环视大家。

在场的所有人都不明白此话从何而起，当大家都不知道如何回答的时候，大人继续说道：

"这是上苍给我们铺开的餐巾，如果你认识了，就能看明白，这里可是要什么有什么。问题就在你是不是有得到这些的过人能力和坚定信念。"

这时，人群中某一个仿佛领悟了他的意思：

"您的意思是说，如果我们能好好利用这块平原，这里肯定是一个大宝藏。"

"是的，财富不是从天上掉下来的，咱们常说：上苍会赐予我们。说实在的，上苍也是给有行动力的人，一动不动的人什么都得不到。上苍给了我们一双能劳动的手、一个强壮的身体和会思考的大脑，只有合理地利用这些，幸福和财富才会光顾你。这就是上苍赐予我们的。"然后，他又说了一些哈萨克的礼节和传统，最后说到了重点：

"这片平原是咱们祖辈生活的故土，多年前我们曾失去了这片土地，现在终于又找回来了，于是，我们更加懂得了这块土地的价值。在土地上放养牲畜是祖辈留给我们的传统，然而，我们现在知道，放牧不能成为致富坚实的支撑。就算你有成群的牲畜，一场灾难降临就会让你损失殆尽。所以，除了养牲畜，我们还得让大地赋予我们财富。不耕种土地，不去收获粮食，就不能饱腹，可是，要想种粮食就需要水，没有水就没有生命。众所周知，如果你将一根马尾鬃放进水里，过不了多久它就会变成一条小虫，这就是水的神奇之处，水赋予马鬃生命。现在是让这片平原变成片片良田披上绿装的时候了。"柯勒什拜说完，环视了一下四周。

"如果你能听得懂，大人已经说得很明白了，"哈讷别特插话道，"的确需要水，这是事实，没有水这片大地就会被牲畜的蹄子踩坏，只要有了水，我们才能在秋天收获成垛的粮草啊！如果种了粮食，那么收获就更多了。"

"这话有理，"一个站在靠边的小伙子接话道，"那水怎么引过来，我们有这个能力做到吗？"

"谁知道呢，这个的确很难办啊。"

柯勒什拜兜着圈想说的是从哈巴河挖一条渠引水过来，这时，每个人都各怀心事，都在设想着即将面临的繁重劳动，心里都打起了鼓。人们三三两两地开始交谈，柯勒什拜早就预料到会是这样的情形。

　　对于早已习惯放养牲畜的哈萨克人来说，拿起铁锨耕地，从很
远的地方挖渠，看起来肯定是很难的，尽管他们对这件事情的未来
很有信心，但是，目前还没有足够的勇气积极地投入进去。所以，
柯勒什拜就想要让自己的这些亲戚觉醒，于是，他就开始了更深的
话题：

　　"大家可能也知道我在说什么了，这是不错的。你给土地付出多
少汗水和努力，它就会还你多少收获。前段时间咱们从山里挖了一
条小渠，开垦了土地种了一些庄稼，那好处大家也都看在眼里了，
我们那样做是对的。那种小渠一旦遇上了干旱年份就会干涸，我们
不能对它寄予太大的希望，加上春天我们还要给牲畜接生，秋天要
给牲畜剪毛。所以，我们不能在所有的地方都种上庄稼。特列克特
除了大麦，其他任何作物都种不了，长不熟的。我们种什么粮食也
要根据当地的实际情况来定，这些不能满足我们所有的要求。然而，
这片平原的夏天比较长，我们可以利用水源引水过来，就能收获很
多粮食，这是一。我觉得还有一点更重要，我们看见的这片平原，
这块土地，在一个世纪之前，哈萨克人并没在这里生活，只有蒙古
人在这一带放牧，我们是后来才搬迁过来的。说实在的，那些蒙古
人可能会说我们不是这里的主人，很可能会来驱赶我们，说这块土
地是属于他们的，想到这里，我们就必须在地上钉桩子作为标记，
占据这块地方才行。所以，引水浇地、建设家园就是我们现在面对
的首要任务。咱们亲戚中霍思泰和特列凯两个部落已经挖了两条水
渠，引水过来开始种庄稼了，在那个山坡上盖了房子的几户回族人
家也修了水渠，只有中间的这块平原还空着，我们蒙阿勒必须占了
这块地方，我希望大家能下这个决心做这件事情。"

　　"那么，我们从什么时候开始行动呢？"哈讷别特问道。

　　"我想，"大人说，"在今年入冬之前，我们先开始做准备工作，

先估计一下能出多少劳动力，这些就交给哈讷别特和依马什来负责。有一件事情应该搞清楚，如果有劳动力却没有出力劳动的人，以后就别想要好地，付出劳动越多的人就可以挑选自己喜欢的土地。还有一点，如果我们自己的能力不足，向别人求助，那就不能忘了也要给那些帮助过我们的人分给他们应得的土地。"

尽管起初有一部分人有些犹豫，但是，并没有人直接出来反对，大家都明白了柯勒什拜说的这些都是为了民众的利益，下一步要考虑的就是如何具体实施这件事了，每个人的心里都有这样的一个问题。

"好了，兄弟们，该说的也说了，你们每个人都表示要积极投入到这件大事情当中来，那现在咱们回阿吾勒吧。"

进入柯勒什拜家的白色大帐之后，餐巾很快铺了上来，一盘盘煮得恰到好处的肥美羊肉端到了众人面前，吃饱肚子之后，大家并没有马上离开，都坐着没有动身。

"大人您刚才说我们应该占了土地，免得哪一天蒙古人来跟我们讨要，您这话从何而起啊？"一个年轻人问道。柯勒什拜考虑了一下，回答道：

"你们可能都觉得咱们的祖辈是从锡尔河流域来的，因此而洋洋自得吧？这样说倒也没有错，然而，我们的祖辈并不只是生活在锡尔河流域。一千多年以前，克烈人、奈曼人还有其他的部落就生活在东方，也就是在现在蒙古人生活的那片土地上。那时，我们的祖先是跟蒙古族部落一起生活在那里的，后来，蒙古出了一位名叫成吉思汗的英雄，他英勇善战，足智多谋，不仅让蒙古各部臣服于自己，还让我们的祖辈也归顺了。后来，他开始西征，哈萨克人也就跟随他们一起去了西方，来到锡尔河流域就定居下来了。成吉思汗的后代在统治那片广阔疆域的时候，我们就在他的长子朱赤的管辖下。到了近代，蒙古人在阿尔泰山和天山之间建立了准噶尔汗国，经常侵犯居住在西边的哈萨克人，导致当地民不聊生、民众死伤无数。所以那个时候，哈萨克人没有能回到这片土地上。随着时间的推移，准噶尔人从内部开始腐败瓦解，加上受西边的哈萨克人和东边的清朝政府的挤压，最终，帝国瓦解，蒙古人就四散各地了。那个时候，蒙古的乌梁海部落就生活在这个地方，萨乌尔草原被土尔扈特部落占领，再往南就是被沃列特部落占领着。

"当阔克阿代去北京从清朝皇帝那里得到公位册封之后，我们还没有迁回这里，还住在斋桑再往南的草原上。清政府要我们每年向上面进贡八十一匹马，这是双份，其中四十匹要给塔城政府，四十一匹要给霍布达政府。为了躲避过重的赋税，所以，我们就沿着额尔齐斯河迁徙到了这里，哈萨克人就说要归顺塔城政府的管辖。而那个时候，霍布达和塔城之间的边界是额尔齐斯河，由于额尔齐斯河以东的草场很狭窄，没有多少可以放牧的草原，而朝向阿尔泰山方向的草原要更宽广，所以，我们就渐渐地迁徙到了那边，塔城政府就从霍布达政府要了这块地方，让哈萨克人在这里休养生息，后来，原来生活在这里的蒙古乌梁海部落向霍布达政府提出申诉，要求我们归还这片他们曾经的草原，却没有能成行。从那时起我们就一直生活在这里。我刚才所说的要成为这里的主人就是这个意思。"

"啊，我们还以为这土地是上苍的，谁愿意待着都可以呢，原来，这里还另有其主啊！"

"是的，土地是上苍创造的，然而，人们却分割了土地，将它据为己有了，谁更强大，谁先占领，土地就成了谁的。我们现在并不需要跟谁去争，只要证明自己是按照官府的旨意来到这里的就行，所以一定要好好地利用这块现在属于自己的土地啊。"

柯勒什拜说完了话，环视了一下每个人的脸。

从那以后，蒙阿勒部落的老少百姓，就开始在这片宽广的平原挖水渠，准备将这里变成自己的家园。然而，部落里劳力太少，工程量又很大，在知道自己的能力有限时，就邀请了同样缴租的亲戚麦玛部落的人一起投入进来。并且宣布，如果其他部落的人也想来参与其中的话，他们也不会拒绝。大家共同商议水渠从哪里开始引，如果要穿过山岗，水渠的宽度需要修多少等问题，大家计划在入冬之前就开始着手投入工作。

柯勒什拜见亲戚们都听从了自己的意见，并且开始为投入如此大的工程做着准备，这让他心里非常高兴。他亲眼看到自己的民众开始成为一个有凝聚力的集体，大家共同努力为后代在这里的生存打下基础，这让他非常欣慰。他在心里默默地祈祷着，希望今后的工作能顺利进行下去。

尽管人手不多，但当众人都倾力投入了，事情的进展就很顺利。尽管水渠的雏形基本出来，但是宽度还没有到计划的标准尺寸，当人们想到这条水渠将以自己部落的名字命名，将会成为专属自己的水渠，到时候可以按照需要利用时，大家的劳动热情极为高涨。其他部落有一部分计划共同利用这条水渠的人也投入了劳动中。柯勒什拜曾无数次强调，不能排斥其他部落的人，大家一定要共同劳动，管理修建水渠工作的人也一直遵照这个条例工作。

第二年秋天，水渠已经修到了山岗上，这是很大的工程量，人们发现挖出的水渠唯一的缺点就是宽度还不够，堤坝也不够高，如果按照这个标准继续修的话，将来就不能放太多的水进来。柯勒什拜按照当时的实际情况就提出，今年先不要急着来改进这些欠缺的地方，剩下的工作留到来年春天来做。

就这样，劳动力很少的蒙阿勒部落在一位英明领导者的带领下，合理利用所有劳动力和资源，这个被称作蒙阿勒水渠的工程的基本工作已经完成，工程竣工胜利在望。

然而，自然的法则不会总遂人愿，在人生道路上，幸福和不幸，快乐和悲伤，顺利和不顺都会相伴而行，紧紧相随，会给人造成一个个的障碍。就在这一年，当寒冷的冬天挥舞着利剑到达，人们刚刚搬进冬营盘的时候，灾难从天而降。一种被称作伤寒的传染病突然来袭，很多人被感染了，先后离世。没过多久，这场灾难也降临到蒙阿勒部落，生病的人逐渐增加，有的人幸免于难，也有的人却没能扛住，最终与世长辞了。每一天，每个阿吾勒都有几个人去世，以前大家为去世的人举办很排场的送别仪式，现在这种传统也被打破，因为死去的人太多了，只能草草召集周围的一些人，请个毛拉，念个经文就出殡下葬了。没有人会因为没有得到某某去世的消息而生气，大家都自顾不暇了，听说谁谁去世了，就只能用双手抹一把脸就算了事。

这种疾病的最大特点就是生病和去世的大多都是青壮年，孩子和老人基本幸免于难了。有的人家夫妻两人双双去世，留下了一堆孤儿。失去了父亲或母亲的孤儿比比皆是，谁都没有办法来抵抗这场灾难的侵袭，整个冬天，柯勒什拜大人都在为无法阻止灾难的发生而备受煎熬。后来他自己也被传染了，也许是命数没有结束吧，他最终还是痊愈了，年近六十的长者，在大病初愈之后已经没有精力到民间去了解情况了，只能躺在家里听别人讲讲外面的事情：谁家出了丧事，谁家又遭到了不幸，这样的消息每天都会传进他家毡房里。他还听说曾几何时自己从叶然喀布尔哈接回来的隔代亲戚沃阿勒拜的部落遭受了巨大损失，在这冬天的两个月里，沃阿勒拜的哈力沃拉、瓦泰、别伊勒、伊萨四个儿子，二十五岁的长孙努尔塔扎还有两个儿媳妇先后去世了，只有被人们戏称为"疯子"的调皮小儿子艾布勒哈斯幸存下来，去世的四个儿子留下了孤儿中最年长的也只有十六岁，最小的孩子尚在娘胎中，总共有十二个孩子都成了孤儿。在听到这个消息的时候，柯勒什拜感到非常非常难过。

　　疾病的传染高峰随着天气的转暖、积雪的融化，也渐渐过去，去世的人的数量逐渐减少了。柯勒什拜乌库尔代打算去民间巡视走访，准备到有人去世的人家去拜访慰问，为了了解大家的情况，他就带着弟弟堆森拜骑马上路了。他们先从住在阔克铁列克渡口的阿吾勒开始巡视，走访了霍尔真托别克，最远到了芝兰德，他的足迹走遍每一户出了丧事的人家，当他看到人们悲惨的状况，他的心被悲伤填满了，难过得几度差点儿从马背上摔下来。当他来到沃阿勒拜家，看到憔悴不堪的阿扎尔嫂子，这个老人在短短两个月的时间内就失去了七位亲人，巨大的悲痛让她消瘦得脱了人形，只剩下一副空架子，目光浑浊而无神，连说话的力气都没有了，眼前的情景让他再也控制不住自己，泪流满面，泣不成声。他在心里默默地祈祷她和剩下的亲人们平安。常言说：只要活着就有希望。此时此刻他感到任何宽慰的话都是苍白而无力的，他只能不停地说：只要孩子们平安，他们就能渐渐地长大，一切都会好起来的。年迈的嫂子虚弱地说了几句话，那声音听上去就像是从地底下发出来的那样沉闷：

　　"谢谢你来看望我们，愿上苍能赐予活着的人福祉，不要让我的孩子们再受任何苦难了。"老人看上去是那么憔悴，然而，思维却很清楚，这让柯勒什拜的心稍感安慰了些。柯勒什拜将话题转向艾布勒哈斯，嫂子告诉他，他去照看牲畜了。

　　当柯勒什拜正准备离开的时候，堆森拜开口道：

　　"你看到他们的现状了吧，一个大家族的穹顶就这样塌了下来，现在就祈祷他们平安渡过难关吧。"

　　哥哥没有马上回应，他陷入了沉思中，这时弟弟又开口说话了：

"好人都死了，就剩那个'疯子'艾布勒哈斯了，那个没脑子的能做什么好事？那一群孤儿将来可怎么生活啊？"

"你懂什么？"柯勒什拜冷冷地看了他一眼继续说道，"他们的确遇到了灾难，一个家族失去了那么多人，容易吗？尽管如此，他们并没有全都死去，白发老太太还健在，她就是这个阿吾勒的铁马桩，都说艾布勒哈斯是疯子，其实他根本就是顽皮，他是家中老小，一直仰仗着几位哥哥，所以，以前比较娇惯，但是我看他是一个有志气的小伙子，当这个重担压到他肩上以后，那份疯劲肯定就没有了。你看，现在他已经开始照看牲畜了，这就已经说明问题了，你等着看吧，没几年孩子们就会长大成人，这个阿吾勒的香火不会断，俗话说得好：孩子会长大，穷人也会变富有。"

尽管堆森拜心里有点不服气，却也没有反驳。他是乌库尔代的亲弟弟，想仗着这一点挺着胸膛走路，却也因哥哥的威望而心生敬畏。

这个时候，柯勒什拜想的是，大家遭受了如此沉重的打击，将如何完成水渠剩下的工程。一场伤寒夺走了很多身强力壮的人，幸存下来的很多人，也变得非常虚弱，非常无力，短时间里很难让他们扛起铁锹去参加劳动。于是他决定，既然工程的总体已经完成，剩下的工作就留到人们稍稍缓过神来之后再做。时间是最强大的力量，它具有改变一切的能力，也会治疗人们心中的伤痛。天气转暖，大地回春，草原渐渐绿了起来，当人们的精神稍微恢复的时候，工程再次开始了。

这一次柯勒什拜提出的要求较从前要清楚得多：谁想要耕地，就要参加挖水渠的劳动，如果你自己没有办法参加劳动，就要找人代替自己来参加，或者就给参加劳动的人提供给养，谁付出得多，谁就有权优先挑选。

工程从春天开始，一直在持续着，他们检查了去年开挖的水渠，修缮了经过一个冬天之后损毁的部分，坑洼不平的地方也得到了修整。最初因为经验的不足而没有做好的工作，这个时候也得到了完善。水渠挖到山岗的时候，就朝东延伸过去。参加劳动的人大多是蒙阿勒部落的年轻人，还有县城中其他部落和其他民族的人也参与进来。

尽管柯勒什拜没有每天亲自参加劳动，但是他会常常过来巡查工程的进展情况，他是工程的监督者和参谋者。

富人家的女人们，将去年冬宰剩下的肉全部煮好，送到工地上，生怕工人们体力不支。夏天即将到来时，人们还送来鲜嫩的羊肉和新鲜的酥油、奶疙瘩等食物。工地旁边扎起了两顶毡房，还拉来几头牛，为人们提供牛奶和酸奶，这都是智慧的柯勒什拜事先做的安排，同时也是人们的支持和投入的结果。

尽管蒙阿勒部落人口少，圈中的牲畜也不多，然而，由于人们团结一心，工程的进展也很顺利。在那片广阔的平原上，一个崭新的生活、崭新的风尚已经清晰可见了。众人的士气高涨，对未来的信心也日益增强。

水渠的主体工程完成，即将竣工的时候，人们试验性地放了水，当生命之源沿着新修好的渠道缓缓流过的时候，柯勒什拜的内心充满了欣喜。工程总体来说没有大的问题，就是先前没有发现中间有几处老鼠洞，从那里跑了一些水，人们赶紧封住了那些洞口。水渠基本上算是修好了，下一步就是加高堤坝，在需要的地方开出分支，这些工作必须在秋天来临之前完成。从这以后，柯勒什拜就安排专人来分配土地，就这样，很快最初的名单出来了，这个工作是柯勒什拜亲自来做的。有二十三人分配到了土地，其中九人得到一亩地，其他人分到了半亩地。人们达成协议，此次没有分到土地的人，将会在下一次分到。

1919 年，这条以蒙阿勒部落命名的水渠正式投入使用，这是在哈巴河东岸的第四条水渠，水渠的修建为沿岸群众的生活提供了巨大的帮助，解了当地群众的焦渴。

# 第四章

　　这一年的深秋，柯勒什拜的家已经搬进了哈布尔哈塔勒的新冬营盘，尽管还没有到隆冬季节，此时的天空却乌云密布，刺骨的北风阵阵刮来，天气已经非常寒冷。这个时候，为了从红柳房搬入热房子，要先对家里进行开窗通风，换换空气。柯勒什拜走进了屋子，新建好的屋子里有一股泥土的气息，地面还有点潮湿，他看见窗户已经打开，炕上铺好了花毡，墙角整齐地叠放着绣花的被子，柯勒什拜来到炕前缓缓地坐了下来。炕上还有好几大包行李和被褥，等待主人来收拾安放。从偌大的玻璃窗射进来的阳光，将整个房间照得格外明亮。没过多久，家人拿来一张铺着餐布的矮桌放到了柯勒什拜面前，各色美味的食物也先后摆了上来。平日里这些事情一般都是由家里的女佣做的，今天一反常态，却是由他的新任妻子再娜普亲手准备的茶点，尽管大人每天都能见到她，但是，今天看到她的这个举动，他的心里感到格外舒服温暖。这位再娜普夫人是柯勒什拜在一年半以前娶进家门的。他娶她不是让她做自己的妾，而是命运的安排，也是众人的期望。柯勒什拜的前二任夫人巴赫特巴拉是四个孩子的母亲，因为一场急病突然去世了，这个白色大帐的穹顶差一点儿就塌了，家里一下子就陷入了灰暗之中，没有了忙碌操劳的女人，这个家显得空空荡荡的。对一位年过半百的男人来说，突然失去与自己同甘共苦多年的伴侣，的确是一件非常难过的事情。

有的人理解他的状况，但是也有人并不理解，还说：

"穷人死了老婆头疼，富人死了老婆床晃，乌库尔代还能找不到老婆吗？看着吧，没两天他就会娶个女人进门的。"还有人说：

"俗话说：死了老婆，断了鞭柄。换个新的鞭柄对大人来说有什么难的呢？"但是，大多数人还是非常心疼柯勒什拜：

"尽管你这么说，能找到一个理解他，能成为他伴侣的好老婆并不是一件容易的事情，老了老了死了夫人，对大人真的太不容易了。"事情没有落到自己头上，当然就不能理解别人的难处。石头坠落，大地承受，要求每个人都能理解，并且给出公正的评价的确也不太可能，尽管柯勒什拜一把年纪了，然而以他的身份要是想娶老婆，别说寡妇了，连年轻的姑娘都能找到，然而，他却没有那个想法。对没有智慧的人来说，娶新媳妇，床头晃动是一件美好的事情，但是对一个能理智地看待这个世界的人来说，这件事情可能会给自己带来的遗憾和悲伤，远远大于快乐，这一点柯勒什拜心里非常清楚。所以，他并没有马上急着去找什么人，事实上，这么大的一个家的确不能没有一个女主人来操持，而且大人的生活起居也需要一个人来照顾，这一点是显而易见的。想到这些，亲近的人们都开始操心这件事情，急着给他找一个年轻的妻子。在前妻的周年忌日过去之前，柯勒什拜并不想考虑，加上还要搬到哈布尔哈塔勒新的冬营盘，很多事情需要操心，很多东西还没有准备好，这才是当务之急，是要先做的事情，他决定在安排好搬迁的事情之后，再考虑别的。

时间过得很快，一年就这样过去了，无论柯勒什拜如何努力，但是，这个宾客不断的大帐的情形还是大不如从前，这显得非常急切，到底该怎么办呢？看来还是要听从大家的意见，除了得赶紧找个女主人进家门之外，没有别的出路了。尽管这样，大家都没有直接提出一个人的名字，只是讲了一些应酬的话，也许是担心万一提出一个什么人，大人娶进家门后又发现此人并不合适，到时候会很麻烦，所以，谁都没有说出口。为了捅破这层窗户纸，柯勒什拜就先问了弟弟堆森拜的意见。

堆森拜一看哥哥如此信任自己，要听取自己的意见，他非常高兴。他心里一直有一个人选，这一下就跟哥哥说了：

"你需要一个能成为你的伴侣，能照顾你，能掌握大帐的合适的女人，这一点亲戚朋友都在替你考虑，这你自己也是知道的。我是你的亲弟弟，这段时间一直也在想这个事情，既然你今天问了，我就说吧，你一定也知道咱们的邻居赛铁克家有一个美丽的女儿吧？在我看来，她应该是不二人选。"

"诶，她太年轻了，我们的差距太大了呀！"

"哎，年轻又怎么样呢？俗话说孩子会长大，穷人也会变富有，何况你也不老啊！难道你就没有能让一个老婆变老的能力吗？"

"差距还是太大了，她肯定不愿意嫁个老头子吧？"

"你真可笑，"堆森拜有点生气了，"祖辈不是说不要娶嫁过人的，要娶没过过门的吗？难道你忘了吗？如果你娶了一个离了婚的，或者死了老头的女人，能如你的意吗？在我看来，赛铁克家的姑娘不会反对的。她就像一匹抓住了不踢，放开了不跑的良驹一样，我觉得她能成为我温柔善良、勤劳能干的漂亮嫂子，你贤惠懂事的好妻子的。"柯勒什拜陷入了沉思。他想如果能娶一个年轻聪慧能操持一个大家庭的女子，自己今后的日子一定不会差的。然而，这话他怎么跟赛铁克和他的家人讲啊？他们要是说我们尊重您大人，但是，不能把自己年轻貌美的女儿嫁给您，那不是就太丢人了吗？

当柯勒什拜将这个顾虑说出来时，堆森拜早已做好了准备：

"我上次去他们阿吾勒的时候就试探过，我早就知道他们也愿意让你这样有威望的人成为自家女婿，我要是不知道这一点，今天就不跟你说了。"堆森拜露出了得意的表情。

兄弟俩之间交谈的内容，成为了堆森拜下一步的计划，他开始跟其他的亲戚们讲这件事情了。

赛铁克是其巴尔阿依格尔部落的人，多年来他的阿吾勒一直跟柯勒什拜他们一起迁徙转场，他们不仅敬畏柯勒什拜的威望，而且非常清楚和欣赏他真诚善良的本性，所以，他们并没有反对将自己的女儿嫁给他来加深两家人之间的关系。

这件事情没过多久就变成了现实，相亲之后，双方省去了很多哈萨克式的繁文缛节，在这一年的盛夏季节，这个年轻的媳妇就迈出右脚踏进了柯勒什拜的家门。婚礼并不隆重，在履行了送彩礼的礼节之后，就请了很少的亲戚吃了饭就算结婚了。

新媳妇非常勤快贤惠，她很快就将这个大帐内外复杂的事情了如指掌。她非常会照顾人，丈夫每天的衣食住行都由她来安排，柯勒什拜不是一个总待在家里的普通人，他是一个领导，一个公正的毕官，还是一位智慧的长者，所以，年轻的夫人将完成很重的任务。每天家里来来往往的客人又很多，都需要她热情款待，迎来送往的事情全都要靠她张罗。没两年时间，这些事情她都学会了，而且样样都应对自如，这让柯勒什拜打心眼里感到满意。

思绪总是会成串地出现在人的脑海中，思绪还会将人带回到遥远的过去。

柯勒什拜的思绪将他带到了美丽的草原上。

蒙阿勒部落多年以来一直在萨热哈莫尔草原过夏天，而他们的冬牧场则是在额尔齐斯河沿岸富饶的土地上。额尔齐斯河是自东南向西北流的，这是中国境内唯一一条汇入北冰洋的河流，随着山势走向，美丽的额尔齐斯河蜿蜒地朝前流去，水是天然的雕塑家，会将大地雕刻成它想要的样子，随着河水的流向会形成无数的湾，那些湾有的很宽广，能容纳几个阿吾勒在那里生活，而有一些则很狭窄。蒙阿勒部落的很多阿吾勒都在近五十公里的额尔齐斯河沿岸肥沃的土地上过冬。沿着霍尔赫拉玛、萨尔哈莫斯湾往下游的冬牧场是别克阿依达尔部落各个阿吾勒的冬牧场，再往下有一个很大的湾，那是巴依斯部落的塔布勒德、托连德部族过冬的冬牧场，然后，阔克铁列克、萨热铁克等地方是巴尔德部落的冬牧场，他们中一部分部落的冬牧场则根据草场的情况，在南部的吉恩什克库木。蒙阿勒部落的羊群在阔克孙山中过冬，那里有能容纳十几个羊圈的开阔的地方。阔克孙山的冬天是存不住雪的，所以，很少发生雪灾等灾难。柯勒什拜的人生中最美好的少年时光几乎都是在那里度过的。从他十几岁参与管理民众事务以来，他每年冬天都会来这里巡视过冬的阿吾勒，了解当地的民情。有一年冬天，他又来到阔克孙的牧民中间拜访，阿吾勒里突然从吉木乃来了两个驯鹰人。柯勒什拜在和他们聊天沟通之后，了解到这两位都是捕猎的高手，于是第二天就和他们一起出门捕猎，亲眼目睹了猎鹰捕获猎物的精彩场面，那次的经历让他终生难忘。

他们一行人来到广阔无垠的雪原，放眼望去，周围的一切都被白雪覆盖，这里就像一个银色的童话世界，阳光照在地面，反射到人们的脸上，让他们几乎睁不开眼。正在这时，柯勒什拜看见猎鹰人将那只英武的雄鹰高高举起，他眯起眼睛扫视着原野，静静地等待着猎物的出现。突然，在目光所及的远方，出现一只狐狸，它犹如一团红色的火焰在荒野中飞驰着，这时，猎鹰人迅速地摘掉了雄鹰的面罩，鹰左右动了动它那颗小脑袋，敏锐的眼睛射出冰冷的光芒，瞬间就锁定了那只美丽的生灵，说时迟，那时快，还没有等柯勒什拜反应过来，雄鹰已经以迅雷不及掩耳的速度，就像一支利箭一般射向洁白一片的荒原，很快它就追上了那团火焰，在空中稍稍转了一个身，既而一个俯冲，火焰就被它那双强劲的利爪擒住了。为了观看两只动物相互抗争的场面，柯勒什拜紧随猎鹰人，策马飞奔过去。眨眼间发生的这场战斗，深深地铭刻在了柯勒什拜的心里，成为了永不磨灭的记忆。

随着时间的推移，他年事见长，身体状况渐渐不如从前，他就不再亲自骑马去阿吾勒走访，而是派手下人去完成这项工作了。好几个年轻人是他的得力助手，萨哈什、再努拉、萨哈巴等几个人就成了柯勒什拜的眼睛和耳朵，履行着职责。此时，铁炉里生起了火，回忆将他再次带到了那个年代，他陷入沉思，久久地坐着。在柯勒什拜迎娶了再娜普之后的第二年，他们搬进了这座温暖的房子。在这之前柯勒什拜的阿吾勒就在哈布尔哈塔勒住了好几年了。有些人还传出闲话，说柯勒什拜既享受着年轻娇妻温暖的怀抱，又搬进了崭新的冬牧场，这话传到了他的耳朵里，然而，他并没有因此而生气，他想：自己又不是挑选女人在娶小妾，而是命运的安排明媒正娶的。新的冬牧场也是在大家的提议下才搬进来的，并不是自己恐吓谁或者欺骗谁得到的。谁想说什么就让他去说吧！于是，不再理睬。

柯勒什拜回忆着过往，将自己走过的曲折道路，用思绪的筛子梳理了一遍。他回忆起自己贫穷而艰苦的童年，母亲早年去世，父亲一个人支撑着那个没有女主人的家，他每天都在辛勤地劳作，然而，收获却不足以满足一家人的日子，他们经常过着食不果腹的生活，那个时候，人们常说的一句话：农民的孩子长着黑黑的腿，黑黑的麻雀吃了你庄稼。他是背着这句话长大的。自从记事起，柯勒什拜就安心跟随着父亲，成了一个黑黑的农民。有一天，他听说一个名叫沃恩拜的有钱人请了一位毛拉来教自己的孩子读书认字，柯勒什拜就跟父亲说自己也想一起上课，然而，他的这个愿望并没有得到父亲的应允。可是，如饥似渴的少年没有放弃读书的念头，他偷偷跑过去，最终如愿地成为了"学徒娃"，在那里接受了最初的教育。后来为了生存，他又从商贩那里进了布料和茶叶去走村串户地卖，曾一度被人们称为"买卖人"。再后来，他又陪同别人一起去远征，在返回的路上那个人的疾病突然加重，在弥留之际，他留下遗言，将自己的爱女托付给了柯勒什拜，于是，他就娶了那位刚刚成人的姑娘做了妻子。可是，天有不测风云，他这位贤惠而又善良的结发妻子，却过早地离开了他。

命运总会在不经意间给你惊喜，由于他成了一个识文断字的人，就被官府的人看上，开始了自己的工作生涯。在那里，他开阔了眼界，了解了世界局势、民生民情，自此确定了人生的方向。再后来，他又开始管理民间事务，那段时间，他又遇到了各种各样的事情，他代替加讷斯先生再次去远征，职务从赞格升为乌库尔代。在失去了四个孩子的母亲、第二任妻子之后，他过了一段非常艰苦的日子，命运没有让他一直如此艰难下去，他又有了一个新媳妇，开始了今天新的生活。往年，他们的阿吾勒一直都在额尔齐斯河沿岸的营盘过冬，为了能更多地接近民众，他改变了早已习惯的舒适生活，将家迁到了加纳特部落居住的哈布尔哈塔勒草原，在这里安定下来……过往的一切，犹如一颗颗串起来的珠子，一件件从他脑海中滑过。

时间过得很快，柯勒什拜的长子赫木扎普已经长大成人，还娶了媳妇，撑起了一个崭新的穹顶，过上了独立的生活。这让柯勒什拜的心稍微安了一些。

在柯勒什拜第二次代替别人去远征的旅途中，和其巴尔阿依格尔部落有名的巴依、毕官达布的弟弟金布勒同行了。途中，两人之间多次进行了深度的交谈，心与心的碰撞，让两个志同道合的人成为了终身的朋友。为了让友谊更加稳固，他们还让柯勒什拜的儿子赫木扎普和金布勒的女儿约定了婚事。后来，两人都遵守了婚约，从旅途回来之后，两家人给孩子们行了礼，定了亲。随着时间的推移，孩子们也逐渐长大懂事了，俗话说，男儿十五是一家之主，这一年等大家从夏牧场搬迁下来的时候，柯勒什拜就急着给孩子们办事。他派人到亲家那边去要自己的儿媳妇，对方好像也在等着这个美好的时刻，立刻表示赞同，并且双方确定了婚期。这一年的深秋时节，在蒙阿勒部落的萨热沃连秋牧场举办了一场规模很大的婚礼。婚礼持续了好几天，远近的阿肯、歌手悉数到场，大家都在为两位新人祝福，婚礼上还举行了赛马比赛，为跑在前二十五位的骑手发了奖赏。所有人都见证了这个时刻，知道柯勒什拜发自内心地高兴，他为了孩子们，什么都没有吝惜。一顶洁白的美丽毡房拔地而起，给这个阿吾勒增添了一抹幸福的色彩。

现在，柯勒什拜大宅旁边的那两间崭新的木头房子就是这小两口的家。尽管他们住在不同的地方，吃饭还是在一起，锅台还没有分开。再娜普夫人决定先不急着让新人分家，让他们跟大家过一年适应一下。她非常明白年轻的新媳妇肩上的任务有多重，她想牢牢地守护住这个神圣部落的灶火。新媳妇出身名门，而且还太年轻，在父母家的那段时光，她还没有来得及学会处理生活琐事，过门之后，突然让她管好一个家，那是很难的事情，于是，夫人就做了这样的决定。再娜普本人也很年轻，还没有经历过太多生活的考验，尽管如此，她在努力成为一个大人，努力做大事。阿吾勒里的人们都非常尊重这个年轻的大帐女主人，大家都不再叫她再娜普，而是叫她"少奶奶"了，她还是想让大家直接叫自己的名字，觉得那样显得更亲近，但是，没有人听她的话，她的别称"少奶奶"很快就传开了。

柯勒什拜喝了两口奶茶，然后，用右手轻轻地盖住碗口，表示自己不想再喝了，少奶奶还以为是自己煮的茶不对丈夫的口味了，她略显焦虑地看了看丈夫的脸，发现不是茶的问题，而是柯勒什拜再次陷入了沉思中，没有喝茶的心情了。她知道这种时候不能打断他的思绪，于是，一句话都没有说，只是静静地陪着丈夫。

柯勒什拜的人在家里，思绪却飞到了遥远的未来。他确定自己搬到民众中间生活是非常正确的决定，于是搬到了哈布尔哈塔勒，一转眼就过了两年时间。在这里非常便于了解民情，可以及时调解民间发生的各种问题，促进人们之间的团结。每天来找他的毕官、首领的脚步总是络绎不绝。日子就这样一天天地过去了，表面看上去，生活的河流在按照自己的规律缓缓地流淌着。然而，柯勒什拜并不感到满足，他决定搬过来还有一个重要的原因，就是这里便于建学校，可以尽早让阿吾勒的孩子们上学。当年自己在官府当秘书的时候，人们几乎都是文盲，年轻的他就非常渴望能改变现状，让所有的哈萨克人摆脱无知的状况，成为识文断字的人是他最大的心愿。看来现在到了要做这件事情的时候了。

他想，要达到这个目的就必须抓住两件事情：第一，修建一处可以让人们集会的场所，给人们灌输忠诚、善良、公正、友爱等概念，让他们远离贪污、行窃、说谎、诬陷等恶习，逐渐在民众间树立起正确的价值观。很久以来埋藏在他心里的第二件重要的事情，就是他不想看到后辈也变成目不识丁的文盲，为此，就需要给孩子们提供接受教育的合适场所。以前，一些条件允许的人家会将老师请到家里教孩子读书识字，然而大多数人家没有条件，孩子没有机会受教育。在柯勒什拜掌握了部落的管理权之后，就立志要改变现状。他预料到将来肯定会遇到很多困难，究竟用什么方法怎么解决，这些问题长久地萦绕在他心里。他还想该起一个怎样称呼呢，思前想后之后，他觉得应该叫"学堂"，这个称呼最合适。

在某一次和首领们的集会中，他说出了自己的想法，对于修建集会场所的提议，大家都一致表示同意，然而，对建学堂却没有人表态，这让柯勒什拜感觉到，人们对教育的重要性却没有足够的认识。这让他开始思考，想让他们马上接受新鲜事物，不是很容易的事情。于是，他打定主意，要一件事一件事地做。有了人们的支持和积极性，做事情并不会很难。很快，工程就开始了，在不到一年的时间里，一座由两个房间构成的崭新建筑拔地而起。集会场所建好之后，剩下的事情柯勒什拜交给了专人来管理。

时间是最冷静的考官，它会考验人，也会给人新的任务。柯勒什拜一直在努力完成任务。他在履行作为乌库尔代义务的同时，还顺从民意为民众修建了一个集会场所，这让他在民间的地位越来越高。可能就是因为这个原因，生活在这里的人们，无论年龄大小，不再称呼他乌库尔代的官职，而是直接叫他大人。一段时间以后，这个称呼广为流传，男女老少都开始这样称呼他了，直到他生命的最后时刻。

柯勒什拜计划的第一件事做完了，然而他知道不能高枕无忧，必须抓紧时间着手做第二件事。为此，他首先要唤醒手下部落首领们的意识，然后就是要团结民众。这些工作对一个上了年纪的人来说，都不是一件容易的事情，然而，他感觉浑身充满了力量，他决心要让人们了解教育的重要性。这一天，他将所有首领和有威望的人都召集起来，他这样开门见山地说道：

"加纳特部落的各位首领头人们，大家都说句实话，你们中有几个识文断字的人呢？有多少人除了在纸上摁上手印之外，还能做什么？今天大家都知道，我这个所谓的'智者'也是好不容易认识了几个字。原来，我们是因为没有学习的场所，再这样下去，孩子们也会变成睁眼瞎的，所以，下一步我们必须改变现状，这个事情迫在眉睫。"紧接着，柯勒什拜就很多具体细节做了解释。尽管一开始，没有人说话，经过柯勒什拜耐心的讲解之后，在座的一些人开始点头表示同意，看来，迂腐落后的思想可以渐渐改变了。柯勒什拜似乎看到了希望的火花，感觉有了动力。读书上学是柯勒什拜从小的梦想，如今他渴望让每一个哈萨克的孩子也能成为有知识、有学问的人，他要为之而努力，在他生命中，这是最热切、最渴望实现的理想。

　　这个世界上生活着无数的生命体，有大如小山的大象，也有人肉眼所看不见的生物，它们能存在的原因，就是繁衍后代延续物种。我的主人公柯勒什拜也不例外，他也很喜欢孩子，在他的生命旅程中，他有多重身份，承担着各种责任，因此，他跟家人待在一起的时间很少，他没有时间享受儿孙绕膝的天伦之乐。后来，他们搬到哈布尔哈塔勒之后，一只幸福的鸟儿飞进了他们的家，儿媳妇图拉尔给他们生下了一个白白胖胖的大孙子，添丁增口会给每个家庭都带来无尽的欢乐。一个上了年纪的人，总会非常疼爱孙子，可谓隔代亲，柯勒什拜也不例外，他非常喜爱这个宝贝孙子，给这个刚刚降临人间的孩子起了一个好听的名字——加尔罕。对于年轻的赫木扎普来说，这个让自己变成了父亲的小家伙，在他眼里是那么陌生，他甚至都有点害怕他。然而，没过多久他就听惯了孩子的哭声，一种莫名的温暖感觉充满了他的内心。尽管他还没办法承认这是自己的孩子，内心却非常感动，知道是自己给这个世界带来了一个孩子，他已经成为一个真正的男人了。哈萨克的长辈一般都会将长孙抱过来自己养着，这一点赫木扎普心里也很清楚，他想这个孩子将来就是父亲最小的孩子，于是，他有意识和孩子保持着距离。他的预想没有错，孩子一过四十天，爷爷就宣布要把加尔罕抱养过去。大家都提出要让孩子断奶，然而，柯勒什拜却不同意这样做，他认为孩子不满周岁就断奶会影响孩子的生长发育，就让孩子在小帐继续跟亲生父母一起生活。阿吾勒的人们都习惯称呼这个媳妇为托拉尔，而不是她自己的名字图拉尔，因为，怕冲了爷爷的名字图尔德拜。于是，媳妇托拉尔继续抚养着柯勒什拜的"小儿子"。

　　这段时间，再娜普夫人陷入了极端紧张的状态中，远近的亲戚朋友听到了好消息纷纷登门来祝贺他们喜添孙子，有的人送来了小奶衫，还讨要物品，想图个吉利。招待客人、合理安排和平安送走这些客人，并不是一件轻松的事情。阿吾勒里不乏那种无中生有、喜欢挑刺、无理取闹的人，可是，你能挡住谁的嘴巴呢？一切都得自己承受，成为那些人口中的谈资。尽管再娜普嫁进这个部落已经好几年了，她却始终没有生育。就拿这一点说事的人也不少，还说她的肚子太小，心眼也小，说她是贪图柯勒什拜的钱财才嫁过来，说她还年轻，将来就可以霸占所有家产。这样的话偶尔也会传到她的耳朵里，每当听到，再娜普总是非常难过。她就想一辈子忠诚地工作生活，给丈夫提供所有的生活所需，无论丈夫交代什么事情，她都打算尽全力完成，将家里家外打理得整齐干净，好好地热情地招待每一位客人。她从来没有想过要沾丈夫的光，享受特殊待遇。至于孩子，那也不是她能控制的事情。今天没有，说不定哪一天就有了呢！孩子又不是用手做出来的，为此而责怪她，那不是罪过吗？加尔罕一断奶就将他接进大帐，是丈夫自己的决定，这对再娜普来说也是一件非常值得骄傲的事情，她心里清楚，在招待前来祝福的人们时，自己从来没有吝啬过任何东西。尽管这个孩子不是她亲生的，然而，她却早已做好了要将他好好抚养长大的心理准备。她想这样做，首先是证明自己对丈夫的忠诚，也是自己对大家尽的义务，履行一个母亲的责任。柯勒什拜也明白了夫人的这个想法。在最初的那段时间，这个经验丰富的长者，为了了解年轻夫人的心里所想，每天仔细认真地观察着她，经过几年的共同生活，柯勒什拜最终得出了自己的结论。他确信她一定能成为这个大帐合格的女主人，这不仅仅是柯勒什拜一个人的想法，同时还是阿吾勒里所有的亲戚朋友们共同的认识。因此，大家都习惯性地称呼她为少奶奶。与此同时，再娜普也不再理会有些人的冷言冷语，只想只要自己能成为合格的妻子，能让丈夫和大家满意就行了。

也许是少奶奶的善良感动了上苍，在领养了加尔罕后不久，她自己也有了当母亲的机会。她先后生下了碧碧罕、波皮罕、扎赫娅这三个小姑娘。柯勒什拜的家几年之内就人丁兴旺，大帐之中充满了欢声笑语。随着人口的增长，少奶奶的工作压力也在增加。尽管吃饭穿衣方面没有什么困难，但是，教育这么多孩子对于一个母亲来说并不是一件轻松的事情。加上柯勒什拜是德高望重的长者，公正的毕官，这个部落每天都会迎来很多客人，有的人是来请安的，有的人是来上访的。就算不用为每一位客人都杀羊招待，但是，至少还得铺开餐布，倒上奶茶，如果是夏天，还要用马奶来招待来人，这些都是非常让人劳心劳神的事情，总是让少奶奶处在紧张和忙碌中。家里就算有帮手，但是，主要的安排处理还是都由她亲自来做。

在一般情况下，说到一家之主时人们都会说男主人的名字，自人类进入父系社会以来至今，一直都是这样的，在哈萨克族里这更是一个固定的认知。然而，一个家庭生活质量的高低，直接就跟那家的女主人紧密地联系在一起。如果女主人智慧能干，那么这个家的生活也会有条不紊。由此可见，一个家庭真正的主人其实应该是女人。柯勒什拜大帐内部的所有事务也都是由少奶奶安排的，他的家也就成了让所有人感到温暖的大气的高贵宫殿。

近些年来，柯勒什拜的事情很多，任务也很重，由于他不用担心家里的事情，除了安心地安排工作之外，还会抽时间写自己的笔记和梳理族谱，他的日子过得平静而充实，和所有人一样。在人们的理解中，是万能的上苍创造了这个世界，是所有生灵的主人，下来就是那位被称为是权力象征的皇帝了。

奇怪的是，近些年来，那个看起来无比强大的皇帝也开始露怯了，傲立于世界东方广袤土地上的清政府失去了民心，很轻易就被颠覆了。一个被称作"中华民国"的新政权成立了，皇帝这个称呼从此消失。对于老百姓来讲，无论谁是掌权者，只要他们能有太平日子过就别无所求了。

就在这个时候，传来消息，说西边的边境线那边正在打仗。从前看上去能吃掉整个世界的沙皇俄国政府的统治也受到了威胁，那个政权就像一棵烂了根的老树一样，摇摇欲坠。自此过了五六年之后，那个神圣的沙皇俄国政府最终也被颠覆了。对于生活在这里的哈萨克人来说，两个政权曾是他们心中最强大的，然而如今都覆灭了，这让他们预感到一个崭新的世界正在悄悄地到来。从跑过来的那些人嘴里听到的话来看，那边的情形好像非常可怕。人们众说纷纭，有的人在夸沙皇俄国，说一个由穷人组成的红色政权正在毁灭世界；还有一些人则说，就是那个红色政权才能解救普通百姓于水火。这里的人们不知道究竟该相信谁的话，只希望无论是谁都不要到这边来，都在国境线那边待着就好了。然而，事情不会总是遂人愿，几年之后，被红色政权打败的沙皇俄国残部四处逃窜，他们首先跑到了塔城地区。那些黄色强盗，走到哪里都对当地群众进行抢劫，谁要是敢反抗，他们就会直接杀死了事。他们无恶不作，如果见到长相姣好的女子一律不放过，这让女人们成天都过得提心吊胆的，只要听说俄罗斯人来了，就赶紧躲藏起来，如果来不及躲藏，她们就往自己脸上涂抹锅灰，以此来躲避灾难。人们找不到摆脱这些黄色灾难的办法，每天惶惶不可终日。这个消息很快也传到了阿勒泰地区。正如人们常说的：老牛要面对的，牛犊也躲不过。那些强盗很快扑向了阿勒泰地区。在这危急关头，柯勒什拜是这样跟那些毫无防备之心的人们说的：

"这个国境线西边有一个名叫俄罗斯的庞大国家，这大家都是知道的。近几年来，那个国家局势动荡，听说旧政权受到了一个新生的红色政权的威胁，双方正在进行激烈的斗争，看来，红色政权胜利了。这些跑到咱们这里来捣乱的俄罗斯人就是沙皇政府的残部。现在的他们非常愤怒，就像失去了幼崽的狼群一样残忍疯狂，我们没有能力跟他们对抗。这件事情只有上面的人才能想办法解决。目前他们还没到咱们这里，可是，我听说俄罗斯人已经到了萨尔苏别。不知道那里的长官是服毒自杀了，还是逃跑了，总之，他已经将城市交给了俄罗斯人，自己却消失不见了。现在，大家都听好了，我们必须找到自卫的办法，一定要防止被那帮禽兽侵害。"

这段时间，可怕的传言四起：那个每年夏天总在山下搭起帐篷种瓜果的李姓汉人不幸遭遇了几个俄罗斯人，因为他拒绝把自己唯一的那匹马交出来，结果被他们枪杀了。当人们赶到时，他那年仅四岁的孩子受了惊吓，躲在一个角落里瑟瑟发抖，好在那个可怜的小孤儿被好心人领养了。还有人说，有一天，住在伊曼草原的依铁木甘部落的罕扎尔拜十二岁的儿子去找自家上了绊索的马，当他跑到山梁上的时候，被一个疯狂的俄罗斯人残忍地杀死了。俄罗斯人走后，家里人找到孩子的尸体，发现孩子装在口袋里的炒麦子撒了一地。哈孜别克部落的哈勒巴什阿吾勒在迁徙途中遭遇一群俄罗斯人，正好队伍中柏苏里坦·加克拜手里有一杆枪，他杀死了两个敌人，俄罗斯人就撤退了。一个往夏牧场迁徙的阿吾勒卸下行囊准备稍事休息的时候，突然出现一群俄罗斯人。所有的人扔下家当，跑

到山上藏了起来，只有脑子不太正常的沃玛芮没有跑，依旧在不慌
不忙地吃烤肉。一个俄罗斯人对他大喊，让他站起来，沃玛芮一边
舔着嘴唇，一边瞪着眼回嘴道：你管什么闲事，走开！俄罗斯人见
他竟敢反抗，气急败坏，举起手中的枪威胁他，沃玛芮毫不示弱，
他跳起来抓起地上的木棒朝敌人狠狠地打了过去，一下子将对方从
马上打了下来。站在旁边的另外一个俄罗斯人当场就把他打死了。
藏在山上的人们看到这一幕非常难过，同时也被他的英勇无畏深深
地打动。那几个俄罗斯人在拿了自己的所需之后，一走了之。这样
的罪行在那段时间频频发生。

　　人们都想远离俄罗斯人的必经之路，就离开了胡朱尔特那样宽
广的草原，惊慌失措地迁徙到了高山草原。蒙阿勒部落在自己的故
居萨热哈莫尔山的各条山谷中安顿下来。俄罗斯人也是偶尔会出现，
没有成群来到这片草原上。他们都聚在萨尔荪别，占据了地方政府
的办公地点，试图管辖当地百姓，然而，他们的心是虚的。哈巴河
离国境线近，他们生怕红军会越境过来找他们，而且，他们也不可
能真正制伏当地民众，于是，将准备粮草等必需品当成了自己的首
要任务。为此，他们逼迫各个部落的首领，想让他们为自己工作，
却没有得逞。他们在哈巴河等地的势力较弱，所以，没有勇气直接
镇压当地百姓，就零散地埋伏在人们来往的路上，抢劫那些单独活
动的人，抢走他们的马匹，对方一旦反抗就会被杀死。尽管人们非
常害怕，然而，又不可能整个夏天哪里都不去，有不少人家在山脚
下还种有庄稼，如果不按时浇水，庄稼就会旱死。所以，人们就在
夜里跑过去浇灌，为往后的生活做着准备。就在这些日子里，又传
来这样的消息：蔑迭特拜在浇了庄稼回来的路上，遇上了一个俄罗
斯人，结果他将那个俄罗斯人杀死，自己平安地回来了。为了搞清
楚事情的原委，柯勒什拜就将他叫来了，一个身材高大腰身笔挺的

白皮肤小伙子走进了柯勒什拜的大帐。尽管柯勒什拜之前就想到他肯定是一个非常强壮的年轻人，却没有想到他如此英勇。看他的样子，就像一只能擒住恶狼的雄鹰一般，威猛强大，柯勒什拜欣赏地看着他说：

"年轻人，听说你徒手杀死了一个装备精良的俄罗斯人，你能说说到底是怎么回事吗？"

这位在与敌人的生死搏斗中都没有屈服的年轻人，在尊敬的长辈面前却显得有点拘谨，他低着头想了想，稍稍停顿了一下，然后这样回答道：

"都说，遭遇了就要面对，可能在生死抉择面前，人就会变得勇敢了吧，反正，在搏斗中我赢了。"

"我知道你赢了，我就是想知道当时到底发生了什么事情。"

"您大概也知道，我在阿赫布拉克草原不是种了些庄稼吗，该浇水的时候到了，不去都不行，那天我就过去了。我在田间拔了杂草、浇了庄稼之后，第二天一早就往回走。最初我是沿着迁徙的路走的，走得非常小心谨慎，后来，没有走喀拉哈什山谷，而是走了东边的羊道——艾米路，翻过了吉勒德哈拉山岗，直到那里我也没有看见一个活物。我想如果在胡朱尔特的平原看到什么人就躲着走，等我来到山的阳坡，咱们阿吾勒故地的时候，突然看见一个手握步枪骑在马上的俄罗斯人，我一下子蒙了，我想如果我跑，他肯定会开枪的，那个家伙留着浓密的胡子，面相非常凶恶。我发现他的马太累走不动了。而且他还会说哈萨克语，他让我下马站远一点，幸运的是，我们两个都正好站在没有灌木没有草丛的光秃秃的山梁上。如果有一棵树，他就会让我把马拴在树上，如果我拴了马，肯定必死无疑。当时我灵机一动，就对他说：我的马跑得非常快，我要是放开了它就会跑掉的，那咱们俩都会失去它的，你必须自己亲手过来抓住缰绳才行。我当时是想，反正怎么都是死，不如跟他拼了，到底谁先死，都交给上苍了。他在马上，我在地上，我牵着马向他靠近，假装要将缰绳给他，当他一只手用枪对着我，将另一只手伸向缰绳的时候，我趁势一把抓住了他的脖子，他就从马上翻了下来，枪也飞出去很远，他抓住了我的领子，我们俩扭打到一起，搏斗持续了好长时间。我感觉，尽管我们的力量相当，但是，敌人比我更有技巧，他用脚踢了我一下，我就摔倒了，他翻身骑到了我身上。这个时候，我突然大喊起来，祈求上苍赐予我力量，不知怎么的我突然感觉自己一下子充满了能量，我猛地将他抬了起来，我们又开始搏斗厮杀，就在这危急时刻，我突然想起妈妈在临出门前往我的靴筒里插了一把黑色的匕首，我一只手抓住敌人的头发，另一只手抽出了匕首，一下插进了敌人的后脖颈。这时我才知道人的脖颈真的好硬啊，我拼尽全力地割，好不容易才割断他的脖子。他很强壮，但是，由于出血过多，他还是渐渐虚弱起来，没过多久就应声倒地一命呜呼了。我没有时间多逗留，拿走了他的枪和子弹，骑上马跑进了大山阴面的松树林中。家乡生长茂密的树林，此时此刻就像保护我的黄金盔甲一般，庇护着我。此时的地面上没有雪，也没有浓密的草，没有留下我的足迹，就算有人来了，也不会知道我到底跑到哪里去了。当我终于逃脱险境，喘着粗气想平息一下的时候，看见一群俄罗斯人从小媳妇山谷方向飞奔而来，他们来到那个人的遗体旁边，围着他转了几圈，相互间又不知道嘀咕了一些什么之后，将尸体抬到马上，朝哈乌勒屯平原的方向奔去。我在原地一直藏着不敢出来，直到天黑估计不会再有人过来了，才骑上马朝草原飞奔而来。我身上有枪，就算遇上熊也不会害怕，幸运的是，我没有遇上熊，也没有再遇上人，半夜时分，我终于平安到了家。大人，我的那个历险经历就是这样的。"

"真是好样的，你太勇敢了！没有斗争就没有生存，你用行动证明了这句话。你有体力更有勇气，这两者结合起来，才能有那样的英勇行为。这两个缺一不可，缺了一个，你就会变成野兽口中的美食，留在胡朱尔特平原了。"柯勒什拜看着他，略加思索地继续说道，"我有个想法想告诉你，这件事情你就不要再告诉别人了。现在一部分俄罗斯人已经在阿尔泰山的每条峡谷中安定了下来，谁敢保证那个死掉的俄罗斯人就没有亲朋好友呢，万一让他们听说你了，就一定会来复仇的。他们非常记仇，无论过了多长时间，他们都不会忘记心中的仇恨，这一点你可一定不要忘了。"

犹如风暴般席卷了哈萨克大地的俄罗斯人在阿勒泰地区没有待太长时间，很快红军就尾追而来，而这些人就朝东边逃窜而去。红军刚来的时候，当地百姓非常害怕，以为是那些俄罗斯人又来了，又会搅扰他们的生活。后来，当人们发现这些人跟以前那些人不一样的时候，心也稍微安定下来。

有一天近中午的时候，柯勒什拜得到消息，说俄罗斯的军队在阿吾勒附近安营扎寨了。他们没有进阿吾勒，也没有来找百姓要东西，这让大家都非常惊讶，心中也充满了好奇。中午刚过，人们看到有两个骑着马的人朝阿吾勒来了，他们不是气势汹汹地直接飞奔而来，而是在靠近阿吾勒的地方下了马，拴好两匹马之后，朝大帐走来。走近了人们才看清，那两个人中一个是俄罗斯人，另一个是哈萨克人，他们说自己是来找柯勒什拜大人的。大人看出他们并没有恶意，就请二人进了大帐，自己在上座坐正了身子。两个年轻人走进毡房之后，在门口并排站好，端端正正地行了一个军礼，柯勒什拜和蔼地看着他们，请他们上座，然而他们却站在原地没有动，俄罗斯小伙子没有说话，那个哈萨克年轻人非常有礼貌地开口道：

"大人，是长官派我们来的，如果您同意的话，他想跟您见面，就我们的行踪跟您详细地作一个汇报。"

"哦，原来是这样，如果是你们的长官说要见面，我怎么能说不行呢？那就请他过来吧，就到我们大帐来做客，在我们阿吾勒谈吧！"

"长官请您去我们的营地见面。他说来阿吾勒会给您带来不必要的麻烦，就请您屈尊去我们的帐篷坐坐，喝碗茶吧。"柯勒什拜稍稍想了一下，然后觉得还是应该去亲眼看看，这样才能知道红军和白军到底有什么不同，于是，就答应一起过去了。

柯勒什拜骑上自己的棕色骏马带了两个随从出发了，当他们到达军营的时候，那位长官正在门口等着他们，长官一见到柯勒什拜大人立刻行了军礼，然后，热情地跟客人们握了手。这个留着小胡子的中年军人身材非常高大，他能说一些哈萨克语，碰到他不会说的话，他就请翻译传达了一下自己的意思。可能是为了更好地组织语言吧，这位长官不紧不慢地讲述了很多他们国家这几年来发生的事情：

"这些年来，我们那边发生了很多大事。多年来的残酷剥削压榨，百姓对沙皇统治忍无可忍，经过艰苦卓绝的革命斗争，在列宁同志的领导下我们推翻了那个旧政府，建立了一个崭新的政权，也就是苏维埃社会主义政权。沙皇的残部一直在顽强地抵抗，结果还是没有能战胜红军，一部分白军就跑到了这边，骚扰当地百姓安宁的生活。新成立的苏联政府为了彻底消灭这些白匪残部，就派遣我们来了贵地。这部分白匪残部现在已经翻过阿尔泰山跑了，我们也准备回去了。今天就是想将发生的这些事情跟首领长辈们解释一下，再将新成立的苏联政府给各位做个介绍，苏维埃政权是我们劳苦大众自己的政权，这是一个爱民的政权。如果我们有人做过伤害百姓的事情，我在这里向您和您的民众表示真诚的道歉！"柯勒什拜以前也曾听人说过一些，但是事情的原委他也不是很清楚。听了这位长官的话，他明白了很多事情，大人深知这个世界在迅速地变化，时代也在改变。他想这个变化是不会就此停止的，以后还会继续发生。清政府和沙皇政府都被推翻，今后，应该也会有很多旧的朝代被推翻吧？

"请喝茶！"长官的一句话把柯勒什拜从思绪中拉了回来。他面前的小方桌上摆放着俄罗斯面包和方糖，一个不太大的碗里倒了红茶，主人应该知道大人是不喝酒的，就没有摆出其他的饮品。大人吃了一块方糖，喝了一碗红茶之后，用手盖了盖碗口。

"我们人在旅途，这只是个临时营地，条件有限，没能好好招待您，请大人一定见谅！"那位长官说道。尽管柯勒什拜没有吃饱肚子，却听了很多有意思的故事，感觉自己来得很有意义，大人起身跟军人们告别，准备回阿吾勒了。临走之前长官跟大人说了很多祝福的话，希望他们能过上平静安宁的好日子。

这之后没过几天，红军的队伍没有惊扰任何当地百姓，沿着来路回去了。这让民众明白了红军不是匪徒，这是一支正义的军队。

这个被称为阿勒泰"白俄之年"的动荡时期就这样过去了。

*　　*　　*

自柯勒什拜参与到管理民众的事务，尤其是担任乌库尔代之后，遇上了许多复杂的情况，他解决了很多纷争，在很多地方做了公平公正的裁决。然而，他之前没有遇上过在哈萨克民间常常发生的"寡妇纷争"。这一年的春天，他第一次碰上了这样的一个纷争。事情发生了，就要求他正确地分析，公平地解决，公正地评判。

那是从冬营盘迁徙出来，准备搬到草原上的时候，地面上的积雪渐渐融化，很多地方都露出了毡房大小的地面。初春时节，寒风的力量小了不少，然而，暖风还没有真正吹过来，人们每天都在观察天气的变化，还没有搬进毡房。

这一天早上，柯勒什拜刚刚准备喝早茶。这时，外屋的门开了，进来一个人，屋里的人们并没有太留意，大家想应该是谁家的孩子来了，当那个人走进正屋的时候，他们才看见那是两个成年人，他们一进来就跟大人请安行礼，柯勒什拜这才看清他们，回了礼。走在前面的是麦玛部落的赞格肯吉巴扎尔，后面那个是他们阿吾勒里一个身材高大的黑皮肤的人，大人觉得这个人挺面熟的，就是没有想起他叫什么名字。

柯勒什拜预感到他们专程过来，一定有什么原因，但是，他也没有直接询问对方，只是很平和地问好寒暄着。这时，肯吉巴扎尔清了清嗓子，然后慢慢地开口道：

"大人，我们今天来得有点早了，打扰您喝茶了，实在是不好意思，这也让我们感到很不安。这是因为阿吾勒里发生了一件不太好的事情，"他稍微停顿了一下，柯勒什拜一听他这样说，马上盯着对方的脸，心里升起一种不祥的感觉，他担心是不是出了人命，或者发生了火灾。肯吉巴扎尔继续说道，"事情的经过是这样的：您知道的那个单谢克部落名叫阿布德勒·克孜勒的巴依，多年以来，他们一直和我们的阿吾勒来往密切，而且关系也很融洽，我们的亲戚还帮他们种庄稼，收获粮食，秋天还帮他们割冬草。他们也会在合适的时候给一些牲畜作为回报。都说朋友的情谊记在心里，谁做得多，谁做得少，我们也从来没有仔细分过算过。那个阿布德勒·克孜勒的阿吾勒三年前搬到上阿勒泰去了，临走之前，作为多年交往的朋友，他们给我们这边留下了两头牛和一匹马。现在事情就出在这三头牲畜身上。这位巴特尔别克的哥哥阿斯勒别克有个女儿名叫乔丽盼，被阿布德勒看上了，他想将姑娘娶给自己的儿子莫门做媳妇，那个时候，他还半开玩笑地说将来两家人要做亲家，然而，当时也没有真正举行过定亲仪式。也许他们是嫌弃我们穷，觉得两家不般配吧，反正这话哪儿说哪儿了了，后来，也就没有人再提起过，两个年轻人也并没有反对过这件事情，他们想只要双方家长同意就没有什么意见。然而，他们阿吾勒那一走就没有了消息。"肯吉巴扎尔说到这里停了下来，后来的话就由旁边的那位接着说了：

"大人，我将这位带到您面前是因为他是我们的赞格，然而，这是发生在我们内部的纠纷，我们过来，就是为了让您了解整件事情的经过。阿布德勒这一走就是三年，音信全无。后来，在阿勒哈别克河、布列孜克河那边生活的加尔博勒德部落的一户人家派人来提亲，说自己家的儿子看上了我家姑娘，毕竟女大当嫁，我们又能说什么呢？而那个阿布德勒又没有消息，加上我们之间也没有履行过正式的定亲仪式，难道为了那一句随风而去的话就要耽误孩子的前程不成？经过家中的老少商议之后，决定不再等阿布德勒他们的消息了，接受加尔博勒德部落的提亲，于是，双方就结了亲家。当所有的事情都完成，就要举行婚礼的时候，阿布德勒突然派人捎话过来，说：'几年来，由于家里的情况不允许，就没有跟您家联系。按照当年的约定，今年我们打算将媳妇娶进门了！'我们听到这些话实在是非常惊讶，甚至很生气，当年除了一句随意说说的玩笑话之外，并没有做过任何实质性的事情，也没有发生过请亲家吃饭、送礼之类的事情，他们临走前留下三头牲畜时，也没有明说那是彩礼的一部分，所以，当时我们就以为那是他们为我们的劳动支付的报酬。而且直到现在我们也是这样想的。总之，我们只认现在的亲家是真正的亲家。我们把这些情况都跟来人解释了，但是，那个人非常傲慢无礼，非说我们是破坏了礼节的不懂规矩的人，说我们偷偷卖了他们的人，这是犯罪行为，说现在的这个婚事是非法的，是不算数的，让我们必须把人交出来。阿吾勒里的年轻人听到这个消息，就想把他痛打一顿再赶走的，最后被长辈们劝住了，说他只是一个传话的人，常言道，使者是不能受死的，我们何必对一个单枪匹马的人动手呢。老人们还说，事情最终都要有个说法，真话入理，宝刀入鞘，他们也和我们一样，都有自己的民众，也有掌管民众的首领、毕官，还有更高级别的政府的人，一定会给我们一个公正的说法的。那个使者因无果而归非常愤怒，大喊大叫地走了。我们当时不想让您烦心，所以，也没有来跟您说，后来才知道那个爱叫唤的家伙所说的话后面还是有文章的。"话说到这里，巴特尔别克稍微停顿了一下，也许是担心自己说得太多，会让大人心烦了，他看了肯吉巴扎尔一眼，发现对方并没有做出反对的表情，看上去大人也没有心烦，他一边听还一边点着头，仿佛是在说，你继续。

"就这样，"巴特尔别克说，"那个人走了之后，阿布德勒的儿子莫门来了，然而当时，我们并不知道他来了。后来知道他是来探望自己的朋友阿热斯坦·沙巴赫拜的，他来了之后一直悄悄地待在我们这里探听消息，他还派人来找过乔丽盼，和她谈了心。昨天早上，我们突然发现姑娘不在家，这时才知道事情的严重性，起初以为她出去找朋友了，也就没有太担心，结果时间都被耽误了。她一走就是一天，而且一点儿消息都没有，我们才着急地开始找她，后来听说有人看见她和一个男人走了，再后来，又有人看见他们两个中午骑着马朝东边跑了，等我们知道的时候，已经晚了。就算追，也是追不上的，这个狡猾的单谢克大白天就把我们的姑娘给拐走了，让我们蒙了羞。"

他又羞又恼，越说越激动，柯勒什拜听着他的话陷入了沉思，他和阿布德勒一直都认识，两人关系也非常好，他们的年纪也相仿，从年轻的时候就在一起，共同度过了许多艰难却美好的年轻时代，尽管后来他们没有时间太深入地来往，然而，相似的性格和共同的经历，让他们变得很亲密。近些年来，阿布德勒的阿吾勒人丁兴旺，四畜繁茂，柯勒什拜也渐渐摆脱了贫困的生活，成长为一个部落首领，他们之间的联系也一直没有中断，几年前，阿布德勒来访，说他们准备搬到上阿勒泰去，然而，他却只字未提关于结亲的事情。他来过之后不久，他们的阿吾勒就搬走了，只留下一个满是尘埃的营盘旧址。再后来，就没有他们的消息了。现在却出了这样的问题。如果他们之间以前没有任何交往，如果单纯就像这位所说的那样，他们怎么可能这么轻易就把姑娘带走呢？一个单枪匹马的小伙子哪来那么大的神通，就算他有内应，也不可能那么容易就把人弄走啊？柯勒什拜一直在考虑这件事情的原委，看来不能轻易作出评判，必须经过认真的调查和理智的分析来给出决定。想到这些，柯勒什拜回答道：

"如果他们真的把姑娘带走了，那么就是说，他们已经走了两天的路程，现在追恐怕也于事无补，显而易见，追上他们已经不太可能了。现在我们要做的事情，就是要认真地研究事情的原委，之后再来作决定。你们也不要太着急，让我们来搞清楚这到底是怎么回事。这件事情是阿布德勒指使的，还是年轻人一时冲动所为，现在暂时不要让加尔博勒德部落那边知道，不要惊动他们，不能破坏了阿吾勒之间的和睦。"说完这些话，柯勒什拜想了许久，究竟怎么做才能正确地解开这个结？怎么才能让每一个人都得到满意的答复呢？这个问题让他非常头疼。对于一个讲求公平、公正的毕官来说，这是一个不小的考验，后来，为了所有人考虑，他决定去对方那边了解一下，然后，再根据具体情况作出下一步的决定。第二天，他给叶斯阿哈斯部落哈孜别克的乌库尔代布兰写了一封信，并派两个年轻人立刻出发送达。信中，他并没有提以前发生的事情，只说了阿布德勒的儿子莫门将他们以前在哈巴河的邻居家女儿乔丽盼带走了，不知道您是不是知道这件事情，如果两个年轻人已经到了，请不要声张，先让姑娘回来。我相信您一定能想出好办法来合理解决这件事情。

布兰收到信后，并没有给两个来访者什么好脸色，比较冷淡地接受了他们的行礼，在让手下人读了柯勒什拜的信之后，就扔到了一边。他很不以为然地冷笑了一声，说道：

"你们说了这么一件事情，常言道，丢了东西的人，就连自己的母亲都会怀疑。今天你们把姑娘丢了，就怀疑是我们的小伙子拐走了，这样说恐怕不太合适吧？我并没有听到这样的消息，她是跟别人跑了吧，还是去别处找她吧！"

"不是那样的，乌库尔代，阿布德勒的儿子去了我们阿吾勒，而且有人都看见他了。可是，当时谁都没有想到他会做这样的事情，在一夜之间姑娘和小伙子双双消失的时候，我们才知道发生了什么。牧人说看见他们两个朝这边跑了。谁也没有想到他们是私奔了，就没有阻止他们。"

"真可笑，如果真是那样的话，为什么没有追来呢？你们这样说就是造谣！兄弟，还是收起你们的这些废话吧，我的话说完了！"布兰冷冷地呵斥道。强大部落的强悍首领这是在要横了，小伙子们发现不可能得到满意的答复，甚至都没有搞清楚两个年轻人是不是已经到了那边，就直接回了哈巴河。

柯勒什拜在得知布兰傲慢的态度之后，心里非常生气，如果他果真不知情的话，为什么不说我先了解一下情况，不要伤了和气，如果他们还没有来，再做打算呢？这里面肯定有问题。不能就这么放弃，还得追究。谁能保证，他这不是在掩人耳目呢？既然他这么说了，我们也得打起精神了。两个年轻人去了那边是事实，那布兰肯定是知道的，一个需要靠山的人，怎么可能不找大树的阴凉呢？

看来得来点硬的了。不能派别人去，直接就让肯吉巴扎尔和哈讷别特过去才行。这两个人都不是不懂礼数的人，而且能言善辩，加上他们两个是两个阿吾勒的赞格，布兰不敢轻视他们。柯勒什拜乌库尔代在作出这个决定之后，就给他们两个人做了细致的部署。从如何让对方承认，到如何最终解决，都做了安排。

两位赞格带上两个随从来到了布兰的阿吾勒，在见到布兰的时候，他们不仅没有心虚，还表现出一副很强势的样子，严厉地说道：

"布兰乌库尔代，您那天赶走了我们派来的信使，今天柯勒什拜乌库尔代又派了我们两个赞格过来。有人看到那两个年轻人跑到这里来了，您也没有必要再隐瞒下去，这是没有什么好处的。还不如考虑如何才能合理地解决这件事。"哈讷别特绕着圈说道，肯吉巴扎尔也附和着。尽管布兰很强势，然而，当他看到对方对一切了如指掌的时候，就稍稍放缓了语气，开口道：

"你们的人来过之后，我就问了一下，那两个调皮鬼是来过，只是没有到我这儿来，直接走了。阿布德勒的阿吾勒去年搬到霍布达了，他们两个现在已经在那里了。据阿布德勒所说，那门亲事的确是有的，他们搬走前给的三头牲畜算是定金，剩下的彩礼他们打算过些日子再给的。"布兰滔滔不绝地说着，肯吉巴扎尔一直耐心地听着。布兰继续道，"既然已经跟我们定了亲，却又收了别人的彩礼，这无论怎么说都不合适，应该是重罪！所以，你们必须接受惩罚，要交九头大牲畜作为罚金，剩下的彩礼也别想拿到，直接把姑娘嫁到我们这边来才对。现在局势动荡，我们没能及时跟你们联系，耽误了时间，所以，打算承担一部分责任，决定不收罚金了，你们就直接把姑娘嫁过来就行了。而你们和加尔博勒德部落之间怎么解决，那就是你们自己的事情了。"

"关于那门亲事并不像您说得那样，"肯吉巴扎尔开始加入话题中，"从前我们也说过很多次，他们搬走前留下的三头牲畜是抵了我们这边多年的劳动报酬，说到亲事，那个时候也没有说以后要将彩礼剩下的部分补齐，我们的亲戚们也不认为这是彩礼，不是亲事的开始。几年来，他们一去杳无音信，我们就把当年说过的话当成是一句随便说的话了，所以，我们就按照哈萨克的礼节跟别人家定了亲事，我们并不欠对方什么。还是尽快将姑娘交给我们，交上罚金才是。"

布兰一再重申，罚金肯定是要交了，如果不交罚金，那姑娘就要带走了，他一点都没有让步。就这样，双方相持不下，越说越远，根本没有办法达成一致。

柯勒什拜一早就估计到布兰会这么答复，他是一个傲慢任性的毕官，从不会向任何人低头的，近几年来，他数次参与各种纠纷之中，踏遍了政府的大门，将叶斯阿哈斯部落和哈孜别克部落从雄狮般威武的四大毕官之一的加赫普安布的手下分出去了，这件事情在阿勒泰地区无人不知，无人不晓。柯勒什拜想，像他这样骄傲的毕官，根本就不会看这种小得不能再小的女人官司的，任何纷争到了他这儿就什么都不是了。就算这样，他想也不能把关系弄僵，变成敌人，最好还是能心平气和地解决这件事情，让自己和布兰都不要蒙羞，只要可能就要不断地派人过去调解说和，一定得彻底地解决这件事情。就算有一天要说狠话了，也不能做后悔的事情，不能做伤兄弟感情的事情。

两位赞格无功而返，将事情的经过跟大家做了汇报，这让在场的麦玛部落的几个年轻人气愤不已，个个变得面红耳赤。

"布兰这是在欺负谁啊？是嫌我们穷，看不起我们吗？"

"就算我们穷，母亲在生我们的时候也吃了一只大公羊。"

"我们绝不能让他们欺负了！"

"要把布兰的马抓起来！"

"我们宰了他们的牲畜，给他们点颜色看看！"

"喂喂喂，安静安静，大家不要像一群不受管束的公牛一样横冲直撞！"肯吉巴扎尔打断了人们的七嘴八舌，"这样的事情不能靠冲动来解决，还是听听大人怎么说吧。"赞格的话仿佛给几个人高涨起来的情绪泼了一盆凉水一般，大家都看着柯勒什拜，都在期待着他的答复和安排。然而，大人并没有急着开口说话，他环视了一下四周，看了一圈每个人的脸，之后，缓缓地开口道：

"布兰这是不想让步，这一点我也很清楚，现在他在哪里都可以说上话，所以，他不会想听我们的话。然而，民间有句话叫：洪水能没过石头，却没不过树尖。他再厉害再傲慢，也不可能违背民意，不是说人多势众，深水沉潭吗？为了战胜他，我们必须证明和阿布德勒之间并没有结亲家，只要能让民众相信了这一点，剩下就好办了。"

"事实真相我们不是都已经说清楚了吗?"柯勒什拜听了这话，又思考了一会儿说道：

"说是说了，但是人家现在不承认啊！因此，首先必须将你们和阿布德勒之间发生事情的原委都写下来，然后，让知道此事的人都签字证明，再将这份证明材料寄给布兰，如果他们再说这是假的，阿布德勒他们就要赌咒发誓。我们哈萨克人是不会为假话赌咒发誓的，然而，我们不能写假话，所写内容必须都是事实，如果掺了一点假话，我们自己就吃亏了。你们怎么能保证他们就不会要求我们也赌咒发誓呢？所以，我们必须做好两手准备。人清自清。"

柯勒什拜也是出于无奈才提出了这个办法，这本来不是他的本意。对方实在是太顽固了，他只好用这样的办法了。按照这个计划，他们做了详细的安排，并且派专人去见了布兰。就在这个时候，姑娘家的亲戚们并没有经过柯勒什拜的同意，也写了一封诉状交到了政府，在他们看来，柯勒什拜的态度太温和了。因此，时间在一天天地过去，俗话说鬼怪都欺负软弱的人，无论是布兰还是他的手下人都无动于衷。所以，他们认为不能等着乌库尔代来做决定解决问题，必须自己行动起来。他们觉得柯勒什拜和阿布德勒之间的关系不错，所以，现在态度就比较温和，再加上他可能也怕得罪了那位强势的布兰乌库尔代吧！这些疑虑，就促使他们写了一纸诉状，告到了政府。然而，萨尔苏别那些长官并不想直接参与这种事情，他们认为这是哈萨克人中有史以来就存在的女人纷争，事情跟布兰的部落有关，就又把处理问题的权力推到布兰乌库尔代这里，让他按照哈萨克人的老规矩来处理解决。得到了地区政府的信任，布兰就根本没有理会柯勒什拜和姑娘亲戚们的来信，他打算一直拖延下去，不给准确答复，随着时间的推移，让人们渐渐地淡忘就算了。

无论柯勒什拜怎么沉住气，怎么保持风度，布兰都根本没有把他放在眼里，这让他非常恼火，他完全就不理会这边的情况，也不体谅人们的心情，他的轻视和傲慢无理让柯勒什拜非常不舒服。他最先想的是，只要对方承认了失误，就不要将事情闹大，私下里解决就算了。他的初衷还是不要拆散那一对相爱的年轻人，试图寻找其他出路。谁没有年轻过啊？谁没有过爱情的体验啊？可是，又有几个年轻的心，能如愿以偿啊？这两个孩子从小青梅竹马，彼此了解，我们怎么能将他们之间的感情说成是一时冲动呢？如果这个世界上有爱情这样的东西，这难道不就是爱情吗？然而，他们面前没有宽敞的光明大道，为了达到目标，只能铤而走险，要走过悬崖峭壁，要跨过湍急河流，要战胜凶恶虎豹，总之，是要经历无数艰难险阻。这一对年轻人到底能不能经受住这样的考验呢？他们需要帮助，我能不能帮他们做到呢？首先，我的麦玛部落的亲戚们恐怕都不能同意吧？他们会不会说：柯勒什拜的胳膊肘没有朝里拐，会责怪我没有替他们说话。他们不是没有通知我就跟上面起诉了，这一点不就说明了问题吗？无论如何，我会尽力试试，应该会有办法的。阿布德勒必须要付出一些代价，他要损失一些牲畜，他家的牲畜多得布满整座山。而布兰得支持他才行。只有这样，事情才能顺利地得到解决。柯勒什拜的心里一直有这个想法。然而，布兰就这么悄悄地不作声，让这个希望变得非常渺茫，柯勒什拜的耐心也到了头，他作出决定：如果他们做不到就说好了，不听从我们的建议，认为好好说话就是软弱的表现，那么，我们也会采取措施。到那个时候，受苦的还是那一对年轻人，就怕他们会变成书中写的那样，一对永远无法得到幸福的悲剧人物。有什么办法呢？就是阿布德勒和布兰害了他们。

尽管柯勒什拜非常同情那一对年轻人，民众的尊严和部族的尊严最终促使他做出了一个决定。

柯勒什拜以哈巴河地区加纳特部落所有首领头目以及自己的名义，向阿勒泰的政府写了起诉信。信中要求惩罚阿布德勒的儿子莫门，因为他拐走了已经跟别人定了亲的姑娘，并且要求将姑娘送回自己的父母家里，要求追究布兰乌库尔代的责任，因为他一年来一直在袒护他们，既不解决问题赔偿牲畜，又不让姑娘回家。信里还附上了很多人的签字，将这封信直接交到了政府官员的手里。

那位长官还记得去年的起诉信他转交了布兰，并且要求他按照哈萨克人的规矩来解决的，当他知道事情不仅没有得到解决，反而变得更加严重，罪魁祸首就是布兰本人的时候，他非常生气，于是当场下了这样的命令：

布兰乌库尔代必须马上找到那对年轻人，并且将他们交到哈巴河政府，这个命令如果不能立即执行，布兰要负全部责任，因抗命而被判刑。

尽管布兰很强大傲慢，然而，却没有办法跟上级抗衡，与武装力量做对就等于将自己推向死亡，这是显而易见的事情。他根本没有想到，他会惹恼了柯勒什拜，最终让事情发展到这个地步。他后悔自己当初就不应该那么傲慢，应该让阿布德勒从成圈的牲畜中分出一小部分给麦玛部落了事。可是现在已经没有机会了。上苍的强大是看不见的，因为他在远处；官府的强大，却在你的面前，如果你敢不服从，还没有等你反应过来，就被灭了。现在必须把人交出来，除此之外，没有别的出路了。然而，阿布德勒会愿意这么做吗？万一他硬撑着，什么都不做怎么办？住在霍布达的他会不会听我的安排？他也是个倔强的人，不会轻易回头的，不就是这个倔强的个性，让他因为一些小事情就丢下了阿勒泰的故土，搬迁到霍布达去了吗？只愿他快点回头。看来，还得我自己过去，想办法说服他，他应该会同意的。因为，在霍布达他们只是移民，总有一天还会回到阿勒泰的，既然要回来，他就不会把事情做绝吧？

布兰想来想去，还是决定亲自去霍布达一趟，面对面地跟阿布德勒谈这件事情，心平气和地谈，然后将那对年轻人带回来，除此之外，没有别的出路。他带着两个随从很快上路了，他们到达的时候，阿布德勒的阿吾勒正在夏牧场。阿吾勒里的人们看到叶斯阿哈斯部落哈孜别克的乌库尔代来了，都非常高兴，大家盛情款待了他们：草原上举办了一场盛大的宴请，主人们奉上象征吉祥的黄头羊，尽情地交流畅谈，长者说起了过往，说起牲畜的膘情，民众的生活，草场的情况等等。布兰一边听着大家这些内容平淡的话，一边在心里想着自己要说的事，想着怎么才能让这些人听从自己安排。

就这样，很快过去了三天时间。

阿布德勒见布兰乌库尔代对两个年轻人的事情只字未提，这让他心生疑问，他想，他为什么一句话也不说？这件事情不是还没有得出结论吗？我们双方不是还在争议中吗？这里面会不会另有隐情。如果不是为此事而来，那他大老远跑到这里来干什么呢？难道他只是为了了解牧场的情况，想看看我们和当地人相处得怎么样？阿布德勒的心里打着鼓，始终找不到一个合理的答案。

在布兰离开之前，阿布德勒估计到了将那层窗户纸捅破的时候了，于是，他这样说道：

"乌库尔代大人，您大老远过来，一路上翻山越岭，一定很辛苦吧！您现在也了解了我们的情况，暂时也没有什么人来招惹我们，如果以后有什么不合适的地方，我们还会搬回去的。咱们都是亲戚，是自己人，但是我们还是要依照老规矩，要问您还有什么需求没有，如果您还有什么要求，就尽管提出来，只要我们力所能及，一定会做到的。"在场的几位长者也纷纷点头附和着。布兰并没有马上做出回答，他清了清嗓子，环视了一下四周，然后说道：

"你此话问得很好，既然你都这么问了，那我也直说了。俗话说，有人来讨要酸奶，就不要藏起奶桶。然而，我不是来要钱的，也不要牲畜，此次过来我是来传达上面的旨意的，前段时间官府把我叫去，长官是这样说的：'那些住在阿勒泰南部的麦玛部落一而再、再而三地上书来烦扰我，说他们的姑娘被人拐走了，说他们无论怎么沟通，对方也不让姑娘回家。你们也知道，这种纠纷从来都是哈萨克人自己在内部解决的。然而，这件事情拖得时间太长了，已经过去了整整一年，看来官府只好插手来处理了。现在官府要求两个年轻人亲口回答，说姑娘到底是不是被拐走的，然后，再作出结论。'现在官府要求两个年轻人必须回去，当面说出实情，等待裁决。"阿布德勒一开始就对布兰的话起了疑心，听到这里，他实在控制不住自己的情绪，一下子喊起来：

"原来你这个腐败的家伙把我出卖了，我们还把你当成我们的主心骨，现在你却做出了这样的事情！你在这儿胡说八道什么呢？我不听你说了！前几年，你就说要让单谢克部落划归到加赫普毕官那边去，当时你就让我们受了耻辱，现在又来了这么一出，我才不会听你的呢！你再这样说，我们就留在蒙古人的地方不回去了，我倒是要看看你究竟能拿我怎么办？"在场的几位长辈们看到阿布德勒对乌库尔代如此不礼貌，赶紧劝说制止了他：

"乌库尔代不是说了嘛，长官说要亲耳听年轻人说出实情之后，就会做出公正的裁决吗？"

"乌库尔代并不是要出卖我们，他是在传达官府的指令，我们都知道，他一直都在替我们操心呢。"

"如果我们强硬，不听官府的指令，改天全副武装的军队过来怎么办？我们有能力抵抗吗？"

"我们还是应该想出一个能保住孩子们的办法啊！"

每个人都在说着自己的观点，这时，莫门正好就在门外，这些话他都听见了，知道所有的亲戚都为自己伤透了脑筋，他深感不安和内疚，他在心里作了决定，不能再犹豫不决了，要像一个真正的男子汉那样做。想到这儿，他毅然地走进毡房，来到众人面前，勇敢地说出了自己的决定：

"尊敬的乌库尔代，尊敬的父亲母亲，在座的各位亲戚，是我让大家受累操心了。一年来，因为我连累各位经历了那么多纷争，一个男子汉不应该给民众带来灾难，而是要造福人民。看来，我就是一个一无是处的废人，现在我深知自己的错误，心里非常内疚，非常惭愧。"说到这儿，莫门的声音有点哽咽，他停顿了片刻，继续道，"我现在想说一个决定，而且这是我和乔丽盼两个人的决定，我们还是要跟乌库尔代一起回去，是福是祸都要自己面对，我们在家里躲了整整一年，这么长的时间都过去了，他们应该不会眼睁睁地将我们分开吧？如果结局真是那样的话，就是命运的安排了！谁都抗不过命啊，我们就只能变成一对被拆散的鸳鸯啦。"莫门的眼圈红了。

阿布德勒从来没有想到儿子会说出这样的话，一下子安静地坐着不知道该怎么说了，在场的每个人都被这个年轻人的勇敢和担当感动了，他们不知道该赞成还是反对，就只好看着阿布德勒，等待着他的最后决定。阿布德勒一向是个果敢坚强的人，他很快就定住了神，坐正了身体，对着布兰说：

"乌库尔代，这下你可以如愿完成长官的命令，可以保住面子了。儿子都这么说了，我还能怎么办？那就让他们去吧，你把他们带回去！就说逃兵被抓回来了，把他们交给官府。"

听了他这严酷的话，布兰没有答复，阿布德勒也不是一个窝囊废，他早就做好了准备，预感到阿布德勒一定会反应激烈的，他想好了回应的办法。莫门的表态，让这件事情一下子变得容易起来。

布兰的心里充满了矛盾，他既开心又难过，这两种情感深深地折磨着他。开心的是，他确信自己将通过官府的考验，可以保住面子了，难过的是，这两个真心相爱的年轻人也许就此会被分开，而自己就是那个将他们分开的人，是真正的罪魁祸首。他被这些想法纠缠着，难过极了。他只好无奈地将这些都归为命中注定，这是他能让自己心安的唯一途径。

他们在路上住了两天才回到阿吾勒，一路上，布兰什么都没有说，他不想跟任何人说心里话，这两个年轻人的未来是黑暗的，他只想让他们好好地度过最后的一点时间，至少不要因为自己受到委屈，所以一路上，他都给两人创造单独相处的机会。留宿的时候，也让他们住在了一起，布兰现在能做的，也就是这些了。

他们回到阿吾勒的第二天，布兰派人去了萨尔苏别，将两人带回来的消息通报给了官府。官府给出了这样的答复：这件事情是在哈巴河发生的，那些诉状也是哈巴河人写的，所以，这件事情应该由哈巴河的官府来裁决，布兰将他们两人交到那边，让他们来裁决。

依照这个命令，两个年轻人被带去了哈巴河，尽管他们也抱有一线希望，但是，心里已经有了准备，无论发生什么都要勇敢面对，两人都没有表现出害怕和担心的样子，显得很从容。等到了哈巴河，他们马上被分别关了起来，失去了行动自由，不能随便出入，门口还有卫兵把守。

三天过去了，官府那边都没有消息，也没有一个人过来询问情况，或者提审他们，也不允许两个人见面。他们陷入了两眼一抹黑的境况，心急如焚，他们在想：就算是死，最好也让那个结局快点到来吧。两个年轻人被这个事情折磨着，感觉度日如年。

三天之后，大铁门终于发出刺耳的刺啦声，被人打开，两人被带进一个房间，房间里摆了一圈木椅，看上去这里像是一个开会的地方。没过多久，很多穿着各异的人鱼贯而入，依次坐定。最后走进来的是布兰乌库尔代，他坐到了一张稍显高级的靠背椅上。此时此刻房间里一片寂静，听不到一丝声音，场面瞬间变得压抑而凝重，所有人都屏住呼吸，等着长官的裁决。

时间在沉默中一分一秒地缓缓过去，终于，房门打开，身边带着翻译的长官走了进来，不知道是因为长官的威严所致，还是大家事先得到通知，总之，所有人都立刻站了起来。长官为自己受到的尊重而心中得意，也许他想尽量表现得和蔼可亲，此时，他的脸上拂过一抹微笑，他一边微微点头，一边用手示意大家坐下来，然后，自己也端正地坐到了椅子上。

莫门和乔丽盼知道自己肯定会被审问，之后才会做出裁决，然而，事情并不像他们想的那样。长官脸上的那一抹微笑很快消失，他换了一副阴冷的表情，也许这是他显示权力的手段吧。他一边用那双充满寒意的眼睛看着两个年轻人，一边从口袋里取出了手帕，然后狠狠地擤了一下鼻子，等他清空了鼻腔之后，看着面前的那张纸片，准备说话，也许是他不知道这些人的名字吧，他念得吞吞吐吐的，尽管在场的每个人都听不懂汉语，但是，从他的口气也能听出个大概，他这是在宣读一个裁决。

通过翻译的传达，大家了解到以下内容：莫门将早已定了亲、送了彩礼的姑娘乔丽盼拐走，并且将她带到外地，给人们的生活造成了不良影响，他没有听从首领的劝告尽早回来，拖了一年时间才遵照官府的指令回来，莫门必须受到惩罚，判他入狱半年。布兰与莫门串通一气，妨碍官府执行公务，没有正确执行命令，本应该被捕，但看在他是首领乌库尔代的份儿上，为了保全他的威信，判他监外执行。作为处罚，布兰要给对方九头大牲畜。而那个破坏草原规矩、悔婚的乔丽盼本来也应该入狱的，但是，看在她是女人的份儿上，也看在她未婚夫的面子，不予处理，她要尽早到未婚夫家里去。裁决如上，任何人不得申诉！

一直在等着这个裁决的加尔博勒德部落的人飞奔过来，拉走了无可奈何的乔丽盼。

两个年轻人的愿望付之东流了，悲痛的乌云笼罩着他们，所有的希望都彻底破灭了。当莫门完成了在哈巴河的半年刑期之后，没有再去找乔丽盼，如果他去了，肯定会被那边的人暴打，甚至可能会丧命。如果是那样，会让乔丽盼陷入更大的痛苦之中。想到这些，他就只好认命了。他并没有回到那个令他伤透了心的故乡，而是留在了哈巴河。他永远地失去了心爱的人，却不想失去她美丽的名字，因此，他就寻遍民间，找了另外一个名叫乔丽盼的姑娘，和她共度了一生。

# 第五章

　　正常年份在萨热哈莫尔草原过夏天的柯勒什拜阿吾勒，今年打破常规，搬去了哈巴河上游，跟萨热哈莫尔相比，哈巴河上游的草原更加宽广，水草也更加丰美，非常利于放养牲畜，有利于牲畜的长膘。这片草原唯一的缺点就是路途遥远，阿吾勒要在迁徙的路上住好几天才能到。除了那些富足优越的家庭外，穷人家一般都不会上那片草原。只有阿吾勒有一个可依靠的人时，才会全体一起迁徙过去过夏天。

　　柯勒什拜总是会考虑到乡亲们的实际情况，往年都不会去哈巴河上游，没有离开过萨热哈莫尔草原。今年他带领大家迁徙至此，再次领略了高山草原的壮丽风景，他是想让亲戚朋友和孩子们都能好好享受那里的美丽和壮观。

　　哈巴巴斯①按照地理位置的不同，被分为不同的草原，西边有托连德、阿赫霍勒特克等宽广的平原，东边正好是喀纳斯湖西边的草原，包括被称作夏加盖特、阿勒迭克、别卡力等辽阔的高山草原。无论你到了哪里，映入你眼帘的全是漫山遍野、姹紫嫣红的花朵在竞相开放、争奇斗艳，树叶在风中窃窃私语，如果你仔细聆听，一定能听懂它们的语言，那是大自然最美妙的声音。这里还有常年青翠的参天松树，能结出非常珍贵香甜的松子。无论你看向哪个方向，

_____

① 哈巴巴斯：意为哈巴河的源头。

目光所及，全是壮美景象，让你怎么看都看不够。在这里放养的牲畜，长膘非常快，不到两个月时间，公羊的尾巴就会大得几乎要拖到地上了。有些年轻母马也会长得非常肥壮，甚至后背的皮都会裂开。从草原搬下山的时候，人们生怕压坏骆驼肥壮的驼峰，只好让它驮很少的行囊，而且，还不能走太远的距离。今年柯勒什拜将阿吾勒带到了哈巴巴斯，然而，他们并没有去水草丰满的高山草原，而是去了位于纳仁哈巴源头那片被称作达热阿①的草原，那是蒙阿勒部落和博海部落的阿吾勒多年来混居的草原。之所以被称作达热阿，就是因为这里的地理构造非常特殊，一道翠绿的山谷中间常年奔流着一条清澈见底的河流，在河水的滋养下，这道山谷到了夏天就会被各种深浅不同的绿色填满，河岸上长满了高大挺拔的松树，仿佛一个个英勇的卫士守护着这片美丽的家园。河流的每一道转弯处，都会有一个阿吾勒撑起的毡房。夏天的草原非常舒适，无论是人还是牲畜，只要到了这里就会感到非常闲适、非常安宁。这片草原更是孩子们的乐园，这里的一切都能给他们带来无限的乐趣，他们每天都过得非常快乐，到河里去钓那些肉质鲜美的高山淡水鱼，总会让阿吾勒里的人们大饱口福，他们还会爬到树上抓黑麻雀的雏鸟，那受惊的雏鸟会从巢里跳进水里，就像鸭子一样游到河对岸跑掉，其他地方的鸟是不会游泳的，只有这里的鸟非常特殊。恶作剧也是孩子们常常做的事情，也不知道是哪个捣蛋鬼想出来的馊主意，在人们常常走的路上拴一根绳子，由于草长得很高，绳子就会被淹没在草丛中，当人们走过的时候，飞奔而来的马就会被绊倒，马上的人根本没有准备，一下子飞出去老远，半天也爬不起来，甚至都有人因此受过伤。后来，这件事情被大人们知道了，才制止了孩子们的危险游戏。当柯勒什拜听说之后，马上严厉地批评了那些捣蛋鬼，

---

① 达热阿：独一无二的意思。

警告他们如果谁再干这种事情，就会受到严重的惩罚。

　　柯勒什拜有个习惯，就是每天早茶之后他会走出毡房，来到河边，久久地欣赏那奔腾向前的清澈河水。他感到自己的心会变得清澈无比，人也变得精力充沛。山谷两侧的山坡很高，天亮很长时间之后，阳光才会照进毡房，而傍晚的太阳也会早早跑到山的那边去。他深深地热爱这片故土，热爱这片名叫达热阿的草原，他感到人的智慧也跟这片美丽多姿的草原一般，丰富而多样。柯勒什拜久久地站在岸边，任思绪带着自己尽情地遨游。正在这个时候，他突然看见一只体形如雄鹰一般的白色飞鸟腾空而起，原来这是能俯冲到湍急的河水中抓鱼的水雕。洁白的水雕非常好看，它体形非常大，那一对翅膀展开时足有两米多长，水雕一直在河流上空低低地盘旋着，只见它转眼之间笔直地冲进了漩涡中，还没等柯勒什拜反应过来，一条长约半米的鱼已经成了它的战利品，满载而归的水雕很快消失在了柯勒什拜的视线里。这才是真正的雄鹰啊！柯勒什拜感慨着。

　　每一片草原都有其特殊的魅力，就如每个姑娘都有不同的美貌一样。哈巴巴斯和萨热哈莫尔、博乐巴代草原非常不同。这里最大的特点，就是没有狼。也许是因为这里是高山草原，不利于狼群繁衍后代的缘故吧，这就是牧民的福音了。不过，这里有体形更加庞大的凶险动物——熊。它们时不时会从深谷中出来伤害人和牲畜。除此之外，还有蛇，一不小心，就会咬伤光脚的孩子。所以，大人们总是不让孩子们光脚在草地上玩耍。有时，蛇会下山来饮水，人们要是在外面见到了，一定会毫不犹豫地杀死它，以免它咬伤人畜；还有的时候，蛇会误打误撞地跑进毡房，这条蛇就会幸免于难，人们就在蛇的头上倒一些牛奶或者酸奶，就将它放走了，这种情况时有发生。蛇曾经三次造访过柯勒什拜家的毡房。有一天，一个孩子看到蛇爬进了毡房，吓坏了，本来要杀死它，却被父亲制止了，他说：这也是一条命，毡房正好在它去喝水的路上，它一不小心就进来了，哈萨克人是不会让"客人"空手离开家的，蛇既然爬进了毡房，就算它是动物也是"客人"，这是"食缘"让它到来的。说完，他让家人往蛇的头上淋了酸奶，然后就把它放走了。

柯勒什拜笔直地站在河边，欣赏着奔腾湍急的水流，聆听着周遭自然美妙的声音，陷入了沉思。这时，一个年轻人来到他身边，轻声说道：

"蒙哈特阿吾勒的牧人将公羊赶到了阿吾勒上方的小达热阿去放养，今天有人去给公羊喂盐时，发现所有的公羊都死掉了，人们都不知道究竟发生了什么，仔细观察之后，才发现它们是被胡奴①从尾部吸血致死的。"

"这里没有狼，却有吸血鬼胡奴，这都是因为他们太大意了，结果公羊全死了。"

"现在阿吾勒的女人们正在炼那些公羊的尾巴油，准备用炼出来的油做肥皂，人们说每家每户都要有像锅一样大的肥皂了。"

"那也对，死掉的公羊又不可能复活，要是腐烂了也就浪费了，那些羊油是可以利用的。愿这个损失是值得的。这就是所谓的不要说悬崖下没有敌人，不要说帽子下没有恶狼，如今这话应验了。这是上苍在警告我们，必须随时保持清醒的头脑，要提高警惕。"柯勒什拜自言自语着。

搬到草原之后，柯勒什拜一直没有远离阿吾勒，不知道是他突然有了什么想法，或者只是想出去走走，这一天，他带了两个随从骑上马，沿着达热阿草原出发了。这条路是顺着纳仁哈巴河沿岸阿吾勒边过去的，有的地方则从阿吾勒中间穿过去。柯勒什拜知道如果他让人们看见了，就会引起大家的注意，他不想打扰民众，于是

————————

① 胡奴：一种吸血的小型动物。

很早就出门了。他们一行三人快速穿过阿吾勒，一直朝前走去。

当他们快到前方的一个高地时，发现一大堆雪出现在面前，这是大雪从高处滑下来堆积到河岸形成的，人们称这种积雪为"桥雪"，此时的积雪还没有化净，而解冻的河水却将积雪下方穿出一个洞，水在下面流，发出欢快的叮咚声，仿佛在为重获新生而歌唱。勇敢顽皮的孩子们喜欢玩探险游戏，他们冒着"桥雪"塌方的危险，从雪堆上迅速地跑过，以此来考验自己的胆量。天气转暖，这个雪堆随时都有可能塌掉，非常危险，万一出事了，就算不死人也可能会有人受伤，因此，这是非常需要勇气的。柯勒什拜还很年轻的时候，也跟他们一样，玩过这样的游戏，想一想很多年过去了，他很久没有来过这片高山草原，这里的一切都没有改变，让他感觉仿佛时光倒流，仿佛回到了美好的童年，大雪堆依旧在这里，可是，那个时候的玩伴现在一个都不在自己身边，有的已经不在人世了，不知道健在的几个有没有再来这里，不知道他们以后有没有可能再来看看这个"桥雪"。

柯勒什拜陷入深深地回忆中，不知不觉就上到高高的山坡上，站在这里，他就仿佛看到了自己的过往，今天，他感觉就跟从前的朋友再次见了面一般亲切舒服。

春天一到，冰雪融化，汇成一条条的小溪，闪闪地朝山坡下流去，这些小溪又会渐渐地汇到一起，成为纳仁哈巴河的源头之一。山坡的另一面，有一座非常有特点的山峰。那个山峰的样子非常有趣，由于海拔很高，常年的积雪在夏天稍稍融化，很快就又结成冰，久而久之，峰顶上就形成了厚厚的冰层，常年不化，一年年地堆积，越积越厚。远远看去，就像一个光秃秃的脑袋，在阳光下闪闪发亮。冰看上去不是纯白色的，有点发黄，远远看去很像芒硝，人们就称它为"芒硝冰"。积雪融水一直向东流，直到汇入喀纳斯湖中，它不会流向达热阿草原。这里有能容纳几个阿吾勒生活的宽广平原，然而，却没有哪个阿吾勒会来这里过夏天。人们只将个别马匹赶到这里放养一段时间之后再赶回去。柯勒什拜看见现在正有几匹马在这里静静地吃着草，悠闲自得。

柯勒什拜深情地看着这座被称作"阿尔泰脊梁"的高峰，站了很长时间，那座由无数巨石构成的高峰，非常引人注目。每道沟壑里都结满了厚厚的冰，峰顶就像骆驼的双峰一般，耸立成两个山峰。这座位于中、蒙、俄三国之间的山峰被蒙古人称作"塔本博格达"，由于哈萨克人不会常年生活在那里，就没有起哈萨克语名字，一直沿用了原来的蒙古名字。从这个高峰流下来的积雪融水，朝着南方流去，最后汇入喀纳斯的源头。这条河被蒙古人称作"阿赫乌勒根"。柯勒什拜这一次就想到那边去看看。此时正是中午时分，天空碧蓝如洗，气候非常宜人。

"阿赫乌勒根还挺远的，路也不好走，等我们回来时天都会黑的，现在看天气还很好，谁敢保证下午就不会下雨呢？"

"下就下呗，我们又不是盐，不会化掉的。"

"我们只是不想让您受累、受伤，或者被雨水淋了，我们得保证让您平安回到阿吾勒啊，这是我们的任务。咱们不能再往里走了。"

两个年轻人异口同声地反对柯勒什拜的提议，他无奈地跟着他们调转了马头。

他们做出这个决定还有另外一个原因，就是那里除了青草，找不到任何可以当柴烧的木头，根本不可能烧茶进食。他们不能让老人家长时间挨饿。柯勒什拜最终被他们说服，准备返回阿吾勒。

果不其然，到了晌午时分，刚才还蔚蓝如洗的天空突然布满了乌云，他们刚到阿吾勒附近的时候，大雨倾盆而下。柯勒什拜没能去阿赫乌勒根，本来心里还不舒服呢，一场突如其来的大雨又让他庆幸听了孩子们的话，平安回了家里，想到这儿，他的心也平和下来。

中午时分，达热阿河岸边会变得很热，然而由于太阳下山比较早，加上河水的蒸发，夜晚草原非常凉爽，让人感觉舒服而惬意。这里很少有吸血的昆虫，很适合人们生活、牲畜生长。尽管草原上阿吾勒不多，来往的人也不多，然而，柯勒什拜家客人的脚步总是络绎不绝，人们总会因为要征求老人的意见，或是单纯地想聊天就来了。柯勒什拜的大帐偶尔也会迎来一些远方来客。这一天，就有这样一位远道而来的客人，来给柯勒什拜请安了。这位客人名叫加列勒，是塔塔尔人，大人很久没有见过他了。柯勒什拜年轻时在阿吾勒做过小生意，他就是那个给自己供货的塔塔尔商人的孩子，如今，他已经长大成人，偶尔也会过来登门拜访给大人请安。加列勒子承父业，现在也是一位远近闻名的巴依。他大部分时候都在布尔津和加纳特部落一起生活。这个时候他突然来哈巴巴斯，让柯勒什拜略感意外。

"加列勒，你怎么大老远跑到这儿来了？"柯勒什拜惊奇地问，小伙子这样回答道：

"大人啊，生意人哪儿都会去，我过来还不是为了生计。"

"那你是来做生意的了？"

"也可以这么说。不过，这次我没有带货过来，我是来收账的。跟我一起过来的人都去要账了，我就过来给您请安。"

"好的，既然你是来请安的，那就好好住几天，别急着走。"

"不行啊，大人，我现在就得走了，不是说，生意人的脚是歪的吗？我要是不快速正确地踩好每一步，会跌倒的！"

"看来你的生意做得很好，对吗？"

"怎么会好呢？这是让人操心的活儿啊！"

"我常听人们夸起你，看来你的威信还是很高的。"

"您说威信啊，别人那样夸奖我，还不是要吃我的啊！"加列勒的蓝眼睛笑得眯成一条缝，他半开玩笑地继续说道，"我们从父辈起就和您加纳特部落的人民一起生活，他们一边奉承我们，一边又想方设法地想吃我们的。"

"你说得不太对吧，你现在可是大富翁了。"

"我是挺富有的，不是有句话叫，博海部落会拼命吃，霍思泰、特列凯、赫德尔部落也都想吃我的，而柏哈赞部落很强势，他们什么都要吃。就这样，所有人都说，你是诺盖人，吃起来容易。您说这样对吗？您说我该怎么生存？"

他的话真伪难辨，柯勒什拜想就算他这是在开玩笑，也是无风不起浪吧，于是，大人也半开玩笑地回答道：

"你继续做你的生意不就完了嘛，你就像一个大湖，就因为别人喝几口水，湖怎么会干涸呢？正如山里的泉水，只要源头不枯竭就好了嘛。"

两人聊了一会儿，主人要杀羊款待，但是，加列勒的确很着急，根本不同意宰羊，他说：

"大人，我刚才的话您别往心里去，我只是开个玩笑随便说说的。"他一边起身告辞，一边说道。

一般情况下，柯勒什拜是不会亲自出门送客的，今天他却破例送这个客人走出了家门，起初，他还想跟他好好聊聊过往，然而，加列勒着急，只好跟他告别了。两个人的手紧紧地握在一起，他们依依不舍地在门口站了好一会儿，直到一个年轻人牵来了马，加列勒才上了马告辞。

客人走后，柯勒什拜没有离开，他面朝大路站着眺望远方，这时，突然看见几个骑马的人朝这边飞奔而来。看上去是上面阿吾勒的几个年轻人。他们从大帐前飞马而过，只有其中一个小伙子调转马头拐过来向老人请安行礼。柯勒什拜还了礼，认出这是艾布勒哈斯的儿子，老人说道：

"祝你前程似锦孩子，你赶紧去，不要落到后面了，跟伙伴们一起走吧！"他心想这个孩子将来肯定能成大器。

柯勒什拜送他上路的时候，有几个人聚到了他身边，见他没有进毡房，以为他要说点什么，大家就静静地等着。然而，大人看着那几个小伙子走远的背影，说道：

"你们看到跑在最前面的那个孩子了吗？"

"是的，看见了大人。"大家应和道。

"那个小伙子好像不太诚实。"

"这您是怎么知道的？"

"说假话的人骑在马上的时候，两个脚的脚尖会不停地抖动。"

"骗子还有这样的标志啊，真有意思！"

"应该是有的，总听人说那个小伙子说话有点没有分寸。"

"那样没有分寸的话语中恐怕也是有点内容的吧！"大家一听哄笑起来。

在达热阿草原的青草快被吃尽的时候，柯勒什拜的阿吾勒搬到了沙布尔特河下游岸边。

这天早晨，阿吾勒在渐渐苏醒，羊群刚刚上了对面的山坡。柯勒什拜按照往日的习惯，走出了毡房，他环顾着四周，突然看到比特酷勒方向的小山坡上出现了一个人影，那个人正朝着阿吾勒的方向飞奔而来。柯勒什拜心想，这是谁大清早这么着急。此时，那个人已经到了他眼前，原来是艾布章，他飞身下马给老人请安。柯勒什拜一边还礼，一边惊奇地看着他的脸问道：

"你今年不是要在萨乌尔草原过夏天吗？怎么到这儿来了？你是不是很累，脸色不太好啊！"

"您猜对了老人家，我的确特别累，不光是身体累，心也累，好不容易逃过一劫。我看见您，就过来想先给您请个安。"

"哦，那就下马进毡房，先喝点茶定定神，然后咱们再慢慢聊。"柯勒什拜说着去抓他的缰绳。

艾布章将浑身是汗的枣红马拴好，跟着老人走进了毡房。他的心还在突突跳着，久久不能平静，等坐定很久之后，他才慢慢平息下来，开始讲述：

"今年为了照顾妻子的娘家人，我就去了萨乌尔草原，这您也是知道的。夏天一过，秋天很快就来了，随着时间的推移，我就很想念亲戚朋友，于是单枪匹马地踏上了来这边的路。我很信任自己的马，所以什么都没有担心。我天还没亮就从家出发了，中午的时候就到了额尔齐斯河边，我在霍尔金萨勒乘渡船过了河，晌午时分就到了铁列克特，我本来想去萨热哈莫尔草原的，又一想先看看哈巴巴斯的亲戚们，就朝这边出发了。天色近黄昏的时候，我到了白哈巴村，就想在一个蒙古朋友家里留宿，第二天一早再继续出发。然而，当我看到马的情况还不错的时候，又改变主意，继续往前走了。等我从阔克哈尔斯到乌尊那瓦的时候，天黑了。我本来想返回去，可又觉得那样很丢人，于是，就沿着托赫塔莫斯穿过那片丛林继续走着，我担心会遇上野兽，一路上谨慎地观察着周围的情况。等我穿过丛林，到纳仁河边的时候，突然听到一个猛兽的叫声，因为天色黑了下来，我只隐约看见它正朝着这边狂奔而来，当时我快吓死了，猛地抽了一下马屁股，就向着哈布尔哈塔勒的方向奔去。我以前听长辈们说过熊的前腿比后腿短，如果朝坡上跑，没人能逃掉。我非常害怕，不知道它什么时候会追上来抓住我，我不敢朝正上方跑，于是就画斜线跑，不知道为什么，也许是它没有胆量来抓我吧，总之，它没有追上来。只是远远地在我身后跟着，等我跑到比特酷勒山梁的时候，我的面前突然出现了一个大石堆。我取下腰间的铁链，将马缰绳接长，之后就跳上了那个石堆，这个时候，熊也到了。我的马一下子受了惊，跳到了石堆的另一边，我灵机一动将铁链狠狠地砸向脚下的石头，"啪"的一声，就溅起了星星点点的火花，熊可能被火花惊到了，退了好几步。我的马双眼瞪得圆溜溜的，可怜的它嘶鸣着，跳跃着，却无法逃脱。我只能紧紧地盯着熊，熊也看着我的方向，就这样过了一会儿，那个野兽朝我们走了过来。我更使劲地敲打着铁链，伴随着噼啪的声响，火花再次四溅。我、马还有熊就这样一直挨到了天亮。等今天的第一缕阳光洒下来的时候，熊可能也累了，终于走了，看着它渐渐远去的身影，我在心里不停地祈祷，感恩上苍留了一条命给我。我再看马的时候，心都抽了起来，我发现我那匹可怜的马都吓得尿血了，它浑身是汗，每个关节都在发抖，看上去虚弱无比。我太心疼它了，小心地跳下石堆，这才发现自己的双腿几乎不听使唤了，软绵绵的。我轻轻地牵着缰绳，拉着它来回走着，感恩地抚摸着它的鬃毛，安慰着它。就这样过了好长时间，它渐渐地清醒过来，我就骑上了马，到了您这里。大人，我就是这样躲过了一劫。"艾布章说完，长长地出了一口气。柯勒什拜看到他的双眼中突然噙满了眼泪，就拍着他的后背安慰道：

"上苍护佑了你，躲过一劫，大难不死必有后福啊，孩子！听说过度的恐惧，会逼走人身上的顽疾。所以说，也许今后你的身体会更健康的。不过，以后还是要远离这样的粗心和莽撞，不能拿命来赌博了！不是说只有自己小心，上苍才会保佑吗？"

艾布章这个时候已经平复了，这时，他终于可以平静地说话了：

"这话我从前也曾听别人说过。"

"这话说得没错，然而，有点太通俗了，很多时候，很多内容都被赋予了哈萨克式的用语。"

"这话怎么讲，难道说你只有小心了，上苍才会保佑你，这句话说得不对吗？"

"不是，这话其实就是说对了一点，那就是不要指望什么事情都由上苍来替你解决，每个人都要为自己的行为负责，正确地走自己的人生路。"柯勒什拜说道。

为了让艾布章心中的恐惧彻底消失，柯勒什拜试图讲一些开心的话题，就询问了吉木乃萨乌尔草原的情况等，他们俩就这样聊了很长时间。后来，又说到今年夏天那个阿吾勒的公羊都被吸血而亡的事情。他们一直都在重复着这个话题，无论在什么时候，无论做什么事情，都要非常慎重，这是今天话题的中心。

牧民过着逐水草而迁徙的游牧生活，每年他们三分之二的时间都是在草原上度过的。柯勒什拜的阿吾勒从沙布尔特迁徙到比特酷勒，然后横穿纳仁河，沿着萨色克喀拉海，在东格列克草原住了几天之后，又翻过了几座山梁，来到乌尊那瓦草原。这个季节，那里的野葱已经成熟，水草丰满，不光牲畜大饱了口福，连人们的心情每天都非常好，尤其是孩子们更是兴奋极了。

近中午时分，一个扛枪的陌生人来到阿吾勒飞身下了马。这里除了以捕猎旱獭为生的蒙古人之外，其他人是没有枪的。就算有的人家有一些子弹，他们也不会明目张胆地背着枪到处走。这个陌生人不仅引起了孩子们的好奇心，更让成年人起了疑心，此人从何而来，为何而来，这个问题写到了每个人的脸上。来人直接进了柯勒什拜家的大帐。除了大人这里没有人认识他，这个人柯勒什拜是在白哈巴边防站见过。这是个回族小伙子，他一进门就用不太纯正的哈萨克语给主人请了安，然后一边从怀中掏出一张纸条递给大人，一边说：马大人请您去参加婚礼，这是请柬。柯勒什拜拿到那张纸一看就什么都明白了。

最近这几年，那个边防站是由一个名叫马山的回族人负责的，哈萨克人都叫他马大人，就是这个马大人家要嫁女儿了，今天，他特意派人送来请柬，邀请柯勒什拜大人和手下人参加婚礼，那个送信的小伙子本来打算马上回去的，却被柯勒什拜留住，请他喝了几碗酸马奶之后才放他离开了。

第二天，柯勒什拜带领几个随从，一行几个人骑上马，准备去参加回族长官家的婚礼。既然要去参加婚礼，就不能空手过去，于是，大人命手下人牵上一匹肥硕的两岁小马作为礼物。他们刚刚转过一道弯时，身后就有一个骑快马的人跟了上来，来人是诗人热阿克什。他一来就念了一首玩笑诗：

　　　　五人飞奔让骏马汗流浃背

　　　　把你追赶我拼命快马加鞭

　　　　抛下同伴自己跑于心何忍

　　　　塔布勒德、托连德部落的人？

走在队伍最前面的柯勒什拜听到了他的诗，笑着转过身来说道：

"哦，原来是外甥啊，你这首诗歌是在批评我们，尤其是针对我写的吧？"

"不，大人，您的小伙子们没有告诉我就将您带走了，我是在说他们呢，您可千万不要生气啊！"热阿克什笑着回答道。

"哦，玩笑就是玩笑，我怎么可能生气呢？你这几句诗也是在提醒我们，今后你们每个人都要注意了。"大人最后将话题转向了大家。

等众人来到白哈巴村边的时候，昨天那个信使小伙儿迎了上来，他将客人们带到了长官面前。人们纷纷下了马，来到那排修建整齐的房子前，这时，在门口等候已久的马大人将右手放在胸前，跟柯勒什拜行礼问安，表达着尊重之情。很快，客人们被引进了房间，房间里摆放着长条木质桌子，桌子上铺着整洁的餐布。客人们被请到桌边落了座。马大人站起身来，开始给客人们做介绍，说自己要嫁女儿，今天就是婚礼，柯勒什拜大人是这一方最受人尊重的长辈，他就派专人邀请大人来参加婚礼，品尝美食，分享快乐。大人崇尚礼尚往来，他真诚地表达了对新人的祝福和诚挚的谢意。

很快，客人们面前的碗里都斟了茶，可是这种茶和他们在家里喝惯的茶一点儿都不一样，碗里的液体看上去比白水浓不到哪里去，口感也不是很好，然而，长途跋涉让客人们感到口干舌燥了，尽管不太喝得惯，他们还是一连喝了好几碗。没过多久，一盘盘盛在椭圆形木盘中的抓饭上了桌，抓饭上面还有风干肉。这些从阿吾勒来的客人不知道从何下手，有点茫然，因为每个人面前都摆着一双筷子，他们从来没有用过这种餐具，实在用不来，最后干脆把手伸进了盘子里，饥肠辘辘的人们开始狼吞虎咽起来，一下子呛了嗓子，开始干咳，实在有点尴尬。风干肉也特别硬，割起来也用了不少劲儿，总之，这些上了年纪的人费了不少周折，仍没有能吃上几口饭。主人因为没能按哈萨克礼节招待客人，让他们受了不少罪，而感到有点难为情。

回去的路上，一个小伙子跟热阿克什开玩笑道：

"热阿克什外甥，刚才你还生气说我们扔下了你，现在吃上马大人的白抓饭，心里是不是踏实了？"热阿克什的答复却是现成的，他没有针对刚才的那个小伙子，而是对婚礼本身：

白哈巴村马大人将女儿嫁

不知道你是不是有所觉察

白哈巴河水清清我们喝饱

费尽力气嚼不动旧靴鞋帮

达尔罕拜、曼布克也在其中

狼吞虎咽吃米饭呛住喉咙

　　他所说的旧靴子的鞋帮，是指由于过度风干而嚼不动的风干肉。

　　听到阿肯即刻编出这样一首精辟的小诗，大家都笑了起来。一向稳重的柯勒什拜这时也露出了笑容。后来，这首小诗渐渐地传开了，变成了远近人们都会背诵的幽默诗。

　　热阿克什的很多精辟讽刺诗歌在民间广为流传，其中，那首去慰问乌穆尔泰的时候写的诗歌更加经典感人。柯勒什拜这时要求他给大家念一下那首诗歌。

　　乌穆尔泰是阿勒泰地区著名的四大巴依之一，民国四年得到了辅国公职位，在威望鼎盛时期，却突遭厄运，他心爱的儿子恒布勒不幸去世，被悲伤击倒的他不吃不喝在家里一躺就是好多天，很多长者都去看望宽慰他，都没有能让他起身。热阿克什阿肯在听说了这件事情之后，就写了一首长诗。此时，他用动情的声音为大人念了这首诗：

毕官啊您是如此受人尊重

在努力克制不让泪水流奔

如今您深陷哀伤悲痛渊深

让痛楚化作眼泪滚滚汹涌

人世间只有上苍才能掌控

怎知道谁会先走谁又能留

我们都信奉天理信奉命运

让我来说出几句心中所想

如若先人没先于我们离去

那亚当和夏娃在哪里如今？

……

如若说年轻的人不该死去

莱丽、麦吉农又是怎样命运？

……

怎能忘往事如烟让人心痛

遗失的珠宝如今无处找寻

兄长您节哀顺变万万珍重

常言道：逝者已去，生者如斯

万望您打起精神战胜悲痛

阿肯我传达问候表述真情

　　就这样他结束了自己的话。听了阿肯念的这段诗歌之后，多日来没有跟任何人讲过一句话的乌穆尔泰，在深深地呼出了一口气之后，缓缓地抬起头来。热阿克什将这段经历告诉了柯勒什拜，大人感到非常欣慰，他感慨道：

　　"你是好样的，外甥，太感谢你了！愿你才高八斗、学富五车，声名传遍四方！"在场的所有人也纷纷点头夸奖着……

＊　　＊　　＊

　　金秋时节，加纳特部落的人们基本都在哈巴河东岸阿尔泰山脚下的草原放牧，还有一部分佳德克部落的分支胡兰拜部落的人们也在这里生活，在哈巴河和布尔津分成两个县城之后，这个地方就归属于哈巴河的地界，胡兰拜部落的大部分人都生活在布尔津县境内，所以，这里就产生了一个问题，就是这部分胡兰拜部落的草原该属于哪个部落。生活在森塔斯草原的依格森阿吾勒却不想离开这里，他们还在乌拉勒拜和伊曼河沿岸种了庄稼。而蒙阿勒部落的人们却希望他们能尽早离开，当柯勒什拜听到这个消息之后，他骑上了马，准备亲自去看看那些地方，和生活在那里的人们好好谈谈。他带了几个随从，还带上了自己的儿子赫木加普，他的目的是想让孩子尽早了解民间的一些事情，在他看来，尽管蒙阿勒部落现在属于新分出来的哈巴河县，可是土地还是原来的土地，民众还是那些民众，他觉得没有必要跟他们产生纠纷，应该可以好好沟通，继续和睦相处下去。这里的人们争的就是那点庄稼地。而冬天下雪之后这里是不会住人的，没有必要为此而撕破脸皮伤了和气……他心里这样想着，已经穿过了峡谷翻过了山岗，一直朝东前进。

每一条山间小河都被引进堤坝，供大家浇灌农田，此时的人们都在紧张地收割庄稼，看着眼前的情景，柯勒什拜的心里非常高兴。

这时，在宽广的平原上，突然出现一些堆得如毡房大小的石堆。这在草原上是很平常的事情，大人们早已司空见惯，可是，这却引起了赫木扎普的好奇心，他就问这是什么。柯勒什拜在场的时候，别人都是不会抢话的，于是，大家都没有回答，柯勒什拜见儿子提出了这样的问题，深感欣慰，于是，他做了简短的介绍：

"这些被堆起来的石头被称作是'莫禾的家'，传说很久以前，这里住着一支被称作'莫禾'的部族，他们在人去世时，就会挖一个很深很深的墓地，遗体下葬之后，就在上面堆砌很高的石头来做标记。你们可能也发现了，这附近根本就没有这种石头，那就说明，这些石头他们是从其他地方运过来的。后人猜想，这个部族可能当时非常强盛，人口众多，他们就组织人们一个挨着一个排成很长的队伍，用传递的方式，将石头运了过来，修筑了这些高大的坟墓。"

另外一个小伙继续了他的话题：

"生活在这里的人们没有动过这些石堆，听说多年前来了一些英国人，挖开了一个石堆，估计他们是在找金子吧，等他们挖到一人多深的地方时，他们眼前出现了一层层的桦树皮，揭开桦树皮再往下是交错铺着的松木。就这样，一层层地挖掉所有覆盖着的东西之后，下面出现了两间墓穴，其中一间里有两具白骨，另一间里是几副配了马鞍的马骨，奇怪的是，尽管马鞴了马鞍，却没有马镫。后来，估计那些英国人没有找到黄金，只在墓地的一边发现了十五具白骨，那些应该是士兵的遗骨吧。墓穴的一侧，还有锅口大小的一个洞，人们猜想那是盗墓贼盗走陪葬宝物时挖的洞。还有人说，那个洞不是盗墓贼挖的，是安放遗体的人出来的通道。这个故事都是从那些受雇掘墓的人们口中传开的，天知道几句是真，几句是假。"

"是啊，"柯勒什拜说，"自古以来，这里曾生活过无数人，由于那些历史没有被记载下来，如今就都成了谜，关于这个莫禾的家，我们也是听说的，事实真相究竟是什么样的，就只能留给后人来研究了。那些英国人也是为了搞研究才掘了墓。大家要记住，你们都要记住，今后只要有机会一定要将自己听到的、看到的都记录下来，我们有责任将我们的历史和艺术成果都传给后人。"

离开阿吾勒不久，他们在过了铁克图尔马斯小盆地之后，沿着喀拉苏河往上，穿过了阿什热草原，来到了石本德布拉克小河的源头。

"大家都知道，我们的阿吾勒多年来一直就依着这条小河放牧，如果说它以前是我们生活的故土，到了近些年，这里就成了可以种出庄稼的宝贵家园。你们看，这里的人们正在忙碌地收割庄稼，这是多好的一件事情啊！"此情此景让柯勒什拜心里非常欣慰。

他们翻过了几道山梁，在朝山下走的时候，在一片不大的平地上，见到了一块毡房大小的大石头，石头在离地面大概两尺左右的地方有一道裂缝，一股清澈的泉水从裂缝中汩汩地流出来，有几个人是第一次来到这个地方，眼前的情景让他们非常惊讶，大家都不知道这水是从哪里流出来的。

"这眼泉被称为阿赫布拉克，它被人们看成是圣泉，很多体弱多病的人都会来喝这泉水，来寻求圣泉的帮助。"不知道是这几位年轻人口渴了，还是相信了这个关于圣泉的传说，每个人都虔诚地喝了几口那冰凉清澈的泉水。离开圣泉，他们继续前进。走了一段之后，柯勒什拜指着一片翠绿而宽阔的平原，说道：

"这个地方叫伊曼，你们看，那边的坡上有个墓地，那是一个名叫伊曼的人的坟墓，这里就用他的名字命名了。多年前，富蕴、青河一带的喀拉森格尔和别根拜被蒙古人砍了头，并且抢走了他们的牲畜，赶走了当地民众，后来，哈萨克人奋起反击，与敌人进行殊死搏斗，其中就有这个伊曼，他是一个英雄。他在战斗中受伤被捕，被关在牢里很多年，后来，他想办法逃了出来，就来到这个地方，在这里度过了自己的余生。他去世之后，遗体就被人们安葬在了山坡上。从那时起，人们为了表达对这位英雄的敬重之情，为了让后人记住英雄的名字，就将这块广阔的平原称作伊曼。我们的人民非常敬重英雄，这就是一个标志。"

"大人，我听说过一个故事，说有一天，一个人正好经过这里，不小心让他的马跑了，然后，他就来到墓前，祈求伊曼的亡灵给予帮助，结果他果然就找回了马，这是真的吗？"

"哦，那个人的名字叫代林布，他是个很有趣的人。据说有一天，他经过伊曼准备下马休息一下，结果缰绳不小心掉在了地上，他的马就跑到不太远的地方去吃草，奇怪的是，只要主人一靠近，那马就跑，代林布几次试图抓住缰绳，马都会跑开，后来，干脆就追不上了。于是，他想出一个办法，跑到伊曼的墓前，单膝跪在地上，向亡灵祈求道：伊曼，你生前是一个尊贵的人，你看我现在丢了马，眼看就要死在这荒郊野岭了，请求您一定护佑我……他虔诚地祈祷着，很久才站起身来，然后，开始寻找自己的马，这时，他居然看到马就在不远处的草地上吃草呢，他高兴极了，就朝马跑了过去，等他走近时，发现原来是马缰绳卡在了石头缝里。他赶忙抓住了失而复得的马。后来，他见人就说是伊曼的亡灵保佑了自己。故事的经过就是这样的。"柯勒什拜讲完故事，却并没有说自己对这件事情的看法。

他们在伊曼并没有见到依格森阿吾勒的人，他们没有多逗留，就继续赶路了，翻过一座小山梁，朝着森塔斯草原走去。这是一片非常广阔的平原，伊曼河顺着山崖一直流到这里，特克布拉赫小河从西边汇入，这个地方之所以被称作森塔斯，是因为这里有一尊人形雕像。柯勒什拜将人们带到雕像旁边，只见那是一尊女子的雕像，大约有一人高，面朝西站着，她身形粗壮，微昂着头，看上去非常威武，多年以来，她就这么骄傲地毅然挺立着。人们怀着崇敬的心情绕着这尊雕塑转了几圈，这时，柯勒什拜说道：

"据说这尊雕像是很久以前生活在这里的突厥人安放的。从她那挺起胸膛昂首而立的姿态来看，这应该是一位打败了敌人、守护了一方百姓的女英雄。可惜的是，我们并没有找到任何关于这尊雕像的文字记载。"

在森塔斯东边不远处，可以看见一片柳树林和一座土房子，人们将这里称作是胡兰拜·乌拉勒拜赞格的墙。这位先生的阿吾勒常年在这里种地、植树、垒墙，他将这里变成了自家的秋牧场。柯勒什拜指着那一片柳树林说：

"你们都知道这是乌拉勒拜的墙，他种的树现在长得非常好，非常茂盛，其实谁都可以在自己居住的地方建上房、种上树，为后人留下一些值得回忆的印记，这些将来都会成为一个人曾经来过这个世界的见证。乌拉勒拜肯定也是想到了这些，这片柳树和这些房子是不会被人们遗忘的，乌拉勒拜的名字也会被人们一直叫着，你们每一个人都要记住，这就是历史的经验。赫木扎普，孩子，尤其是你，你一定要牢记在心。"赫木扎普睁大了眼睛似懂非懂地却是非常认真地点了点头。

柯勒什拜带着随从朝那片柳树林飞驰而去，他们到达的时候，看见树林中有一顶洁白的毡房，毡房前还拴着两匹马，屋里的人听到马蹄声就走出了门，当他看见来人是柯勒什拜大人的时候，赶忙进房去通报，很快一家之主乌拉勒拜走出毡房亲自迎接大人的到来，他将柯勒什拜搀下了马。几个在不远处玩耍的孩子，怯生生地看着客人们站了一会儿，很快又跑去继续玩儿了。这个毡房是乌拉勒拜的一个亲戚家的新婚房，才扎起来没有多长时间，毡房很新，毡房里的陈设也很新，给人赏心悦目的感觉。客人们走进毡房之后，餐布很快就铺了上来，各色食物上了餐布，一碗碗香喷喷的奶茶倒入碗中，这时，主人乌拉勒拜缓缓地说道：

"我最近正好想登门拜访的，大人您今天自己来了，真是太好了！现在，政府将阿勒泰分成了几个县，我们胡兰拜部落以后可能就要归属布尔津县管辖了，我听说哈巴河和布尔津是以克依克拜河为县界的，如果这话是真的，那么这个森塔斯就会划归哈巴河县了，而我们整个部落要是归属了布尔津，那这个地方又怎么办呢？这是我们世代居住的地方，大家早已经住惯了，也不想离开这里。就这个问题，我今天就很想听听您的意见。"之后，乌拉勒拜又说了很多过往。

尽管柯勒什拜以前见过他，但是，这是他们之间第一次近距离地交谈。他身板笔直挺拔，皮肤白皙，说话得体，表达到位，柯勒什拜在听了他的那段话之后，稍稍停顿了一会儿，他心想，这是一个非常明事理的人。

"你说得很有道理，"柯勒什拜说，"以前阿勒泰地区整个都直属中央管辖，他们想怎么管都没人能插手，如今时代变了，法律也在健全，阿勒泰也被分成了好几个县，要进行分别管理了。哪个地方归谁管辖，都是政府说了算的事情，我个人还是赞同你们继续住在这里的，我能保证，蒙阿勒部落的人们是不会眼红的。这些事情还是上面怎么说，就得怎么执行了，如果有可能，你们还是应该去沟通一下。"

之后的谈话内容，就围绕着最近几年来发生的严重事件进行了：可怕的伤寒熄灭了多少毡房的烟火，还有那些逃窜来的俄罗斯人的侵犯等等。客人们坐了很长时间。刚才跑走的孩子们现在又回来了，靠在门边看着毡房里的大人们。柯勒什拜的目光落在了一个特别的孩子身上，这个孩子的长相不太像哈萨克人，他的嘴有点大，肤色也比较暗，看上去大概有五六岁了。

"那个黑孩子有点特别，这里除了哈萨克人还有别的民族吗？"柯勒什拜问道。

"现在没有了，"乌拉勒拜说道，"以前曾有一个汉人会经常过来，这几年，他一到夏天就在河边扎起凉棚，在那片地里种瓜果蔬菜，让我们这里的人吃到了各种美味的水果和蔬菜。他有老婆还有一个儿子。这个人手很巧，空闲的时候，会帮人们做箱子、木架子等家具。他家里只有一匹马和一头牛，夏天他会住在这里，冬天就搬到阿赫齐去了。俄罗斯人侵犯的那一年，哈萨克人就跑到山洞里躲了起来，那个可怜的家伙没能抛下手上的事情，就没有去。那天一个俄罗斯人来抢他的马，他不给，就去拉马缰绳，他们两个语言又不通，结果那个愤怒的俄罗斯人就开枪打死了他，他老婆冲过来的时候，也被打死了，只有这个可怜的孩子藏了起来，幸免于难，看，就是那个孩子。"乌拉勒拜指着那个黑皮肤的小男孩儿说。

"可怜的孩子就这样变成了孤儿啊，他就没有别的亲戚吗？"

"从去年父母去世到现在没有一个人来找过他，孩子太小了，也说不清自己有没有亲戚。"

"那他现在住在哪儿，谁收养了他？"柯勒什拜关心地追问着。

"尽管他跟我们不是一个民族，但他也是一个孩子啊，阿吾勒里的人们都可怜他，都会给他饭吃。去年冬天是这个小伙子收留他的。"乌拉勒拜指了指坐在旁边的一个人说。

柯勒什拜叫那个孩子，孩子表现得有点羞涩，慢慢地走近了他。

"你叫什么名字？"柯勒什拜用哈萨克语问道。

"我叫李步涵。"孩子也用哈萨克语回答道。

他从小在哈萨克人中长大，熟练地掌握了语言，当他问起孩子年龄的时候，他依旧毫不迟疑地回答说自己六岁了。

"真是个好孩子，去玩儿吧！"柯勒什拜说。

这就是人们前段时间说的那对被俄罗斯人枪杀，又抢走了马的汉人夫妇的孩子了。想到这里，他毫不迟疑地转身对乌拉勒拜说道：

"我要是说想把这个孩子带走，你们怎么看？"

"这个孩子无亲无故，是个孤儿，如果您想带走，谁会阻拦呢？"

"冬天马上就要到了，我正在担心呢，您这样的好人要是能领养他就太好了。"去年收留孩子的那个人感激地说道。

孩子知道大人们在说关于自己的话题，就一直在门外听着，结果被柯勒什拜发现了，就把他又叫了进来。

"孩子，你的父母被俄罗斯人杀死了，你现在只有一个人了，我要是让你当我的孩子，你愿意吗？"

孩子不知道该怎么说，正东张西望的时候，其他人纷纷开口解释道：

"这位先生是哈萨克中最受人尊重的人，他心疼你，想收养你。你要是去了，不会受冻挨饿，会过上好日子的，会和先生家的孩子们一起生活的。"说实在的，这个孤儿根本没有能力，也没有理由说"不"，他静静地点了点头。

柯勒什拜在民间的探访结束之后，就将这个孩子带回了家，给他穿上了新衣服，喂饱了肚子，在保留了亲生父亲起的名字的基础上，给他起了一个哈萨克语名字——博罕，让他和自己的孩子们在一起，他成了赫木扎普和纳赛恩的弟弟，和这一家人共同生活着。

*　　*　　*

加纳特部落中最受人尊敬的长者，博海、托海部落的扎冷胡吉拜老人突然去世，人们陷入了深深的悲伤之中，这对柯勒什拜来说也是一个沉重的打击。胡吉拜不是一个普通的部落首领，他是整个加纳特部落，包括自己部族的长辈和智者，他正直、博学，能公平地解决民间发生的各种纠纷，享有很高的声誉。这位先生的离世，给柯勒什拜的心灵造成了极大的创伤。噩耗传来，柯勒什拜就带了几个随从，直奔山脚下的胡吉拜阿吾勒。等他到达的时候，那里已经扎起了一顶新的毡房，遗体就被安放在了那里，一副崭新的绸帘将逝者与这个世界隔开。

柯勒什拜在老人临终前没有能见最后一面，为此他感到深深的自责。大概半个月以前，他来看望过一次，那个时候，老人的状态看上去还不错。见柯勒什拜进门，他还坐起身子，两人说了很多话。当时他说他此生无憾，他很幸福很满足了，唯一担心的就是那个年纪尚轻的儿子，他还没有什么人生经验，万一自己走了，这个孩子肯定会非常无助、非常孤单的，他希望柯勒什拜今后能多多照应。当时他就是轻描淡写地说了这些话，除了脸色有点差之外，他看上去并不像很快就会离世的人。谁能想到，这个备受尊重的胡吉拜大哥就这样永远地离开了人间。整个部落的民众都沉浸在悲伤中，他一走，留下了孤儿寡母悲痛欲绝。胡吉拜生前尽管没有跟柯勒什拜结拜兄弟，可是他们的内心是相通的，对这个世界的理解和看法是一致的，所以，两人会经常找对方，无论遇到什么样的大事，他们都会相互沟通、相互交流。

对柯勒什拜来说最大的精神支柱是加纳特部落两大分部的扎冷——胡吉拜和沙赫巴克，就因为有这两位先生的支持，柯勒什拜在民间的威望越来越高，无论遇到什么事情，他都能顺利地解决。他坚信"鸟儿靠翅膀飞行，而靠尾巴落地"这句谚语，他会经常听取这两位的建议来解决问题。今天，他感觉自己仿佛变成失去了一只翅膀的雄鹰，陷入深深的悲痛之中无法自拔。很快，沙赫巴克扎冷也赶到了，除此之外，加纳特部落所有的知名人士和附近得到消息的名人们也都到了。大家都专程过来送这位受人尊敬的长者最后一程。在给遗体净身之后，他被安放在一顶单独的毡房里，下葬前的这一天需要有人守夜，悲痛万分的柯勒什拜大人第一个要求替朋友守灵。然而，大人年事已高，夜里如果休息不好身体会受不了，可是，柯勒什拜坚决不听任何人的话，他和沙赫巴克两个人一夜没有合眼，陪伴自己最心爱的朋友度过了在这世上的最后一夜。大家都非常担心大人的身体状况，然而，他却并没有表现出不适。

逝者在家的最后一夜，守夜这是传统。柯勒什拜大人不顾自己年事已高亲自守夜，整夜未眠，这件事情令大家都非常钦佩，得到了人们深深的尊重。这是他对逝者胡吉拜的尊重，同时也是兄弟友谊和两个阿吾勒之间友好关系的标志。

太阳升起来，此时人们早已等候在阿吾勒边的山坡上，在参加了逝者超度仪式之后，将遗体葬在了祖坟里。

整个部落就这样失去了主心骨，失去了一个智者。从那以后，来慰问、做巴塔的人们的脚步络绎不绝。刚满二十岁的哈列勒非常认真地安排了父亲的后事，时间很快过了一年，他和阿吾勒民众一起为父亲举办了周年祭宴，之后，摘下了那面寄托了人们哀思的黑旗。在这段时间里，柯勒什拜经常来拜访他们，来了解他们的情况。别看哈列勒还很年轻，但是，柯勒什拜看出这个孩子随了父亲，他在逐渐成长为一个精干而智慧的人。都说后继有人，这话果然不假，柯勒什拜在想，胡吉拜并没有死，一个年轻的胡吉拜很快就要长成了。

胡吉拜的离世，关系到一个部落的事务将由谁来掌管，扎冷的职务将由谁来继任，这是一件大事。这个问题从送走逝者那天起就摆在了人们的面前，随着时间的推移，尤其是周年祭宴过去之后，就更成了迫在眉睫亟待解决的大问题。人们议论纷纷，有人说：子承父业，扎冷的位置应该由儿子哈列勒来继承。还有人说：哈列勒还太年轻，没有能力来掌管民众，所以，必须再找另外一个合适的人。然而大多数憨厚的百姓却不知道到底该怎么做才对，他们打算听从上面的安排。哈列勒年轻，对他的能力缺乏信心，也是情理之中的事情。还有一些人想肥水不流外人田，趁机占点便宜。大家始终没有达成一致，这件事情变得有点复杂。

随着时间的推移，两边的人分歧越来越大，几乎到了无法调和的地步。双方都在试图将民众拉到自己一边。柯勒什拜的家，门槛都要被人们的脚步踏破了。那些反对哈列勒的人们找来时，柯勒什拜就反问他们如果哈列勒不行，谁行？对方的回答却完全不一样，柯勒什拜明白了其中的原因，他说出自己的决定，只表示大家要对哈列勒有信心，不能将他排除在外。他想，选出一个部落的扎冷，不是他一个乌库尔代能独自决定的，这还要遵从政府的安排。他想应该直接到官府去表达自己的意见才行。而且，柯勒什拜还听说已经有人写了书面材料，摁了手印，呈到了官府。他确信，在做最后决定的时候，官府是会征求自己意见的。事实也是如此，这一天，他接到县里的邀请，让他尽快过去一趟，说有事要商量。其实，在柯勒什拜离开了噶赉达，开始处理民间事物之后，官府也并没有把他忘掉。他是民间的智者，官府认定他是值得信任的长辈。这种事情是不可能不让柯勒什拜参与的，现在到了说出自己想法的时候了，柯勒什拜心想。

正如他所预料的，要谈的果然就是这个话题。县长说，民间来了很多信，他一直思考这件事情，在做出最终决定之前，他一定要听听乌库尔代的意见。柯勒什拜也坦白地说了自己的看法：

"据我所知，这并不是一件多么难解决的事情。胡吉拜去世了，但是，他的孩子哈列勒还在呢，今年满二十一岁了。尽管他年纪还很轻，但他却是一个非常懂事而且非常聪明的孩子，他很小的时候我就认识了，他能做很多事情，这一点我一点儿都不怀疑。我的提议是，就由哈列勒来继承父亲扎冷的职务。"

"这将是您手下民众的扎冷，如果他不能胜任，会不会给您自己带来麻烦啊？"长官问道，柯勒什拜听出了他的意思，将来如果遇到什么问题，他会明哲保身。

"这您就不用担心，如果您相信我的眼光，在我看来除了这个孩子，没有人更合适这个职务了。"柯勒什拜非常果断地回答道。

长官稍微想了一会儿，然后脸上露出一丝微笑，表现出同意了柯勒什拜的意思。也许他自己也是这样想的，只是想在这个时候，还是让哈萨克人自己管自己最好，所以，在绕着圈子说话吧。最后，长官又说：

"那您就辛苦一下，去说服大家。选举的事情咱们下一步再进行吧。"

从县城回来之后，柯勒什拜又带了两个随从，转遍了博海部落各个分部，跟很多首领长者见面，跟大家沟通，让大家理解哈列勒继任扎冷职务的必要性。

乌库尔代亲自出面，没有人当面表示反对意见，还是有人以他还年轻，没有管理民众的经验来说事。柯勒什拜不紧不慢地给他们做了解释，尽管有很多人垂涎这个位置，却没有人敢站出来明着抢。这里有个最大的原因，就是柯勒什拜的参与。想当年，霍思泰部落选赞格时，就发生过一场很大的纷争，当人们各抒己见、相持不下的时候，噶赍达让柯勒什拜参与调解，最后选出了克斯科什，让他成功当了赞格。而那个时候柯勒什拜只是噶赍达的秘书，如今，他却是拥有很高威望备受尊重的乌库尔代，官府的人也会敬他几分。所以，最好不要跟柯勒什拜对着干，顺从才是最明智的选择。

当柯勒什拜彻底了解了民意之后，将所有的情况都跟县长做了汇报，并且重申了自己对哈列勒的信任。这一次，县长又给柯勒什拜交代了一个任务，并且将助手和翻译都派给他，请他组织安排选举活动，如果大多数人都投哈列勒的票，那他将会作出最后的决定。

柯勒什拜将博海部落和托海部落阿吾勒中的几个首领、五十户长和百户长，还有被公认为能干的一些人都召集到一起开了会，还将沙赫巴克扎冷和肯吉巴扎尔扎冷请来做公证人。县长的助手也代表县长来参会，当众宣布选举将由柯勒什拜全权代表官府和部落首领来进行，而自己是传达官府的决定。说完这些，那个秘书就将剩下的事情全都推给了柯勒什拜。

当所有的压力都压到身上之后，柯勒什拜来到众人面前，将哈列勒叫过来，然后开口说道：

"大家都知道官府的命令是要服从的，我就是为了履行职责才站在大家面前的，胡吉拜扎冷已经永远地离开了我们，没有人能阻止这件事情的发生，现在就要选出一个能继承逝者职务的人，官府将这件事情交给了我们。今天，我们就要来履行这个义务。一年来，大家都认真地考虑了这个问题，按照惯例，父亲去世孩子继位，这是天经地义的事情。然而，由于哈列勒还年轻，大家都担心他能否担起这个担子，这也是事实。关于这一点，官府也是知情的，经过全面的观察了解，官府还是认为，尽管他还年轻，但很快能担起这个担子。这件事情必须得顺从民意来进行，所以，长官派我和自己的助手来做这件事情。而我个人认为哈列勒是完全能够胜任的。然而，这只是我个人的意见，不知道能不能符合大家的心意。所以，今天我请求大家，首先，各位是不是同意选哈列勒，其次，如果大家同意，就说说大家还有没有其他的要求。请各位都说说吧，心里有话最好还是说清楚，不要在背后再议论了。"柯勒什拜就目前的形势和民众的情况都做了一番讲述之后，又回到了主题，征求大家的意见。在场没有人说话，场面突然陷入安静中，过了一会儿，一位长者打破了宁静，他站起身来，说道：

"我个人对哈列勒当这个扎冷是支持的，我认识他的时候他还是小孩子，我从他的行为举止就能看出他肯定能成器。都说虎父无犬子，受过智慧父亲教育的孩子一定不会错的，他的才能大家有目共睹。"

这之后，众人再次陷入沉默中。

"那么，各位还有什么要求和希望，这也是要说说的。"柯勒什拜说道。

"我们想说的是，"一个坐在边上的黑胡子站起来，"只希望他忠于人民，做事公正，不能给那些破坏民间和平安宁的人以出路，要维护民众的和睦团结，这是我们最大的希望。"话音一落，很多人都重复着这些话，没有人再说出不同的意见。

"那么，"柯勒什拜说，"各位的意见我们会转达到县长那里，他也会告知萨尔苏别的长官，最后的决定还得由那边来做出。下面让新扎冷哈列勒来说几句吧！"

哈列勒郑重地将自己的右手放在胸口，向众人行了礼，没有再说什么话。他并没有说自己要当扎冷，而是在保持风度，事实上，他对自己能完成父亲的职责，能将这个工作担起来是有信心的，这从他稳重的表现就能看得出来。

柯勒什拜完全明白了他的意思，很多时候，嘴上说什么都能做好的人，随着时间的推移渐渐地就会松了劲儿，就仿佛一匹上了"姑娘追"的马那样跑不远。而这个哈列勒却像一匹真正能跑远途的宝马良驹。很快，他就确信这个孩子能帮助自己来管理民间事务，能成为自己很好的助手。雨水是青草的福气，好人是民众的福气。柯勒什拜心想，这样的孩子越多越好啊！多希望自己和哈列勒同龄的儿子赫木扎普也能像他一样，也能成为一个有用的人！

\* \* \*

内心的黑暗比眼前的黑暗更可怕，这是柯勒什拜一直都坚守的信念，他始终将与愚昧无知做斗争当成是自己最大的任务，他在这条路上不懈地努力着，他多次劝说人们，必须让孩子们接受教育读书识字，随着时间的推移，他发现自己的努力还是有收获的。不少孩子已经能认字读书了，然而由于老师能力有限，没有办法教授孩子们更多的知识，加上很多家长希望孩子们能待在身边，帮助家里放养牲畜，减轻父母的负担，于是，不少孩子就失去了接受教育的机会。这些情况与柯勒什拜的心愿不相符，成了他心里的一个结。他去过很多地方，也见过大世面，认识很多有知识、有智慧的人，接触过各种新鲜事物，他深知家乡与外面的世界相差很大，这里的人们都在勉强度日，幸福就更谈不上了，这让他的心里非常难过，也非常着急。他认为造成这种情况的最大原因，就是民众愚昧无知，没有文化。这并不是一件能很快得到改变的状况，更不是一朝一夕的事情。为此，他也常常会难过。他将盖校舍当成了头等大事，在日常工作之余，开始着手做开办学校的准备。经过反复思考，在他认为可以实施计划的时候，柯勒什拜将加纳特部落的首领和有威望的人都召集起来，开始讨论这件事情。他跟大家讲述受教育的重要性，讲述知识和学问会给大家的生活带来怎样的好处，最后说必须开办学校，必须让孩子们上学，而且还明确提出要在各个部落的阿吾勒都开办小学校的想法：

"大家也许听说了萨尔苏别的玛米贝司建了学校，如今孩子们已经坐进了教室。遗憾的是，人们对学校的认识不多，不过现在他们也渐渐明白了阿吾勒需要有知识和有智慧的人，这件事情对整个部落来说是刻不容缓、迫在眉睫的。"

"您想得很对，大家都会支持您的。"一个年轻人开口说道，其他人马上纷纷附和起来。

"我们这辈人都是睁眼瞎，希望孩子们的眼睛和心灵都是明亮的。"

"可惜我年龄太大了，否则我也去上学了！"一位半开玩笑地说出了自己的心里话。

大家你一句我一句说了好多话，讨论也变得越来越精彩。人们对学习和对知识的渴望越来越强烈，这让柯勒什拜的心里非常高兴，感觉阿吾勒的明天充满了阳光。于是他就想，不能在这种时候将人们的热情浇灭，现在要做的就是认真引导民众，赶紧着手下一步的工作。

在得到大家的认可和支持之后，剩下的就是要赶紧趁热打铁，尽早干起来了。这一天，柯勒什拜将自己的计划摆在了众人的面前：

"建学校和其他事情是不一样的，这大家都是知道的。因为，学校的规模比较大，房间也多，我们很难全部都用木材来建造，也找不到那么多木材，总不能为了建学校就砍了长在哈巴河沿岸的白桦树和白杨树啊，那些树木也是为子孙后代造福的。砍伐树木，河岸就会变成光秃秃的一片，并不是什么好事情，将来吃亏的还是我们自己。依我看，还是盖砖房是最合适的。等以后咱们有了能力，再找来木材重新盖嘛，目前暂时就这么办吧！我们的黄土非常好，完全可以烧砖头，只要咱们自己肯干，黄土是用不完的。"

"乌库尔代，您说得很有道理……"一个小伙子刚说了一句，剩下的话就让其他人接着说了下去。

"咱们得赶紧挑选几个身强力壮的小伙子，开始干起来吧！"

"不能只有几个小伙子，我们要全部行动起来，人多力量大嘛！"

"这也不是做不到的事情，我们可以办到的。"

"开春就动工，等到了秋天应该就能有所收获！"

讨论的最后结果，就说到了最具体的事宜：需要多少人烧砖筑墙，多少人准备木材，工人们住宿的地方该怎么准备，吃饭的问题又该如何解决，还有其他生活所需都由谁来负责，工程的进展将由谁来管理等问题，经过大家群策群力，这些问题都一一得到了答案。

加纳特部落所有人意见统一，并在其他邻近部落的支持下，到了第二年的秋天，一个有四间教室的小学校的屋顶已经盖好，门窗安好，每个教室都修了炉子。就这样，在所有人共同的努力下，这一带从来没有过的特殊建筑拔地而起，出现在人们面前。初夏时节，柯勒什拜因事出了远门，他在临走之前将所有的事情都做了细致的交代，整个夏天他没能在阿吾勒监督工程的进度，等他秋天完成任务回来的时候，看到迎接自己的崭新校舍，高兴极了。兴奋之情溢于言表，他看着身边的人们，激动地说：

"如果一切顺利，我们今年就能开始招生了，大家完成了这么大的一项工程，我在这里要感谢你们每一个人，大家真的辛苦了！"

在入冬之前，学校真的开课了。由于教师不足，学生没有宿舍，所以，这一年入校的学生人数并不多。尽管如此，知识最初的光明，已经开始给这里的人们送去了温暖。然而当时，人们并没有料想到，这所学校在不远的将来就扩大了校舍，并且成为了一所系统的全日制学校。

俗话说，驿队随着迁徙会渐渐规整，这是一句在哈萨克人长期的游牧生产生活中出现的谚语，这句谚语也适用于生活中的方方面面。从前的哈萨克人如果有条件，就用骆驼或者公牛作为驿畜来迁徙。有驼队的迁徙队伍看上去很壮观，行囊都安置到骆驼背上以后，人们用一根绳子将几峰骆驼一个接一个拴在一起，这些憨厚老实的生灵会毫无反抗地排成行一直朝前走。而用公牛来迁徙的驿队却不会那么规整了。刚出发的时候，那些公牛会相互争抢，互不相让，会给主人带来很多麻烦。等翻过几道山梁之后，它们的热情也渐渐地冷却，才会比较守规矩地开始行程。也许，上面所说的那个"随着迁徙规整"就是指这种情况吧。在生活的其他领域中，很多事情一开始也会有点乱，找不到一个好的解决途径，随着时间的推移，渐渐地就会归到一个正确的路上了。人们在这种时候，也会用那句谚语来总结。

在柯勒什拜的带领下修建的这所学校，尽管最初学生人数少，没有什么名气，然而，几年之后，这所小学渐渐有了名声，成为众所周知的学府。这里教授的科目也很全面：数学、语文、地理等基础课程都会教授。很多从国外留学回来的知识分子被邀请到学校来任教。

当学校成为一个名副其实的学府时，大家发现校舍已经不能满足需求了。于是，经过柯勒什拜等部落首领们的重新商议，确定对学校进行一些改造，再加盖一些木质的教室。决定很快得到实施，一年之后，在人们的共同努力下，一个有六间教室的美丽学校再次盖了起来。几年之内，这所学校为家乡增添了风采，成为了一处人人喜爱的圣洁场所。后来，为了适应时代的要求，要将学校迁到县城去，于是，1930 年左右，学校被迁到了阿赫齐县城，成为了县城里的重点学校，名字也从以前的"加纳特学校"改为"团结学校"，也被称作"县城学校"。

\* \* \*

初冬时节的一天，柯勒什拜在喝过早茶之后，正准备起身，这时，突然传来一阵急促的马蹄声，他一听就知道肯定是有人找自己有什么急事要办。平时是没有人会这样急速地跑到大人家的近旁，因为这样做非常不礼貌。人们一般都会在靠近阿吾勒时让马放慢速度，在离大帐有一段距离的地方下马，再进门的。今天的情况有点异样，这让柯勒什拜有了不太好的预感，他侧耳听着外面的动静，这时艾布泰风尘仆仆地飞快地跑了进来，柯勒什拜看着他的样子，惊讶地问道：

"这是怎么了？你怎么这么惊慌失措的？出什么事情了吗？"

"大人啊，如果没有什么特殊的事情，我也不会这么着急了。额尔齐斯河那边的营盘出事了，他们在打架，都有人受伤流血了，我就赶紧跑来通知您。"

"谁和谁打起来了？到底是怎么回事？你倒是好好说清楚啊。"

"事情是这样的：几天前，喀帕斯在芝兰德河上游见到了成群的鳇鱼，他一下子就抓了好多鱼，结果这件事情让阿赫托别克那边的塔斯比克部落的人知道了，非说喀帕斯是在他们的水里抓了鱼，要让他赔偿。好在我们已经把鱼都拿回来了，但是，他们叫了好多人过来，说要拿走我们的鱼。刚才他们都打起来了，有人挥鞭子把人打伤了，我们就说他们这样不可能拿走鱼，这件事情只能交给部落首领来解决，可是，他们却要强行拿走，还想动武。他们就让我来找您了。"

"那现在他们打完了没有啊？"

"现在倒是停了下来，不过，可能还会打起来的。他们就是看上那些鱼了，非要我们快点答复。他们人多势众，我们人少，为了避免发生更大的事情，我们的人就在想办法拖延时间呢。"

柯勒什拜知道发生这样事情，还是因为这些人心眼小，贪图便宜。归根结底，问题还是出在部落之间牧场的界限不清晰，每个部落都在从自己的角度出发来评判，结果经常引起这样的纷争。如果他不亲自过去处理这件事情的话，最终肯定会出大问题的。于是，他带上了年轻的萨哈什，很快就从哈布尔哈塔勒出发了。初冬时节的雪下得并不多，可是气温已经很低了，寒冷的北风吹在人脸上很不舒服。好在风是从身后刮来的，他们才没有冻着。柯勒什拜身下的枣红走马走起来很平稳，就算他们走了很远的路，他也没有感觉到累。他同伴的马没有那么好，只是在勉强地跟着大人走着。等他们到达了萨尔哈莫斯，朝芝兰德进发的时候，几个年轻人迎了过来。这个时候，天已经是正午了，他们就在那里的某一户人家下马，喝了热茶，吃了一些东西。据他们所说，塔斯比克部落的人下午会赶到，他们想强行解决问题。柯勒什拜想，还是得等他们来。他想那些人当中要是有一个明事理的人就最好了。如果都是些不懂规矩的阿吾勒莽汉，那说服他们可能也将是一件不容易的事情吧。如果是那样，就不能跟他们继续纠缠，直接让他们把自己的部落首领叫过来。稍后，有人来通报，说塔斯比克部落的人到了。柯勒什拜走出毡房，看见一群人正朝这边过来，看上去他们并不是来打架的，但是，气势不一般。等他们走近了，柯勒什拜看清来人中就有阔克色甘乌库尔代。

萨曼别克的十一个儿子中，有六个儿子是同胞兄弟，他们被人们称作是六个塔斯比克，其中将整个部落的权力掌控在手里的阔克色甘乌库尔代的名声是远近闻名的。他除了有财富和权力，还有傲慢的脾气，从不会轻易向任何人低头，因此，民间有句话：千万别让我们看到阔克色甘伸腿了！这话一方面可能是因为他傲慢的性格，从不尊重别人，无论谁来到他面前他都不会收起自己伸出去的腿；另一方面是说他说一不二，傲慢得从来不听别人的意见的缘故吧。无论怎么说，就是一句话，他在那个年代是"权威"的象征。

这个阔克色甘估计也预料到对方乌库尔代柯勒什拜一定会过来，就召集了很多人，他的威风气势柯勒什拜大老远就看见了：

"喂，柯勒什拜，你这是在干什么？来到我们的领地，在我们的水里偷抓了鱼，抢走了我们的财富，这到底是怎么回事？"他直接这样开始道，口气中充满了不屑和挑衅。

"你不要大声叫喊，先下马，然后再说剩下的话，我们还是要像人一样说话！"柯勒什拜的口气也不容拒绝。

"下不下马都是这一句话，我来就是要回我的鱼的，你就说吧，现在怎么办？"

柯勒什拜看着自己的对手如此傲慢无礼，于是，他也提高了嗓门说道：

"我不是说了嘛，下马，像人一样地谈话，你大喊一声我们就俯首称臣吗？站在这里的都不是你的下人，如果你想解决问题，就赶紧下马！"

阔克色甘也意识到自己有点过分了，他稍微停顿了一下。这时，蒙阿勒部落的一个年轻人飞身过去，接住了他的马缰绳。尽管他们职务相等，然而，柯勒什拜的威望却比自己要高，到哪儿他都能说上话，如果真的死磕上了，对方会让自己吃亏的，这一点阔克色甘也很清楚，他就想不要再硬碰硬。于是他下了马，迎着柯勒什拜走了过去，双方将大多数的随从留在了外面，两位首领走进了那顶毡房，在上座落了座，勤快的年轻人赶紧给两人斟了茶。

"阔克色甘，有什么话，你现在可以慢慢说了！"柯勒什拜说道。

阔克色甘并不是一个笨嘴拙舌心中空空的首领，他的话题从远一点的地方开始，然后说到这里是他们祖辈世世代代居住的地方，这里的草原、树林、山坡都属于他们，与此同时，额尔齐斯河在这里的水域以及水里的动物也都属于他们。最后，他说，蒙阿勒部落的人在这里抓走的鱼就应该物归原主。

尽管他所说的话中有一部分是合理的，可是也有一部分并不合理，柯勒什拜仔细地听着，心里做好了回答的准备。这个时候，他突然想起一件事情，由于"千万别让我们看到阔克色甘伸腿了"这句话的传开，有一个奈曼部落的人想让他吃吃亏，好让他能接受教训，准备以其人之道，还治其人之身。于是，那个人夏天来到一个熟人家里做客，阔克色甘在听说奈曼部落的一个知名人士来了之后，就想来者便是客，六岁孩童进家门，六旬长者来请安，于是，他专程过去跟他们见面。那个奈曼人在得知他要到来的消息之后，就在身下枕了两个枕头，等着他的到来，当阔克色甘走进来时，他连头都没有抬，只是轻轻地睁了睁眼睛，抬了一下下巴表示了一下。尽管主人大声地说阔克色甘乌库尔代来了，客人依旧只是应了一声，继续躺着没有动。阔克色甘的自尊心受到了极大的伤害，内心非常愤怒，转身都准备出门离开，临走之前说了一句：这片草原上远近闻名最不讲道理、最傲慢的人就数我了，没有想到这个奈曼人比我更不可理喻，说完扬长而去。从最后的那句话中可以看出，阔克色甘并不是什么都不懂的莽汉，只是他有的时候为了显示自己的性格，会故意表现得傲慢无礼。柯勒什拜在知道了这一点之后，就这样开始了自己的话。

"阔克色甘，"柯勒什拜说，"刚才你说了很多事情，你这是想证实自己的想法，我的答复是这样的：首先，咱俩都是各自部落的乌库尔代，民众将咱们当成是会替自己做主的公正靠山。因此，为自己的民众讲话这没有错。然而，我们还应该是公平公正的代表，因为，我们是有着乌库尔代首领尊称的人，我们说出的话，做出的事，应该跟这个称呼相称才行。只有这样，我们在人们面前才会有面子，这是一；除此之外，天上飞的鸟儿，原野上跑的走兽，水中游的鱼儿都不是我们任何人的私有财产。任何动物都不会管地盘是谁的，它们想在哪里生活就会自由地待在那里。而说到鱼，到了夏天它们会逆流而上，一直会游到水的源头，等水流变小了，它们又会顺流而下，回到冬天的驻地。它们只有游到我们的领地时，我们才能抓住它们。所以说，水中的鱼并不是专属于谁的私有财产，这一点我们必须承认。还有，我们是生活在同一条河流沿岸的部族，你们住上游，我们在下游，这里并没有明确划分的界限。秋天打了草之后，牲畜也会随意地吃草漫步。这流动的水我们又怎么给它划出界限呢？那就更没有办法了。今天在你那边游着的鱼儿，明天就会在我那里游了，谁抓到了，鱼就是谁的。所以，你所说的这个事情不合情理。如果你非说鱼是你们的，那就请你拿出证据来，证明是你们喂养它们，否则，这些话都是没有道理的，你是什么都得不到的。如果你不相信，你可以告到县政府去，看看那边会怎么说？"阔克色甘听了柯勒什拜的话之后稍稍停顿了一下，反问道：

"那依你看，我们该怎么解决这个纷争？"他这个看上去是解决问题的态度。

"我刚才不是说了嘛，这件事情发生的最主要原因是我们的地界没有划分清楚，所以，为了将来兄弟不要反目，最好现在就把这个问题解决掉。"

"那你说该怎么解决呢？"

"如果你们觉得合适，咱们就拿两条河流的交汇处为界限吧！今后，咱们双方都应该注意，无论是放牧还是打鱼都不要超过这个界限为好。"

柯勒什拜表现得那么平静，他心平气和地将这些道理都讲清楚了，让愤怒而来的阔克色甘乌库尔代被他的这些话所折服，尤其是大人又是一位见多识广的智者和长辈，他的话让阔克色甘明白了公正公平是多么重要，这样只是为了追求部落声誉而发生的争执对民众并没有好处，他想今后一定要用和平的途径来解决问题。

"柯勒什拜，你什么都说了，这就像是给瞎子递了一根拐杖吧！你要是不这么说，还能是柯勒什拜吗？我现在也没有什么好说的了。"阔克色甘说道。柯勒什拜见他的态度也变了，也感到非常满意。

谈话结束之后，柯勒什拜将喀帕斯叫到自己身边，说道：

"这位阔克色甘来咱们这里，按说应该请他留下来吃一顿午餐的，但是，今天实在是没有合适的机会了。你就挑几条大鱼给他和他的随从吧，你看怎么样？"喀帕斯其实也正想这么说。他很快就完成了大哥的嘱咐。

因打鱼而发生的这场塔斯比克和蒙阿勒部落之间的纷争就这样

得到了解决。自此之后，这样的纷争再也没有发生过。相邻村落之间始终保持着友好往来。

＊　＊　＊

这一年的冬天来得很凶猛，尽管雪下得并不大，但天气却是异常寒冷。有人在形容寒冷的时候，会说吐出的口水都落不到地上，还有一些人说那是让公牛都呼号的严寒。口水不落到地上能去哪里，他们是说还没有落到地上就会冻成了冰。如果不是冻透了实在忍受不了了，公牛怎么会呼号呢？

这些日子，柯勒什拜都没出远门，几乎天天待在家里，开始专心读书。他最近在读一本名叫《巴布尔传》的书。这本书之所以引起了他的兴趣，是因为书中讲的主人公巴布尔是被别人都看不起的波斯湾一个弱国的子民，而他带领军队勇敢地向貌似非常强大的印度发起了进攻，并且征服了印度，建立了自己的汗国，统治了很长一段时间。后来，他将自己所有的经历都记录下来，在书中他没有隐瞒，也没有掩饰，无论是好的，或是坏的，都一律记录了下来。这个世界上的人，尤其是做过一些大事的人，他们所做的事情不一定都是正确的。有的时候，他们自认为是正确的事情，却最终会变成坏事，也许巴布尔也以为自己做的是正确的吧，这些都得交给后人来给出评价。无论怎么说，他写了这本书，就是一件非常了不起的事情。尽管柯勒什拜没有干成那么大的事情，却也在不断地努力着。他做过的事情正确与否，成功与否，这些都要留给后人来评判。

柯勒什拜将目光投向远方，思绪也随着风儿飘走了，这时，妻子再娜普的提醒打断了他：您坐得时间太长了，是不是应该出去走走呢？这时，他突然像从梦中惊醒了一般缓过神来，他想自己坐的时间确实太长了，于是，慢慢地站了起来。再娜普搀扶着他起身之后，自己朝着门口走去。走出家门才发现，外面还是挺冷的，一股寒风一下子从领口钻了进来，他赶紧将大衣往身上裹了裹。然后，缓缓地上了家后面的那个小山坡，深深地呼吸着清洌却新鲜的空气，任寒风不断掀起衣角，他觉得寒冷能让人头脑清醒，他需要想清楚的事情太多了，他环顾四周，万千思绪汹涌而来。现在不像刚到哈布尔哈塔勒的那个时候，自己阿吾勒所有的人家都搬到了这里，每一顶毡房的烟囱里都冒着炊烟。每家每户都在忙着准备晚饭。太阳开始下沉，天很快就要黑了。柯勒什拜也回到了家里，这时，房门突然被推开，满身满脸挂着霜花的俄尔格拜走了进来。他看上去非常愤怒的样子，还没有请安就开始大声说起话来：

"该死的大青马阔克硕拉克，无论我怎么打它就是不走，真是气死我了。那些吃了那么多牲畜的狼，就应该把它吃掉，看来它的命数还没有尽，至今还活着呢。我今天天不亮就从阔克孙出发了，除了在额尔齐斯河边的人家喝了几碗茶之外，我根本一步都没有停下来，结果，现在才到。"

柯勒什拜知道自己这个弟弟一向是个爱抱怨的人，所以，从他嘴里说出来的话他都不会太当真，但是，他刚才所说的这些话，分明是在抱怨自己没有给他一匹跑得快的好马。柯勒什拜静静地听完了他的话，然后缓缓地开口说道：

"我知道你旅途劳顿，先吃饱肚子，暖暖身子，然后再说说自己还有牲畜的状况。对了，这个冬天你们过得怎么样。这么冷的天，你就这么跑来了，是不是有什么特殊的事情啊？"

俄尔格拜将自己的愤怒全都转嫁给了大青马，在喝足了浓浓的奶茶，吃饱了餐布上的美食之后，整个身体仿佛都舒展了些，于是，他开始讲起阔克孙那边冬营盘的情况：

"今年冬草还不错，我们放牧也没什么困难，就是这个冬天狼太凶猛了，到现在为止我们倒还没有什么损失，但是，谁知道将来会有什么意外发生呢？"

"哦，那你是为什么事专门跑过来的？"

"我的来意估计你也猜到几分了吧？我肯定不是来玩儿的，今天过来是来要粮食的，我们的粮食已经所剩无几了。"

"这个我知道了，那么牲畜的情况怎么样，还好吗？羊怎么样？没有提前生产的吧？"

"你不说我差点儿忘了，好几只羊都生了，这些来得不是时候的小羊给我们带来了不少的麻烦，它们也需要干爽的牧草和营养丰富的补给。"

听到这个消息的时候，柯勒什拜有点生气了，他埋怨弟弟道：

"我信任你，将牲畜都交给你了，夏天你没有好好看管羊群，让它们随意乱跑，结果不是时候地生了一堆羊羔，我就说你不会好好养牲畜，你还不高兴，你说，这怎么办呢？你要是看护得好，会出这样的事情吗？"

"是有几只羊早生了，这件事情并不是我的错，要怪你就应该怪自己的老婆没有做好避孕帘。"刚要发火的柯勒什拜在看到弟弟这敏捷的思维，听到他机智的回答时，一下子笑了起来：

"你这个家伙，真是啥话都说，既然事情都发生了，就想办法让小羊平安过冬吧！"

"你这话说的是对的，牲畜和养牲畜的人的肚子，都应该得到关注，都应该平安地过冬。"他这样说也有他的原因，玩笑和真话参半地将哥哥说服之后，他就有机会说出自己的想法了：

"我刚才不是说了嘛，我们的粮食已经吃完了，这是我来的最大的目的，你会多给我们准备一些吧？"

"好的，粮食你会拿到的，不过一下不要拿太多，太多了你也不好带走啊。"

"多给一些，我就再驮一匹马啊。"

"那你们养得起两匹马啊？放到野外的话，会被狼吃了，如果自己养着，粮草也是问题啊。"

"哎呀，那有什么难的，我把这匹大青马留下来，骑走那匹好马啊！"

"哦，原来你是这么计划的呀！你记住，这匹青马是真正属于牧人的马，你就算放开了它，它也不会跑开的，会跟羊群待在一起，你就别换了，就骑着这匹马吧！"

"不，绝对不行，这匹马彻底让我失望了，就算我走着回去，也绝不会再骑它了。如果你觉得需要山上的牲畜，还有牧养牲畜的人，那就给我所需要的东西。否则，我就躺在你家里不走了！"俄尔格拜开始要赖了。

柯勒什拜深知这个伶牙俐齿、调皮任性的弟弟一旦认定了一件事，就绝不会改变主意的，看来最终还是要按他所说的做，然后，他说出了自己最后的决定：

"那你就把青马留下来，骑走那匹枣红马吧，但是，粮食不要带太多。否则，路途遥远，对马也是个负担。如果粮食吃完了，你再来取嘛！"柯勒什拜说。

俄尔格拜的本意也是赶紧摆脱那匹青马，在他的心愿得到满足之后，他很快就同意了其他条件。

"你的马我给你换了，以后就要好好看护牲畜啊！"俄尔格拜直视着哥哥，回答道：

"我一定会按你说的做，你不要担心。"

他办完事情之后，第二天就返回了阔克孙。

尽管柯勒什拜他们家境贫寒，然而，父亲对这个小儿子俄尔格拜却宠爱有加，哥哥们也一直都很惯着他。尤其是他们都长大成人之后，柯勒什拜在民间有了一定的威望，弟弟们就仰仗着他，开始习惯说些大话，过起了自由的生活。当柯勒什拜觉察到了这一点之后，打算严格要求他们，告诉他们不能这样，要做个朴素、正直、忠诚的人，他们也很听哥哥的话。上苍给了俄尔格拜机敏的个性和伶俐的口齿，心里想什么他都不会隐瞒，无论对谁都会直截了当地说出来。尤其在柯勒什拜面前，他说起话来更是自由随意。他会经常跟哥哥开玩笑，从来没有改过调皮的本性。哥哥跟他说话却比较婉转。俄尔格拜有一个弱点，他说话倒是非常到位，做事却并不是很踏实，他长大之后就成为一个普通的农民。然而，因为他是家里的老小，父亲对他格外地关注，尽自己最大的努力，想让孩子自由成长。如果他和哥哥们之间发生什么不愉快，父亲总是会向着他。慈爱的父亲是不想让他长大后变为一个胆小怕事的孩子，希望他能长成勇敢正直的男子汉。每当他们的生活遇到困难的时候，他也不会让小儿子受一点点委屈，总是试图让他跟别人家孩子一样无忧无虑地成长。随着柯勒什拜被大家认可，他们家的生活状况也渐渐地好转了。多年以来，这一家人始终没有放弃务农。除了夏天最热的时候，他会在草原上住很短的一段时间之外，他总是会待在山脚下照看庄稼。由于柯勒什拜的肩上一直背负着社会责任，在父亲去世以后，他们的那份祖业就交给了堆森拜和俄尔格拜两个人。

时间一年一年地过去，兄弟三人各自成了家，在开始了自己的生活之后，每一家的情况都发生了不同的变化，柯勒什拜家的生活状况提高了不少，堆森拜的生活也算中上水平吧，只有俄尔格拜始终没能摆脱贫困。他多数情况下会仰仗大哥，靠着哥哥维持生计，他的日子过得清贫却自在，无忧无虑地生活着。有的年份他种的庄稼收成会不错，而有的时候，庄稼则长不过兔子的身高，几乎颗粒无收。

最近这几年，农民俄尔格拜的日子越来越不济了。夏天雨水稀少，使得河水流量也减少，加上他个人的行动力又很差，他的庄稼长得很不好。这些情况也不能隐瞒，俄尔格拜想，还是要早点儿去找大哥，将目前的情况都告诉他才行。于是，一天清晨，他早早起了床，朝着山上的家进发了。这是民众刚搬到草原的时候。此时的草原牧草长势茂盛，四畜就像镶嵌在绿毯上的明珠，一个个悠闲地吃草徜徉着，人们的日子过得平静而安详。

俄尔格拜先回了一趟自己家，喝了几口茶之后，匆匆去哥哥家里请安。他们有一阵子没有见面了，柯勒什拜关切地问起了他的情况：

"庄稼第二遍水也浇过了吧？长势如何？天还不是很热吧？"

"我在浇水呢！天气越来越热了，昆虫也越来越猖獗，白天的牛虻犹如乌鸦般大，夜里的蚊子如麻雀般大，简直让人无法忍受。如果你见了，肯定以为世界末日也不过如此的。"

"哎，你说得有点过了吧？今年的天气的确挺热的。可是，牛虻和蚊子年年都有啊，现在怎么就变得像乌鸦和麻雀那么大了呢？你这个有点儿夸张了吧？现在暂时不说这些，先说说庄稼的长势吧，是不是已经长高了？"

"你是在问庄稼的长势啊，那我就告诉你吧！如果你坐在小溪边看庄稼的话，信不信由你，跑过去的一只老鼠也会让你感觉大如一峰骆驼，你就可以想象庄稼的长势到底如何了吧？"

"喂，你到底在说什么啊？我上次看的时候不是还挺好的呀，肯定是你没有好好浇水吧！"

"总给世界带来光明的太阳，今年格外严酷，把土地都烤焦了。一滴雨也没有下，我再怎么努力，堤坝的水始终都没有满，我猜那下面肯定有老鼠洞，喝不饱水的庄稼，怎么可能长得好呢？秆子细如毛，叶子也小得可怜，反正就是勉强活着呢。"

"堤坝里的水每年能浇很多庄稼地，怎么今年就不够用了呢？说到老鼠洞，堤坝没有水的时候，你就没有去检查一下啊？是你自己根本就没有关心过吧？"

"你不相信我说的，自己去看看就知道了，我现在也累了，已经没有力气再伺候庄稼了。"俄尔格拜开始任起性来，一副耍赖的样子。

柯勒什拜没有马上纠正弟弟，他是想巧妙地来说服他，这一次他还是没有说硬话，绕着弯儿说道：

"那么，你先回家去好好休息，等你吃饱肚子之后，咱们再谈。"

傍晚时分，俄尔格拜又来找哥哥了，他刚才的那股冲劲儿仿佛过去了，看上去平和了许多。

"喂，小伙子，你倒是说说看，你是怎么想的，想到什么就说什么，我们来一起商量一下。"

"我能有什么想法呢？我从小就是一个农民，一直到现在都是，真是烦死了。"

"你说的这些我不能说不对，然而，人们常说：兔子的皮也能用一年。今年你再忍忍，忍到秋天，等收了庄稼之后，咱们再合计一下！"

俄尔格拜没有直接表示反对意见，只是无声地点了点头。柯勒什拜也发现，不能再让俄尔格拜一个人留在山下了，还是应该再找一个年轻人来照料庄稼，然后让俄尔格拜来照看牲畜。于是，从去年开始，照顾牲畜的事情就交给了他。起初，他看上去很有办法，可是随着时间的推移，他对牲畜仿佛也失去了兴趣。

这一次，他大老远从阔克孙跑来要粮食，就是发生在这之后的事情。

# 第六章

时代的劲风，时而向东吹，时而向西吹，人们的生活也随之被影响被改变着，时好，时坏。

阿勒泰的克烈部落从十八世纪开始的漫长岁月中，经历了无数的艰难险阻，被人欺压，被人驱赶，他们沿着额尔齐斯河越过国境搬回到了这片古老的土地，饱经风霜的人们终于找到了一个稳定的居所。可是清政府也没有正眼看待他们，时不时会来欺压他们；还有红绑腿们不停地来骚扰，为非作歹；两个帝国之间为划分国境线而进行的谈判也给生活在这一带的民众带来了沉重的负担；还有逃窜而来的俄罗斯人的侵扰……这些都给百姓造成了很大的困扰，人们至今对这一切还记忆犹新。就是最近的十几年来，尽管各种苛捐杂税并没有减少，老百姓的日子也算过得比较平静。

仿佛是上苍吝惜这样的平静生活，又从那遥远的地方刮来狂风，预示着暴风雨就要来了。普通百姓什么都没有察觉到，然而像柯勒什拜这样睿智的人却早就预感到了。为了不惊扰百姓，他试图保守那个秘密。然而，没过多长时间，这些话就传到了人们的耳朵里。坏话总是传得很快，人们听到一个消息：一伙儿回族人正从迪化方向朝这边来了。住在阿勒泰的人们并不清楚他们是来做什么的，他们的目的是什么，民众只能提心吊胆地观察着周围的动静。

山雨欲来风满楼，随着那个坏消息的传开，各种谣言、闲话、猜测开始在人们中传播。最让大家担心的是回族人排斥信仰其他宗教的人，扬言要将那些异教徒赶走，还说要建立纯粹的穆斯林国家。人们对这件事情的看法不一，有的人在听到穆斯林的称呼时很高兴，也有的人在听到这个消息后说这是一场骗局，他们这样做只是为了在民族之间制造矛盾而传开的谣言；开明一些的人则认为，在今天的时代，在这里建立一个单纯的穆斯林国家是一件不可能实现的事情，如果真要这么做的话，注定要发生流血事件，肯定有大量的人会失去生命，会让百姓遭受巨大的损失。柯勒什拜就是持第三种观点的人。由于他了解历史，知识渊博，他习惯以古鉴今地思考问题，很多事情他心里都非常清楚。知识和阅历让他变得稳重而深沉，他不会听风就是雨，而是会冷静地思考，作出明智的判断。他是这样想的：

七十多年以前，一群回族人从内地跑来，抢占了迪化市。他们当时的口号和现在这些人的口号是一样的。他们一来就扫荡了塔城地区，占领了塔城政府，甚至烧毁了城池。驻守在那里的清政府的人也逃跑了，因此俄罗斯和清政府之间的国境线没有划分清楚，后来听说俄政府趁机霸占了很多清政府的土地。再后来，清政府派遣一名英勇的将士带领军队战胜了俄国人，残兵逃窜到了俄罗斯的塔什干和喀拉库勒等地。那些回族人到了塔城地区之后，就对当地信仰其他宗教的人实行了残酷的镇压，锡伯人和达斡尔人就跑到了福海县。那些回族人的所作所为，无非就是给他人带来灾难。众所周知，那个时候，为了重建被毁掉的城池，政府官员非要让当地首领喀拉乌斯潘出五百壮丁当劳力，喀拉乌斯潘不同意给人，结果，他们就给这位大哥的头上戴上铁盔，让他受尽了凌辱。可以想象，现在这些回族人也会像以前那些人一样，不守信用，不讲道理。跟着他们跑只会让我们的利益受到损害，甚至，以后我们还可能承受更坏的结果。柯勒什拜始终没有改变这个观点，他跟身边值得信任的人清楚地说了这件事情，他在努力避免人们走弯路走错路。然而，被穆斯林这个称呼所蛊惑，也有个别人加入了回族人的行列，手拿劣质铅弹枪的人也时有出现。这里最大的原因是，人们听到了一个消息，说上面的布哈特贝司与回族人勾结在一起，跟政府的人打起来了。布哈特贝司是阿勒泰的四个贝司之一，著名的玛米贝司的孙子，也是最受人们尊重的人物。如果回族人真的那么坏的话，他为什么会跟他们在一起呢？身居高位的人是不会平白无故这么做的，他肯定是经过了深思熟虑的。一些见识短浅、没有主见的人就陷入了两难之境。哈巴河县没有出现那种人，人们在得知消息之后，就急忙收拾家当，他们的整个夏天都是在忙碌中度过的。俗话说：恶人出现，连水都断。这个夏天雨水很少，草长得很不好，草原一派荒凉景象，牲畜吃不饱肚子，日渐消瘦。柯勒什拜想不明白布哈特贝司为什么跟回族人站在了一起，他想这里面一定有隐情，难道是布哈特真的相信他们要建立穆斯林政权吗？为此，他特意派了两个可靠的人去吉木乃拜访夏里甫汗，征求他的意见。

据柯勒什拜所知，夏里甫汗是个非常睿智的人，这并不仅仅因为他是杰恩斯汗公的儿子，还因为他自幼参政，曾跟位于迪化的政府进行协商，开办了蒙古—哈萨克学校，他不仅自己接受了教育，也让很多人到那里学习，那所学校培养了大量的有识之士。同时，他还是哥哥艾林王最可靠、最智慧的参谋，这些都让柯勒什拜确信他一定能对这件事情做出正确的判断，因此他确定首先应该依靠夏里甫汗。事实证明柯勒什拜这样做是非常正确的，是一个极其智慧的决定。派去的信使三天后平安回来了。夏里甫汗介绍了相关情况，给了他们非常准确的建议。他的话内容如下：

布哈特和回族人建立的亲近关系，是斗争的需要。夏里甫汗和布哈特的目的是推翻魏振国在阿勒泰的统治，建立亲民的政府。因为魏振国在阿勒泰地区欺压百姓，为所欲为，让百姓饱受苦难，生活在水深火热之中，民众越是低头顺从，他越是变本加厉，动不动就无中生有进行镇压，滥杀无辜。再不奋起反抗，人民根本无法过上正常的生活。因此，无论是谁，只要是反对魏振国统治的人，就是他们要团结的对象，将每一份力量都联合进来，在关键时刻能起到重要作用。布哈特目前就是出于这个目的才那么做的，因为他们人力有限，装备也欠缺，仅凭现有的力量和装备，想战胜武装到了牙齿的敌人，简直就是不可能的事情。而回族人的装备要先进齐全得多，他们经验丰富，人数众多，战略战术也全面，而且双方都有共同的敌人。而夏里甫汗的人没有经历过战争，也没有养成服从命令的习惯，面对真正的战斗，还有很多薄弱之处。因此，布哈特暂时亲近回族人。不过，夏里甫汗他们也有自己的打算，这些都是根据形势的变化而定的。而柯勒什拜先生应该多留心那些外来流民，坚信大人一定会为守护人民的生命财产安全不遗余力的。如果一切顺利，大家一定会在不久的将来再次相逢的。

起初扑朔迷离的形势一下子就明朗了起来，夏里甫汗的睿智和开明，让柯勒什拜非常高兴，他能预见未来，并且能根据实际情况寻找正确的出路，他是在依靠布哈特这样值得信任的伙伴开展工作。

柯勒什拜感觉自己有了底气，如果相信回族人的话，未来将会面临怎样的情况？他们再勇猛，也不可能消灭所有信仰其他宗教的人，对方也不会坐以待毙，不会像遭狼群袭击的绵羊那样，背对着敌人等待命运裁决的，他们一定会奋起反抗，一定会发生流血牺牲，这些不负责任的回族人总有一天会脚底抹油逃之夭夭，而留下我们在水深火热之中受煎熬，收拾残局。谁吃亏最大这是显而易见的。民间有句话：家里的人不和睦，穹顶就会遭受灾难。这表面上看是在说一个家庭的事情，这里却包含了太多的内容，这句话同样适用于生活在一个阿吾勒，甚至一个地区的人们。如果他们相互之间没有信任，没有友爱，那种地方的民众能有和睦安宁的生活吗？尽管我们信仰不同的宗教，一直以来却都与蒙古人和汉人和睦相处，共同生活着。他自己还领养了一个蒙古族和一个汉族的孩子，将他们视如己出，和自己的孩子们一起培养教育长大。他能对他们说你们的父母亲不是穆斯林，就将他们两个赶出门去吗？宗教只是人们心中对各自造物主的信仰，无论怎么说，每一个人都是上苍创造的生灵，他并不排斥其他宗教的人。在柯勒什拜心里这个信念变得愈加坚定。在现实生活中，他认为不能让很多人知道自己与夏里甫汗之间的交情，他只与自己最信任的人分享过这件事情。尽管那些回族人的数量不多，然而，他们手上有武器，个个都杀气很重。当地民众几乎手无寸铁，就算有也只是一些破旧古老的枪支，意识到这一点之后，他决定不能与敌人发生正面冲突，只能慢慢地拖延时间。

这个时候传来消息，说魏振国已经连夜带领部下逃跑了，萨尔苏别市也被回族人占领，由于哈萨克人力量薄弱，没能得到政权。

马仲英的手下马如龙、马赫英等已经将铁蹄踏在了阿勒泰广袤的土地上。他们开始掠夺财富，激化民间矛盾，试图稳固自己在阿勒泰的政权。然而，他们的算盘却打得并不漂亮，他们没有想到当地民众中也有有识之士，有勇猛智慧之士，这些人不会像骆驼那样顺从别人的凌辱和欺压，而是会奋起反抗，他们是人民的守护者，为了保护人民利益会做出最大的努力。这些外来人也并不是一些酒囊饭袋，在他们得知夏里甫汗在吉木乃地区组织了武装力量，正在为反抗他们的统治做着准备的时候，也试图阻止。而夏里甫汗却在包尔汉的帮助下，派人去见了马如龙，要求他们争取得到新成立的省政府的帮助。就在这个时候，夏里甫汗还给哈那皮亚贝司、萨赫多拉贝司等部落首领写信，请求他们不要被企图搞分裂的坏分子所利用，要求他们参加到自己成立的正义力量中来。就在这个时候，柯勒什拜派人去萨乌尔，见到了夏里甫汗，得到了他的建议已经回来了。

来到哈巴河的马赫英部众没有能站稳脚跟，无论他们走到哪里，都不受人们的欢迎，尽管人民没有进行正面反抗，他们也没有在民间找到任何可利用的东西。无论是乘骑还是用以食用的牲畜都很难找到。百姓都想方设法地搬迁到他们很难到达的地方去躲避，在实在无法躲避的情况下，也会避而不见，不去靠近，这种情况越来越明显。

马赫英的人开始寻找其中缘由，结果哈萨克人这边出了几个叛徒，出卖了部落首领们，说百姓都是按照他们的意图这样做的，说加纳特部落的乌库尔代柯勒什拜给所有的首领出谋划策，是罪魁祸首。还说尽管他是哈吉，却不同意建立穆斯林国家，说他是亲汉的人。回族首领在听到这个消息之后，得知是这个年过七旬、自诩为穆斯林的老头子在试图阻止穆斯林国家的建立，他非常生气。于是决定，要给这个老头儿脖子上系一根绳子，必须要控制他，如果他顺从了，就拉拢他，利用他，如果不从，就要进行残忍的镇压，如果他还继续顽抗，那就要让他和自己喜欢的那些汉人一起归西。于是，他们抓捕柯勒什拜的行动就开始了。柯勒什拜对他们的阴谋毫无察觉，不幸被追踪者抓住了，当柯勒什拜被捕时，哈讷别特与另外两个小伙子和他在一起，结果几个人一起落入了敌人手里。

柯勒什拜当时就预感到自己不会轻易被放走，于是，用目光示意随从，让他们不要反抗，不能与敌人发生正面冲突，那样只会白白牺牲。回族人心满意足地将俘虏拉到位于哈乌勒屯平原的监狱。柯勒什拜陷入沉思，他考虑敌人不会平白无故地抓自己，背后肯定有人在指使，他们一定收集了一堆不真实的罪证，来要挟自己。自己最大的把柄，应该就是说没有支持他们建立穆斯林国家，说自己亲近异教徒。因为他们自称是穆斯林的代表，那么自己必须摆出确凿罪证，让他们承认罪行。如果他们真的是穆斯林，就会被说服，如果不是那样，那就是证明了他们的罪行。剩下的事情再看吧，天不会塌下来的。

柯勒什拜做出决定，他想无论斗争是什么形势，他绝不会动摇。

这次抓捕行动的主谋是马赫英中层部下中的一人，他一定是想以此来提高自己的威望。第二天上午，在他们试图拷问俘虏的时候，柯勒什拜拒绝回答提问，他义正词严地说：

"我不会跟你谈，你没有资格跟我谈，我要和你们最大的头目来谈！"他的回答非常坚决。那个审讯者不知道如何是好，又不敢对其动刑，一时不知所措。第二天，一个看上去地位高一些的人来了，来者面色严厉，气势汹汹，身边的随从介绍来人是马司令（马赫英）。柯勒什拜也正是在等着和他面对面地交涉。

"你，"对方盯着柯勒什拜的脸，提高嗓门说道，"就是那个叫柯勒什拜的，对吗？"他用这句问话开始了审问。

"对，我就是柯勒什拜，你到底有什么事？为什么把我抓到这里来，我究竟犯了什么罪？你凭什么把我关在这里？你先回答我的这个问题！"

"你的罪行深重，就算我不一一举出来，你心里一定都很清楚吧？"

"我没有做任何错事，如果你非说我做了，那你就拿出证据来！"

"你为什么不支持我们反对异教徒的行动？"

"我反对的是你们烧杀抢掠，滥杀无辜，我这样做不是犯罪，而是积德的事情。"

"抢夺异教徒的财产，杀死他们是符合伊斯兰教教义的。"

随着审讯的进行，柯勒什拜想自己不能只回答提问，而是要开始公开平等的争论，他决定直接说出自己的观点：

"你和我都是信徒，都是上苍的仆人，我们要顺从上苍的安排，造物主创造了这个世界，也创造了信仰各种宗教的人，无论是穆斯林还是异教徒，都是造物主的生灵。每个人都应该有权利在世界上寻找自己的福祉，这也是造物主的旨意。所以，每一个人都有生存的权利。如果不是出于战争原因，随便杀死信仰其他宗教的人也是罪行。因为，随意剥夺他们的生存权就是违抗造物主的旨意。我就是想到了这些，所以，不能支持你们滥杀无辜，我认为这是我的责任，也是我遵从了造物主旨意，这是一；第二点，如果你们真的建立了穆斯林国家，你们就不需要管理民众吗？谁来缴纳苛捐杂税，谁来种庄稼，谁来牧养牲畜？这些都是由人来做的，如果你杀死了其他宗教的人，那么这么少的穆斯林能做多少事情，你们究竟想过这个吗？"柯勒什拜越说越敞亮，他举出了各种理由，让对方难以回答。

"你别想试图用这样的闲话来逃脱，你是长辈，见多识广，是有识之士，你企图用自己的知识来迷惑我们，你别想得逞！"

"你说得对，你们不会被迷惑的，然而，如果你们有脑子的话，就应该听劝，因为，能让一个人迷途知返的就是智慧。"

"少说废话！"马赫英瞪着眼睛说道，"我们抓你来不是来听你教导的，每个人的智慧都够用，你现在不是我们的参谋，而是罪人，是我们的俘虏。你首先要考虑的是怎么保全自己的这条老命！"

"是的，每个人都需要生命，对我对你都是一样的。然而，保全生命并不是出卖自己的灵魂和尊严，我是造物主的仆人，我要遵从教义而行事。"

"你知不知道不听从我们的劝告，顽抗到底究竟会有什么结果？"

"我想过了，你有枪，只要你一射击，一个人就将失去生命，然而，那个射击的反射力也一定会弹到持枪人身上。"

"你到底知不知道究竟谁会先死呢？"

"我知道，你今天要是杀死了我，明天你也别想活命，我身后有强大的群众，他们正在看着你的进一步动作，如果你一旦对我动了手，他们就会群起而攻之，将你们一网打尽的。"

马司令察觉自己不能用语言征服对方，于是改变了方法，严厉地提出了自己最后的一个问题：

"尽管你不停地说自己是穆斯林，但是，你一直就亲近异教徒，这一点我们早就知道了，我们有证据，你无法抵赖。你领养了一个汉人一个蒙古人的孩子，为了不让我们抓住，你还救了一个俄罗斯人，这些还不够吗？这些还不够说明你亲近异教徒吗？"

柯勒什拜料到这个问题一定会被提出来的，他心中早就有符合教义的答案：

"每个人不是一生下来就是异教徒或者是穆斯林，无论信仰什么宗教都是后来才选择的，我将两个孩子在他们还都不懂事的时候就领养了，这不是罪过，而是积德。如果你是一个真正的穆斯林，你应该知道吧？穆罕默德在创造了伊斯兰之初，除了自己的老婆哈迪夏之外，谁都不信仰他的宗教，随着时间的推移，信仰这种新型宗教的人也逐渐多了起来。无论在什么时候信仰，那个人从那个时候就是被造物主承认的。我转变了两个孩子，这正好符合使者的意愿，而你在怪罪我救了一个俄罗斯人，尽管他是异教徒，他也是造物主的仆人，他没有伤害任何一个人，反而帮助人们做了很多事情。所以，我这是在做好事，是顺从了造物主的旨意。我不想看见一个无辜的人受难，就给他指了一条生路。我相信，他以后还会回来，为人们做更多好事的。"

马赫英无话可说，一甩手转身离去，临出门前命令手下人："关起来！"就怒气冲冲地出了门。他清楚地发现自己用任何方法都没法让这个人做伤害自己民众的事情，必须要将他带到萨尔苏别，然后再好好收拾他。否则，别说为我们工作了，他反而会不停地阻挠我们的事情。柯勒什拜也清楚他的这个想法。他因为说出了一直憋在心里的话而感到高兴，然后，他对身边的随从这样说道：

"敌人很阴险，他们是不会轻易放我们走的，也许将来他们会对我们进行严刑拷打，对他们来说，我就是那根扎进他们眼睛里的刺，你们最终应该会被放掉，而我的命很可能就会被他们夺走。所以，你们心里一定要做最坏的打算。如果提审你们，你们就说什么都不知道，就说自己只是柯勒什拜的随从。"

柯勒什拜扛起了所有的责任，这让身边的人非常难过，哈讷别特刚想说点什么的时候，却被柯勒什拜制止了：

"我们必须孤注一掷，一切都掌握在造物主手里，也许他们什么也做不了，因为，随意惩处一名当地首领将会带来的后果，他们也一定能预料到，我那样说，就是想让你们做最坏的打算，俗话说防患于未然，你们一定要记住这一点。"

柯勒什拜被关押的消息很快就传开了，人们早就进入了紧张的准备当中。所有听到这个消息的部落首领纷纷行动起来，尤其是以哈列勒扎冷为首的人们，紧急通知了所有的民众，要求人们尽快行动起来，为了抵抗来犯的敌人，必须赶紧团结武装所有的力量，威慑来犯之敌。否则，这些心怀叵测的家伙肯定会做出意想不到的事情。人们看清了这些来犯之敌的恶行，这让他们早已无法容忍。他们在一两天之内，就拉起一支几百人的队伍，由于人们手里的枪支很少，大多数的人都是手持大棒和斧头。他们的目的是想通过这样的方式来威慑和恐吓敌人，来解救柯勒什拜大人。浩浩荡荡的队伍出现在了哈乌勒屯平原上，那感觉就像千军万马压近一般。这时，队伍中跑出来两个人直奔回族人所在的村庄。他们赤手空拳，就像两个手持马鞭的普通路人一般。回族人很快就看到了他们，在认定来人是使者时，赶紧通报了自己的头头。几个回族人扛着枪，面目冰冷地出现在来人面前。一个身材稍胖的矮个子看上去是一个小头目，他开口道：

"你们是什么人，从哪儿来，要到哪里去？"

"就算不说，你也知道我们是谁、为什么而来的吧？我们是来接被你们抓走的人的。"

"我们抓的是罪犯，他们企图阻止我们的计划，这些妨碍我们建立的穆斯林国家的人难道就不是罪犯吗？"那个矮个子傲慢地说道。

"你这话完全就是诽谤，柯勒什拜大人根本就没有操起武器跟你打仗，如果他真的想打仗，几天就能拉起上千人的队伍来跟你干的，然而，他并没有那么做。他没有伤害你的一兵一卒，他只是说了公正的话，他说不能让生活在这里的人们相互为敌，相互伤害，他解释了人们需要安宁的生活，这难道也算罪行吗？"使者哈列勒扎冷义正词严地说道，对方也毫不示弱：

"他既然说了诋毁我们新政府的话，那就是犯罪，我们要把犯人押往萨尔苏别去接受审讯。"

"你不可能把人带走，我们不会放你们走的。少说废话，赶紧把人交出来，否则，有你们好看的！我们已经准备好了，先遣部队已经到了，你们看到了吗？"哈列勒指着远处的山坡说道。成群的人们从山坡的各处冒着头，远远看上去人数的确显得非常多，这着实让敌人心里发了毛。尽管他们的手里有枪，可是人数却不多，如果老百姓真的扑上来的话，就算没有多少枪，光靠大棒也能制伏敌人，敌人肯定最终因寡不敌众而落败。刚才还耀武扬威的矮个子的气焰一下子就被打了下去，他也发现再撑下去对自己来说是非常危险的，他有点慌了。哈列勒抓住了这个机会，大声呵斥道：

"赶紧打开牢门，把人都带出来！如果大人的人身安全受到了一点点伤害，就别怪我们不客气了，到时候有你们好看的，我让你们马上变成灰烬！"

敌人将几个人带了出来，当哈列勒扎冷看到平安无事的柯勒什拜的时候，高兴极了，他跑上前去紧紧地拥抱了大人，然后和其他人也一一拥抱，看到此情此景的回族人不知如何是好，只好默默地缩在一边站着。就在这个时候，几个年轻人牵来了马，临行之前，哈列勒对回族人说道：

"你们不要太猖狂了，要看清形势，如果你们想欺负我们，最终吃亏的还是你们自己。今天我们暂时放过你们，如果今后你们还打算为非作歹，就别怪我们不客气。好，我们走！"

不知道是这块土地主人的神圣力量占了上风，还是他们自己认了怂，总之，那些回族人的气焰很快就熄灭了，他们不敢不放人，一个个呆立在了原地。

人多力量大，这次这句话得到了最准确的验证。从每一个小山头露出头的众人的威慑力，加快了事情解决的速度。这件事从一个方面告诉了人们，只有团结起来，才能保护自己，才能无往而不胜。

从那以后，以柯勒什拜和哈列勒为首的人们，决定组织一个民间武装，他们和其他部落首领联系，准备加强武装力量。首先是为了自卫，与此同时，也是准备加入到抗击敌人的夏里甫汗大部队行列中去，决心将这些流民赶出家乡。

这时，省政府将派部队到阿勒泰的消息也威慑到了敌人，尤其是包括穆斯林群众在内的当地民众对他们的痛恨，让以马如龙和马赫英为首的来犯之敌心里发了虚，他们意识到必须另谋出路才行。他们计划在回去的路上，进攻正在组织力量准备进行抵抗的夏里甫汗部队。夏里甫汗早就预料他们肯定会来侵犯的，他也开始进行全面的部署。就在这个时候，以柯勒什拜大人为首的哈巴河民众得到消息，也组织了一支两百人的队伍，武装奔赴了吉木乃县，加入了夏里甫汗的大部队，随时准备抗击来犯之敌。

这场战斗于1933年9月18日打响了，在回族首领马赫英携家人带领一千四百多人越过额尔齐斯河朝吉木乃进发的途中，发生了一场非常残酷的战斗。回族人的装备比哈萨克人的好，然而，他们知道自己没有办法在这里站稳脚跟，于是，翻过萨乌尔山，跑到了塔尔巴哈台地界。

这就是1933年以马如龙、马赫英为首的回民掀起的战争经过。在阿勒泰以"回民战争""回民革命"命名的这一年里，人民经历了非常艰苦的时光，这一年也被称作"乌尔昆年"①。

＊　　　＊　　　＊

持续了近一年时间的动荡终于在那个秋天结束了，人们的心也安定了下来，柯勒什拜开始了自己作为乌库尔代的日常工作，来拜访大人的人多了起来，他们都是上诉求助的人，以及征求大人意见和建议的人。人们都因为大人的平安归来而高兴，还有各部落首领们，远近亲戚朋友，以及其他一些亲密的人们的脚步总是络绎不绝，人们努力让大人摆脱心中的阴霾，他们请来了民间冬不拉乐手、阿肯歌手们齐聚大帐，让大人找到快乐。这对赶走柯勒什拜心中的乌云，让他重新振作起来起到了很大的作用。

柯勒什拜非常关注生活中一切美好的事情，他不会像有些所谓的信徒那样，认为唱歌跳舞、弹琴说笑都是撒旦的事情，每当他听到这种话时，他总会非常生气。他知道追求艺术不是跟随撒旦，这

---

① 乌尔昆年：意为惊骇之年。

取决于每个人的内心，他清楚人们需要艺术，需要提高精神情操的一切艺术形式，他的大帐就仿佛在黑暗的荒原上点亮的一盏明灯，他的家不仅是一个首领的大帐，还是所有艺人能常常聚会欢庆的令人开心的殿堂。事实上，柯勒什拜不会唱歌，也不会弹冬不拉，在他成长的过程中，家中贫寒，他的整个少年时代都是在为了生存而努力中度过的，后来，他又参了政，公务繁忙，更没有时间去学习音乐，再后来，他发现自己的手也生硬了，没有热情学弹琴了，是时间掌控着他的命运。他远离了能表达美好情感的能力，然而，他并不为此而感到遗憾，因为他知道为时已晚了。他从来都不会去追求无法得到的东西，不会去垂涎别人的拥有。只是，在他被繁重的工作缠身，而感到身心疲惫的时候，会读诗歌。近几年来，年迈的他视力减退了，他就习惯了让孩子们来给自己念诗，尤其喜欢让识文断字的加尔罕来给自己念诗。

这一天，他将一本由喀山出版社出版的名为《巴赫尔甘》的书放在了加尔罕手里，孙子翻了几页，发现这本书很难懂，但是，既然是祖父交代的任务，他又不能不念，念了两句，实在念不下去，就停了下来。祖父是想看看他究竟能不能念懂旧体书，这一下就看出他暂时还没有那个能力，就把书拿了回来，又将一本用纯正哈萨克文写的名为《金鱼》的长诗集给了孩子。加尔罕以前也读过这本书，这一下，他就仿佛踏上了平坦大道的骏马，轻松地念了起来。柯勒什拜微闭着双眼，长时间地聆听着孙子带着唱腔诵读的长诗，这时，几个人走进了大帐的门，一进门就行礼请安。走在最前面的是偶尔会造访的阿肯热阿克什，第二个进来的是长笛手、麦玛部落的俄尔克特拜，紧跟其后的是腰间别着冬不拉的一个年轻小伙子。俄尔克特拜介绍说，这个年轻人是他在萨乌尔一个亲戚家的孩子，当孩子听说俄尔克特拜要来拜访柯勒什拜大人的时候，他也非要一起来，说要来聆听大人的教诲。他们在这个时候的到来，让柯勒什拜感到非常高兴。这是一个让艺人们弹琴表演的好机会。客人一来，加尔罕的朗读就被打断了。孩子这下可高兴了，他眼睛里闪着光，仿佛获得了自由一般看着祖父，就听祖父说了一句"你去吧"，加尔罕就像插上了翅膀的小鸟一般，飞快地朝门外跑去。

听说热阿克什阿肯和长笛手俄尔克特拜来了，几个年轻人轻轻地走进了大帐，先后坐到了靠近门边的地方。午饭之后，客人们喝完了茶，餐布也被收起，这时柯勒什拜看着俄尔克特拜说道：

"今天你们能来，真的太好了，我正好在家里有点闷，俄尔克特拜，来吹起你的长笛吧！"

"我会吹笛的，不过，我们还是先听听热阿克什阿肯究竟有什么要说的，我看还是先听他的！"

柯勒什拜也发现自己没有先提到第一个进门的热阿克什，觉得的确有一点不妥，就开口说道：

"俄尔克特拜，你说得对，我们还是应该先听听阿肯想说什么，然后再给笛子一个大平台。"

总会抓住说话机会的阿肯热阿克什开了一句玩笑：

"俗话说：打断了骨头连着筋啊。大人还是想以亲戚为重，就先请了你，结果你把我推到了前面，不是说初心不改最重要吗？还是你先来吧！"

"狡猾的外甥，你在这个地方绊了我一下啊！"柯勒什拜笑道，"都说世界上没有不失蹄的骏马，舅舅也是人啊，你就不要介意了！"

"大人啊，我怎么会生气呢？我就是开个玩笑，只要您不生气就好啊！我和俄尔克特拜谁先来都一样。"热阿克什在开脱着。

"好了，别多说了，大人刚才不是也说了，第一个就是你的，还是你先来吧！"俄尔克特拜又将热阿克什往前推着。

"我也没有什么话可以说，以前写的那些调侃诗歌也都念过，再重复没有什么意思了。"热阿克什稍微停顿了一下，然后继续说道，"我今天写了一首新诗，是为大人平安摆脱了敌人的魔爪而写的，如果大家允许，我就来念念这首诗吧！"

"好，好！"

"好样的，那就快念吧！"在座的人们都纷纷赞成道。

"好了，外甥，大家都赞同了，你就不要再推辞，快点念吧！"

这时，热阿克什从衣兜里取出一张纸，开始念了起来：

　　　　乌云密布让民众遭受苦难

　　　　挣脱束缚大人您智慧满满

　　　　如今您回到家中平平安安

　　　　外甥我登门拜访表达情感


　　　　阿勒泰我的家乡不容侵犯

　　　　让敌人无所遁形抱头鼠窜

　　　　流民们无法立足满心抱憾

　　　　阿勒泰与哈巴河让你好看


　　　　那洪水波涛汹涌气势不凡

　　　　却没能冲破额尔齐斯河岸

　　　　大人您机智无比英雄虎胆

　　　　让敌人无法面对吓破狗胆


　　　　最珍贵唯有民众在这世间

　　　　尊重您发自内心不离身边

愿上苍护佑大人永远平安

愿正义赶走恶人永不出现


人们并不会为所有听到的华丽诗句而陶醉，还没有养成随波逐流奉承鼓掌的习惯，多少善说者和阿肯的美好诗句，都没能进入人们的内心在民间广为流传，大多都会被遗忘了。而热阿克什的这首如河水一般流畅的诗歌却深深打动了人们的心，激起了强烈的共鸣，屋子里掌声震天。

"好样的，这首诗歌写得真好！"

"诗歌就应该是这样的！"

"你看他对大人的评价多么公正啊！"

"热阿克什，祝你长命百岁，谢谢你！"

人们尽情表达着自己的心意。

热阿克什没有想到自己这首短诗能够引起这样的反响，此时，突然有点不好意思了。他偷偷地看了大人一眼，想知道他的反应，可是，他并没有从大人脸上看到特别的表情，但是，他也没有说别的，心里踏实了些。

过了一会儿，柯勒什拜开始掌握了场上的话语权：

"俄尔克特拜，下面就该你了，接着刚才的诗歌，你就吹起你的笛子吧！"大人将大家的注意力转移了过来。

俄尔克特拜也没有迟疑，拿起笛子，轻轻地吹了一下，然后问道：

"您想听什么曲子，大人？"

"那你首先吹《白哈巴的浪涛》，后面的就随你自己了。"柯勒什拜说道。

俄尔克特拜将笛子的一头夹到嘴边，开始吹起美妙的音乐。随着乐曲的旋律，人们的心弦也时起时落，音乐仿佛将那条波涛汹涌的大河拉到了人们的眼前，只见大河时而变成万马奔腾般的瀑布翻滚而下，时而又像一条缎带平静地缓缓流淌，舒缓大气，波光粼粼。美妙的乐曲将人们带进了别样的境界中。

后来，俄尔克特拜又吹奏了两首曲子，看他的样子，好像是有点累了，于是，柯勒什拜就把目光投向了手拿冬不拉的年轻人：

"孩子，看到你手拿冬不拉，我就知道你的琴一定弹得不错，那么，下面是不是轮到你来展示才艺了？"

那个年轻人一直都在等大人的这句话，他调了调冬不拉的琴弦，然后就开始弹奏起来，他首先从柏森布的乐曲《商议》开始弹奏，这首曲子旋律简短，表达的是商议时的情景，他很快就弹完了这首曲子，紧接着弹起了在阿勒泰地区广为流传、深得人们喜爱的几首乐曲。乐曲结束之后，当众人还沉浸在音乐营造出的氛围中时，他稍微停顿了一下，又调了调琴弦，然后说道：

"我最近学了一首新的乐曲，是一位从国境线那边过来的琴师教我的，我记得不是很完整，但是，我可以试一试。"众人纷纷表示欢迎，这时，只见冬不拉的两根琴弦在琴师的指尖突然说起话来，这首曲子大家并不熟悉，乐曲开始不久就很快进入高潮，然后又迂回平缓下来，经过几次反复之后，再次进入另一个高潮，这样的情绪持续了一段时间，最后才渐渐收场。

"这是怎样的乐曲啊？我们竟然都没有听过！"一位听众掩饰不住自己的好奇心，问道。

"据那位教我的琴师所说，这首曲子叫《金色的山脊》，我没有学全，还没有弹出真正的精髓，这也就是个大概。"

"就算你弹了个大概，我们也听得出这是一首非常了不起的曲子。等你学全了，再给我们好好弹奏一次吧！"柯勒什拜说道。

"我当然会尽力学好，将来一定会给您再弹奏一次的。"年轻的冬不拉手谦虚地说道。

"俄尔克特拜，库伊①到底是什么，你能说说看吗？你知道库伊到底有多少种吗？"柯勒什拜提了一个新的问题。

笛子手俄尔克特拜心中也一直在思考这个问题，他对此也有自己的一些见解，他想柯勒什拜不会无缘无故地提这个问题的，大人这样问也许是在试探自己吧？想到这儿，他打算抓住这个好机会，好好说说心里话，于是，开始大胆地说了起来：

"据我所知，乐曲传达的是人的心情变化、内心独白、情绪表达等，我想库伊这个名词也是为此而起的吧。哈萨克的乐曲很多，种类也非常多，演奏方法也各不相同，有弹奏音乐冬不拉乐曲，弦乐库布孜曲，吹奏乐曲斯布孜格曲等等。尽管乐曲可以用各种乐器演奏，但给听众带来的感觉是各不相同的。有的人喜欢冬不拉乐曲，而有的人喜欢库布孜乐曲，还有的人喜欢斯布孜格乐曲。这些乐器各有所长，所能演奏的曲目也各不相同。因此，不能将所有的乐曲都混为一谈，而是要分出门类来看，如果每一支乐曲都用专属乐器来演奏的话，出来的效果一定更好，更完美，更动听。不过，这中间也没有一个明确的界限，一首曲子也可以用不同的乐器来演奏，让大家所熟知。有的时候，用这些乐器共同演奏，它们之间就会起到相互补充的效果，也会非常不错的。都说：盗贼齐听，毛拉齐心，无论是弹奏冬不拉的还是拉库布孜的，都被称作琴手。我想，所有的库伊都是音乐，都是美妙的乐音。每个人对此都有自己的看法，自己的见解。如果不去投入地聆听，不与自己的心灵对话，很难得到享受。因为，乐曲中没有词，我想，要想领悟它表达的意思，一定要用心、用情来体会才行。"

---

① 库伊：意为乐曲。

"好样的，俄尔克特拜，你说得真好，就别说别人了，我都觉得自己上了一课，谢谢你啊！"柯勒什拜由衷地赞叹道。

刚才一直都在默默聆听的一位年轻人突然开口问道：

"就像您自己说的，哈萨克的乐曲种类很多，其中最被人们所熟知，被人们所喜爱，又便于弹奏的是霍恩俄尔①库伊，关于这个问题，您能说点什么吗？"

"无论你用什么乐器来演奏，弹的最多的还是霍恩俄尔库伊，我也说不出具体数字来，有的人说哈萨克有六十二部霍恩俄尔库伊乐曲。这究竟是一个具体数字，还是指乐曲能打通人的六十二个经络，我就不太清楚了。不过，有一点我想是确定的，那就是具体的数字肯定比这个多得多。"俄尔克特拜停顿了一下。

"你说得有道理。"柯勒什拜说道，"我有一次出远门，在路上遇到一个伊犁人，他就说哈萨克有六十二首霍恩俄尔库伊，他当时提到的应该就是这个六十二首霍恩俄尔吧，我自己不会弹奏冬不拉，不过很喜欢欣赏，霍恩俄尔乐曲，无论是用冬不拉弹奏的，还是库布孜、斯布孜格演奏的，都能抵达我的内心，让我变得心情舒畅，就像骑上了一匹快马，人也变得神清气爽起来。我想还是应该确定一下乐曲的数量和种类，我觉得这非常有必要。"

俄尔克特拜斯布孜格琴手今天坐在柯勒什拜大人的大帐里演奏了乐曲，欣赏了年轻冬不拉琴手的新曲目，还说了自己对库伊的理解，加上又听到了以柯勒什拜大人为首的众人给予的由衷赞赏和高度评价，他的心情变得格外舒畅。此时，他发现天色渐晚，就请假准备回去了，热阿克什阿肯也准备离开。

客人们上马离去之后，阿吾勒里的年轻人却久久不愿散去，赫木扎普看出了他们的心思，又怕在大帐里继续坐下去会影响父亲休

---

① 霍恩俄尔：原意为棕色、咖啡色等，此处意为婉转、舒缓、深情等之意。

息，于是，他将年轻人带到了自己的小帐。

这不是一个节日，也不是一个有主题的宴会，只是一般的聚会，进门之后赫木扎普对妻子说：

"兄弟们今天聚到了一起，能有这样的机会实属不易，你就多准备一些可口的饭菜吧。"性格内向稳重的图拉尔没有说什么话，就算丈夫不提醒，她也一样会好好招待客人的。

刚才的聚会就在这里继续着，赫木扎普意识到是时候要开始一个新的话题了，他提醒说：

"我们经常会听到很多民间发生的有趣故事，大家要是能记起什么，都说说吧，让我们都开心一下，还是要笑口常开啊。"

"赫莫什（赫木扎普的昵称）说得对！"一个小伙子附和道，"我问大家一个问题，人们所说的'力气都不认识老子'，这话从何而起，你们有谁知道吗？"

"我不知道这话从何而起的。"一个年轻人说道，"不过，我曾听住在附近的一位长者说过，但是他也只讲了一个大概。"

"那你就说说嘛！"

"我说了，你们可别传出去啊！据说有一天，住在河边的达热拜生了儿子肯德克拜的气，一急之下，就用鞭子狠狠地抽了儿子一下，不知道是不是鞭子抽得太重了，儿子也不示弱，一怒之下冲上去跟父亲扭打起来，老爷子哪儿是小伙儿的对手，儿子没费多少气力就将父亲摔倒在地，然后骑到了父亲胸口，用膝盖顶住父亲的双手，一边喘着粗气，一边气愤地说：'我看你达热拜到底有多大能耐，有本事你就动动看！'无法动弹的老爷子没有别的办法，只好无奈地叹息道：'力气都不认识老子了！'"

"可怜的老头儿，既然没有什么能耐了，还干吗抽儿子啊？"

"被父亲抽了一鞭子，又能怎么样呢？尊重长辈的传统都跑到哪里去了？这个儿子太不像话了！"

"唉，难道所有的儿子都懂得长辈的金贵吗？那个父亲为了将这个儿子抚养成人，吃了多少苦啊？"

人们开始七嘴八舌地讨论起来，有的责怪父亲，有的怪罪儿子，这时，赫木扎普打断了讨论：

"还有什么有意思的故事，大家都说说吧！"

"民间有很多关于爱吹牛的人的笑话，咱们就找一个说说呗！"

"那个被人们称作出了'五个吹牛大王'的阿吾勒不是就在附近嘛，这个你们大家都知道。"

"那个就先不说了，还是说点别的吧！"

"我最近找到了一本塔塔尔文书籍，读了一个关于吹牛的故事，那我就给大家说说那个故事吧！"一个识文断字的年轻人说道，"你们猜那是怎么回事？"说到这儿，他的目光神秘地扫过每个人的脸，露出一丝诡异的微笑，然后自问自答地继续道，"据说有一个生活在巴格达城的人，他家境贫寒，可是，又极其虚荣，他为了掩饰自己的贫穷，每天傍晚都用油擦亮自己的胡子，然后站在路边，给人们展示。有一天，他的孩子从家里跑了出来，对父亲喊道：'爸爸，勺子里你用来抹胡子的油被猫吃掉了！'

"'那你就从大桶里取一些油再装进去！'一听儿子突然冒出的一句话，父亲有点慌了，说道。

"'咱们家没有什么大桶，也没有油啊！'儿子瞪着一双清澈的大眼睛说道。这个时候父亲突然紧张起来，一时变得有点语无伦次，他赶紧转移话题：'你给大青马喂水了吗？'不会说假话的儿子答道：'咱们家别说大青马了，连小青驴都没有过啊！'"

听到这些对话的人们纷纷议论："可怜的家伙，何必说假话充面子呢？为什么就不能踏踏实实地过日子？"

"这个孩子是真的傻吗？还是实在看不惯父亲的谎言呢？他怎么什么话都往外说呢？"

"也许是孩子看不下去，就说了真话吧！"

"人还是应该量力而行啊！"

"这样看来，我们家如斯铁木说的那些大话，就什么都不是了啊！"

"如斯铁木什么时候，说了什么大话啊？"

"那一年，搬迁的时节到了，阿吾勒里的人家都先后搬走了，而如斯铁木家却没有合适的搬迁交通工具，于是，山脚下只剩他们一家还没有动。有一天，他出门去办事，路上遇到了一个熟人，当时，他家唯一的那头牛在不远处吃草，那个路人惊讶地问道：'这里怎么有一头牛在独自吃草啊？'

"'哦，这只是我们阿吾勒牛群中的一头而已啊！'如斯铁木说完就离开了。那个路人信以为真了。"

"如斯铁木心地善良，你看他现在不是家境已经好转了很多吗？都说，吉人自有天相，这句话一点儿都没有错啊！"

"还有没有好玩儿的故事啊？"

"那我就来说一个小故事，这算不上什么有趣的故事，就作为一个话题说说！传说一个有钱人给自己的儿子娶了媳妇，有一天，主人出了远门。那位主妇是一个非常精明能干的女人，如果她有白天没做完的事情，就会留在晚上继续来做。这一天，忙活了一天的儿媳妇晚上回家很想早点儿睡觉，可是，婆婆却一直在纺线，就是不睡，而那个时候年轻的丈夫早就进入了梦乡。不知道婆婆是不是没有看到儿媳妇已经开始打起了瞌睡的样子，就是没有让她先去休息。这下搞得儿媳妇又累又急，只好在房子里来回踱步，仍然没有得到婆婆的任何回应，于是，忍无可忍的儿媳妇说了一句：'我这是怎么了？为什么不赶紧睡进婆婆儿子的被窝里去呢？'边说边起了身。一直没有吱声的婆婆这才抬起了头，不知道她是心疼了儿媳妇，还是听到那句'婆婆的儿子'而被感动了，总之，她勉强地点了点头，允许儿媳妇去睡觉了。"

"可怜的儿媳妇，也算是找到一个合适的理由解脱了。"

"我觉得这个儿媳妇所说的话，是不是可以理解为：机智的语言不容辩驳呢？"

"说起能言善辩，"还有一个年轻人也开了口，"我也有个故事，据说很久以前，有一个小伙子要去未婚妻家见老丈人了，于是，他带上名叫斯热的伴郎陪自己一起过去，当他们快到老丈人家阿吾勒的时候，只见两个年轻的小媳妇突然骑马迎面跑来，笑嘻嘻地说道：'我骑马而来，快拿见面礼来！'由于他们没有见过这样的礼数，小伙子们并没有准备东西。这个时候，斯热想出一个办法，他冲着一个小媳妇的马腿抽了两鞭子，两个人被吓了一跳，惊呼：'这位这是怎么了？'就恼怒地跑掉了。斯热一直追着她们到了阿吾勒的边上，然后说道：'我追赶而来，快拿追赶礼来！'就这样，斯热逃过了一个礼数。"

这时，有个小伙子想改变一下话题，就提了一个问题：

"人们常说，'最逊的瘌头也会藏在路边惊吓马儿'，那就是说这个人的顽皮也会受他瘌头的影响吗？"

"也许是吧，他的头总是会痒，就用骚扰别人来缓解自己脑袋的瘙痒吧？不是有句老话叫：'瘌头止痒靠搔痒'吗？如果他挠痒痒还是不能缓解症状，就去骚扰别人了吧？"

"其他的瘌头我不知道，"一个年轻人说道，"就说咱们那个瘌头马吉木从来不会因为自己的头而难为情，他总会在众目睽睽之下摘掉帽子，光着脑袋坐着。只要有他在，那些头上同样有点毛病的人，都会跑掉，我就听说那个马吉木曾经做过一件很过分的事情，如果事情的经过是真的，据说是这样的：马吉木一个人在开热达拉寻找自家跑丢的牲畜，看见邻居特料开勒德把公牛拴在了树上，自己则在一边树丛里解大手，他没有留意有人来。马吉木就想跟他开个玩笑，于是，用一根棍子从他身后戳了一点大便，涂到了公牛的角上，然后，用木棍使劲捅了公牛一下，受惊的公牛跳了起来，这一下，特料开勒德被吓到，也从地上弹了起来，一边口中大喊：'啊哈，大牛啊哈！'一边拼命去抓公牛的牛角，结果，他发现自己手脏了，就使劲地甩了一下，手又撞到了牛角上，一阵生疼，这时，这个傻瓜又把那只疼痛的脏手塞进了嘴里，看到眼前的这一幕，正在一边偷窥的马吉木忍不住笑得前仰后合。这时，特料开勒德才发现这个恶作剧是他干的，愤怒至极，就从地上抓起一把石头丢了过去。马吉木一边大笑着，一边猛抽了身下的马一鞭子，一溜烟地跑掉了。你们看，瘟头怎么样啊？"在场的人都被逗笑了。不过，大多数人还是非常同情憨厚朴实的特料开勒德，为马吉木过分的玩笑而愤怒不已。

这之后的话题也开始起了变化，大家说起了阿肯热阿克什的玩笑诗歌：

"刚才不应该把阿肯放走，让他留下来就好了！我们怎么没有想到啊？"一个人说道。

"阿肯是长辈，咱们怎么可能留住他呢？最好还是他不在的时候，我们就说说自己知道的那些诗歌比较好啊。"

"那我们就说说吧！"

"我就说最近发生在他身上的一件事情吧。"其中一个人开始了自己的讲述，"热阿克什去年秋天想将自家那点羊跟别人家的一起放养，于是就赶往额尔齐斯河边的牧场，路上感觉肚子饿了，就在一户人家门口下了马，在那里喝茶待了很长时间，他吩咐主人家的男孩儿帮他照看一下羊群，喝茶过程中他还问了两次，孩子说：他一直能看见山羊的犄角，于是，阿肯就安心地继续坐着，等他茶足饭饱准备离开的时候，发现羊都不见了。原来孩子所说的山羊的犄角，是不远处一棵树的枯枝，由于当时天色已晚，他无论怎么找，也没有在附近找到自己的羊群。沮丧的热阿克什写了这样的一首诗：

　　我将羊群赶上山
　　三十只羊清一色
　　丢了母羊转眼间
　　不知行踪哪里寻

　　数量不多的羊群
　　有谁让我将它赶？
　　聪明绝顶我自感
　　身材高大无人赶

　　羊儿如若找不到
　　我会变成什么样
　　如今只怕一件事
　　老婆生气将我赶

　　"那天，他并没有找到羊群，就留宿在了额尔齐斯河营盘的白霍孜拜家里，临睡前，他请主人将自己的马拴起来，就睡觉去了。第二天早上起床时，他发现马也不在了，原来白霍孜拜并没有拴好马，只是将它的两个蹄子上了绊。这个时候，热阿克什又写了这样的一首诗歌：

丢了羊群好沮丧又丢了马

都怪自己太大意又太懒惰

没有拴好马缰绳只上了绊

主人他也没料到竟会这样


巴依斯部的民众会不会说

失去财物的商人丢了自我


"他这里所说的'商人'是指自己的霍加①血统,他们总是游历民间,他想再不要哪一天连自己也给丢了。"

"那最后他的羊群和马找到了没有啊?"有人问道。

"大部分羊还是找回来了。"

"他的牲畜是找回来了,那两首诗歌也就此传开了。"

"那样经典的美妙语言,总能让人心里非常舒服,阿肯热阿克什的许多诗歌都在民间广为流传。"

"是的,阿肯也写过很多调侃诗。"

"他是我们阿吾勒的外甥,这也就是人们常说的外甥骄横吧?"

谈话越来越深入,然而时间已经不早了,于是赫木加普开口说道:

"小伙子们,我们今天的聚会太好了,大家也说了好多故事,阿肯热阿克什的诗歌我们今天就算念一个通宵也是念不完的。今天咱们就到这里吧,剩下的话下次再继续,大家怎么看?"一听这话,所有人都纷纷表示赞同。

那天的聚会就这样结束了。

---

① 霍加:早年来传播伊斯兰教的阿拉伯人的后裔。

* * *

将新疆控制在股掌之中的金树仁政府倒台了，盛世才取而代之登上了历史舞台，为了稳固统治，树立威信，为了证明自己的独特和智慧，他开始以自己的方式来开展工作，于是，他制定了"六大政策"，在新疆的各县，选出为己所用的人当了官。他认为要想控制当地民众，这是一个非常合适的途径，就从民间挑选出有威望的人来参与管理工作。于是，他选出阿勒泰地区最有威望的人夏里甫汗为阿勒泰地区的行政长官、军事委员会的总指挥，那个时期，阿勒泰地区的确找不到能力与威望都高于夏里甫汗的人。早在二十年代，他就为中央政府担任了顾问一职。金树仁对他还是不放心，用各种方式压制他，但是，夏里甫汗冲破了所有的艰难险阻，与腐败的阿勒泰政府做了不屈不挠的斗争。他拆穿了马仲英派到阿勒泰地区的马如龙、马赫英等人准备建立穆斯林国的阴谋，与来犯之敌进行了坚决的斗争，并且最终将他们赶出了阿勒泰地区。他的事迹深深地印刻在了人民心中。能将他这样有威望、有号召力的人吸引过来，并且加以利用，是盛督办的一大心愿。

夏里甫汗是阿勒泰的政府首领，就是都统，他将挑选合适的人担任各部门长官一事当成了当务之急。尽管他可以自己选定各级各部门官员，但是，在此之前他还是进行了全面的考察了解，他认为必须选出最合适的人来担任这些职务。他首先召集各县里有头有脸的人来开了一个会，在会上征求了他们的意见，与此同时，他也说了自己的想法。参会人员中有各民族代表，柯勒什拜等六人也被邀请从哈巴河县赶过来参会了。

会上，夏里甫汗就阿勒泰地区的总体情况作了工作报告，并且，就他们面临的艰巨任务作了介绍。他说，目前必须清除遗留问题：

如何让民众和牲畜平安过冬，第二年春天要组织群众参加春耕生产，寻找加强教育的途径，等等。他明确指出，每个县必须要建立起能完成这些工作的强大领导层，他还宣布了准备任命的人的名单。

"如果有谁有不同意见，可以当场提出来，如果有顾虑，也可以下面单独跟我谈，要是没有不同意见，最后的决定将以文件的形式发放下去。"夏里甫汗说道。那些被提到名字的人当中，就有哈巴河县代表柯勒什拜，大人并没有想到会是这样的结果，他来的时候，只想自己年事已高不会委以重任，这次请自己过来，也就是为了征求长者的意见。然而，现在突然有了这样的安排，他想必须当面说出自己的意见：

"都统先生，非常感谢您对我的信任。然而，我如今年事已高，恐怕不能胜任此职务，您最好还是挑选另外更合适的人哪！"

"这个提议我是经过深思熟虑的。"夏里甫汗说，"哈巴河县没有人能代替您，没有比您更合适的人了。"

尽管柯勒什拜提出从民间挑选出一个年轻有威望的人，可是，他的提议没有被采纳。

"这个时候，您不干不行！在理顺工作之前，请您一定再干几年，以后再说以后的！"夏里甫汗果断地说道。已经没有回旋的余地了，最后，大人只能同意担任哈巴河县的长官，也就是县长一职。就这样，他承担起意想不到的重任，从萨尔苏别返回了哈巴河。

无论如何都要面对了，如何担起这个重担，如何带领民众，如何让饱受匪患之痛，又经历了寒冬考验的民众的生活状况有所改善，具体要做些什么，都是必须要考虑的重大问题。

事情是由人来做的，但不是一个人能做好的，而是要由很多人团结起来一起行动的。将所有人团结凝聚在一起，也需要一个有能力、有智慧、有实力的领导者。究竟要请谁来做这件事，因为做事情是需要知识和主见的，不能靠蛮劲儿，他认真地将身边的人都想了一遍，没能从自己部落中挑出合适的人选，看来得选出精明能干的年轻人委以责任，先考验他们一段时间。有人提议要从加纳特部落的各分部落中选人，可是他并没有这么做，他半开玩笑地回复了他们：

"我想从蒙阿勒部落中挑一个人，但是，怕他仰仗我欺负别人；想从麦玛部落中挑选一个人，又怕他夹着自己的铁锨，沿着河流跑了；想从霍思泰部落中挑选一个人，又怕他们手提净壶，腰上缠着五米白布，成天想着如何念经忘了工作；从博海部落中挑选一个人吧，又担心他们到处惹是生非；而想到从这个与我们为邻四处为家的哈孜别克部落中挑选一个人吧，又担心他们成天只关注青草的长势和牲畜的膘情，不会将注意力集中在工作上。然而，加纳特部落中也有一些有用的人，胡吉拜的儿子哈列勒是个好孩子，然而，他现在是民众的扎冷，将他叫到政府办公室，给他纸和笔，就等于将翱翔的雄鹰拴住一般。蒙阿勒部落马勒什拜的儿子拜迪不错，然而，他在布尔津县政府工作，在那里做了很多有意义的事情。如果我动了他，就等于伤害了当地民众的心。从另一方面来说，我现在不是加纳特部落的乌库尔代，而是哈巴河县的县长，政府工作和部落事务是不一样的，需要眼界更宽、更有能力的人，我就在寻找这样的人。我总会看见一些经历过很多苦难、见多识广的乃蛮部落年轻人，我很喜欢他们。以后，无论是哪个部落的人，只要是生活在哈巴河县境内，只要是有用之才，就要让他参与到政府事务中来。我刚才所说的是，还要多考虑眼前的情况。"经过长时间的思考之后，他挑选了那位多年来一直在阿赫齐植树务农、识文断字的民众模范叶斯木罕当了自己的助手。他见多识广，经验丰富，他协助柯勒什拜及时解决发生的所有事情，认真履行着职责。按照他的建议，柯勒什拜挑选了几个有知识的年轻人参与到了日常事务中。

那个时候，民众的生活状况很不好，人们饱受寒冷和饥饿的折磨，冻死饿死的人随处可见。为了应对这种情况，夏里甫汗都统与苏联政府进行了协商，从那边进口了一批粮食，解了燃眉之急，哈巴河民众也在其中。然而，不是所有人的命运都能因此得到改变，就算人们勉强熬到了夏天，又能有多少人靠着那点牲畜填饱肚子呢？天热起来之后，还得耕地种庄稼啊，如果把进口的那点粮食都吃光了，种子又从哪里来呢？摆脱这些沉重灾难的途径究竟在哪里啊？这种艰难的状况，让年迈的大人陷入了深深的忧虑中。他想，要想找到解决的办法，就需要依靠众人的力量，请各部落的首领来商议是当务之急。于是，他将各部落首领都请到了县政府：其巴尔阿依格尔部落的阔开奈台吉、阿别特扎冷，加尔博勒德部落的哈力别克、哈森别克乌库尔代，哈巴河民众的托列萨赫多拉贝司，哈孜别克部落的博铁罕扎冷，加纳特部落的哈列勒、沙赫巴克扎冷，等等。人们很快都到齐了。

柯勒什拜将现状跟众人做了简短的介绍之后，就自己关于如何摆脱目前困境的一些想法跟众人进行了分享：

"我们不能把进口的粮食都吃光，必须留下一些做种子，要为明年开春播种做好准备。对于那些失去了牲畜，吃不饱肚子的人们来说，富足些的亲戚要救济他们，无论如何，平安度过灾年是头等大事。怎么完成这些事情，我就要交给在座的各位了。"

"您说的情况，我们也都看在眼里！"阔开奈说道，"我们必须团结起来，否则没有出路，现在已经没有谁是四畜肥美称得上巴依的人家了。有的富人家在一个冬天之后，就变成了穷光蛋。别说帮助别人了，几乎变得自身难保。总而言之，是到了粗的变细，细的断了的时候，这是事实。然而，我们不能说所有的地方，所有的人的情况都是一样的。也有人家平安地度过了冬天，将这些人都动员起来，团结起来，是我们在座所有人的责任，我个人会不遗余力地参与其中。我会尽自己最大的努力来帮助身边的人。"

"像阔开奈台吉所说的困难情况，所有的地方都有。"哈力别克乌库尔代说道，"然而，五根手指还不一样长呢，我们阿吾勒在河边过冬人家的情况跟其他地方比起来要好一些，牲畜的损失要少，我自己的牲畜死了很多，但是，也并没有死光，在发动群众的同时，我也会尽自己最大的能力为抗击饥荒做事的。"

部落首领们纷纷表态，都说要尽力解决民间的这些困难。最后，一直沉默的博铁罕稍微动了一下身子，然后，提高嗓门开口说道：

"我在萨乌尔过冬的羊群情况还不错，我要捐五十只羊。"

听到他这么一说，其他的首领一下子感觉有点措手不及，一时不知所措了。

"这个家伙又吹牛了，咱们走着瞧吧！"坐在后排的一个人嘀咕道。不知道博铁罕是不是听到了这句话，总之，他没有理会。

不是所有的首领都很富有，加上他们的四畜也没有都平安过了冬。柯勒什拜县长想到了这一点，就没有硬性要求捐羊的具体数量，只是说了一句：

"县政府会合理安排博铁罕扎冷捐的羊。"

众人在商量如何帮助民众摆脱灾情之外，还商议了与来年春耕生产有关的事宜，后来，大家仿佛心中都有了底，在县长家用餐之后，纷纷散去。

会议之后，柯勒什拜县长感觉浑身充满了力量，他开始相信，如果能经常这样动员大家共同商议大事的话，没有解决不了的问题！

众人拾柴火焰高，如果所有人团结起来，什么困难都能战胜。尽管灾难深重，民众却并没有背井离乡。天气转暖，春天的脚步越来越近了。这时，人们开始行动起来，为生存投入劳动中。尽管每天都在忍饥挨饿，然而，他们仍然省下粮食做了种子，将种子埋入了地下，为将来的生活做着准备。这些都是在柯勒什拜大人的正确领导下，在各位首领们废寝忘食地努力下办成的事，他们每个人都是民众的榜样和带头人。部落首领养成了好习惯，只要遇上特殊的事情，就会及时向柯勒什拜县长做汇报，征求他的意见听取他的建议。这对年迈的县长来说，也是一件非常值得欣慰的事情，这就是民众的福祉啊。他想，这不只是对他个人的尊重，而是在增强民众的凝聚力。

在过去的一年中，陆续建立起来的那些小学校，在人们的精心修整下呈现出了一派生机，显示出崭新的面貌。其中，建在阿赫齐镇的加纳特学校已经不仅是一个部落的学校，还是附近所有的孩子都能接受教育的地方，后来被更名为"团结小学"。建在哈巴河岸边的其巴尔阿依格尔部落小学也逐渐成为一所有相当规模的学府。建学校在民间也成为一件新鲜事物，被人们所熟知所关注。这是在夏里甫汗都统的号召和指引下，在柯勒什拜大人等有识之士的一致努力下所取得的成绩。然而，很多愿意让孩子接受宗教教育的人，不想让孩子进新式学校，他们担心孩子们要是上了新式学校，会丢掉宗教，会失去信仰。那些年，当地有一些人有偏见，他们看到那些迁徙过来的人中，有一些人留了长头发，还喝酒，于是就担心接受了新式教育的人会被撒旦蛊惑。然而，更多的人希望孩子能学习知识，摆脱愚昧无知。柯勒什拜大人将自己的幼子加尔罕和女儿碧碧罕、波皮罕都送进了学校。他还号召身边所有的亲戚让学龄孩子上学。

县长并不是一个非常高的职位，然而，这个职位跟部落首领还是很不一样，因为，县长是当时官府的人，他的手上有武装力量，也有能说会写的人。这样神奇的力量是民间任何一个首领所不具备的。所以，任何傲慢的部落首领在县长面前都不敢颐指气使，都会服从县长的命令。大家都害怕违抗了指令，还会有被关进冰冷监狱的危险。

然而，柯勒什拜并不想让任何人看到这样的强权，所有人都是自己曾经的同伴，他从不说伤大家心的话，做让大家感到心寒的事。他家的客人总是络绎不绝，每天他都会跟人们进行关于民间情况的交谈。

尽管已经到了上草原的时间，然而，柯勒什拜很久都没有安排搬家。对他来说在砖房里工作有点困难，他觉得太闷了，就派人在院子里扎了毡房，在那里办公。只有当首领们想私下谈事的时候，他才会请他们进办公室里去。他将处理日常纷争的事情都交给了部落首领们，只有遇上特殊情况，他才会请他们过来一起商议解决问题。那个时候对盗窃行为的惩罚非常严厉，大家都很支持他，都在尽己所能地执行他的指令，有那么一段时间民间变得很安宁，人们的生活也步入正轨，人心也安定了。

由于天气越来越热，蚊虫肆虐，人们都搬到了草原上，柯勒什拜的家是最后才动身的。他在城里待了很短的一段时间之后，将日常的工作交给了助手叶斯木罕和其他工作人员，动身准备上山。

他身边有一群随从，他们中有继承父亲乌库尔代职务的赫木扎普，还有萨哈什和萨哈巴，以及阿吾勒里的其他几个年轻人。他们出了城，来到加依勒玛尔平原时，突然看见路边站着一个人，走近了才看清，这是大人的小弟弟俄尔格拜。他的衣服显得很破旧，看上去气色也不好，大人当时就很惊讶，不知道弟弟怎么会在这儿，于是，他问道：

"咦，你在这儿干吗啊？"

"我能干吗呢，知道你要上草原，就专门在这儿等你呢！"

"那你怎么不去办公室，为什么在这儿等着呢？"

"我干吗去你的办公室？我找你有事！"

"那你究竟有什么事情？"

"你问我什么事？你当了县长，哈巴河现在就在你的掌控之中，而你的亲弟弟在这么热的天在这儿种庄稼，都快被晒成了人干儿了！我的茶喝完了，衬衣也破了，我就想跟你说这个。"

"哦，原来是这样，"柯勒什拜稍微停顿了一下，他最近一直忙于公务，忘了关心弟弟，心中略感惭愧地继续说道，"你先拿去用吧！"说着从赫木扎普马背上的行囊中取出一块砖茶和一块白棉布，"这样的事情你不跟我说还能跟谁说呢？不过，我现在已经老了，在这个位置上待不了多久，今后要是有什么需要的，就直接告诉侄子赫木扎普，让他给你送过来。"然而，俄尔格拜的答复却是：

"别让我来找他，上苍就让我死在你的面前吧！"

"去，不许这样说！"柯勒什拜瞪着他的脸训斥道。

"这是我的心里话，也是我的心愿，我想上苍会眷顾我的。"俄尔格拜说道。他跟哥哥说话一向很随便，哥哥以为他还是在开玩笑，就盯着他看了一会儿，从他的脸上却没有看出一丝玩笑的影子，看到的全是他真实的想法。

"你怎么这么可笑，"柯勒什拜说，"谁先走谁后走都掌握在上苍的手里，年迈的人先离世，这是天经地义的事情，没有人能挡得住，这一点你自己也很清楚。我的意思是，这样的事情，我以后就交给赫木扎普来办，只是想告诉你这一点。"

柯勒什拜嘴上是这么说的，却暗自倒吸了一口凉气，他感到是不是弟弟有什么预感，愿上苍保佑，他在心里默默地祈祷着。

然而，大人当时根本没有料到，那之后不到一年时间，弟弟俄尔格拜就离开了这个世界。

＊　　＊　　＊

柯勒什拜大人一直以来都在思考写族谱的事情，多年来他搜集了不少资料，有的是从民间听到的，还有的是从各种书籍中读到的。这些资料有的真实，有的却不太可靠。既然收集到了，就不能浪费，应该都尽快加以整理，给后人留下一些可利用的资料。然而，要做这些工作，需要付出时间、精力和体力。年纪的增长和健康的下降都成了很大的障碍，除此之外，他还要完成本职工作和民众的嘱托，这些对于柯勒什拜来说都成为了压在身上的重担。

哈萨克人常说：雄驼在处无留物。柯勒什拜把自己看成是能承担重任的大雄驼。他一直在尽自己最大的能力扛着那个重担。然而，雄驼也有疲惫的时候，有腰困背痛的时候啊，他并不是铁打的。随着时间的推移，他感觉自己就像那衰老的雄驼一样越来越力不从心。这份官职可以随时交出去，然而，这个要记录整理的事情，他又能交给谁呢？看情形，几个孩子中没有哪个有这方面的特长，那个小儿子加尔罕年纪还小不懂事，以后他能成为什么样的人，现在还无法估计。尽管他知道以后会有人做这件事情的，然而，他还是不能确定，因为，大人所使用的是阿拉伯老式文字，而现在的年轻人则使用改进过的新文字，他们不会阅读大人搜集的资料。万一意思理解错了，不是很麻烦吗？万一曲解了前辈的话，怎么办呢？

就在他茫然的时候，他突然想起叶斯阿哈斯部落艾普斯木的儿子穆萨，这个孩子行动敏捷，思维清晰，偶尔会来拜访大人，从他的话里，大人曾看出孩子对族谱很感兴趣，总是会问一些与之相关的问题。为了考查这个孩子的知识水平，大人还曾悄悄地给了他纸笔，让他写一些东西，做了一个摸底。当时他发现孩子的字写得很不错，不仅能写老式文字，新式文字也写得很像样。从那以后，大人心里暗想，以后可以把整理记录族谱的事情交给这个孩子来做了。尽管大人并没有说明自己的想法，但是，这个聪慧的小伙子仿佛也感觉到了什么。随着时间的推移，孩子总会找一些借口来大人家里，就在某一次拜访的时候，大人提了一个别样的问题：

"听说你是阿肯，是吗？"

"哪儿啊，我哪儿是什么阿肯啊，那是别人在开玩笑说的。"

"我还听说有一次你赢了热阿克什阿肯，这总不是假的吧？"

"都说宝马也会有失蹄的时候，我曾经对热阿克什阿肯说过的一句话做了纠正，后来被别人传得有点邪乎了，我和阿肯之间的差距可是十万八千里呢！"

"还有人说你把自己的名字编进了谜语，这又是怎么回事啊？"

"哦，那不过就是一句诗而已。"

"那你就念一下那句诗吧，我想听听！"大人这样说道。

"我将自己名字中的四个字变成了四句谜语，写成了诗。"听了他的话，大人问道：

"您是怎么写的谜语？"他回答道：

"我将名字中的四个字母 m、u、s、a 编成四句谜语诗，让他们来猜，猜出来的话，就会组合成我的名字穆萨。"

"这个太好玩儿了，以后我也要把自己的名字编成谜语诗。"加尔罕兴奋地说着。

"对，我的孩子什么都能做。"大人微笑着说道。

"你还编过别的谜语诗吗？能说说吗？"

"也没有别的值得说的了。"

"那就说你自己有的呗！"

"我倒是有一首很普通的谜语诗，那我就说说那首诗歌吧。

光滑冰面奔来一匹黑走马

走过一程又一程飞快走马

还没有到达终点筋疲力尽

五壮士立了大功成全了它"

"啊，这是你把在白纸上写字编成了谜语啊！"

"是的，大人。"

"那我还有一个问题想问问你，"此时，顽皮的加尔罕跑出去玩儿了，目送孩子出门后，大人继续说道，"我发现你很关注古老的物件，还有一些美好智慧的文字，你是真心喜欢呢，还是另有所想？你能跟我说说真实的想法吗？"大人关切地问道。

"大人，我喜欢学习，喜欢知识，尤其喜欢了解过去的历史，您所整理的族谱中，只要是我能找到的内容，我全都抄了下来。除此之外，我还读了一些过去的人所写的族谱类书籍。我想把这些内容都整理出来。"

"你的想法不错，既然这么想了，就不要放弃。一个民族如果忘记了自己的祖先，以及祖先留下的遗产和他们的历史，那这个民族的人就很难看清自己的未来。就是因为想到这些，我整理了很多史料，其中包括与我们阿勒泰地区民众生存状况有关的部分，这些我都单独整理出来了。因为这些资料都基于真实的历史事件，我就想让大家都能记住这些事情。除此之外，还有一些关于世界上其他民族的来源，以及哈萨克族的族源等，当然，关于这些内容的说法各异，我没有太多真实的例证，所以，这一部分我就没有加进来。不过，祖辈们的信仰我又不想抛弃。将那些内容重新整理记录，对我来说并不容易，而且，我的时间也不多了，如果你有这个愿望，我想将这个工作交给你来做。"

"大人，您要是信任我，将这么重要的工作交给我，我还有什么可说的，我肯定会全力以赴，在所不辞的。"

"好样的，我也正是在等你的这个回答，孩子，要勇往直前，不要退缩。你把我给你的部分和自己找到的资料都整理记录下来，对错功过，就交给后人来评说了！总之，你要把所有得到的史料，全都记录下来。"

"遵命，大人！"穆萨点着头说，"就像您说的，我试着将所有的资料都整理记录下来，不知道我能不能让您满意，等我写好了，我再交给您来审阅，到时候，大人您再来给出最后的评判吧。"

"好的，那就这样吧，一言为定，孩子！"柯勒什拜微笑地看着穆萨满意地说。

就好像负重前行的行者找到一个合适的位置放下重担一样，年迈的柯勒什拜此刻感觉顿时轻松了许多。他将多年来收集到的资料交给了穆萨，却没有说资料的所有权在自己，除了有关阿勒泰民众生产生活方面的内容之外，其他部分他全都交给了穆萨。他心里想，无论资料在谁名下都无所谓，只要能为大家所用就可以了。

＊　＊　＊

这是温暖的秋天，柯勒什拜当选哈巴河县县长之后，他首次出门去走访，去了解民情。大人一直都不喜欢前呼后拥带着很多人去民间，显示自己的威望，到哪里他都只带上一两个人就去了，总是静静地完成旅程。他不想给当地的民众增加负担，打扰他们正常的生活秩序。如果一个哈萨克人家突然迎来不速之客，主人热情迎接，认真招待，这都是天经地义的事情。可是，迎来送走一个部落的名人、掌管部众的长官，并不是一件很轻松的事情。这位智慧的长辈想到这些，无论何时何地他都不会在百姓面前显示威望，他只想和大家一样，做一个普通的客人，这也成为了他做事的风格。

这次他只带了秘书艾布扎勒别克和马夫两个人。这三个人组成的小队伍，看上去就和普通的旅客没有什么分别。

他们拜访了住在山脚下的每一户人家，傍晚时分来到了一个阿吾勒。这是其巴尔阿依格尔部落斯尔格拜的家。当主人得知客人的来历之后，整个阿吾勒的长辈全都聚集过来，与柯勒什拜大人围坐在一起。餐桌上斟了香甜的奶茶，醇香的酸马奶，主人还宰了羊，各种食物摆放餐布之上，主人们表达着自己的礼数和尊重，大家并没有把柯勒什拜当成县长来看，首先将他看成是百姓公正的长者，受人尊敬的智者。柯勒什拜看到聚来的群众，心里非常激动，大家都想亲耳聆听大人的教诲，听他美好的话语和真挚的祝福，此情此景，让他心潮澎湃，备感欣慰。尤其是最后进门的须发雪白、满脸褶皱的清瘦长者，步履蹒跚地走到柯勒什拜面前，一把抱住了他，发自肺腑地说了一句：

"原来我也有见到你的这一天啊！"说着，老人的眼泪夺眶而出。柯勒什拜从来没有想到会见到这样的场面，他一时有点不知所措了，这时，主人开口解释道：

"这位是我们阿吾勒的长者，老人经历了太多的苦难，见过很多事情。近几年来，他对您的名声早有耳闻，一直渴望能见到您，今天终于如愿以偿，老人这是太激动了。"

"老人家，您今年高寿啊？"柯勒什拜一边搀扶着老人，一边关切地问道。

"托你的福，我今年九十岁了！"老人声音洪亮，语言清晰，他此刻的真情流露，让柯勒什拜非常感动。

不管你年轻或者年长，无论官位高或者低，做任何事情总归是逃不脱群众的眼睛，都会在人们的监督之下。柯勒什拜肯定会成为各种讨论的中心话题。不过，无论对谁来说，他都不是随便的一个人，他是成为了民众领头人、智慧开明的人，这一点，他自己也看得很清楚，所以总会努力完善自己，总是试图不辜负大家的信任，不辱没民众的评价。

今天这样和谐的聚会，自由的交谈，早就是深藏在柯勒什拜心中的一个愿望，他从来没有跟任何人说过，他自己也好像才意识到这一点，此时此刻，他感到身心都很舒畅。

宴席结束众人散去之后，柯勒什拜被安排到柔软干净的床上休息，然而，他却久久无法入睡，思绪带着他跑遍了草原和山岗。有那么一刻，他想起了小时候那段在破毡房里抬头就能看见点点繁星的日子，白天穿着破皮袄，脚上是用小牛皮缝制的旧皮鞋到处奔跑的情形，春秋季节，陪着父亲帮助家里种庄稼、收割粮食的情景；夏天在草原上度过的短暂美好时光中，去帮助自己富有的亲戚家看护牲畜的情景；冬天里，在树林中捡树枝，在沙漠中找枯死的灌木做柴火的情景；肚子总也吃不饱的那些日子，这所有的一切都浮现在眼前，就仿佛是昨天才发生的一样，思绪占据了他的心房，久久挥之不去。与此同时，他还想到自己目前的状况，自己备受众人的尊重，民众对自己寄予厚望……他被思绪带着越走越远。人们常说的，年轻时受苦，年老时享福，大概就是这个意思吧。现在，上苍赐予他幸福、地位、荣誉和尊重，愿所有的美好都能长久，他在心里默默地祈祷着。

第二天早上，旅客们就要动身出发了。这时，阿吾勒里的长辈们又聚集而来，柯勒什拜说他们还要去很多地方，要拜访很多人家，没有时间再耽搁了，在征得大家的同意之后，就准备上路了。如果再耽搁一会儿，他又要被人们围住，恐怕很难脱身，于是，他急着上马出发了。感谢我善良可爱的民众，民众的仁慈和民众的和谐就是无比珍贵的礼物。柯勒什拜本不应该逃避的，他确信自己在这里就算住上个把月也会得到最好的招待，然而，他现在不是普通的首领乌库尔代，而是一县之长，他不能辜负官府的信任和嘱托，必须安心工作，不辱使命。

一行三人沿着山脚朝西行进着，很久以来，他都没有在这个季节来过这一带。今年的牧草长势很好，长得非常茂盛，才从草原上下来的四畜，悠闲地吃着草，眼前的画面如此美好。那些双峰挺立的骆驼，犹如孩童一般好奇地盯着这几位行色匆匆的行人。

山坡上有很多的毡房，除了手拿长杆的马夫之外，几乎看不到几个人，然而，他们并没有进那些阿吾勒，他们主要的目的地是位于布列孜克河沿岸的阿吾勒，去拜访加尔博勒德部落的民众。柯勒什拜年轻的时候，他还是奉噶赍达之命来过这里，与杜孜本别特见了面，谈了事。当时，他还在这里听了长辈的教诲，亲眼看见威风神气的毕官是怎么解决大事的。从那以后，他再也没有机会在这样美好温暖的秋天来这里。同样的河流，同样的丛林，仿佛一切如旧。然而当时所见的那些人，恐怕现在已经很难看到了吧！最让他感到遗憾的是，那个开明的智者杜孜本别特毕官已经不在了。在这次的旅途中，柯勒什拜计划要去他的大帐拜访，今天，他真的来了。他们直接就到了毕官的大帐门前下了马。毡房里的几个年轻人看到有客人来访，一时有点措手不及。这时，艾布扎勒别克秘书开口说道：

"这位是哈巴河县县长柯勒什拜大人，今天大人过来，是想跟毕官的亲人们见个面，请个安的。"家里的人们很快就进入了忙碌之中，这时大人开口道：

"孩子们，不要慌张，我待不了多久，毕官本人不在了，但是，我还是来这里想给各位请个安，我马上就要走了，我们只要喝一口茶就可以了，不要麻烦。"洁白的餐布铺了上来，就在此时，一个能干的小伙子拉着一只羊来到毡房门口，用一只胳膊搂住羊头，然后伸出双手，向大人请求巴塔（祈福），然而，柯勒什拜表示了感谢，让那个年轻人把羊放走了。餐布上摆满了哈萨克式的美味食物，碗里斟上了香甜的奶茶，柯勒什拜开始询问他们的生活、牲畜的膘情、牧草的长势等情况。他们出发之前，听到消息的哈力别克乌库尔代飞马赶来，不管不顾地硬是将柯勒什拜拉走了，他的阿吾勒离这里并不远，说大人既然到了这个地方，就一定要去自己的阿吾勒坐一坐。

哈力别克的阿吾勒在离山脚下不远的小河边。洁白的毡房大老远就映入人们的眼帘，走近了才看到，那里已经有一群人正在等着他们的到来。快到阿吾勒时，乌库尔代自己先飞马回去了，到了毡房门口，他飞身下马，然后带头过来迎接客人们。他搀扶大人下了马，将客人引进毡房。毡房里面非常干净整洁，家具都是崭新的，所有的物件看上去都那么美好，柯勒什拜敏锐的眼睛明察秋毫，他的心中顿时出现了一个想法。从这个毡房就能看出这里的人们有着别样的性格。尽管我们自称豪放大气，然而，在生活的细节上，我们克烈人仿佛跟奈曼兄弟们还有一点差距啊，柯勒什拜心想。

主人遵循哈萨克的礼数表达着对客人的敬意，茶点之后，附近加尔博勒德部落的首领长辈们先后都来请安了，他们并不是来分享美食的，只是想跟大人见面，如果有机会，还想亲耳聆听大人的教诲，这些都让柯勒什拜感到非常欣慰。尽管大人年事已高，又经过长途跋涉，相当疲惫了，然而，他还是平静地坐着，耐心地回答着大家的提问，讲明了自己此行的目的。他最初并没有想在这里逗留，而是到阿勒哈别克河河边，去看看那条边境线。但是，他现在不能马上离开这个阿吾勒了。当宴席接近尾声时，时间也已近黄昏，这一天，他不得不在此留宿了。然而，柯勒什拜感到很满意，他不仅感受到了大家对自己的敬意，认识了很多新朋友，和大家畅所欲言之外，他还亲眼看到了当地民众的生活情况，听到了民众的心声，以及他们对官府的期望。他更加明白了教育是一个大问题，必须增加学校数量，让孩子们接受教育是当务之急。他暗暗下定决心，要在这条路上一直走下去，一定要不遗余力地工作。

柯勒什拜按照往常的习惯，在日出之前就起了床，主人也很早起来准备好了茶点。艾布扎勒别克和马夫也跟着大人走到了外面，大家茶足饭饱之后，客人的马匹也都备好，正准备上路，这时，哈力别克乌库尔代看着柯勒什拜说道：

"从前，人们常说：'有人邀请可不去，食缘到时别拒绝。'今天因为食缘，您大驾光临寒舍，顿时让我们感到蓬荜生辉。我为您特地准备了一匹强壮的走马，您就骑那匹马走吧！"柯勒什拜没有料到自己会受到这样的礼遇，他并不缺马，本想拒绝，可是，又怕这样做会伤了主人的心，收下吧，谁又敢保证能在是非之人的嘴巴上盖上盖子呢？他是生怕有人说自己这是在收受贿赂，于是，他想到了一个合适的理由，开口道：

"哈力别克，我的兄弟，感谢你的诚意、敬意和大气，马是男人的翅膀，我知道你是想让我骑上一匹走路平稳的走马，在这片广阔的草原，像鸟儿一样地飞翔，然而，今天我不能骑走这匹马，我自己骑的也是走马，它的性情我也很了解，是我最熟悉的一匹马，我今天还是骑自己的马吧，这匹马就算你送给我了，而我也接受了，不过，就让它和你家的马群待在一起，只要一切平安，等我下次来的时候再骑吧。只是有一点，就是千万不要说这匹马是你送给我的，就托人给我带过去，如果你那样做了，我会非常生气的。等我下次回来，得在你这儿能找到这匹马。"

"您的话我听懂了。"哈力别克点点头说，"那就按您说的办吧！"

柯勒什拜看出他是说话算话的男子汉，于是，心满意足地踏上了征程。

　　等他们到达阿勒哈别克河边的时候，刚好是中午时间。此时的河水已经不再有夏天的雄威，只是在静静地缓缓地向前流淌着。有的地方河水流得很平直，而到了有的地方就转了方向，绕着圈流着，形成了一个个小小的岛。河水不大，然而，人却不能随意过河，因为，河对岸就是苏联的国土。从前总能相互友好往来的哈萨克边民如今也不再自由来往了。如果一不小心过了这条河，你就会变成偷渡的罪犯，很有可能会引起纠纷，惊动双方的政府。柯勒什拜在离河流十来步远的地方调转了马头，沿河朝着下游而去。等他们接近额尔齐斯河边的时候，又转了方向朝东去了。他发现，这个地方的草长势非常好，牲畜的脚步还没有到这里。也许是大家都不想惹麻烦，就不往这边来了。柯勒什拜心想：以前民众相互交往相互搬迁，自由放牧自由生活，如今划了一道线之后，彼此之间就突然变得这么陌生，难道这个世界会一直这样下去吗？从前，他们可以一直迁徙到斋桑河边的，这些狡猾的俄罗斯人却把边境线推到了这个地方，真可惜了我那美丽的草原，我那善良的民众啊！

　　两天来，他高涨的情绪瞬间黯淡下来，他不想再多逗留，于是使劲踢了两下马肚子，朝布列孜克河方向飞驰而去。尽管天气很好，不冷也不热，老人却突然感到身上忽冷忽热，非常不舒服。他们就来到了一处树荫下，本想休息一下的，然而柯勒什拜却没有停留，他策马横穿了那条刚到马的膝盖处的小河，艾布扎勒别克看了一眼大人，想问需不需要休息，看到老人脸上凝重的表情，就没敢再说话了。他不想打断老人的思路，于是无声地跟随其后。

　　一路上他们见到了很多的阿吾勒，然而他们前进的脚步却始终没有停下来，快速前行着。换了平时，他可以随便拐进哪一个亲家朋友的阿吾勒，随便敲开哪一家人的门去做客，然而，今天他却没有那个心情，他想赶紧去见托赫热阿，就想听他有趣的话语，想与他长时间地交谈。托赫热阿并不是一个有钱人，也不是有名的毕官，他只是其巴尔阿依格尔部落中巴勒塔部族的百户长而已。这个人非常善说，他从来不会顾及别人的脸面，说起话来很直接，所以，有的人就在背地里称他为贫嘴托赫热阿。然而，柯勒什拜非常喜欢他的性格，只要有机会，总是愿意和他沟通聊天。

当地百姓并没有认出这三人，也许只把他们当成了普通的过客。这也是他们所希望的。

柯勒什拜早就听说托赫热阿在哈拉博塔平原建了营盘，还种上了树，然而，他却从来没有机会亲眼看一看。他们早就认识彼此，而且，曾多次见面沟通。由于他每次讲的内容都不相同，他在大人眼里就是语言的源泉，大人这次急着见他的原因也正在于此。

他们在跟一个牧民打听过之后，顺利地找到了要去的那个阿吾勒。托赫热阿也听说了柯勒什拜在民间寻访的消息，他想无论如何，大人都会来他这里一趟，就做好了迎接客人的准备，二人见面非常高兴，两位老人紧紧地拥抱到一起，行了碰胸礼，表达自己的敬意。阿吾勒里的人们很快听到消息，纷纷赶来跟大人请安。大家都想抓住这个机会，好好聆听两位受人尊敬的长辈之间的谈话。

主人托赫热阿先开口说了话：

"大人，您这是奉上苍的旨意，还有因为食缘就来到了我们这里，您的到来让我和老伴儿，哦，不光是我和老伴儿，还有我们整个阿吾勒的男女老少都非常高兴。大家都在期待从您尊贵的口中听到珍贵的教诲。"

"那样尊贵的话，你是想从我这儿听到吗？大家都在期待听到你最宝贵、最有分量的话啊！"

"我能说出什么宝贵的话来啊？您是湖面上高贵的天鹅，那我就是水坑里的小水鸭啊！您走过多少地方，见过多少世面，何况您还是整个哈巴河县的县长，而我只是一个百户长，从这儿就能看出咱俩之间的差距啊！"

"不要这样说，托赫热阿，一个人的学识不能用官职的高低来评判，有多少傲慢无知的官员，又有多少没有官职却知识渊博的平民百姓。你也不是平白无故就被人们称作是'善说家托赫热阿'的，我就是专门来听你讲故事的。"柯勒什拜真诚地说道。

谈话就这样持续了下去，他们说到民众的情况，说到大家都了解的一些事情，还说了在民间流传的有趣故事。柯勒什拜自己没怎么说话，大多数时间都在听托赫热阿讲话。大人尤其喜欢听他对自己反感的事情做的辛辣抨击和直接描述。

柯勒什拜至今为止见过很多被称为善说家的人，也见证过语言的对抗，他自己也曾经参加过语言战争，他发现大多数善说者，尤其是一些傲慢的毕官喜欢咬文嚼字，有时还非常冗长拖沓，让人很难分清究竟哪些是他自己的话，哪些又是前辈们留下的箴言。只能从他们话锋中听出个大概。还有一些人，就像暴雨后的洪水一般汹涌而来，搅浑了干净的语言，让听众感觉头昏脑涨。而今天和托赫热阿之间的这场谈话并不是语言战争，只是两个人之间平和的思想交流，从中也能看出特别的韵味。当时，托赫热阿的能言善辩在柯勒什拜看来，听上去就像那条缓缓流淌深沉博大的额尔齐斯河一样。这一次，大人仿佛从另一个角度认识了他。

托赫热阿是这样说的：

"有个人问我，坏人生出优秀的孩子令人赞叹，好人生出窝囊的后代一无所成，这究竟是怎么回事？我当时告诉那个人，这个问题你要去问柯勒什拜大人。"

"你怎么让那个人来问我呢？"

"这句话不是他也不是我想出来的，这是老辈人留下来的，他问我的意思，估计是在取笑我没有生出像自己这样善说的孩子吧，我让他去问您，是因为……哦，首先，我为此向您道歉，我绝不是想说您的父亲不是好人，反而是想说，一个贫穷普通的农民居然能培养出那么智慧、那么开明的儿子，是柯勒什拜验证了这句话。"

两人之间的谈话持续了很长时间，那一天，人们都睡得很晚。

第二天早上，喝了早茶之后，托赫热阿带客人们去参观自己种的那些树。那片树林的面积有一个阿吾勒那么大，周围被围了起来，通常生长在洼地的各种树木在这里都能找到。比如说：柳树、杨树、白桦树等树木生长茂盛，其中还有山楂树、海棠等果树。这是一个美好的初秋时节，天气非常温暖舒适，树木还没有失去绿色，个别的树叶开始发黄，还有的变成了红色，远远看上去色彩斑斓非常好看。这些树还没有长高，看来它们的栽种时间还并不是很长。

"这真是一件特别了不起的事情，利在千秋啊，你不光是语言的高手，还是创造艺术的能手啊！"柯勒什拜无法掩饰自己的欣喜。

"这些树栽种的时间并不长，也就是几年吧，所以它们还没长大。我本来想从山上移植一些松树和杉树下来，可又怕养不活，就放弃了这个想法。等这些树再长大一些，不怕牲畜在冬天啃咬树皮了，我就会拆掉外面的围墙，好让路过的人们都来乘凉。"

"你想得太好了，真是好样的，托赫热阿！"

托赫热阿不再说话，稍微停顿了一会儿，他微微低着头，若有所思的样子，脸色看上去有点憔悴，过了一会儿，他抬起头来继续说道：

"您可能也听说了，上苍没有赐予我一个孩子，在饱尝没能延续香火之苦以后，我开始另寻一条路，决定用种树来造福民众，我的孩子、我的财富就是它们，就算我今后死了，这片树林也会被后人称作是'托赫热阿的树林'，让人们能记住我的名字。尽管上苍没有赐予我一个孩子，但是，好像他听到了我的祈求，这些树长得很不错。大人，您就对我的这些孩子们说几句巴塔吧！"

托赫热阿说着说着声音哽咽了，眼眶也有点发红，但是，他并没有掉眼泪，表现得非常坚强、隐忍，柯勒什拜相信这是他的肺腑之言。他一方面很心疼他，从另一方面更清楚这并不是一个只会耍嘴皮子的人，而是一个勇敢而且坚毅的男子汉。

"托赫热阿，看到这片茂盛的树林，我既高兴又吃惊。我高兴的是，无论是树木还是小草都是有生命的，它们是除了人和牲畜之外的另外一个神奇的世界，如果它们没有生命，怎么可能生根长大呢？你正在培养这种神奇的生命，从今往后，我们要是也能跟你一样种树的话，这个世界会变得多么美好、多么秀丽啊！令我惊讶的是，你用这样的方式来给世界留下自己的后代，就像你昨天说的那样，好人也许会生出一无是处的无用之才，那就不仅不是骄傲，反而会成为耻辱啊。我们的父辈在向上苍祈福的时候，就祈求说：请赐予我纯洁的孩子，如果不纯洁就请带走他吧。你的这片树林，不就是纯洁的后人吗？"柯勒什拜大人又说了好多这类赞赏的话，表达着自己的欣慰和感动之情。

"谢谢您的话，愿上苍能听到您的祈福。"托赫热阿感激地望着大人说道。这时，在场的人们也纷纷表达着自己的感动之情。在客人们准备出发的时候，一个小伙子骑马过来在不远处飞身下马，走过来跟长辈们行了礼，来者是哈布勒部落首领阔铁尔蔑毕官的儿子哈布德瓦力百户长。大人接受了他的行礼，询问了情况。哈布德瓦力开始说自己急着过来的目的：

"大人，昨天晚上我就听说您到了这里，然而，我不想打扰各位的谈话，所以就没有过来，现在才来给您请安。我想请您到我们的阿吾勒去做客。"

"谢谢你的盛情邀请，孩子，我跟你父亲曾有过很深的交情，他是一个非常好的人，只是他走得太早了。哈萨克有句话，后继有人，看，你今天都已经长大成人，还参与管理民众事务，你一看就是个好孩子，再次谢谢你的邀请。本来我应该过去的，可我出门已经好几天时间了，那边正等着我快点回去呢，所以，我得走了。这次我就不过去了，如果有食缘，以后会有机会去做客的，这次你就不要生气了。"

柯勒什拜对年轻百户长的尊重和邀请表示了感谢，在和托赫热阿一家人告别之后，他们就上马出发了。

这几天短暂的旅行给柯勒什拜提供了丰富的精神食粮，他见到了很多人，跟新朋老友交流沟通，他感觉学到了很多东西。尽管战乱的痕迹还没有完全消退，民众的精气神恢复了一些，从人们的精神面貌就可以看出，大家已经可以全身心地投入到生产生活中了。他也感觉到自己肩上的担子并不轻，他暗自担心自己的体力和能力能不能将那个担子背到最后，而不是半途扔掉。这次的长途旅程与每天的聚会应酬和各种交流，让他的体力消耗很大。等他回到家之后，除了必须马上解决的事务之外，其他事情他想先放一放，休息几天调整一下自己再说。

他来到自己位子上，侧卧到了放在厚厚棉被上的羽绒枕头上。这时，负责处理日常事务的萨哈巴走了进来，看到大人正准备休息，他站在门口迟疑了一下，大人半躺着，却没有睡着，他发现萨哈巴有话要说，就把他叫到自己身边问道：

"怎么，有什么事要说吗？"

"是这样，大人，昨天热阿克什毛拉来了，他让我把这张纸条交给您。我怕弄丢了，所以您一回来就赶紧先送过来了。"说完，萨哈巴将手中叠成四方形的纸条递了过来。

"你自己读过了没有？"

"大人，您忘了我不识字啊！"萨哈巴有点羞涩地嘀咕一句。大人陷入了沉思，他想这个萨哈巴什么事都能做，只要是他交代的事情，没有他办不成的，不管在草原上，还是在山下，什么活儿他都能干，这么一个年轻帅气的小伙子却没有上过学，不认识字，这让大人的心里非常沉重。太可惜了，如果他上了学，有了知识，那他什么事情做不好啊？大人沉默了一会儿，突然想起那张纸条，就赶紧接了过来，他打开一看，原来那上面写着一首诗歌：

哈森别克好自大
低头卖命就数他
一根利剑耳鬓插
嘴角飘起团烟花
县长大人在干吗
跛子瘸子找回家
站在近旁盯着他
他却眼不眨一下
不懂礼数不懂话
哪里找来这个他？
热阿克什

诗人热阿克什，外甥热阿克什，只要一到蒙阿勒部落，就会找点毛病出来，然后写一首这样的诗歌，他的这个习惯，柯勒什拜早就知道。所以，只要一听说他来，就可以确定一首戏谑诗要诞生了。

然而，这首诗歌却与以往不同，他这是在批评柯勒什拜本人，以及他所掌管的新政府，必须搞清楚这其中的原因，于是，大人派遣萨哈巴去把哈森别克叫来。

哈森别克跑着进门的时候，第一秘书叶斯木罕先一步进了门，县长回来之后，他想汇报一些情况。当他看出大人叫了哈森别克的时候，就顿了一下。

柯勒什拜将哈森别克叫到自己面前，然后把那张纸条递给了他，说：

"你来念念！"

哈森别克读完之后，脸色一下子阴沉下来。他生来暗沉的脸色变得更加昏暗，他无声地站了一会儿，然后小心翼翼地看着县长的脸，好像正在等着挨骂，或者被解雇似的。但是，他却并没有从大人脸上看到愤怒，他悬着的心放了下来。

"好了，哈森别克，你说说看，这首诗怎么样？"

"大人，是我犯了错，那天我正在收一个人上缴来的粮食，当时我有点忙，没有察觉热阿克什毛拉已经站到了我身边，我只听到他说自己要见大人，就回答了一句：大人不在。我没想到会出这样的事情。"哈森别克心虚地说道。

"一根利剑耳鬓插，嘴角飘起团烟花，这句话是什么意思？"

读过那首诗，一直在旁观的叶斯木罕参与了谈话：

"大人，这个小伙子工作起来总是不要命，这一点您自己也是知道的，可能他没有发现阿肯的到来吧，而他也有一件事情隐瞒了您，这一点是他不对，他偶尔会抽烟，那句话估计就是指这个吧。"

"那第一句是什么意思？那个利剑？"

"忙的时候，我一般就把手里的铅笔夹到耳朵上，他说的利剑应该就是铅笔吧！"哈森别克回答道。

"这首诗歌中，阿肯不仅批评了你，连我也没有放过。我们应该把这首诗当成是针对咱们两个人的批评啊！"柯勒什拜若有所思地说道，"尽管抽不抽烟是你的自由，然而，我记得在读过的一本书中有写到，生前抽烟的人死后会被烟雾阻挡，没办法看到上苍的光芒，你还是要注意这一点啊。"

"你应该记住大人的这句话！"叶斯木罕笑着看了哈森别克一眼。

大人的主题还在后面，他说：

"你们要记住，阿肯是人民的宠儿，无论到了什么时候，他们都会被人民宠爱，阿肯的舌头锋利如宝剑，所碰之处就会被割断，任何一个暴君都害怕阿肯的舌头，总会讨好他们，让他们为自己服务，听从他们的建议。阿布赉汗把著名阿肯布喀尔吉饶①叫到身边，总会倾听他的意见，在布喀尔吉饶说出了汗王不合适的行为，甚至他都有过用最尖锐的语言点出，因此而触犯了阿布赉汗，然而，汗王却控制了自己的情绪，并没有惩罚他，如果阿布赉一怒之下砍了布喀尔的头，也不会有人敢阻止他。然而，智慧的汗王却高瞻远瞩，知道吉饶在民间的地位和尊严，继续将他视为顾问，没有惩罚他。从这里我们就能看出阿肯的价值和能量。无论热阿克什的这首诗写得对不对，我们都应该从中学到一些东西。因为我们是政府的人，所以，一定要非常警惕，不能被语言尖锐的诗人们攻击，不能成为他们的笑柄。如果一不小心出了那样的事情，不仅会影响到我们自己的声誉，同时还会让官府蒙羞。"

柯勒什拜县长此话是说给在场的每个人听的。

"大人说得对，我们每个人都应该谨慎工作。"叶斯木罕附和道。

"大人，您说的每一句话我都听进去了，从今往后我一定会非常注意的。"

---

① 吉饶：是早期推动民间诗歌发展的模范阿肯，也是群众中有智慧的长者。

　　"好了，好了，不要赌咒发誓了，我很清楚你的工作能力，你都完成得非常好。民间不是有那么一句话嘛，好马也有失蹄的时候。过去的就让他过去吧，以后咱们好好工作就行了。"大家都明白了大人的意思，于是，留下柯勒什拜一个人休息，各自散去了。

# 第七章

　　这一天，家里刚好没有外人，柯勒什拜将夫人和孩子们都叫到了身边，大家都不知道大人这是想说什么，每个人都焦急地看着他。大人的脸上没有不高兴的表情，他本来就不是一个爱生气发火的人，不会轻易说伤人心的话，他总是心平气和地跟别人说话，不会大声呵斥教训谁。这是他从当年给噶赍达当秘书的时候就养成的习惯。他认为，训斥的语言就像暴雨一般，暴雨来得猛烈，然而，雨水不容易渗入地下，会很快直接流走，最后没了影踪。这样的暴雨对庄稼和牧草都不会有太大的帮助。呵斥的语言和命令也是一样的，能进入听者的耳朵，却无法进入他的内心。甚至会引起对方的反感，试图反抗自己。他认为，所有的人，尤其是手中有权有势的人更不能忘记这一点。来拜见柯勒什拜的人从来都不会失望地离开，自己的问题得到了解决，他们肯定是高兴的，就算问题得不到解决，在听了在情在理的语言，来者会在表达了自己的谢意之后，都会感激地离开。

　　家人对这一点也非常清楚，所以，他们从来不担心家里会发生不愉快的事情。然而，像这样将所有的孩子都叫到身边的情况很少遇到，所以，大家今天都很惊讶。

　　柯勒什拜是个爱孩子的人，他将每一个孩子都看作是自己眼中的光芒，心中的快乐，他从来不会轻易训斥任何一个孩子，不会随便生气大声骂人，然而，他也不会任意地娇惯和溺爱孩子。他将自己作为父亲的爱意和威信都控制得很到位。就是因为他是个爱孩子的人，所以，收养了一个汉族孤儿和一个蒙古族孤女，将他们视为己出，和自己的孩子们一起抚养成人。他的心中，不仅装着自己的家人，还装着整个这片地区所有的民众，所有的人都能找到自己的位置，所以，在众人聚集的时候，他的话总是说给大家听的。他也不喜欢跟孩子们讲大道理，今天的他让大家都感到很神秘。

大人环视着周围，把每一个孩子都看了一遍，最后，目光停留在长子赫木加普身上，看来是要委以他重任了：

"赫木加普，孩子，你看着我，"大人稍稍停顿了一下，然后继续说道，"你是家中的长子，按理说，家里的重担应该由你来承担，加上我现在又是一县之长，加纳特部落乌库尔代的职务就要委托给你了，这可不是一件轻松的事情，你必须努力地将担子承担起来。"他又停顿了一下。

大家都不知道接下来他会说什么。

的确，柯勒什拜将赫木加普推荐到了乌库尔代的职务上，然而，他心里还是没有底，不知道儿子是不是能胜任。赫木加普为人善良、性格开朗，容易与人相处，然而，处理复杂问题时他并没有表现出果敢和主见，他究竟能不能和父亲一样，正确地分析问题，并且公平公正地解决问题呢？这还需要对他提出严格的要求，不急不躁地引导和帮助他才行。所以，大人总是先将一些大的问题交给他来做，现在的话题从他开始，也是出于这个考虑。然而，这不是赫木加普一个人的事，是一家人共同要做的事情，看来，没有必要说过多的话，然而，柯勒什拜将这当成一件重要的事情在讲，因为，顺利地迎接客人，并且平安送走，表面上看是家常事情，然而，这一次的情况却不同以往。柯勒什拜强调了这一点：

"我想跟你们说的是，家里很快要来一个非常重要的客人，他不是普通的长辈，而是这个地区的主人，是受所有人尊崇的夏里甫汗都统。所以，我们必须认真地为此做好准备。"

"夏里甫汗先生要来我们家了吗？"赫木加普吃惊地问道，其他人也一下子来了兴趣，认真地听着。孩子们都没有见过都统，然而，他的名字大家都早有耳闻，他是掌管整个萨乌尔和阿勒泰之间所有民众的人，大家都交口称赞的伟大的人要来家里做客，这是多么大的荣幸啊。他请这位年过七旬的老者来当一县之长，委以重任，这件事情大家都很清楚。所以，必须以最高的礼仪来迎接都统的到来，并且要尽全力招待，这是以赫木加普为首的所有人的责任和荣耀。然而，大人从来不强调一些琐碎的事情，这个大帐里的每一个人早已习惯了如何招待客人，这一点大人心里很明白。然而，这个客人和别人不一样，所以，很多细节他觉得还是应该交代清楚才行。

"那都统大人什么时候来啊？"赫木加普问道。

"如果一切顺利，明天上午应该就能到了。"柯勒什拜估计道。

"那时间也太紧了，咱们得赶紧行动起来！"赫木加普一听这话，一下子跳了起来。

"你先等一等，不着急！"父亲制止了他，继续说道，"招待夏里甫汗都统，一方面难，另一方面也容易。难的是，大人不会是自己一个人来，而是带着一支队伍来，这就需要铺很大的餐巾，准备大量的食物；容易的是，尽管大人是大托列，是阿勒泰地区最大的长官，然而，他跟其他的托列不一样，他不喜欢铺张浪费，他就和普通的百姓一样，非常容易满足，怎么招待他都会高兴的。等宴会结束，他也不会麻烦我们，会住到政府的客店，住宿的问题也不用担心。我说这些，是想让你们不要过分紧张，然而，也不能掉以轻心，一切都要按计划顺利地进行。"

在谈话进行的过程中，第一秘书叶斯木罕和第二秘书艾布扎勒别克以及哈森别克等工作人员，还有大人日常使唤的几个能干的小伙子都来了。柯勒什拜是专门请他们过来的，是想让他们一起来听安排，以便顺利完成第二天的事情。谈话接近尾声的时候，大人又看着赫木加普说道：

"你一定要记住，必须精心挑选一匹要宰杀的两岁马，要找肥壮的好马。"柯勒什拜强调着。

"您的指令我们一定会全力完成的。"儿子认真地回答道，两眼炯炯有神。

以叶斯木罕为首的其他的年轻人也纷纷点着头，表示自己将严阵以待全力完成任务。他们并没有多说什么，在听说都统要来的消息之后，柯勒什拜已经跟他们每个人交代了官方要做的事情，所以，今天早上，他专门将家里人召集起来，又跟他们具体交代了一遍。

招待都统的准备工作就这样开始了，柯勒什拜大人的白色大帐扎到了砖房前的那块空地上，从外面的盖毡到毡房内部的围栅绑带都是今年新做的，所有的陈设都显得那么鲜艳，那么好看。这些都是依照大人的意思，在夫人的亲自指挥下做成的。由于柯勒什拜是县长，每天都会有客人来他们家，所以，毡房里的所有家具用具都必须是最好的，出于这个原因，才新做了这些家什。这不，马上这顶大帐就将迎来阿勒泰地区最伟大的人，这是他们每个人的荣幸。夫人今天格外忙碌，她除了亲自动手以外，也不让姑娘们闲着，家里家外所有的事情，她都一一过目。几个姑娘媳妇已经开始准备招待客人所需的包尔萨克①了。柯勒什拜嘱咐完之后，将工作交给别人去处理，自己回房间去休息了。然而，说是休息，他的心却无法真的得到平静，明天的事情会顺利吗？工作人员会不会出什么纰漏？

---

① 包尔萨克：哈萨克传统面食，一种用发酵的面做成的油炸食品。

万一出点问题，都统倒是不会在意的，然而，那不是一件很丢脸的事情吗？因为，都统身边有一群随从，谁能保证就没有哪一个会说闲话呢？……大人在床上躺了片刻，却无法入睡，于是，他又坐起身来。这时，夫人从门外进来，看见丈夫一个人坐着，就吩咐女佣准备了茶点。大人只喝了一碗茶，就用手盖住碗口，将碗推到了一边，然后开口道：

"都统要到咱们家做客，而且还提前跟我们打了招呼，说明这不是一件简单的事情，你也是知道的。我们就必须好好地招待，这也是为了维护哈巴河人民的尊严必须做好的工作。总之，食物种类要多，这方面就交给你了，夫人！"

"这我都知道，大人，您别太担心，我们会把所有的事情都做好的。"夫人自信地回答着丈夫的问题。

在两个人交谈之际，赫木加普走了进来。

"你来得正好，"父亲说道，"我刚才不是也说了，在我面前你觉得自己还小，可是，你已经是一方民众的乌库尔代了，大家会看着你的，明天的事情归根结底还得看你的，你一定要记住了。官方这边的工作，由他们来处理，你的任务是作为主人圆满地完成接待工作。除此之外，我要交代给你的是，等明天都统来的时候，扎冷和赞格都必须提前到场。今天要告知所有人，如果谁因为得不到通知，而见不到都统的话，他们会生气的。你可不能掉以轻心啊！"

"我懂了父亲，一定会照你所说的做的。"赫木加普回答道。

过了一会儿，柯勒什拜走出家门，突然看见加尔罕在门口跟几个孩子在玩耍，就把他叫了过来。

"爷爷，我哪里都没有去，一直在这儿待着呢，您有什么吩咐吗？"孩子奶声奶气地问道。

"不，孩子，爷爷没有什么吩咐，就要跟你说一件事，明天家里要来好多客人，还有夏里甫汗都统，这你知道了吧？"

"是的，爷爷，这些我都知道呢。刚才我们还在说明天会见到都统大人了！"

"好的，那你哪儿都不要去，在见到长辈们时，你也要将右手按在胸口，大声地跟大人请安。如果他问你，你就告诉他自己是谁。"

"我明白了，爷爷，我会照您说的做的。"加尔罕眨巴着大眼睛天真地说道。

爷爷欣慰地看着这个聪慧的孩子，心里感到一阵温暖。孩子将来应该会超过父亲赫木加普，不会让民众失望的，大人想到这儿，然后他又对孩子说：

"去吧，如果大人让你做什么事情，你一定要好好完成任务。"

在准备工作做得差不多的时候，天也渐渐地黑了下来，众人也开始做起了晚饭的准备。

天刚蒙蒙亮，人们就起了床，大家都投入到紧张的准备工作中，要做完昨天遗留下的很多事情，赫木加普乌库尔代一下子就陷入了忙碌中。柯勒什拜一早出了门，他看到所有事情都在井然有序地进行着，起初他们打算在毡房里铺地毯和厚被子，想让客人坐着吃饭，可是，柯勒什拜却并不同意，他说年长的人不能长时间盘腿坐在地上，他们的腿会疼的，他让人搬来桌子和长凳，准备了能容纳三十人的座位。大人亲自检查过之后，脸上浮现出了满意的表情。

近中午的时候，部落里有头有脸的人都聚齐了。其中最年长的是沙赫巴克扎冷，还有年轻的扎冷哈列勒·胡吉拜，紧跟其后的还有加纳特部落的几个赞格和百户长，按照收到的消息，还有托列、玛泰部落和哈孜别克部落的头人也到了，他们来跟柯勒什拜大人请安之后，几个人坐到门口的长凳上，开始你一句我一句地聊起天来，还有几个人站在一边，说着自己的话题。

众人等的时间并不长，只见一个年轻人骑着马飞奔而来，到了近旁，满头大汗的他一边飞身下马，一边慌张地说道：

"远处来了一辆汽车，应该就是都统他们到了！"

大家纷纷起身，朝不远处的空地走去，这时，只见一辆小轿车轰鸣着到了阿吾勒边上。

轿车停到了离阿吾勒不远的地方，这时，只见两扇前排的车门同时打开，坐在副驾驶座位上身材高大的夏里甫汗都统下了车。保镖和秘书等人也很快从后车门下了车，迅速地站到了都统身后。都统身材不胖也不瘦，挺拔得就像一棵笔直的松树一般，当这个伟岸的人出现在人们面前的时候，在场所有的人都非常惊讶，大家早就听说都统是个高大帅气的人，当他真实地站在自己面前时，还是让每个人都不由得赞叹起来，大家纷纷用欣赏的目光注视着他。柯勒什拜大人从人群中走出来，夏里甫汗也迎了上去，抢先来到大人面前，弯着腰请了安。他们两人行了撞胸礼，然后紧紧地拥抱到一起。柯勒什拜大人的个子本来也很高，然而，在夏里甫汗怀里仿佛变成了一个孩子。之后，夏哈（夏里甫汗亲昵的尊称）跟在场的每一位首领握了手。都统看上去非常面善，始终面带微笑，从他得体的行为举止就能看出，他是个非常有教养的人，而且他今天的心情也非常好。

柯勒什拜将客人们引进了那顶新毡房。毡房里安放了一张很大的桌子，桌子上铺着洁白的餐巾，刚刚炸好的金黄色的包尔萨克和洁白的酸奶疙瘩、奶酪、酥油、奶糖，还有从阿尔泰山深处找来的纯正蜂蜜，以及其他哈萨克式食物有序地摆放在上面，各种美味应有尽有。

夏里甫汗被安排在了正中间的座位上，他身边分别是他的同伴和沙赫巴克、哈列勒等部落首领，所有人先后落了座。柯勒什拜大人却没有坐下，他始终站着招呼着客人：

"请都统安坐，我们是特意请您到毡房里来的，而没有去砖房，还请您千万不要见怪啊！"

"您这样安排真是太好了，我们是哈萨克人，应该牢记自己的风俗习惯、民族特点。"夏里甫汗微笑着说道。

正在几个年轻人忙着倒茶的当儿，柯勒什拜走出了门，他想去看看准备宰杀的牲畜。这时，他突然听到一个孩子的哭声。他很惊讶想探个究竟，就朝哭声传来的那个方向走去，这才看到是自己弟弟俄尔格拜的孙子沃涅尔汗在哭，老人走过去，摸着孩子的头关切地问道：

"你这是怎么了，为什么哭啊，孩子？"这时，站在旁边的马夫铁木尔告诉他，是夏天大人给孩子的那匹小马要被宰杀用来招待客人了，所以孩子在这儿哭呢。

"啊，你说什么？这是怎么回事儿？"正在这个时候，大人突然看到从不远处走来的赫木加普，于是就问儿子事情的经过。

"我看到这匹两岁马驹又肥硕又好看，正符合您的要求！"赫木加普低着头回答道。

"我们家有八十匹马，难道你就没有挑出一匹可以招待客人的马驹吗？你这是怎么办事的？你偏偏就看上了这匹我送给这个孤儿的马驹？"大人非常生气，瞪视着儿子。他因为赫木加普的无能而生气，无法控制自己的情绪。然而，现在到马群中再重新挑选另外一匹马驹显然已经来不及了，大人有点不知所措，停顿了一会儿，他转身对身边的马夫铁木尔说道：

"你给这个沃涅尔汗再挑最好的一匹两岁马驹。"转过脸疼爱地抚摸着孩子的头，温和地说道，"孩子，不要难过，爷爷说话算数，会给你一匹更好的马驹的。"

"我早就做好了准备。"铁木尔回答道。

沃涅尔汗终于停止了哭泣，他从爷爷的怀里感受到了温暖和爱，心里非常高兴，破涕为笑了。

当大人再次走进毡房门的时候，客人们开始喝奶茶了，他还是没有和大家坐到一起。

"都统，在座的各位都是部落首领，大家听到您要来的消息，都非常高兴，都来给您请安了，您就自己跟大家认识一下，好好聊聊吧。"大人说道。这时，夏里甫汗表示自己已经认识了其中的几位。

毡房里的气氛非常热烈，大家一边喝茶一边聊天，非常高兴。这个时候，赫木加普匆匆从外面走了进来，他看着父亲，在等待下一步的指令，见父亲没有说话，就凑过去轻声问道：

"父亲，是不是可以做宰牲巴塔呢？"

"那就将牲畜带进来吧，让在场的各位都能看到！"他的话音未落，一匹精神十足的调皮两岁马驹被拉进了门，它眼睛瞪得圆圆的，使劲地扭动着脑袋，试图挣脱脖子上的绳索。赫木加普右手用力地抱住了马驹的头，然后将双手放在胸前，在请求巴塔。

"请都统来做这个巴塔！"在场的一位说道。

"谢谢大家让我来做巴塔，"夏里甫汗说道，"但是，我还年轻，按照哈萨克的礼节，巴塔应该由年长者来做才合适，我想请沙赫巴克扎冷大哥来做这个巴塔，如果大家允许的话。"

"有道理！"

"给长辈让礼，是懂礼节的表现啊！"

"那就请扎冷来做巴塔吧！"

见在场的各位都在请自己，于是，沙赫巴克站起了身，他用低沉而浑厚的声音，做了一个一半是哈萨克语一半是阿拉伯语的非常庄重的巴塔。他祈福的主要意思是：祈愿国泰民安，人民安康，愿民众的领袖夏里甫汗都统身体健康。

正当马肉准备下锅的时候，茶点被很快撤走，桌上铺上了另外一种风格的餐布，微微飘着奶香的酸马奶被盛在美丽的红色搪瓷盆中端了上来。众人开始尽情地享用着深秋美味的酸马奶。喝了几碗之后，夏里甫汗轻轻地用手按了按碗口。可是，他马上察觉大家脸上都出现了惊诧和担心的表情，于是，赶紧做着解释：

"刚才来的时候，因为太渴了，我就多喝了几碗奶茶，喝得有点猛了。酸马奶非常好喝，不过我还是暂时就喝这么多吧！"

谁也没有勇气再劝他，一家之主柯勒什拜从来都不喜欢劝客人，所以，他也没有再说什么。

在最后的餐布铺好时，大家纷纷要求柯勒什拜，让大人坐到了夏里甫汗身边，大人想让在场的人都听听都统的讲话，以了解目前的时局，于是，他将话题往那个方面引去。他今天将所有首领召集过来的用意也在于此。

"各位亲朋，大家也见到了都统，各位肯定都想听都统讲几句吧？咱们还是少说别的，听听都统会说点什么，大家看怎么样？"

"大人你说得太对了，今天见到咱们的领头人真的非常高兴。"沙赫巴克扎冷引出了话题，后面就由年轻的扎冷哈列勒继续着：

"夏哈今天来到我们中间，在这里跟大家见面，这是我们每一个人的荣幸。尤其是在县长大人的大帐集会，更让人高兴。在场的每个人都在期待着聆听都统的教诲呢！"

有几个人刚想插嘴，结果，被大人制止了，大家都看向夏里甫汗，都统心里早有了准备，他看了看在场的每个人，然后慢慢地开始了自己的讲述：

"大家都知道，我们阿勒泰的民众经历了诸多的磨难，经历了无数生与死的考验，多少英雄为了民众的利益牺牲了自己宝贵的生命。远的不说，就说近几年咱们经历的事情，大家肯定还记忆犹新。二十世纪初俄罗斯人给我们造成的伤害，三十年代初回族人的所作所为，大家也都亲眼所见。就是因为那样的暴行，百姓内心的伤痛至今还没有痊愈，为了治愈那些伤痛，无论是官方还是在座的各位，都在努力。做人民公正的领头人是我们每个人的责任，我相信对于这一点，在座的各位都很清楚，"夏里甫汗的语气非常温和，他再一次看了看在场所有人的脸，将自己的信任和希望都跟大家说了，然后，说到了他此行的目的，"我来到哈巴河，首先是想看看当地民众的生活情况，想听听百姓的心声，想知道大家对政府有什么意见和要求，并且，和这里的首领们一起，尽快尽力解决这些问题。除此之外，就是要商量今后的工作。今天，就算是一个开始吧。我们的民众开始渐渐意识到在做好自己传统畜牧业生产的同时，还应该汲取大地母亲的营养，明白了抓紧进行农业生产的重要性。民众要珍惜这难得的和平时光，要尽可能多地做一些事情。而我现在想的是，引导人民群众接受教育，提高我们的智慧和思想。现在大家在柯勒什拜大人的带领下，在阿赫齐建起了加纳特部落的学校，我听说其巴尔阿依格尔部落在阔开奈台吉的带领下，在哈巴河沿岸建起了'红桦林学校'。看来，其他地方也在陆续建学校，这都说明民众在觉醒，看到这些我心里非常高兴。"夏哈越说越激动，他说在县里还开办了培训班，在进行教师培训，重新启用在战乱年代关闭的学校，在民众集中过冬的地方开办新的学校，让学龄儿童都尽可能入学，在当今政府资金缺乏的情况下，急需各位部落首领和头人们帮助，大家要想尽办法鼓舞群众，筹集资金，积极投入到这件事情中来。

人们都在默默地听着夏哈的话。夏里甫汗的身材如此高大，声音却与那伟岸的身材不相符，他的音色犹如雄鹰的叫声一般锐利。他缓缓地述说着。他说的不只是眼前的事情，甚至让人们联想到了遥远的未来，他不光讲到发生在他们附近的事情，连整个阿勒泰地区，甚至将整个国家的情况都拉到了人们的面前，他的话犹如号角一般，呼吁人们不能落后，要不断地努力，要不断地前进。这样伟岸的人说出来的话也是那么宏大，这些话听上去是那么轻松，却有着铅块一般的重量，就像金子一般贵重。这些话就应该灌入每个人的心里去。每个人都在按照自己的理解能力倾听着，消化着。然而，大家都有一个共同的想法：这是一个多么智慧的人啊，他的话仿佛是给盲人赐予了一根手杖一般明了清晰。

在夏里甫汗的话即将结束的时候，赫木加普从门外走了进来，向父亲通报饭菜已经备好的消息。这之后，其他的话题基本结束，人们开始出门去方便，三三两两地沟通聊天，说起刚才夏里甫汗话中的内容，还有一些人对夏里甫汗的外表表示惊叹，在做着各种评说。

"你看他体形多好啊，他的双肩简直可以扛起两个人。他那张饱满深色的脸上，充满了温暖的善意，那么吸引人。"

"无论站到多少人中间，他都会高出别人一个头，简直就是鹤立鸡群啊。"

"他还那么年轻，才刚三十来岁，他是从哪儿学到的这么多的知识啊？"

"他应该就是上苍的宠儿吧！"

以前没有见过他的人，都以为由于他是托列的后代，所以成了阿勒泰的掌门人，而今天在和他同桌共餐之后才发现，那些想法都是错误的，现在大家深信这个年轻人是人民真正的贴心人，是真正适合这个职位的人。

一个人的智慧和修养不仅能从他的外形特征看出来，更重要的是可以从他的行为举止，与人相处的方式方法，以及从他嘴里说出的话中看出来。如果说最初让大家惊叹的是夏里甫汗高如雄驼的伟岸身材的话，那么他刚才说的那些话，才真正让人们了解到他究竟是什么样的人。

在人们再次回到毡房坐定之后，一块有暗花的洁白餐巾又一次铺了上来，一盘盘美味鲜嫩的马肉被郑重地摆放到客人们面前。面对烹制得如此恰到好处的鲜美食物，喝足了奶茶的宾客们依旧没有客气，大口大口地吃了起来，很快，那些盘子就见了底。在人们吃饱了马肉，喝足了香甜的酸马奶之后，在宴请即将结束时，柯勒什拜对众人说道：

"依照哈萨克的礼节，我们的都统夏里甫汗今天跟各位见了面，说了很多重要的话，并且对我们今后的工作也做了指示，这些话我们都要牢记在心，绝不能忘记，而且我们必须尽全力做好每一件事情，最重要的是要赶紧抓紧时间清理维修城里的那所加纳特学校，让每个学龄儿童尽早入学。"

"一定完成都统交给我们的任务！"哈列勒扎冷首先开口表示道，紧接着以沙赫巴克扎冷为首的其他头人们也纷纷表了态。

夏里甫汗听了众人的话，感到非常欣慰，他说：

"非常感谢各位的支持和理解。我想说以后咱们就用实际行动来证明吧，愿上苍赐予各位健康和平安！"他稍稍停顿了一下，继续道，"我现在想去看看学校，各位就可以回去了。"

尽管得到了夏里甫汗的允许，但是大家并没有散去，而是一直跟着都统往前走着。学校离大人家有一段距离，都统并没有坐车，而是跟大家一起步行往前走去。除了柯勒什拜大人以外，所有人都一起过去了。夏里甫汗没有走进教室，只从门口看了看没有课桌椅子的空旷教室，尽管他发现了这所刚刚建好的学校还存在不少问题，然而，他并没有说什么批评的话，只说今后要尽快完善不足之处，学校应该有供孩子们玩耍的操场和锻炼身体的体育器材。他还说政府会为此拨出一部分资金的。

走出学校大门的时候，时间已经是下午了，夏里甫汗再次劝各位可以散去了，首领们才依依不舍地纷纷离开。

夏里甫汗和随从回来以后，柯勒什拜没有将客人带进毡房，而是引进了木质大房子里。上屋的炕上铺着厚厚的花毡和棉被，上面还放着柔软的羽绒枕头。这样的安排，仿佛是在暗示劳累的客人可以躺下休息一下。

主宾双方坐定之后，夫人再次铺上了餐巾，此时的话题是由柯勒什拜大人开始的：

"孩子，夏里甫汗，"大人一改刚才在众人面前的客气口吻，"从年龄上看，您跟我的孩子差不多大，从身份上来看，我又把您看成自己的前辈。我们哈萨克人一直都是顺从头人的民族，而且，您不是普通的头人，是部落贵族托列的后人，深受民众的尊崇。现在官府又派您来管理我们所有的事情，就算您不是都统，我们也同样会竭尽全力招待尊重您的。今天，您亲自来到我们中间，就像普通朋友一样和大家聚会聊天，为此，不光我个人，还有我们整个阿吾勒的人都非常高兴，在这里我要感谢您。"

"能到您最尊贵的大帐和大家见面，品尝美食，这对我来说也是莫大的荣幸，我感到非常幸福。常言道：'家有一老，如有一宝。'在我们看来您不是普通的长者，您是独一无二的，您是智慧的象征，而且，我还听说您在写一本关于阿勒泰地区历史的书，我还一直在想，如果有机会一定要听您自己跟我说一说呢。"

"唉，您说这阿勒泰的克烈人什么没有经历过啊？多少战乱，多少灾难，都曾降临到这块土地上。"柯勒什拜说道，"我没能收集整理记录所有的历史，尽管我听说的故事很多，然而，我也不敢确定多少是事实，多少又是别人演绎出来的内容，这些都是需要核实的。

我只是记录了克烈人来到阿勒泰地区之后的一些史实，如果您需要的话，以后，我让孩子们抄一份给您。"

"要是那样就太好了。"夏里甫汗高兴地说，"不过，您是不是可以就那本族谱的一些章节先作个简单的介绍呢?"

柯勒什拜稍微想了一下，然后直视着都统，回答道:

"我下面想说的那些历史您应该早就知道了，尽管如此，我还是想从您的先辈是怎么被请来做了托列开始说起吧。"大人停顿了一下，目光变得更加深沉，然后继续说道，"这个故事中，克烈人是从锡尔河流域搬迁至金色的山脊开始的。当时，各部落之间经常发生草场纷争，争斗不断，很多势力强大的部落总是占优势，为了能和他们相互抗争，克烈人就需要一个坚强的后盾，就依照'大地总会有山峰，民众总会有托列'的草原规矩，从克烈各部落中挑选出最智慧的人做代表，并派到了艾布勒佩斯汗的领地，汗王接受了当地人的诚意，就将图玛尔夫人和她的三个孩子阔克阿代、萨门、扎巴赫派了过来，这三个孩子后来就成为了克烈部众的托列，成为了民众的靠山。"夏里甫汗尽管很清楚这些细节，然而，他并没有打断柯勒什拜的话，认真地听着老人的讲述。

"从您的曾祖父阔克阿代开始到哈斯木汗、阿志再到您自己的父亲杰恩斯汗公等各位都为民众做了很多事情，今天您自己也在管辖着整个阿勒泰地区的民众，带领人民走向光明的生活。我们将您看作是汗国真正的传承人。所以，我们对您寄予了很高的希望。"大人停顿了一下。

"民众对掌管者寄予希望当然是应该的，我祖辈做的事情有多少正确，又有多少不正确，就由民众和各位来给出评价了。而就我个人而言，总想做很多事情，但是，不是每一件事情都能完成。如果可能，我绝不会吝惜自己的所有，我会尽全力为民众服务的。"

当都统说这些话的时候，柯勒什拜仿佛从夏里甫汗的眼中看到了燃烧的火焰，仿佛他浑身充满了力量，老人心里感到非常欣慰。

"如果哈萨克能有十个这样的儿子，我们的日子肯定会比现在强很多啊，愿上苍能赐予这个成为民众福祉的男子汉健康长寿。"柯勒什拜在心里默默地祈祷着。

夏里甫汗都统发觉柯勒什拜大人陷入了沉思中，为了不打断长辈的思绪，就静静地等着没有说话，然而，大人很快就从思绪中回来，他看着夏里甫汗，仿佛是在询问：还有什么问题吗？

夏里甫汗下一个想知道的是关于两国之间在阿勒泰和萨乌尔之间划分边境线的问题。

于是，柯勒什拜就此问题讲了自己的亲身经历，尽管当时他并没有进入谈判现场，没有亲自参与两国之间谈判的过程，然而，他自始至终都在附近，随时都在了解谈判的信息，根据自己掌握的情况，他还做了大量的笔记。那个时候，各部落的毕官都发表了自己的观点，公开表示自己愿意归顺哪一个王朝的管辖，那时，离边境线最近的毕官的意见得到了采用。他们中加尔博勒德部落的台吉杜孜本别特的意见在将阿勒哈库勒河定为边界时，起了至关重要的作用。

夏里甫汗想问的问题很多，但是，他不想让老人受累，于是，没有再继续关于族谱的话题。接下来的话题就转移到了民众目前的生活状况，还有为即将来临的冬天，民众做了怎么样的准备等普通的事情上了。

时间很快就到了黄昏，这一天的太阳刚刚落山，晚茶已经喝过，赫木加普从外面走了进来，跟父亲请示道：

"父亲，我们是不是能将都统带到客店，请客人尽早休息？"柯勒什拜一听这话赶紧点了点头，表示同意。夏里甫汗心里其实也是这样想的，他很快站起了身，站在旁边的保镖本来想过来扶他，却被他轻轻推开，然后都统将右手放在胸口，弯腰行了礼，告辞之后，转身朝门口走去。

那是一家不错的客店，都统被安排在套房，当夏里甫汗他们到达时，已经有一群年轻人在这里恭候多时了。他们白天没有机会参加宴会，没有听到好听的故事，就想抓紧晚上的时间见见都统的尊容，亲耳聆听都统的教诲。他们中有歌手、乐手，还有会讲幽默故事的人。大家觉得，尽管夏里甫汗是都统，但是他才刚三十岁，依然有一颗年轻的心，他肯定也需要热闹的聚会场合吧，应该给都统唱几首歌，听几首乐曲。

当夏哈看到这些年轻人的时候，脸上一下子绽放了笑容，他跟每一个人握手问好，很多人都握不住他那宽大的手掌，一下子不好意思了。里间有一张大床，床前摆放着几把好看的木质椅子。都统自己坐到了床上，让其他人坐到椅子上，没有座位的几个人留在了外屋，然而，由于两间屋子之间的门是敞开的，里面所有的谈话内容，外屋的人都能听得很清楚。大家都落座之后，夏里甫汗先开口说道：

"小伙子们，今天有机会来到了各位的阿吾勒，跟那么多长辈首领见了面，也深入地聊了很多话题，让我看到了每个人对家乡对民众所怀的最赤诚的心，心情一下子变得格外舒畅。现在又和各位年轻的朋友坐到了一起，这也正好证明我们哈萨克人是热情好客的民族啊！来，那咱们就开始吧！"

"夏哈，"赫木加普开口道，"这些年轻人非常渴望见到您，想亲耳听您的教诲，与此同时，他们还想给您展示一下自己的才艺。"

"感谢你们，那咱们就先开始听歌吧！"夏里甫汗笑着说道。

每个人仿佛都在等着客人的这一句话，这时，只见两个年轻人站了起来，他们并排站在都统面前，开始深情地唱起了阿拜先生的《你的凝眸》，另外一个小伙子开始弹起冬不拉，为他们伴奏。动听委婉的歌声瞬间萦绕在宽敞的房间里，让所有的人都沉浸其中，每个人都静静地坐着，随着歌声渐渐地终止，夏里甫汗带头鼓起了掌。

"好样的，唱得好，再唱几首怎么样？"他眼中闪着兴奋的光芒，用商量的口吻说道。

谁不喜欢被人夸奖啊？尤其是被这样伟大的人夸奖，那是比金子还尊贵，是无上光荣的事情！小伙子们心里一下子变得美美的，高兴的心情难以言表。之后，他们又唱了阿拜的《无风的夜明月光》，悠扬深情的歌声将人们都带到了那个静静的阿吾勒之夜，让人们深深沉浸在那美妙的氛围中。歌声缓缓地结束了，当人们刚刚回过神来的时候，冬不拉手又开始弹起了柏森布的乐曲《商议》，小伙子充满激情地接连弹奏了好几首乐曲，他出色的表演也同样得到了夏里甫汗的高度评价。

阔克叶一直控制着自己的情绪，他是柯勒什拜大人的小舅子，是这个阿吾勒最年轻的亲家，很受大家的宠爱，所以，他从来不会害怕任何人，就算是在柯勒什拜大人面前，他也会毫不掩饰地说出自己的看法，他尤其擅长讲幽默的故事，总能给人们带来欢笑。不过，也有的时候，他本来想开个玩笑，却不小心说出一点比较过分的话，结果还会遭到长辈们的训斥。然而，他才不是会因此而改变性格的阔克叶，一转头就又回到了从前的节奏。然而，今天在都统面前，他收敛了很多，说话也非常有礼貌：

"夏哈，"他说道，"您的光临，让我们每个人都特别开心，我们想让您高兴，生怕慢待了您，冷落了您，刚才的歌曲和乐曲也是为了给您助兴。那么，接下来，我给您讲几个在我们这里流传着的故事吧。"

"好的，那我们就来听吧，如果有趣，我们肯定会笑的。"听都统这么一说，阔克叶仿佛一台发动起来的机器，很快进入了兴奋状态：

"您也知道，柯勒什拜大人最后的部落被称作蒙阿勒部落。大人有个外甥名叫热阿克什，是一个阿肯，他总是将蒙阿勒部落的不足之处编入诗歌中。有一天，阿肯在年轻的乌库尔代赫木加普家留宿了。主人生怕慢待了阿肯，会让他编出讽刺诗来贬损自己，就竭尽全力地招待着客人，然而第二天，热阿克什临走时还是写了一段诗，那首诗是这样的：

> 某日我留宿在乌库尔代家
> 羊肉油饼招待我盛情有加
> 晨起发现净壶中水凉彻骨
> 冻得我瑟瑟发抖无言以答

"我们现在也担心会不会招待不周，让您也挨冻、受累了。"

"我不是诗人，我也写不出诗歌来啊！"夏里甫汗笑答。

阔克叶表现得很松弛，他继续说道：

"我再讲一个故事吧。蒙阿勒部落里有一位名叫哈力的年轻人，由于他性格开朗幽默，人们就给他起了一个外号：哈力幽默。就是这个哈力请家里人去向哈巴河对岸的一户人家的女儿提亲，而且他还送了不少的彩礼，结果，姑娘的父母还是不愿意把女儿嫁给他，这让哈力感到非常生气。于是，骑马过去将正在捡牛粪的未婚妻拉上马背就跑了。那是哈巴河河水涨起来的时候，那匹马好不容易横渡了河，在他们即将到达哈力的阿吾勒时，姑娘说道：

'你看，我穿成了这个样子，怎么过去，多丢人啊？'一听这话，哈力就将自己脚上的套鞋和身上的衣服脱下来给姑娘穿上。就在这个时候，哈力突然尿急，他就下了马准备解手，一只手还紧握着缰绳。未婚妻又说道：'我反正已经是你的人了，你这样抓着缰绳，难道就这么不相信我吗？'哈力的男子气一下子上来了，就将缰绳交到了姑娘手里，原来是姑娘在骗他，握住了缰绳的姑娘一鞭子抽到马屁股上就沿原路跑掉了，而可怜的小伙子又气又恼，可是又没有别的办法，只好光着脚好不容易才走回了家。哥哥见他这副狼狈的样子，就狠狠地训斥了他。结果这件事情被热阿克什阿肯听说了，他就写了一首诗，那首诗歌是这样的：

阔克加勒的儿子幽默哈力

每个人想听他的故事有趣

有人会笑还有人陷入思绪

拿起纸笔我要将故事来记

这一天将未婚妻拐跑哈力

二人横穿哈巴河水流湍急

阔克加勒的儿子幽默哈力

一不小心变穷鬼如此狼狈

失去衣服失去鞋全都失去

姑娘骑马飞奔去将他抛弃

光脚怎追未婚妻幽默哈力

哥哥见他跑回家衣不遮体

一怒之下训斥他软弱无力

这让兄长怎么能控制情绪

俯首帖耳怎奈他只把头低

　　"就是这样一首很长的诗。"阔克叶对都统说，他本来还想继续，结果被另外一个小伙子打断了：

"唉，阔克叶，你不是说等都统来了要专门写一首诗吗？你就念念自己的那首诗呗！"这句话好像正合了阔克叶之意，他一直不太好意思说自己有诗，这一下可好了。他早就准备好了，就从口袋里取出一张纸条，开始念了起来：

> 阿吾勒迎来客人尊贵都统
>
> 让民众沉浸幸福欢乐之中
>
> 您主张开办学校重中之重
>
> 民众的心安定了饱经苦痛
>
> 愿世上能有更多有识之士
>
> 愿民众福祉长久幸福安康。

他稍微停顿了一下说，"我还想继续写呢。"

尽管夏里甫汗没有多说什么，但是，从他堆满笑容的脸上就能看出他的满意之情。主人赫木加普想，都统要考虑、要操心的事情很多，不能熬得太晚，让都统受累，于是他看着阔克叶说道：

"如果顺着你的意思，给你一整夜你都不会嫌够的，但是，我们不能妨碍都统休息，剩下的以后要是有机会再说吧。"作为答复，阔克叶还是说了最后一个故事：

"夏哈，你说我们这里什么人没有啊，阿肯、乐手、善说者应有尽有。可惜您没有时间和每个人都见面，还有很多特别能胡说的人，赫莫什就说我也是其中之一。那我就说一个另外一个人的故事吧，事情的经过是这样的：我们这里曾经有过两个人，一个名叫托列拜，另一个叫霍依勒拜。有一天傍晚，两个人坐到阿吾勒边上一个小山坡上聊天，天色渐渐地暗下来，孩子们就来叫他们回家，可是两个人就是不愿意回去，他们你一句我一句依旧在不停地说话，各种话题、各种讨论一直在持续。也不知道过了多长时间，其中一个看着不远处正在流淌的额尔齐斯河，于是就说道：'如果将额尔齐斯河的河水倒进一个容器里，你说能不能装满一百口锅啊？'第二个人说：'如果将那一百口锅里的水煮开，能不能熬出一百锅粥呢？'两个人就一直在想这个问题，正要开始进一步讨论的时候，突然发现天色渐渐亮了，阿吾勒的羊群正准备出圈要上山了。他们这才知道自己整整一夜都没有睡，于是两人约好第二天继续今天的话题，才意犹未尽地回了家。今天我这个爱胡说的阔克叶光顾着自己说，别再耽误时间，让都统您受累了。好了，我说完了，再也不说了。"说着，阔克叶站起了身，仿佛终于下定了决心。

第二天喝过早茶之后，夏里甫汗准备到哈巴河对岸去看看，由于汽车过不了河，客人们就骑上了身强力壮的马准备上路。起初，柯勒什拜打算跟着一起去，然而，夏里甫汗没有同意，他说：

"大人，我们会走得很快，您上了年纪，会累着的，如果有人说您没有陪着都统，那就让他们说去吧，何况，这根本就没有什么可说的。如果您同意，就让赫木加普乌库尔代跟我一起去吧。"夏里甫汗说了自己的意见。

就这样，在县政府第一秘书叶斯木罕，还有民间代表赫木加普等几个人的陪同下，夏里甫汗出发了。临行前他们就听说住在河对岸的阔开奈台吉在河边专门扎了一顶毡房，准备了要宰杀的牲畜，正等着他们的到来呢。

那天，夏里甫汗果然在阔开奈的大帐做了客，走访了那一带的民众，了解了情况，还去看了托赫热阿的树林，然后，又返回来到阔开奈大帐，在那里留宿了。第二天，他又去看了"红桦林学校"，当天下午就返回了县城。然而，他在县城并没有久留，只匆匆喝了茶之后，就坐上车返回了萨尔苏别。

都统上路之后，阔开奈台吉很快就来了县城。他一见到柯勒什拜大人，就说自己做错了一件事情，为此他感到非常后悔。他说他太疏忽了，忘记让夏里甫汗给自己的学校起个名字了。柯勒什拜听了他的话之后，稍微想了一会儿，说道：

"如果你觉得合适，我来给你的学校取名字吧！夏里甫汗都统亲眼看了你的学校，而且他非常满意，所以，我想就给你的学校取名字为'夏里甫汗学校'，如果你的学校能起这个名字，那学校的名声一定会更大的。你看如何？"

一听这话，阔开奈高兴起来：

"这个主意真是太好了，您给我起了一个非常好的名字，大人！真是太谢谢您了！"年轻的台吉白皙的脸上洋溢着满意的笑容，浅蓝色的眼睛中闪着光芒。

柯勒什拜是他的父亲达布的同龄人，曾见过很多他的长辈，加上他又是阔开奈表妹的公公，由这位受人尊敬的县长大人给学校起了名字，他心里充满了激动之情。

柯勒什拜见阔开奈如此高兴，他也很高兴。大人看到后辈们正在成长，做好了为人民工作的准备，看来自己可以对年轻人寄予希望，想到这里，他心中备感欣慰。

\* \* \*

如果一个领头人既清廉又智慧，他就会心系百姓，和百姓同呼吸、共命运。自柯勒什拜骑上骏马，开始管理民众之日起，他就一直秉承这个原则，为了减轻民众的负担，他总会想方设法减免苛捐杂税，尽力帮助所有的人。因为这种情感的驱使，以前曾有一部分人由于不堪忍受毕官压迫而背井离乡，柯勒什拜就想尽快将他们都带回家乡，他要竭尽全力维护百姓的和谐团结。与此同时，他也在努力培养接班人，只要发现一个好苗子，就会尽力提携帮助。

这段时间以来，他的注意力总是被马勒什拜的小儿子拜迪所吸引。这个孩子从很小的时候就显示出了过人的机智和聪慧，而且他的求知欲也很强。他曾跟毛拉学习过一段时间，等能读书写字之后，还在跟汉族邻居的交往中，学会了说汉语。就因为他的勤奋努力，很快就得到了当地官员的青睐，开始参与到政府工作中来。他在布尔津政府部门工作了很长一段时间，身边的人又称呼他为拜迪懂学（音译自 dongxue），这个从汉语中引用的词，那个时候就是翻译的意思。

柯勒什拜非常喜欢拜迪与众不同的性格，一直想给他一个特殊工作。在自己担任哈巴河县乌库尔代时，将蒙阿勒部落的赞格职务交给了自己的平辈兄弟哈讷别特，却没能给拜迪找到合适的位置。蒙阿勒部落的人数不多，所以，不可能像博海部落和霍思泰部落那样封一个扎冷的职务给他，就始终没有找到合适的职位。

当柯勒什拜担任县长之后，他想把拜迪要回来，可是，布尔津政府不放人，因为他懂汉语，现在的工作应该很适合他。如果一个哈萨克族百姓去政府办事，也会因为不懂语言而为难，现在有了拜迪的帮助，很多人的问题都得到了解决。柯勒什拜看着他的成长，真心地为他感到高兴。而另一方面，他又为作为大哥，没能在他成长的道路上起一点作用而深感遗憾。他总是想，只要有机会，总有一天要为他办一点事情。拜迪为人爽直，只要有不合自己意的地方，他就会直接说出来，大人听说，他甚至对自己的某些做法感到不满，提出过很尖锐的意见。柯勒什拜并没有因此而误解他，反而觉得他有个性、有主见，从来都不会生他的气，有这样一个人并不是坏事。正如俗话说的：懒人还在犹豫时，智者已经办完事。我们不能打击年轻人的积极性，应该让他们更多地参与到大事情中来。看着拜迪近几年的进步，柯勒什拜深感满意。

然而，柯勒什拜一直没有机会和他见面，不知道他现在的思想状况如何，他是布尔津政府的骨干，把家也搬到那边去了，现在他们见面的机会就更少了。

终于有一天，机会来了。拜迪请假回了家乡，一回来他就来给大人请安，这让柯勒什拜非常高兴。在相互见面问安之后，柯勒什拜就询问了百姓的近况，政府对民众的态度怎么样等问题。他是翻译，每天都能跟官府的人近距离接触，能听到柯勒什拜所听不到的消息。

"到目前为止，我没有发现这些长官有什么特别的。不过，最近要设警察局了，看来，是政府要加强管理了。我听说这是盛督办的命令。"拜迪说道。

"哦，这样啊。你还听到什么消息了吗?"柯勒什拜关切地问道。

"我们县长人不错，"拜迪说，"他是一个有主见、有思想的人，我可以感觉出来。他最近去了一趟迪化，回来以后只轻描淡写地说了一句，说盛督办下了新命令。看来，不久的将来，阿勒泰地区会发生一些变化，这个县长对我挺好的，也许就因为这个原因，偶尔会跟我说一点事情。有一次，他说：'拜迪，咱俩共事也有一段时间了，看来，这种状况要不了多久就要结束了，也许我会离开这里，你也要给自己找一条后路。'"

"他们的耳朵比我们的长啊，无论要刮风还是要下雨，他们都能感觉到。不过，你给我讲这件事情是对的，这对咱们今后的工作是会有帮助的。"柯勒什拜若有所思地说。

"你们两人谈得这么深入，饭菜都要凉了，"夫人的话打断了两人之间陷入的短暂安静，"二位还是一边吃饭一边聊天吧!"

"好的，"柯勒什拜如梦初醒般地抬起了头，看着拜迪道，"来，喝茶，吃点东西，午饭马上就好。"大人的脸上出现了一抹微笑，然而这个微笑背后却是一丝担忧。

"别说吃饭了，能在您家喝一碗清茶也是我的福气啊！"拜迪停顿了一下，生怕老人多想，就把话题转向了别处，"大人，您不是写了族谱吗？近几年来我一直在外面，都没有机会好好拜读学习一下，我在别人手里见到过一次，您要不要跟我说一说有关族谱的一些事情呢？"

"族谱，我是写了一点，孩子们也帮我用新文字抄写出来了，在给大家传阅呢。"

"那您是怎么想起来要写族谱的，又是怎么写的？那些资料您又是从哪里得到的呢？"拜迪问道。

"那可是一个很长的故事，"柯勒什拜稍微停了一下，然后继续道，"很多人都想知道那里面讲的故事，就来抄走了，不过，除了你还没有谁问过我这样的问题。"

"大人您说得对，要想认清一个事情的本质，就应该了解它发生的来龙去脉，否则，那些历史就会很容易被遗忘的。"

"刚才我不是说了嘛，你是第一个问这个问题的人，那我就跟你说一说吧！自我认字起，就非常喜欢读书。只要我能找到的，我什么书都读，我还读过很多用察哈台文和诺盖文写的书，阅读让我学到了很多知识。这些书籍中，对我影响最大的一本书是《巴布尔传》。在我读了那本书之后，我想应该将自己的所见所闻都记录下来，我并没有做过什么了不起的大事，就着手记录了一些关于民众、关于家乡的事情，还记录关于哈萨克民族历史的一些东西。然而，我并没有找到多少有价值的资料，很多资料都不太可靠。有人还说哈萨克人是穆罕默德的后人，我并不相信这样的说法。在加尼别克和克烈等汗王的带领下，和乌孜别克族分离之后，我们才成为了一个独立的哈萨克民族。还有人说哈萨克人是从锡尔河流域迁徙到这一带来的，这话是可信的，然而，在那之前我们生活在哪里，却没有人能说得清楚。因为我懂蒙古文，读过一些相关资料，对蒙古族谱有了一些了解，我得知我们的祖先是和蒙古各部落共同生活在阿尔泰山的东北部广阔的草原上的，你说，哈萨克人怎么会是穆罕默德的后人呢？我们不能这样捏造历史啊。我收集了所有能得到的信息，从中整理了跟阿勒泰民众有关的最可信的部分，加以整理记录了下来。其他的一些内容我也保留着。然而，关于哈萨克是怎么分为三大玉兹的，再往下又是如何细分的，那些内容都不太准确，需要核实，我将整理这些剩下内容的任务交给了艾普斯木的儿子穆萨。这就是关于族谱的一些事情。”

“哦，原来是这样。大人，我还有一个问题想问您。”

“有问题你就问吧，如果我知道就会告诉你的。”

“您记录了关于克烈人为管辖部落而从外部请来了托列的情况，他们管理民众的情况，以及后来四个毕官的产生等内容，是吗？那么，如果说托列人管辖民众的权力是世袭的，四个毕官的孩子也当了毕官，这又是谁的旨意呢？”

“在历来王朝里，皇位是世袭的，子承父业一直都在延续，我们的托列也是这样的，这一点你也很清楚。而从普通百姓中出来的毕官也能世袭，我倒是没有听到过这样的旨意，然而，四个毕官的后人一直都掌握着权力：民国二年（1913 年）玛米被授予了辅国公的职务，民国六年他又被封为贝司，民国九年，他去世以后，他的职务就传给了儿子哈那皮亚，这就是世袭。这应该是得到了官府的认可的。”

他们的谈话到了一定程度的时候，话题渐渐转向了民众的日常生活方面的内容。

"大人，您对自己的后辈有什么想法、要求或者希望吗？"拜迪
问道。

柯勒什拜看着面前这个年轻人思考了一会儿，然后答道：

"我首先祝愿国泰民安，希望坏事不要再发生，祝愿新的一代能
成为有知识、有眼界的人，现在已经不是靠养牲畜就能度日的时代
了。壮汉只赢一人，智者能胜一千啊。"

"您说得对啊！那您是怎么评价自己的孩子的呢？"

"都说养儿不随父，并不是每个孩子都会像父亲，我家老大赫木
加普也在试图参与管理民众的事务，然而，我对他没有什么信心，
老二纳赛恩恐怕是随了他爷爷，将来可能只能当个农民。我的希望
就落在了老小加尔罕身上，我想可能他有希望成才，不过，这也要
看上苍的安排了。"拜迪继续问道：

"那您有什么话要对我说吗？"

"对你我要说的话不多，但是，也不是没有。"大人的脸上出现
了一抹笑容，淡蓝色的双眼紧紧地盯着年轻人的脸，说，"你聪慧能
干，从众人中脱颖而出，还掌握了大民族的语言。语言是通向心灵
的窗户，这是一件非常了不起的事情。我也知道，因此，你也帮助
了很多人。自我当了这个县长之后，在蒙阿勒部落，甚至在整个加
纳特部落中都没有遇到能工作的人，我很想叫你过来，可是，又考
虑到那边民众的情况，他们离不开你。我只想说，你要控制自己的
火暴脾气，民间不是有句话叫，祸从口出吗？一个男人不可能没有
对手，我不想让人利用了你的这个弱点。"

"大人，我会谨记您的教诲。"

"好的，你是一个聪明人，你就当这是长辈对晚辈的忠告吧。除
此之外，还有一件事情，你刚才不是说布尔津的县长有可能会被调

走吗，如果他走了，下一个人要是讲道理还好，如果万一不是那样的，常言说：智慧的人两条腿走路。你就回来吧。你也知道，我们到哈布尔哈塔勒之后，蒙阿勒部落的人们一直在从霍尔赫拉玛、萨尔哈莫斯草原到阔克铁列克渡口那片位于额尔齐斯河沿岸的地区过冬，还有一少部分人在吉恩什克库木草原过冬，我仔细想了想，你好像还没有固定的过冬地，你应该给自己找一个驻地。下游的西德哈兰有一块地方可改为过冬营盘，那里还没有人住，你最好在那个地方盖个房子，如果可能，让老婆孩子先到那里过冬。你看怎么样？"

"大人您想得太周到了，故土是那么神圣，能在故土有一个营盘，那是我做梦都在想的事情啊。既然您都说了，那我就要那块地方，从今年开始就着手盖房子。"拜迪开心地说。他们就做了这样的决定，自那以后，西德哈兰就被称为是拜迪·马勒什拜的冬营盘了。

午饭之后，两人一直在聊天，都没有意识到天色已经不早了，于是，拜迪起身告了别。他跟大人一家告辞之后，就骑上马朝着哥哥玛哈太的家飞奔而去。这次跟柯勒什拜大人的谈话，让他了解了很多事情，而且，他还说了很多心里话，他感到自己的心结被彻底解开，浑身轻松了很多。

＊　　＊　　＊

喝过午茶之后，柯勒什拜想休息一会儿，却感到毫无睡意，各种想法充斥了他的脑海，让他不得安宁。他干脆起了身，来到窗口朝外望去。他发现周遭非常安静，没有一个人影，大家都不想打扰大人休息。这时，夫人悄悄地进了门，说县政府的信使来了。

"啊，那就让他进来吧！"大人回过神来，轻声说道。

只见一个穿着得体的年轻人大踏步走了进来，站在了门边，县长正在等待着年轻人带来新消息，他开口道：

"哦，是出什么事情了吗?"

"是第一秘书派我来的，说如果大人您没有休息，就让我转告您，说都统的弟弟夏依苏力坦从萨尔荪别来了，说他有急事找您。"

"那一定是夏哈有要事要说，我马上就去办公室。"

"不，客人想单独跟你谈。"

"是这样啊，那就将客人带到这儿来吧!"大人让信使走了，他转头对夫人说，"再娜普，家里来贵客了，你去好好准备茶点吧!"大人平时不会直呼妻子的名字，只称呼她为"内人"，今天他一反常态，这让妻子有点意外。

没过多久，秘书叶斯木罕带着客人来了，小伙子身材挺拔，一表人才，他并没有因为自己是托列、都统的亲弟弟而摆谱，一进门就将右手放在胸口，给大人请安。柯勒什拜也热情地回了礼，请客人上座。

"大人，这位想跟您单独谈谈，那我就先回去了。"叶斯木罕说完，没有等大人的答复就离开了。

屋里只剩下他们两个人了，但是，夏依苏力坦并没有直接说出自己的来意，而是先询问了大人的健康情况、家里和民众的状况之后，才从怀中取出一封信递给大人。这是都统给柯勒什拜的信，于是，大人迅速拆开信封一口气把信念完了。那封信并不长，没有什么特别的内容，倒像是一封介绍信，柯勒什拜预感事情没这么简单，他非常想知道这封信背后究竟还有什么内容，于是，他急切地问道:

"夏依苏力坦，孩子，你不会平白无故就跑过来，夏哈肯定有非常重要的事情，你就快点说吧，别让我着急!"

"是的，大人，我的确有任务在身，不过也不是很着急，都统是想让您先得到消息。都统说:现在局势不太稳定，那个许诺要给我们做很多好事的省督办的念头变了，他在阿勒泰成立了警察局，开始加强管控了。他也不像从前，也不太听从都统的话了，重要的事情他都自己掌控了，再这样下去，很难预料将来会发生什么事，都统就是想让您了解这些情况，好早做打算，别人都统信不过，就特地派我过来。还有一件事，哈巴河县可能还要换县长，如果他们说要免去您的县长职务，您就同意吧。反正他们肯定会那么做的。都统还说，他跟他们共事时间长了，了解这个盛督办，他诡计很多，是个笑里藏刀的人，什么事他都会暗地里做。"

"哦，是时局要变了，天空出现了乌云，这个我也发现了。只要他们不要伤害都统本人就好了。"

"关于这一点，都统曾经说过一次：'目前他还暂时不会碰我，因为毕竟会顾及民意，如果他想陷害我的话，首先他会先解决我身边的人，再免掉我选的县长们。所以，一定要让柯勒什拜大人早点了解情况。'"

"感谢都统的关心，我已经是一个年过七旬的长者，到了这个年纪，我要权力干什么啊？因为是夏哈交给了我这个任务，我就想尽力而为做好工作，为他分忧，如果盛督办嫌这个职位多余了，那就让他拿去好了，总之，我只希望民众平安，天下和平。请夏哈自己也多保重，一定替我转达问候。"大人的心情变得异常沉重。

夏依苏力坦此行的目的没有几个人清楚。身边的工作人员也只猜想是都统有事要告知大人。事情的原委，柯勒什拜没有跟任何一个人说过一个字，他只是在静静地等着事态的发展。他的内心世界里波涛汹涌，翻江倒海。也许是因为上了年纪，他总会回忆自己的过往，那些画面总会一幕幕从眼前滑过：贫困的童年时期，青涩的少年时代，为寻求知识、改变命运而努力的青年时代，自己做过农民、小商贩、赞格、乌库尔代……一切都仿佛是昨天才发生的事情一般。时光匆匆，一去不返，时代的变迁，有谁能改变呢？他想：

我已经是不久于人世的老人，什么都经历了，我的人生没有什么遗憾，只是替孩子们的将来担心。就像阿桑海格说的那样，时代会变迁，鱼儿能上树，那个时代是不是就要到了？大人自言自语道。

全家人喝茶的时候，屋子里异常安静，连孩子们都瞪大了眼睛悄悄地坐着。大人默默地坐了很长一段时间，家里人也都没有说话，谁都没有勇气打破这份宁静。柯勒什拜毕竟是一个智慧的人，他很快收回思绪，挥去压住自己的沉重，站起身来开始来回踱着步。然而，他的思绪并没有因此而清晰起来：我现在老了，曾几何时我也是一个血气方刚的年轻人，总是闲不住想找事情来做，总感觉前途一片光明，前路平坦而笔直，也努力做了一些事情。随着时间的推移，时代的改变，从前的一切一去不复返了，只在心中留下了一些痕迹。最近这几年，民众刚刚得到了安宁，如果上面的人皱起眉头，谁知道将来会发生什么事情！人民的生计就像这条额尔齐斯河在不倦地流淌一样，不会停下来。就算将来发生不好的事情，也会有回到正轨的一天。就算我看不到将来的一切，孩子们是会看到的。这个县长的官职就让他们拿走吧，我要这个官职有什么用？当年我为了减轻夏里甫汗的担子，不顾自己年迈的身体状况，答应了接受这个职务。我做的都是顺应民意的事情。总之，希望我的民众不要遭罪……只愿民众平安，无论后人怎么评价我，我都欣然接受。

柯勒什拜渐渐从沉思中走出来，他缓缓地迈出家门，久久地看着阿吾勒的四周，透过朦胧的雾气，依稀可见萨乌尔山雄伟的身影。它那高大的山体犹如坚实的脊梁，缓缓地向远处延伸开去，扛着这片草原上的一切。柯勒什拜在族谱中记录的关于边境谈判的情景，就是从描述这座冰山开始的。从那时起至今已经过了半个多世纪。无论这块土地归属于哪个国家，这山这水始终在那里。所有的变化，只会影响生活在这块土地上的人们。俗话说：五十年后新世界，这句话是亘古不变的事实。当年阿桑海格骑上骏马杰勒玛雅来到这里的时候，他看到这座高大如骏马马鬃的高山，发现山梁很窄，而且这里没有河流，当时他是这样评价的：这座山看上去就好像是一匹马的后臀①一般。于是从那时起，这座山就被人们称作萨乌尔山了。柯勒什拜曾无数次来过这里，上过这里的每一道山梁，每一座山岗，领略过这里美丽辽阔的草原，也参加过很多盛大的婚宴聚会，那些场景至今历历在目，挥之不去。然而，这些他以后只能用想象的眼睛来看了。此时，他心灵的天空被乌云遮盖。他再次回忆着过往，依依惜别之情充斥了心灵，他的心情一下子变得沉重起来。然而，他很快控制住了情绪，他将目光转向了另一边，也就是阿尔泰山的方向，开始为那里的民众担起心来。目光所及之处，只见那洁白的乌什胡尔曼克尔山像一只被剥了皮的肥羊一般面朝下趴着。不过，柯勒什拜也没有上过那座山，因为，那座山被划归苏联了。再往远处看，映入眼帘的是那座犹如一头满身长毛的大象一般的喀拉硕克，它仿佛正面朝东方陷入了沉思中。再往近处是他家乡的萨热哈莫尔草原和博乐巴代山，看到这儿，柯勒什拜的眼眶突然湿润了。阿尔泰的每一道山梁、每一座山坡和每一条山谷都在柯勒什拜的心里，就像他的身体一样熟悉。他的生命和这里的山山水水紧紧地联系在一起。他打算过两天让家里人搬迁到萨热哈莫尔的草原，自己会稍微晚一些过去。他的目光转向那条母亲河——额尔齐斯河的方向，这条孕育了这块土地上一切生灵的圣河，一年又一年，就这么静静地无私地流淌着。这时他突然很想到哈巴河边上去看看奔流的河水和岸边茂密的树林。手脚敏捷的年轻人一听这句话，马上备好马匹，牵到了大人面前。这一次，柯勒什拜只带了加尔罕和萨哈巴在身边。此时哈巴河河水由于洪水的缘故，略显浑浊并不很清澈，河水卷着

---

① 哈萨克语中的萨乌尔。

层层浪涛，滚滚奔涌向前。波涛汹涌着拍打着河岸，有的地方的河堤被冲塌了。岸边的白桦树垂下一片片精致的树叶，犹如窈窕淑女发辫上美丽的配饰一般，轻轻地抚着水面，在阳光下闪闪发光。此情此景让柯勒什拜的思绪又回到了五十多年以前，为了迎接噶赍达的到来准备盖房子的时候，这些白桦树也是这样婀娜地摇曳着身姿，那时的柯勒什拜还是一个血气方刚的年轻人，如今的他已经老了，变成了一个后背弯曲、目光浑浊的普通哈萨克老头儿。河水依旧，树林依旧，他却早已不是当年那个人了。柯勒什拜看着孙子加尔罕，这些年轻的白桦树不就像我的这些孩子一样吗？我走后，孩子们会渐渐长大，继续繁衍，我也就死而瞑目了。

愿孩子们幸福安康！柯勒什拜在心里祈祷着。

柯勒什拜沿着河岸走着，穿过茂密的树林，一直来到了哈巴河流向平原的喀拉塔斯，柯勒什拜走过他带领民众挖掘的蒙阿勒水渠旁边，他拉住了马头，看了看渠中水的流量，对加尔罕说：

"孩子，你一定知道这是蒙阿勒渠，挖这条渠的时候，还没有你，这条水渠比你还大三岁呢。当时就是为了改善民众的生活状况才挖了这条渠啊，归根结底，这一切都是为了你们。孩子你要记住，今后，你无论做什么事都要考虑民众的利益，要多做好事善事。"柯勒什拜俨然一副交代任务的口吻对孙子说道。

"爷爷，我明白了！"加尔罕扑闪着大眼睛似懂非懂地点着头说道，"您说的话我绝不会忘记的。"

同行的萨哈巴也附和道：

"大人，您这话不仅是对加尔罕说的，也是对我们每个人的指令啊，我们会转达给每一个年轻人，让他们都牢记在心。"

天色渐渐暗了下来，他表示该回家了，就调转马头，来到了河岸边的大路上，踢了一下马肚子，就朝着县城方向出发了。

柯勒什拜刚进家门，就听门外有人通报：来客人了！大人向来对客人都是笑脸相迎的。今天的长途跋涉让他明显感觉累了，非常想在家安静地休息一会儿，可是，现在已经没有办法了。就在这个时候，一个个头不高、体形稍胖的人一边拉长问安的声调，一边走进了房门，主人这才认出来人是博铁罕扎冷。

博铁罕是哈巴河哈孜别克部落的毕官，他还有一个扎冷的官位，家境盈实，在民间享有很高威望。最近他常常来拜访，给自己名叫叶尔耶斯克凯克的儿子提了亲，姑娘就是柯勒什拜的女儿波皮罕。两家的冬夏牧场都相距不远，他们总是一起搬迁、和睦相处。所以，两个阿吾勒里的人们都彼此熟悉，他们和蒙阿勒部落有着千丝万缕的联系。

他今天不是以亲家的身份过来的，他一进门就说是路过这里，顺道进来请个安：

"我在哈巴河对岸其巴尔阿依格尔部落办了点事情，回来的路上想给您请个安，大人您可千万不要见怪啊！"

"欸，那有什么可见怪的，谢谢您特意过来请安，你留下来安心休息吧！"

两人之间的谈话就持续下去了，几个年轻人为了不妨碍两位长者就悄悄地退了出去。他们进了另外一个房间，自顾自地聊起天来：

"人们常常取笑这位，说他特别爱吹牛！"

"俗话不是说：只要足够强大，干什么都不怕。因为他富有才有资格吹牛吧？"

"人们不是把他们的阿吾勒称作是五个吹牛大王的阿吾勒嘛。"

"这都不会是平白无故叫起来的。据说他们兄弟布尔萨勒木、叶木勒、博铁罕三个人聚齐的时候，老大和老三就会滔滔不绝地讲个不停，就轮不上家境稍微贫穷的老二开口，再怎么憋屈，他也插不上话，只有乱动耳朵忍气吞声地听着的份儿了。"

"是啊，我们哈萨克人总是会添油加醋，把一说成二，二又说成四啊！这都是人们开玩笑说的话吧？"

"我今天就想试一试这位先生到底有多爱吹牛。"萨哈巴说。

"你想怎么试啊？"

"那只有我自己知道了！"

几个年轻人你一句我一句地说了很久，吃过晚饭，准备睡觉的时候，要给亲家铺床，这个任务就交给了萨哈巴，他将所有的事情都安排停当，临睡前他说道：

"亲家身体胖，如果让他睡到平床上，肉都挤在嗓子眼里，他会睡不好的。"于是他拿来五个羽绒枕头，摞在一起放好，就出去了。

第二天早晨，萨哈巴很早就起了床，悄悄趴到门口偷看，这时，他看见亲家正背靠着那高高的枕头，坐着睡觉呢。小伙子好不容易克制着自己的笑退了出来。等客人上马出发以后，萨哈巴来到了柯勒什拜大人面前，将自己昨天做的实验告诉了他，然而，大人并没有笑。他沉思了很久，然后开口道：

"每个人都有自己的性格，没有必要惊讶，博铁罕是个好人，心地善良，人又大方，直率坦诚，别人夸他的话，他就容易轻信，这个脾气的确会被人利用。你们要记住，爱吹牛的人，就是很容易相信别人的夸奖，因为他们简单善良。只要他不伤害别人就好了嘛，没有必要因此而怪罪人家。博铁罕就是那样的人，我们还是应该看到他好的一方面。你们呢，就不要拿这事为笑料，到处去说。"

"我昨天的确有点过分了，太不好意思了！"萨哈巴惭愧地低着头说道。

"过去的就让它过去吧，"大人说，"没关系，就像我刚才说的那样，你说扎冷不能睡平床，他就相信了，他想如果不是那样的话，就证明自己睡不着，从这儿就能看出爱吹牛的人就是爱轻信别人。"

*　　*　　*

沉闷压抑的情况还没有改变，一个个相同的日子在往前推移着，暂时还看不出时局会有什么改变，仿佛一切如旧。然而，这只是暴风雨前的平静。任何一个有理智的人都能感觉到，上面下达到哈巴河县政府，也就是县长本人的工作越来越少，最近一段时间几乎都没有了，这就说明上面正在发生一些不同寻常的变故。柯勒什拜希望那个改变快点到来。多年以来，他一直都在掌管民众，尤其是后来这三年来，他掌管着一个县的所有事务，处理很多纷争，他的确累了。他甚至都想放下所有的事情，直接搬到草原上去，想远离这个充满尘土的院落，渴望到树林密布、草木茂盛的草原去休息。然而，他不能在没有得到夏里甫汗的消息之前，就随便扔下他交给自己的工作一走了之。

那一天最终来了，据说还是盛督办亲自发的命令，他给哈巴河县委派了一个新县长，柯勒什拜将担任哈巴河县税务局局长。他没有因为失去县长职务而生气，反而很高兴，他不明白，上面为什么又给自己挂了一个职务。对一个年迈的人来说，这样的职务有什么意义？就算他去了，又能做什么呢？那些工作为什么不让年轻人去干，这里面究竟有什么秘密？他最后想到，这肯定是他们的伎俩，免去了县长的职务，却不让自己离开他们的视线范围。

随着新县长的到任，柯勒什拜就把办公室让了出来，搬回了家。这个院子里，甚至在整个县城里都充斥着异样的气氛。县城里出现了很多持枪的军人，警察局的权力越来越大了。

新县长是一个中等个子、身材略胖的黑皮肤的人，看上去快五十岁的样子，有趣的是，他那头浓密的头发是花白的，从他的脸上看不出对新职务满意与否，他尽力表现得和蔼谦逊。在见到柯勒什拜的时候，伸手问好，还说自己并不是要来取代大人的，而是奉了上峰的命令来的，今后，他们还会共事的。柯勒什拜心想：你心里究竟在想什么，以后就知道了。他没有多说什么话，只是微微地点了点头。

以后的见面也是在同样文明的状态下进行的。当地哈萨克人还没有记住新长官的名字，就根据他的外表给他起了一个称呼——白头县长。柯勒什拜也跟大家一样这样称呼他了。

几天之后，县长把柯勒什拜叫了过去，说政府大部分办公资金都是从税收中来的，所以，税务局的工作非常重要，他强调说政府对大人寄予了很高的希望，他应该以极高的热情投入到新的工作中来。

他以长官的身份说了这些话，乍一听好像很温和，然而，柯勒什拜却听出这些话的背后隐藏着很大的阴谋，他也用对方说话的口气，很温和地回答，说了自己对社会现状的理解，最后，就自己目前的情况作了解释：

"县长先生，您说的关于税收重要性的那些话我都听懂了，我也清楚绝对不能轻视这项工作，然而，我担心自己不能胜任这份信任。因为，我年纪已经太大了，快八十岁了，健康状况也不是很好，脑子迟钝，考虑问题分析问题也大不如从前了，所以，我想请政府就别让我做其他工作了。"

"我现在没办法答复您，因为，这是上面的命令，您和我都要奉命办事，我只能将您的意思转达上去，那边没有来正式答复之前，您必须干下去。身体不好的话，您可以随时休息。"

"这个县长，"柯勒什拜心里想，"看来是不想放过我啊，总说上面上面，就是不提夏里甫汗都统，这里肯定有阴谋。夏哈前不久派夏依苏力坦给我转告的事情，看来就是都统在提醒我了！"想到这儿，他想下一步要利用县长刚才的话了，俗话说：就算被记在上司心里，不能出现在上司眼里。他心里有了答案：

"上面的命令我肯定不能违抗，不过，按照您自己刚才说的那样，我应该多去草原，一方面了解民众的情况，了解谁该上交多少税收，这些我都应该亲眼看看，搞清楚才行，另一方面就是我想再调养一下身体。"

这下县长不知道该怎么回答了，又想不出不让他出县城的理由：

"您可以去，但是，不能在草原上待太长时间，因为，万一上面有了新的命令和任务，您要是不在不合适啊！"

他后面那句话就是借口，柯勒什拜清楚他的用意，他就是要将自己掌握在手心里。他没有再回答什么，心里想，走着看吧，于是就回答了一句：

"好的。"就不再说话了。

也许是因为上了年纪，柯勒什拜最近几年来，总是爱回忆过往，总是会衡量自己做的事情。他用挑剔的眼光看所有的事情。在他和拜迪还有和夏依苏力坦之间的谈话之后，这些回忆显得更深更沉起来。新县长的到来，让他的心头又多了一份负担，这个负担不是遗憾，也不是懊恼，而是另外一种情绪，一种可怕的情绪。尤其是白头县长温和的语气和狡黠的微笑，总让他感到不寒而栗，总让他预感到一丝危险的气息。难道真的是政府离不开他柯勒什拜吗？难道没有他工作就进行不下去了吗？一个年迈的人做不了多少工作，这是显而易见的，他现在只想回到家乡，好好休息，颐养天年。他从前没有时间读书，现在终于有机会可以好好读一读书，将自己的领悟再传达给民众。这个给自己套上脚镣的政府，依旧不想给自己自由，这些都加在一起，加深了柯勒什拜的忧虑，让他感觉自己的心越来越挤，仿佛在拉着他往深渊里去。这太折磨人了，就像一场可怕的疾病纠缠着你无法脱身。与此同时，他还听到一些流言，他们突然来抓人的可能性也不是没有。这些负面情绪一直纠缠着他，让他夜不能寐。他感觉如果他们要是抓人，就会趁着这黑夜来的。于是，柯勒什拜就不在自己家里过夜。有一天他突然问自己：

"我为什么要害怕呢，我又没有做过违法的事情？又没有杀人放火，只做了政府让我做的事情，他们为什么要无故抓我，我这不是在自己吓自己吗？如果他们无中生有非要抓人，又能拿我怎么办？最坏就是杀了我，我这把年纪了，还害怕死亡吗？随他去吧！"想到这儿，他不再担惊受怕，悬着的心仿佛落了下来。这段时间，白头县长也没有特别的表现，没有再追踪和审问，就算见了面，也只是礼貌地问好。柯勒什拜心里想：

"政府仿佛是在想放长线钓大鱼，看来短时间内不会对我动手的，这段时间我得好好利用起来。"

柯勒什拜开始在家重新翻阅从前的笔记，找出各种欠条或者单据，尤其是看自己有没有欠别人什么东西。他生怕自己忘了，主人又不好意思问，今生的债务必须要在活着的时候还掉，不能带到那个世界去。

然后，他将除了给穆萨的那部分以外的资料全都找出来，开始着手做最后一次整理和清点。柯勒什拜是用旧式文字写的，他生怕后辈们看不懂这些内容，就让女儿碧碧罕认真地用新文字抄出来。做完这件事情之后，他感到轻松了很多，就好像过了一个关一样，高兴得就像个孩子。这之后没过几天，他为了了解事情的进展，就派人去请穆萨·艾普斯木。穆萨很快就到了，手里拿着一个挺厚的本子，在请安之后，他郑重地将本子放到了大人手上：

"大人，我尽了最大的努力，请您检查一下吧！"

柯勒什拜将本子拿到手上随意地翻看了几页，脸上顿时露出了满意的表情。

"好样的，你整理得很好，尽管资料是我给你的，然而，将它们整理成册，那可不是容易的事情，你功不可没啊。我再强调一遍，不要直接叫它《柯勒什拜族谱》，除了我亲手写的那部分之外，你都要注明是穆萨整理的。这里还有一个原因，因为很多历史内容我都不敢确定其真实性，在没有确定内容真实性之前，说成是确定的内容，这不合适。总之，只要能记录下来，剩下的就交给后人来理清楚了。"

"不过，我想这个版本还是留在您手里比较合适。"穆萨说。

"你自己有吗？"

"我有一份抄写本，压在了箱底。"

"那我就找个宽松的时间再仔细看一看。"

穆萨又提了一个问题：

"大人，记得您曾说过想将哈萨克族的传统风俗习惯都来写一写，那件事情怎么样了，您写了吗？"

"前人曾说：是人心跑得快，还是青马跑得快。我就想把所有的事情都做完，然而，看来那不是一件容易的事情。我也曾试图做你刚才问的事儿，总也没有找到合适的机会，阻碍太多，我有心但无力，想做没有做成的事情太多了，其中就包括这件。看来啊，这将成为我人生中的一大遗憾了。"

"怎么会呢？现在又不是没有机会了？"

"表面上看我还很有力量，却没有勇气斗争了，这真是一个令人痛心的事，看来我也要将那件事情交给你们这样受过教育的年轻人了。"老人说完这话，黯然神伤。

据穆萨所知，柯勒什拜一向是个坚强刚毅的人，对这个世界充满了希望，在最困难的时候，也从来没有失去过人生的方向，总能找到办法解决问题，他会给茫然者解惑、疲惫者鞭策，是一个非常智慧的人。他今天的话和以往完全不同，仿佛在描绘一幅无助和迷茫的画面。这是年迈的缘故，还是因为他听到了不好的消息，从而对未来失去了信心？或者是这位老者开始听从命运的安排了？

穆萨没有找出任何可以安慰大人的话语，只好无声地坐着，柯勒什拜却在鼓励他：

"天不会塌下来的，路还在前方，我所说的是时间在飞逝，是在提醒你们不要荒废了年华，如果有什么想做的事情，一定要及时完成。"柯勒什拜很快找回了自己，换了一副沉稳而笃定的神情。

穆萨通过和柯勒什拜大人之间的谈话学到了好多，他将大人说的每一句话都记在了心里，就仿佛又多了一个新的任务。柯勒什拜跟这个聪慧的小伙子说了一些压在心底里很久的话，感觉轻松了一些。

最近几天，柯勒什拜越来越有紧迫感，他还有一个想法，就是再去看看家乡的草原，再去欣赏一次优美的景色。他不想再浪费时间，必须尽早做准备。他命人准备了马匹和行囊，带上萨哈什和萨哈巴，趁着周三这个吉祥的日子朝着大山的方向出发了。

他们一般从阿赫齐出发去草原时，都会抄近路翻过赛尔克桑山梁，过了阔勒迭宁泉的源头，从达干跌勒下到胡朱尔特草原。这一次他一反常规，是沿着东边蒙阿勒部落的那条牧道走的，横穿沙根德小河，沿着扎勒帕克托布勒格往上，到了赛尔克桑往东的拐口下去之后，到了巴勒哈别克小河，在河边稍事停留，喝了一些水之后，又继续前进了。他们过了喀拉哈什，沿着东边的路，朝着胡朱尔特走去。

等他们到了巴彦朱列克山岗的泉眼边时，柯勒什拜看着身边的伙伴问道：

"你们知道这个地方叫什么吗？"两个人都同时回答：

"艾米。"

"你们知道这里为什么被称作艾米吗？"

"我听说这里是以一个死去的人的名字命名的。"萨哈什说。

"是的，那是一个很有名的人。你们知道四大毕官之一的柏森布吧？"

"是的，是的，知道的。"两个年轻人异口同声地回答道。

"如果你们知道他，那艾米就是他的爱人，是他最忠实的伙伴。在柏森布弹冬不拉时，或者跟别人谈事的时候，她就是他身边的参谋和助手。据说就是在这个地方，那位伟大的母亲被毒蛇咬伤，最终不幸与世长辞。失去亲人让柏森布异常悲痛，据说他因过度悲伤都吐了血。后来，人们就将这个地方以她的名字命名为艾米了。"

柯勒什拜来到一个山顶上，稍事休息，然后站起了身。当他们来到吉勒德哈拉山头看向胡朱尔特山岗的时候，眼前展开一幅美好的画面，仿佛一块翠绿餐布铺展在他们眼前。这片草原远看是平坦的，事实上，如果你仔细看的话，可以看出那片绿色中有很多峡谷，每道峡谷里都有清澈的溪水流出来。当民众从山脚下迁徙进山，在上草原之前，人们就会在这片平原上扎起毡房停留一段时间，那个画面会令人陶醉，四畜铺满草原，人们忙碌工作。而秋天当人们从草原下来的时候，这块餐布也会如此被装满。这里有时会有婚庆宴席，有时会举办名人的祭宴。就这样，在民众钻进大山怀抱之前，就在这里短暂地相聚。然而现在，由于民众已经上了草原，除了几个匆匆路人之外，整片平原都是空空荡荡的，只能看到东边被茂密松树包围着的巴彦朱列克山岗和胡朱尔特草原两边有些零星树木的山坡，让柯勒什拜感觉非常亲切。他想起自己替别人去远征的时候，正好就是从胡朱尔特出发的，当时，老人就是在这儿亲自给柯勒什拜送的行。那个时候，他还那么年轻，如今的自己也到了当年加讷斯老人的那个年纪，想到这里，他觉得挺好笑的，深感时间真是具有世界上最强大的力量。然而，他很快从思绪中回过神来，说道：

"萨哈什，你看到那边那个光秃秃的山坡了吗？"柯勒什拜看着萨哈什提问时，他点了点头，"你要记住那个山坡，你的同龄人蔑迭特拜就是在那个地方杀死了一个来犯之敌——俄罗斯人。"

"啊，是这样啊！那个倒霉的家伙就是在这个地方丧的命啊？"萨哈什说道。一直投入地欣赏着美景默不作声的萨哈巴也参与到了这个话题中：

"咱们的蔑迭特拜真是一个英雄！"

"你说得对，"萨哈什说，"一般人能要了壮如公牛的俄罗斯人的命吗？"

"这个事情就不要再提了，趁天色不晚，咱们得多赶一段路！"柯勒什拜说完，策马往前跑去。

等他们翻过胡朱尔特山坡，到达莫伊勒特河，他们又朝前走了一段，然后朝右拐去，沿着牧道上了山梁，迎面看见一片稀疏生长着白桦树和松树的河滩，人们称这个地方为"喧闹的白桦林"，山梁上冒出的两个泉眼，汇成两条小溪，一条朝南流去，最终会流入莫伊勒特河，另外一条流向北边，最后汇入杰别特河。人们根据自己驻地的情况，把这里称为"喧闹的白桦林朝这儿流"或者是"喧闹的白桦林朝那儿流"。大人并没有在小河边多逗留，他想起从前他们在这里只会留宿一两天，他只看了一会儿就继续往前走了。在朝杰别特去的路上，他将马头转向左手边的一个小山岗，看着前方停留了片刻，这个平原被称作什巴尔哈拉盖，等到了秋天，蒙阿勒的几个阿吾勒会在这里停留几天，替羊羔剪毛。这些情景一幕幕从柯勒什拜的眼前滑过。很快，他又调转马头，来到了杰别特河边。过了河之后，他们没有顺着那条平坦的牧道走，而是进入了上方峡谷里的那条狭窄的马道。绕过一个弯之后，一块大石头突然出现在他们面前，这块石头足有一顶中等规模毡房那么大，人们称这块石头为"壮士石"，在三块高出地面的石头上面是那块壮士石，石头的下方有两个缺口，传说，这块石头是被一个女壮士放到这里的，那两个缺口是姑娘抬石头时膝盖陷进去留下的印记，还有人说，那是姑娘的两个乳房陷进去形成的坑。淳朴的百姓很长时间以来一直都相信这些逼真的传说。而关于壮士石的传说对他们三个人来说都不陌生，所以，他们没有多逗留，很快就绕走了。

当他们沿着这条不长的峡谷到达山顶的时候，一个用松木搭成的孤坟出现在了他们面前，这是柯勒什拜同宗同祖的亲戚，同时又是他的伙伴恩别特的坟。有一年冬天，恩别特奉了柯勒什拜的安排去办事，当他走到封冻的额尔齐斯河面的时候，一峰发了情的雄驼突然朝着他跑来，尽管他想策马飞奔离去，然而，冰面太滑，他的四蹄上了马掌的马在冰上打滑跑不快，结果他很快就被那峰雄驼追上。当那个畜生刚要开口咬他的时候，出于自卫，他拔出腰间的剑向雄驼刺过去，它应声倒去。后来雄驼的主人投诉要让他赔偿，由于他是出于自卫才杀了它，总算免于受罚了。就是这个英勇的男子汉，后来又遇上了一场灾难。有一天，他一个人在家旁边的小草屋里干活时，突然遭到了一只疯狼的袭击，尽管在搏斗中他杀死了狼，然而，狼咬伤了他的身体多处，最终这个男子汉发病不治而亡了。所有人为这条汉子的离世而感到难过，将他葬在了自己离世的地方。从那以后，柯勒什拜将恩别特的哥哥达吾列特的儿子萨哈巴叫到自己身边。大人此行，他也是随行者之一。

大人来到墓前下了马，在墓前简短地祭奠了伙伴。

此时，天色渐晚，柯勒什拜感到累了，已经没有精力继续走了。

记得多年以前，为了让蒙阿勒部落守住土地，他将几户人家安顿在了铁列克特村，他决定就到那里去过夜，于是，将马头转向了那边。

第二天早上上马之后，两个小伙子以为他们要直接去草原，中午之前就能够到达目的地了，结果和他们预料的不一样。大人并没有朝草原去，而是带着他们朝着哈巴河的西边去了，两个年轻人没有勇气问要去哪里，只好默默地跟着走。等他们到达碧蓝的河边时，大人环视着四周，站了一会儿，然后沿着河水向上游而去。没过多久，他们就到了吉达勒山坡朝向哈巴河的那条马道上，这里被称作阔克合亚，山势过于陡峭，那条路又很窄，窄到两个人很难错身通过，一边又是深约两三百米的山崖，山崖下是湍急的河流，迁徙驿队根本没有办法走这条路。万一马蹄不小心打滑，转眼之间，连人带马都会掉进河中。当柯勒什拜说他们将走这条路的时候，两个小伙伴吓坏了：

"大人，这条路太危险了！"萨哈什嘀咕道。

"咱们不该走这条路，应该沿着吉达勒峡谷上来就好了。"萨哈巴也插话道。

然而，柯勒什拜没有改变主意，他的回答非常简短：

"你们要是害怕就留在这儿，只是不要挡我的路！"

他们怎么能说要留下来啊？如果真的留下来了，以后怎么跟民众交代？最主要的原因是，他们生怕年迈的老人走这条险路会发生什么危险。

"不是，大人，我们怎么可能让您一个人走呢？孤注一掷，听天由命，走吧！"萨哈什说道。

"咱们牵着马步行过去怎么样？"萨哈巴提了一个建议。

大人并没有反对，他们三个人都要下马步行。萨哈巴走在了最前面，萨哈什押后。

"走的时候，不要低头看下面的河，万一头晕了，会很危险的。"大人提醒道。

三个人走得很慢很小心，连马都很清楚这条路的危险，它们的脚步看上去比人的脚步还要轻巧、谨慎。这个时候，三个人之间没有其他的话，每个人都沉浸在自己的思绪里，都在想着尽快平安过去。路上有两处被雨水冲刷后变得更窄的地方，他们万分小心地往前走着，终于平安地过了这个地方，再往前，路变得更平坦一些，也更宽了一些，危险仿佛也远离了一些。

过去之后，大家都松了一口气。两个小伙子赶紧搀扶大人上了马，然后骑上马，加快了脚步。路沿着斜坡往下延伸着，一直到了河岸边。岸边生长着挺拔高雅的白桦林，白桦树的叶子在风中犹如姑娘身上戴着的银饰一般晃动着，发出阵阵沙沙声。他们沿河继续朝上游走去。河岸边的某些地方走起来比较顺，而还有些地方则布满大石头，非常不便于行走。他们再往高处走，就到了两条河的交汇处，那两条小河沿着那个山坡的两面流下来，就在山脚下又汇聚到一起。其中一条是从东边流来的河水颜色较浅的白哈巴河，还有一条是从西边流来的河水颜色较深的黑哈巴河。最初汇聚的地方，河面上看上去一半是浅色的，一半是深色的，在流到大概一两公里之后，就浑然一色了。

"你们看到了吗?"柯勒什拜说，"这两条河一条白一条黑，这跟这里的土壤成分有关，世界上的生物无论是人还是牲畜都跟自己生活的土地息息相关，会形成与之相符的性格和外貌。所以，我们不能要求所有的人和事都是一样的，你们一定要记住。"

两个年轻人点着头，三个人在欣赏了一会儿美景之后，沿着河岸朝东边走了一段，这时一片丰饶的平原呈现在了他们面前。由于人们还在高山草原上，牲畜的脚步还没有到达这里，牧草长得非常

柯勒什拜／

茂盛，一阵阵清风吹过，青草泛起层层绿浪，一波又一波，着实惹
人喜爱。平原的中间有一条清澈的小溪在叮咚叮咚地流淌着，那声
音简直美妙极了，仿佛天籁一般。

"咱们就在这里下马稍微休息一下吧！"大人说道。

小伙子们将三匹马的缰绳绑在一起，然后迅速行动起来，取下
马背上的茶壶，开始烧水，铺了一张小餐布，拿出从家带来的食物，
开始喝茶。柯勒什拜白天吃饭不多，这一次也是一样，几乎没有怎
么吃东西，两个小伙子则饱餐了一顿。大人看到两个人吃饱了肚子，
就开始缓缓地说道：

"你们知道这个营盘的名称是什么吗？"

"有人称这里为霍嘉木扎尔，还有人称它为沃杰凯，"萨哈什说，
"我就不知道究竟哪一种说法是对的。"

"嗯，你说的这两个都对，霍嘉木扎尔和沃杰凯是同一个人，他
本名叫霍嘉木扎尔，生前曾是一个非常英勇的人，他不是一个平民
百姓，是托列，哈萨克人到这里之前，这些地方还很荒凉，居住在
白哈巴的蒙古人说这里是自己的地方，然而，他们牲畜的数量和人
数都太少了，所以，这块土地基本上都闲置着。我们渐渐迁徙过来
之后，蒙古人生怕这块地方被霸占，就开始眼红，那个时候，霍嘉
木扎尔想尽办法最终让这里归属哈萨克人了。他的阿吾勒从草原搬
下来时，就在这条小溪边住一段时间，这里就被人们称作是霍嘉木
扎尔小河了。尊敬他的民众，后来又称他为沃杰凯，于是，这里就
有了这两个称呼。"

"大人，"萨哈巴问道，"您就是想让我们看看这个地方吗？其实
也可以通过吉达勒过来啊？您怎么就带着我们从那个险峻的马道阔
克合亚走了呢？"

"我就知道你们一定会问这个问题的。我之所以挑了那条路，是

因为尽管路非常险峻，然而，却是一条人们走过而且至今还在走的路，我们也应该走走看看，一个人的生命之路也是这样的，会走顺境，也会遭遇逆境，有时，甚至可能会遇到很大的危险，只有能坚强地忍受一切的人，才能最终达到自己的目的。我经历过很多艰难岁月，我就是想通过这一次的旅程，去重温自己的人生路。这就是我的目的。"柯勒什拜稍微停顿了一下。

两个年轻人对视了一下，他们心中对面前这位长辈更加充满敬佩和感激之情，老人真的太伟大了，他不光是他们两个人的，还是广大民众最尊贵的长辈，是值得他们终生学习的榜样。

他们从沃杰凯小河出发后，路上没有再耽搁，过了冰泉之后，沿着通往东边草原的那条主牧道一直前进，没有拐向塔勒德赛峡谷、塔勒沙特峡谷的方向，而是沿着铁尔德克拜峡谷，过了莫斯合，从霍阳德霍者尔山岗的西边走过，终于来到了草原。这一路景色优美，时而是大片红色的花儿迎面而来，时而又会被蓝色的山花团团围住，又有一处满眼都是黄灿灿的小花，宛若一颗颗星星在草原上眨着眼睛，还有一些地方则是百花争艳，姹紫嫣红，自然界尽情地展示着婀娜身姿，让这几位路人痴迷陶醉，美景拉慢了他们的脚步。各色的蝴蝶在花丛中轻盈飞舞，柯勒什拜突然看见熟悉的蝶影，那遥远的童年时光被这个小小的精灵猛地拉回到了他的面前。那个时候，孩子们喜欢抓住这种大蝴蝶，把一根线系在它尾巴上当雄鹰来放飞，他们还会让"雄鹰"来比赛，看谁的"雄鹰"飞得更高更远……时光一去不复返了，所有一切美好都变成了模糊的记忆，定格在了那个年代。大人心中充满感慨，他收回了思绪，环顾四周，突然看见不远处有一块毡房大小的石头，石头旁边是一棵遭了雷劈的松树，树身被劈成了几段，木屑四散着，这应该是不久之前下那场大雨的时候发生的事吧。老人心想：这棵老树经历过多少风霜雨雪，它最后的命运竟然是这样啊，命数尽了！他眼中出现了一丝忧伤，他很快又转过脸对身边的伙伴说：

"孩子们，咱们出发了，天色也不早了，你们的肚子也应该饿了。"说着，示意大家赶紧上马。

当他们到达阿吾勒的时候，羊群已经归圈，母羊和羊羔正在上演着每天傍晚那个盛大的团聚场面。

\*     \*     \*

从这次旅途中返回之后，柯勒什拜很久都没有出门，他也没有心情出门，没有心情说话。他大部分时间都用在了读书上，同时，重新翻看了从前的笔记，整理了手头的工作，知道还有哪些事情没有做完。好在县政府那边一直没有消息，只有县长的助手来了一趟，据他所说，县长派他过来，就是想了解大人的身体状况。但愿他是真心实意的。

大人平时就不喜欢多说话，最近一段时间变得更加沉默了，而且偶尔还会深深地叹息。家里人不知道这预示着什么，于是开始担起心来。不知道这是因为他心事太重，还是最近身体不舒服，只是不想让家人担心，在隐瞒。大家始终解不开这个谜，最后还是夫人再娜普实在忍不住了，她来到丈夫身边轻轻地问：

"先生，您这是怎么了？我怎么觉得您有点不一样，是不是哪里不舒服了？"

"我没有什么不舒服，就是觉得有的时候头有点晕，胸口有点闷，不过，只是偶尔会有那样的感觉，很快就过去了。"

"您现在也很少跟孩子们讲话了。"

"你说得对，我现在不想多说话，老是喜欢回忆过去，我自己也觉得很奇怪，加上那个白头县长也让我感到很不舒服，我总感觉他的心里藏着阴谋。"

"他对您的态度不是很温和吗？"

"我就是怕他那个温和，他就好像一条悄无声息地过来咬人一口的狗。"

再娜普没有再继续追问。她知道这是身体和心理的疾病在同时折磨着大人，她很想说点安慰的话，却也找不出什么合适的语言来表达。她感觉自己仿佛陷入了忧虑的漩涡中。然而，这位母亲不想给孩子们的心里留下阴影，将一切都深埋在内心，就像什么都没有发生过一样每天照常操持着家务。

这些日子以来，柯勒什拜仿佛预感到时日不多，他拿出账本，在一张白纸上，开始给担任加纳特部落乌库尔代的长子赫木加普写遗书。他下笔的时候，脑海中突然出现了一个念头，他发现，他不知道遗嘱究竟该怎么写，要写些什么内容？长篇大论肯定是没必要的，还是要写最需要交代的内容。赫木扎普现在也是一个首领了，很多事情也没有必要啰嗦。随着时间的流逝，时代变了，今天民众的情况跟以前也不一样了，明天会变成什么样子，又有谁知道呢？这样的管理体系会继续下去，还是会被取缔，这个谁也说不好，所以，关于如何管理民众方面的内容就没有必要写了。分配遗产也没有必要写，因为家里没有那么多牲畜，也没有积攒多少财富，更没有什么房产。那究竟要写些什么呢？赫木加普的性格比较轻浮，看来得在这方面做一些提醒。那么就自己百年之后的事情说几句话吧！他在脑海中理了一遍，然后，才开始动笔。他心潮澎湃，百感交集，他在用那只颤抖的手跟自己的过往、自己的生活做最后的告别。遗书很短，内容如下：

愿能给我眼眸之光（指儿子）些许帮助。

赫木加普，这是父亲给你写的肺腑之言，是忠告，是祝福，你一定要谨记于心。所有的事情一定要心存善意地去做，要善待年迈的母亲，要善待父亲留下的家，不要让它破败，要与人为善，和气对人，要和年轻人做知心朋友，成为他们的靠山，要诚实地对待年长的人，不要挥动马鞭，伤别人的心，不要做一个强硬的人，不要伤任何人的心，不要伤别人的心。孩子，不要伤人心。不要对很多事情充满好奇，不要拿别人的东西，不要放任自己的欲望，一个小小的欲望会玷污远大的理想，一个小小的清白会洗净巨大如山的污点。孩子，你一定要坚信，一颗老鼠屎会害了一锅汤，坏事和好事之间就是这样的关系。

　　写到这里，他又停了一下，再次陷入沉思，还需要继续写吗？写什么呢？一个人去世以后，后事的安排是活着的人要处理的事情，柯勒什拜是名人，如果自己去世了，来奔丧慰问的人一定不会少，肯定也会有不怀好意的人来试探来挑刺，所以，要跟家里人交代几句，尤其当他想到赫木加普的担子会很重，就觉得有必要提醒他，他就简短地写了关于后事的想法。他在明确写出要为布施准备多少牲畜之外，还对由谁参与清洗自己的遗体，得给哪些人分配什么遗物等细节都做了具体的安排。

　　这份遗嘱最后的部分，他多次强调将照顾夫人余生的任务交给加尔罕。

　　柯勒什拜写好遗嘱之后，感到心稍微安定了些，然而，还有很多事情他都放不下，他在脑海中又理了一遍，他的眼前甚至出现了自己将来周年祭宴的场面。

　　柯勒什拜一生中见过很多人，与很多人一同工作一同奋斗过，也去参加过很多盛大的婚宴，参与很多人的入土告别仪式，他曾是首领，曾安排很多享受过荣华富贵的人的后事。其中，他的亲家金布勒的哥哥——其巴尔阿依格尔部落著名毕官的送别仪式他是从头至尾参与的。除此之外，他还参与了被称作阿勒泰地区最大气最豪华的葬礼仪式。那次祭宴的档次之高，对民众影响之大，都是因为托赫拜有个非常有智慧、有能力的儿子朵勒达，以至于后来阿勒泰地区多少毕官都渴望自己的周年祭宴也能如此大气高档。记得切如什部落的巴依舒如赫拜当着众人的面感慨，不知道以后自己的祭宴有没有可能也办成这样，当场的某一个人说：唉，谁知道呢，你可没有朵勒达啊！别人怎么想是他自己的事情，总之，托赫拜的祭宴就成了史上无人能逾越的高峰。

此时，柯勒什拜心中又出现了一个问题：自己离世之后，有没有可能办一个大气的祭宴。然而，在他看来，一个人去世以后举办周年祭宴，是可做可不做的事情。人去世以后，筹办一次祭宴，以此表达对死者的怀念与尊重，代表那个家庭的丧期结束，还有就是顺从传统，摆脱外人在背后说闲话。所以，他认为人去世以后，没有必要为了贪图虚荣摆那样的排场，至于具体怎么做，就应该交给生者。

遗书写好，他不想让家人看见，就悄悄地放进了手提箱里。

这个夏天就这么平静地过着，然而，对柯勒什拜来说，这是一段非常沉重的日子，除了被沉重的思绪压着之外，他明显地感到自己身体健康也在每况愈下。现在他每天只想民众能永远平静地生活，不要受苦受难，不要被人欺负。只愿自己能在家人陪伴下平静地离开。

明媚的夏天很快过去，寒冬拖着冰剑来了。民众都搬进了冬营盘，尽管老人的身体状况没有明显的好转，他的心情却好像比从前好了很多，也能时不时地跟家里人聊天了，这让身边的人都非常高兴。大家都在试图做些让老人开心的事情，就算听到一个有趣的故事，也会讲给他听，为了不让老人寂寞孤独，大家竭尽了全力。白头县长在得知老人身体状况之后，也不再追问工作上的事情了。

冬天过去，春天来了。阿吾勒从冬营盘迁徙到了山下。

人们会时不时地来拜访老人，跟他聊过往，聊未来，这也变成阿吾勒的一个习惯。尤其是年纪和柯勒什拜差不多的沙赫巴克扎冷，这位整个霍思泰部落的领头人会经常来拜访。除此之外，他还是一个学识渊博的知识分子，他们两人之间的谈话内容总是很丰富，一聊就能聊很长时间。当扎冷看到大哥情绪日益低迷时，他来得更频繁了。就在某一次来访中，大人家里没有别人，孩子们也都出去了，这就为两个人自由地谈话提供了很好的机会。柯勒什拜低声地开始说话：

"沙赫巴克兄弟，在这哈巴河县加纳特部落民众中，长者除了我就数你了，所以我喜欢跟你说心里话，我现在年事已高，身体也大不如从前，而且是，一天不如一天了。人生就是这样的，有生就会有死。现在到了我将上苍赐予的生命归还的时候了。如今我想的最多的是民众的福祉，部落的团结，五根手指握起来就是拳头。我就担心这个，希望他们维持团结和睦，我最近一直在嘱咐赫木加普，我不知道他听进去了多少。尽管他现在是加纳特部落乌库尔代，然而，他的学识和能力都不如你，需要一个智慧的人在身边。哈列勒这个小伙子人不错，他心胸宽广，理智清晰，是个有用之才，只是他还太年轻，尚待锤炼。我想今后你能成为这两个孩子的后盾和顾问，甚至是严师，我想将他们交给你。"柯勒什拜说到这儿，用期待的目光地看着对方的眼睛。

"您说得当然是对的，"沙赫巴克努力保持冷静，"您是我的导师，不知道我能不能像您一样帮助晚辈。不过，我会尽全力不让您失望。尽管您上了年纪，却还能活好多年呢，我们都在替您祈祷。"

"我很感谢你，你这都是在安慰我。生死由命。都说雄驼路上无留物，我最大的心愿，就是你能成为民众的大雄驼啊！"柯勒什拜感慨道，声音听上去有点虚弱。

　　他们的谈话持续了很长一段时间，从民间发生的很多小事聊到土地纷争等大问题。这两个惺惺相惜的长者，对彼此的了解好像更深了。他们聊到很晚，沙赫巴克扎冷生怕影响大人休息，就起身告辞了，临走前说自己很快还会过来。然而，他们都没有料到，这一次竟成了两人之间最后的谈话。

＊　　＊　　＊

　　在大地扮上浓妆，树林变得茂密，所有生物进入兴奋的生命状态时，柯勒什拜的身体也有了点好转，他时不时能骑上马，去附近的阿吾勒拜访，看到他的这个样子，身边的人都非常高兴，于是，大家就提议，让大人到更远一些的地方去走走。就这样，柯勒什拜说想去哈巴河对岸见见老朋友，见见亲家们。于是，大人就骑上马去了。到达前两天，他的情况非常不错，见了很多人，心情也变得很好，身上也感觉轻松了很多。然而，好景不长，在亲家其巴尔阿依格尔部落台吉达布的儿子阔开奈家做客时，大人突然感到眼前一黑，头一晕，倒在了座位上。在场的人们一时慌了手脚，不知所措，有的人在自顾自地念起咒语，还有的人则在给他把脉听心跳，所有人陷入了慌乱中。此时，老人嘴里发出了呼噜声，仿佛已经失去了意识，已经不能回答问话了，阔开奈很快命人准备担架，然后将老人放到马车上，朝河对岸而去。没有人知道大人还能不能好起来，他唯一想的就是在人还在的时候，赶紧送回他自己的家。

　　柯勒什拜大人回到了家里，然而，他并没有恢复理智，始终没有睁开眼睛，不知道他有没有听到人们悲痛的痛哭声和祈求声，就那么静静地躺着。过了很长一段时间之后，他深深地呼出一口气，就走了。

拜

勒

什

339

大家都陷入了忙乱之中，骑手们飞身上马到各地通报噩耗。

大帐的上堂撑起了一幅绸帘，老人的遗体静静地躺在那里，那道绸帘仿佛一道无法穿越的屏障，隔开了他和他深深热爱的家人，隔开了他和他魂牵梦绕的家乡，隔开了他和他始终无法放下的黎民百姓，隔开了他和他曾奋斗过的世界……

老人的遗体静静地躺在那里，一如陷入了深深的睡眠之中。

安息吧，柯勒什拜老人！

柯勒什拜大人不仅是一个部落首领，同时还是一位政府官员，他去世的消息也通知了政府部门。哈巴河两岸民众的首领和头人，哈孜别克部落和加尔博勒德部落的哈力别克、哈森别克等乌库尔代，其巴尔阿依格尔部落以阔开奈台吉、阿别特扎冷为首的部落首领们，哈孜别克部落、托列、玛泰部落等部落来的人就更多了，还有以卡肯台吉为首的很多人也从布尔津赶来了。

下午，带着一群随从的白头县长也到了，他一进门就通过翻译跟家里人说了几句慰问的话：

"我一直非常尊重柯勒什拜大人，给予他非常高的评价，听到他去世的消息，感到非常难过，我来就是想跟他做个最后的告别。"说完他径直走向绸帘。因为他是政府的人，所以没人敢开口说他不能揭开遗体脸上的面巾。白头县长掀开那块洁白的面巾，用手碰了碰大人的额头，又重新盖上。然后，他转过身，缓缓地走出了门。没人能猜出他的真正目的。后来，在民间传出消息，说盛督办为了控制阿勒泰的民众，准备首先控制住阿赫特大人和柯勒什拜大人，然而，柯勒什拜在此之前已经离开了这个世界。

送别这位赢得了民众尊重的智者、长者的仪式，进行得非常大气和高级。净身之后，在众人的送行下，大人被安葬在了阿赫齐镇郊外一个被称作乌什合木的地方。那段时间，当女人们唱起哀婉的送葬歌时，在场的人没有不掉眼泪，没有不以泪洗面的。很多人写了哭丧诗，写得最感人的是奈曼部落的外勒拜阿肯的诗。当女人随着曲调唱起来的时候，那些诗句扎进了每个人的心灵深处，很多人将那首诗牢牢地记在了心里，被人们长久地传诵。上个世纪八十年代中期，年过八旬的加赫普别克·艾普江口述的部分被记载下来。

这位备受民众爱戴的人民忠诚的儿子就这样离开了这个世界。在他去世周年日到来前，很多人为他写的各种诗歌、追思诗数不胜数。到了第二年，按照老人生前的遗愿，经过部落首领们商议，人们筹办了一场规模不大的周年祭宴，家人守丧的时间就这样结束了。

山有多高，只有你走远了才能看清，这话一点儿也不假，随着时间的推移，柯勒什拜在众人心目中的形象变得越发清晰越发高大起来，关于他，人们写了很多的纪念作品，他不仅成为了自己同辈人的骄傲，还成了整个哈巴河地区百姓的骄傲，他所记录的族谱被人们反复转抄，被广泛地传阅。他的第二个生命，也就是他的精神生命随着时间的推移，一直存在着，跟着人们一起朝前走。

人民永远不会忘记自己爱戴的这个好儿子。

**图书在版编目（CIP）数据**

柯勒什拜 / 丽娜·夏侃译 . -- 北京：作家出版社，2022.2
中国少数民族文学发展工程·民译汉专项
ISBN 978 - 7 - 5212 - 1289 - 1

Ⅰ.①柯… Ⅱ.①丽… Ⅲ.①长篇小说 - 中国 - 当代
Ⅳ.①I247.5

中国版本图书馆 CIP 数据核字（2021）第 245041 号

**柯勒什拜**

作　　者：夏侃·沃阿勒拜
译　　者：丽娜·夏侃
责任编辑：史佳丽　李亚梓
装帧设计：孙惟静
出版发行：作家出版社有限公司
社　　址：北京农展馆南里 10 号　　　　邮　　编：100125
电话传真：86 - 10 - 65067186（发行中心及邮购部）
　　　　　86 - 10 - 65004079（总编室）
E – mail: zuojia@zuojia. net. cn
http: // www.zuojiachubanshe.com
印　　刷：唐山玺诚印务有限公司
成品尺寸：170 × 240
字　　数：259 千
印　　张：21.75
版　　次：2022 年 2 月第 1 版
印　　次：2022 年 2 月第 1 次印刷
ISBN 978 - 7 - 5212 - 1289 - 1
定　　价：48.00 元